古典文學研究輯刊

初編

曾永義 主編

第3冊

詩話摘句批評

周慶華 著

《淮南鴻烈》文學思想研究

唐瑞霞 著

國家圖書館出版品預行編目資料

詩話摘句批評　周慶華 著／《淮南鴻烈》文學思想研究　唐瑞霞 著 -- 初版 -- 台北縣永和市：花木蘭文化出版社，2010〔民99〕

序 12+ 目 2+116 面／目 2+132 面；19×26 公分

（古典文學研究輯刊　初編；第 3 冊）

ISBN：978-986-254-367-2（精裝）

1. 淮南子 2. 文學理論 3. 詩話

812.18　　　　99018475

古典文學研究輯刊

初 編 第 三冊　　ISBN：978-986-254-367-2

詩話摘句批評
《淮南鴻烈》文學思想研究

作　　者　周慶華／唐瑞霞

主　　編　曾永義

總 編 輯　杜潔祥

出　　版　花木蘭文化出版社

發 行 所　花木蘭文化出版社

發 行 人　高小娟

聯絡地址　台北縣永和市中正路五九五號七樓之三

電話：02-2923-1455 ／傳眞：02-2923-1452

網　　址　http://www.huamulan.tw 信箱 sut81518@ms59.hinet.net

印　　刷　普羅文化出版廣告事業

初　　版　2010 年 9 月

定　　價　初編 28 冊（精裝）新台幣 45,000 元　

詩話摘句批評

周慶華　著

作者簡介

周慶華，臺灣宜蘭人。中國文化大學文學博士，臺東大學語文教育研究所副教授兼所長。出版有詩集《蕪情》、《七行詩》、《未來世界》、《我沒有話要說——給成人看的童詩》、《又有詩》、《又見東北季風》、《剪出一段旅程》、《新福爾摩沙組詩》、《銀色小調》和散文小說合集《追夜》，以及學術著作《秩序的探索——當代文學論述的省察》、《文學圖繪》、《臺灣當代文學理論》、《語言文化學》、《臺灣文學與「臺灣文學」》、《佛學新視野》、《兒童文學新論》、《新時代的宗教》、《思維與寫作》、《佛教與文學的系譜》、《文苑馳走》、《中國符號學》、《作文指導》、《後宗教學》、《死亡學》、《故事學》、《閱讀社會學》、《後佛學》、《文學理論》、《後臺灣文學》、《創造性寫作教學》、《語文研究法》、《身體權力學》、《靈異學》、《語用符號學》、《紅樓搖夢》、《走訪哲學後花園》、《語文教學方法》、《佛教的文化事業——佛光山個案探討》、《轉傳統為開新——另眼看待漢文化》、《從通識教育到語文教育》、《文學詮釋學》、《反全球化的新語境》等。

提　要

詩話摘句批評以特殊的詩句為對象、以價值的評估為目的、以批評的語言為媒介和以單一的判斷為手段等，乃緣於詩教使命的促使、批評本質的限定、語彙系譜的作用和價值判斷的侷限等；而這可以推測出它可以發揮開啟後進創作的途徑、提供批評家攻錯的機會和延續詩句的生命等功能，同時發現它可以維護詩的純粹性而相較於西方文學批評方式來說為不可或缺，希望大家不再排棄它。

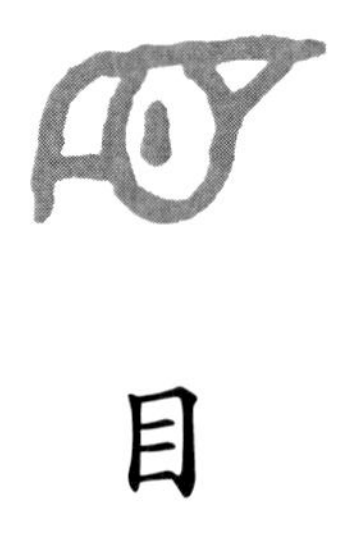

目 次

代序：文學理論的任務及其範圍問題

一、一個基本的假定

這是一個有一種說法就會有相反或不同意見的社會，任何想要造就具有權威性的系統言論的努力，都會被視爲荒誕不經、徒勞無功。因爲言論所對應的是一個變動不居的現實環境，隨時有新的狀況在考驗言論的適用性，而言論本身不能盡意的缺陷，也會使它的功能大受侷限。因此，除了無知者或別有用心者外，沒有人會聲稱自己正在建立一套語言權威或已經建立一套語言權威。然而，弔詭的是，所有的言論都有樹立權威的傾向，它們以系統化的面貌出現，向舊有的權威或另一個權威挑戰，試圖取代對方而成爲新的權威。如果這樣的觀察沒有錯誤的話，現在我所要談論的對象，肯定不是一個新鮮的話題，這就隱含有對別人的談論有欠周延的意識在，而往後的論說，正可以提供大家一個新的參考點。當然，我也得準備接受各方的考驗。

看來這一「別人的談論有欠周延」的想法，是本文最基本的假定，但是這個假定在本文論述結束後，就可以得到驗證，不主動提出來，對整個論述也沒有妨礙。有妨礙的是我論題中「文學理論」的曖昧性。有人認爲文學根本沒有屬於它的本質，而判定文學是不存在的。〔註1〕「文學」既然不存在，談論文學的「文學理論」，自然也是一種幻覺。〔註2〕這樣我還以「文學理論」

〔註 1〕見伊格頓（Terry Eagleton），《當代文學理論導論》（聶振雄等譯，香港，旭日，1987 年 10 月），頁 10～11；劉若愚，《中國文學理論》（杜國清譯，臺北，聯經，1985 年 8 月），頁 305 引德多洛夫（Tzvetan Todorov）語。這是說我們不可能給文學下一個「客觀的」或「精確的」定義。如果有人給文學下定義，那是他爲決定如何閱讀的問題，而不是判定他所寫事物本質的問題。

〔註 2〕論者認爲文學理論也是一種幻覺，這首先意味著文學理論不過是社會意識形標題，就顯得不可思議了。然而，許久以來，我們都把文學當作詩歌、散文、小說和戲劇的集合體，〔註3〕不能說沒有文學這種東西的存在；而文學很早就被看作「文飾之學」或「語言藝術」，〔註4〕顯然也有屬於它的本質。這樣以文學作爲談論的對象，自然是一件可能的事。而我再把對文學的談論加以反省，也沒有什麼不可以。因此，這裏提出「文學理論」來論說，也就不算是一種突兀之舉。只是文學理論到底是怎麼一回事，還沒有人能夠說得清楚，這裏不能不先作個假定，就是我們所談論的是屬於本體論的、方法論的，而不是策略性的；把文學理論當作某種策略看待的人，基本上都否定了文學理論的存在，而我的看法正好跟他們相反。

二、本文所持的立場

換個角度來看，把文學理論當作某種策略看待的人，就跟否定世上有絕對眞理的懷疑論者一樣，〔註5〕免不了要違反邏輯上的矛盾法則。因爲他們所論是事實的話，必定要假定前提「文學理論是一種策略」爲眞，這樣「文學理論是一種策略」，也就成爲有關文學理論的新命題，從此不得再喊出「文學理論只是一種幻覺」或「文學理論只是學術上的神話」這種空洞的口號，不然就是有意在跟人唱反調了。

我所以不能苟同上面的言論，不只是看出這種言論無法自圓其說，也著實明白文學理論的確有本體論上和方法論上的意義。這從已經存在的對文學

態的分支，根本沒有任何可以把它同哲學、語言學、心理學、文化的社會的思想充分區別開來的單一性或特性；其次，它還意味著，它希望把自己區分出來，緊緊抓住一個叫做文學的對象，這是打錯了算盤（見註1所引伊格頓書，頁195）。

〔註3〕古來對於文學類型的區分，極爲分歧，這裏無意去詳加探討，只舉出今人習稱的四種類型來論說。至於有人把可以橫跨文、哲兩界的散文，排除在文學之外〔見韋勒克（René Wellek）等，《文學理論》（梁伯傑譯，臺北，水牛，1987年6月），頁364；王夢鷗，《文學概論》（臺北，藝文，1976年5月），頁9引《美國百科全書》說〕，這無關宏旨，我也暫不以理會。

〔註4〕「文飾之學」，可以蕭統〈文選序〉「事出於沈思，義歸乎翰藻」的釋義爲準（參見註3所引王夢鷗書，頁3）；「語言藝術」，是西方人首先提出來區別「造形藝術」和「感覺藝術」的名稱〔見康德（Immanuel Kant），《判斷力批判》（宗白華、韋卓民譯，臺北，滄浪，1986年9月），上冊，頁172〕。而這「文飾之學」或「語言藝術」，就是詩歌、散文、小說和戲劇共有的特性。

〔註5〕有關懷疑論者的論調，見柴熙，《認識論》（臺北，商務，1983年8月），頁146～147；趙雅博，《知識論》（臺北，幼獅，1990年7月），頁252～254。

作品的創作過程、意義結構、語言形式、在讀者中所引起的心理反應或意理解釋，以及作品本身所表現的意識形態等許多論說，所顯示的普遍的確切性，可以讓人進行重複的檢核，推測要歸納文學理論的性質和功用，應該不會有什麼困難；同時，我們也可以藉著對各種論說有意無意忽略的問題的考察，反省文學理論可能的侷限，而預先想到因應的對策。這就是我撰述本文所持的立場。換句話說，我認爲談論文學理論的任務及其範圍是可能的，而且經過這一談論，可以澄清不少有關文學理論方面的誤解，而對未來的文學研究有所裨益。〔註6〕

不過，我也必須指出，這裏的論說只是對文學理論這一事實的條件說明，它僅僅是一個原則，能不能成立，還有待日後的觀察檢證。〔註7〕也就是說，我所提出的說明，儘管信誓旦旦的確認它是眞的，也無妨別人將來再依事實來檢證。雖然如此，我也會視須要舉出一些實例，先行充實某一部分論述，證明我的說法是可取的，可以作爲爾後從事文學研究者的依據。至於排斥文學理論有它一定的性質和功用，而對文學理論的解釋和評價也堅信不可能，這一徹底否定文學理論在本體論上和方法論上意義的論調，再也不能阻礙我的論說，是很明顯的事。

三、當今談論此一問題的檢討

我所以提出這個問題來談論，主要是有感於文學理論家至今尙未對文學理論的任務和範圍，有清楚的認識和了解。他們的論說，不是顯得大而無當，就是陷於跟人爭論的轇轕中，很少能把握到問題的重心。而我們一般的文學研究，又受到他們的左右，一直處在搖擺不定的狀態中。爲了使文學研究能步上軌道，勢必要爲文學理論的任務和範圍作個明確的界定，不然我們又要

〔註6〕我所說的文學研究，跟文學理論是同義詞（後面提到的文學批評也是），這裏略以方便言說區分，不關本質。

〔註7〕格陵渥特（T. Greenwood）曾經指出假設的情況有三種：（一）在邏輯上：指一個假設命題的條件句子或前提。同時，也是一般情形的附屬論點。（二）在方法學上：指一個原則的提出，作爲對某一事實或一羣事實的條件說明；或者，對某一現象的基礎，在證據未確定前，所作的「暫時假定」，以爲觀察或實驗的檢證。（三）蘇格拉底的假設方法：該方法係先給予一種不懷疑價值的假定，目的在分析或決定其結果。該假定並在明確辯論或判斷後，始決定其是否成立〔見沈國鈞，《人文學的知識基礎》（臺北，水牛，1987年12月），頁102～103引〕。我所要提出的說明，正是屬於第二種情況的假設。

如何看待文學研究這一行為？

由於有關文學理論的論說，在我這篇文章之前，已經出現了很多，不實際舉出一些例子，無法印證我這裏所說的話。因此，在正式談論文學理論的任務和範圍前，不妨先來看看文學理論家們是怎麼說的。

大約從六○年代亞伯拉姆斯（M. H. Abrams）發表《鏡與燈》一書開始，文學理論才有「規模」可言。亞氏在該書中提出跟藝術作品有關的四個要素：作品、藝術家、宇宙和觀眾，構成一個包含模仿理論、實用理論、表現理論和客觀理論的圖式。西方學者大都認為它可以作為文學理論的根據，不但用它來分析西方的文學批評，也用它來分析中國的文學批評。〔註 8〕而本國學者原則上同意它為一種創見，只是覺得它有欠周延，不足以涵蓋中西方的文學理論。為了證明後面這一點，本國學者曾經費盡心思，試圖將亞氏的圖式加以修正補充，使它更為符合「事實」。如施友忠把亞氏圖式中居於中心地位的作品，跟作家（藝術家）調換，而以「心」代替，藉以說明從哲學的觀點出發，去了解文學作品（尤其是中國詩），所包括三個逐層漸進的步驟；〔註 9〕又如劉若愚把亞氏圖式中的四個要素重新排列成一個圓圈，以便容納中國歷來的六個文學理論；〔註 10〕又如王金凌把亞氏圖式中的作品，跟萬有（宇宙）對調，用來說明文學現象的邏輯歷程。〔註 11〕此外，也有不滿意這些意見，而再行修訂增補的，如張雙英針對亞氏和劉氏理論的矛盾，重新構作一個作家、讀者和作品的交互重疊，而由宇宙所統攝的圖式，俾能區別各種文學理論的「對立關係」和「跨越關係」；〔註 12〕又如葉維廉在劉氏重新排列過的圓圈中心，增加語言（包括文化、歷史因素）一項，作為中西比較文學的理論基礎。〔註 13〕

然而，亞伯拉姆斯所提出來的圖式，以及本國學者所修正的圖式，〔註 14〕

〔註 8〕見註 1 所引劉若愚書，頁 12～13。

〔註 9〕見施友忠，《二度和諧及其他》（臺北，聯經，1976 年 7 月），頁 63～113。

〔註 10〕見註 1 所引劉若愚書，頁 13～20。

〔註 11〕見王金凌，〈文學理論的理式〉，收於《古典文學》第七集（臺北，學生，1985 年 8 月），下冊，頁 1032～1042。

〔註 12〕見張雙英，〈文學理論產生的架構及其應用舉隅〉，收於《古典文學》第七集，下冊，頁 1045～1062。

〔註 13〕見葉維廉，〈比較文學論文叢書總序〉（刊於《中外文學》第十一卷第九期，1983 年 2 月），頁 122～134。

〔註 14〕就彌補亞氏圖式的立場來說，本國學者這些努力應該沒有白費，而且還可以藉此糾正執著一個「模子」衡量中西方文學理論者的錯誤。有關中西方文學理論「模子」不同的問題，參見葉維廉，《比較詩學》（臺北，東大，1983 年除了讓我們看到文學理論的部分對象和文學理論的部分樣態（形式）外，〔註 15〕有關文學理論的作務是什麼，卻無從理解；而且對於關係文學研究成敗的方法論問題，也不見有所論述。到頭來只是徒有架構，而沒有什麼實質的意義。這也就是我判定它們有問題的理由所在。既然已有的論說不能滿足我們的需求，只好自己來嘗試了。

四、文學理論的任務

顧名思義，文學理論是指一切對文學的論說。但是這裏所說的論說，不是一般意義上的論說，而是學術意義上的論說。更確切的說，是科學意義上的論說。〔註 16〕它是一套對文學現象的解釋。〔註 17〕而所謂解釋，是指在某種情況下會出現什麼現象，並不是籠統的敍述。換句話說，這一套解釋是一組命題經過一套嚴格的邏輯演繹過程得來的。現在就逐次說明如下：

我們都知道科學的目標在於解釋、預測和控制。如自然科學的目標就是解釋自然現象，預測自然現象，進而控制自然現象；而社會科學和人文科學

2 月），頁 1～25。

〔註 15〕論說中所列作品、作家、宇宙、讀者等，屬於文學理論的對象；而由作品、作家、宇宙和讀者等所構成的模仿理論、實用理論、表現理論、客觀理論等，屬於文學理論的不同樣態。二者都不盡周全。

〔註 16〕文學理論屬於人文科學的範圍。有些人認爲人文研究無法成爲一門科學，應該改稱人文學科，以有別於社會科學和自然科學。然而，科學是就一門知識的求知方法來說，學科是就一門知識的對象範圍來說〔參見李明燦，《社會科學方法論》（臺北，黎明，1986 年 2 月），頁 2；鄔鴻榮，《哲學定義》（臺南，聞道，1984 年 5 月），頁 108～116〕，二者不能混爲一談。今天把人文科學改爲人文學科，不但不足以區別人文科學和其他科學的不同，還會造成語意上的混亂。事實上，人文科學跟其他科學不同的地方，在於所討論的命題和解釋的內容，不在於認知方法。因此，以科學來稱呼人文研究，是理所當然的事。如果眞要把人文科學改爲人文學科，其他兩門科學也要改爲社會學科和自然學科，才能符合類比的要求（這時就是以研究的對象範圍來區別三者的不同）。

〔註 17〕荷曼斯（George C Homans）說：「一個現象的理論就是一套對此現象的解釋。只有解釋才配得上用『理論』這名詞。」〔見荷曼斯，《社會科學的本質》（楊念祖譯，臺北，桂冠，1987 年 3 月），頁 18〕另外，參見陳秉璋，《社會科學方法論》（臺北，環球，1989 年 5 月），頁 137～138；唐納（Jonathan H. Turner），《社會學理論的結構》（馬康莊譯，臺北，桂冠，1989 年 7 月），頁 3～13。按：本節所論，多得自荷曼斯書的啓發，特此聲明。至於對文學現象的解釋成功，會對文學的創作活動、閱讀活動和批評活動產生什麼影響，這涉及文學理論的功用問題，已經超出我所討論的範圍，只好暫予擱置不談。

的目標也是在解釋社會現象、人文現象，預測社會現象、人文現象，以及控制社會現象、人文現象。在方法層次上，各類科學都是一樣的（使用一套相同的解釋通則），所不同的是彼此的對象範圍和解釋的效果。〔註 18〕而在解釋、預測和控制三項中，解釋最爲重要，其他兩項都要直接或間接以它爲基礎。也就是說，有解釋才能預測，有預測才能控制，彼此形成邏輯上的密切關係。文學理論既是屬於人文科學的範圍，當然也以解釋爲它主要的任務。

要解釋文學的現象，首要工作就是建立一些命題。這些命題不論是已經存在的，或是發現來的，都要能陳述和測定文學現象之間的普遍關係。如有人提出「配稱原則」和「相似原則」來辨認創造象徵的意義，可以視爲一個典型的命題。第一個原則是說一個象徵的解釋必須跟作品的其他部分一致，而不能在作品中找到跟這個解釋相衝突的證據。第二個原則是說當我們說 X 象徵 Y 時，X 必須跟 Y 在形象或含意上具有某種相似性。〔註 19〕我們把它寫成命題的形式，就是一個創造象徵只要符合配稱原則和相似原則，就能確定它的意義。〔註 20〕這個敍述，陳述和測定了創造象徵符合配稱相似原則和創造象徵的意義這兩種現象之間的關係，滿足了作爲一個命題的條件。反過來說，一個敍述如果不能陳述和測定文學現象之間的普遍關係，就不是眞正的命題，只能稱它爲概念或引導性的敍述。不論概念或引導性的敍述，都不具有解釋的功能。如有人認爲中國傳統文學批評沒有西方文學批評那種分析性、演繹性的論說。而只有片段的、印象的表達，那是美感不同的緣故。〔註 21〕這裏用美感這個概念來解釋中西方文學批評的差異是不夠的。〔註 22〕

〔註 18〕自然科學可以用實驗的方法，操縱變數（物質）和控制其他變數進入某一個實在現象中，以便科學家在研究他所感興趣的變數之間關係過程裏，能夠很清楚的顯現出來。社會科學的變數（人的行爲）就不容易控制。而人文科學的變數（語言）更難以控制。因爲變數有容易控制和不容易控制，自然會影響到解釋的效果。

〔註 19〕見劉昌元，《西方美學導論》（臺北，聯經，1987 年 8 月），頁 241。

〔註 20〕當然，這裏所說的創造象徵，必然是可理解的。如果不可理解（歧義或曖昧不明），這個命題就不能成立。

〔註 21〕見葉維廉主編，《中國現代文學批評選集》（臺北，聯經，1979 年 7 月），〈序〉，頁 1～5。

〔註 22〕美感是由客觀對象的審美屬性引起，人感情上愉悅的心理狀態。包括感受、知覺、想像、情感、思維等心理功能在審美對象的刺激下交織活動形成的心理狀態（見王世德主編，《美學辭典》臺北，木鐸，1987 年 12 月），〈美感〉條，頁 61。根據這條定義，我們可以把美感視同一個敍述。

因爲美感不同幾乎是不證自明的，沒有人會懷疑中西方文學批評的差異是緣自彼此美感的不同。我們想要知道的是爲什麼中國傳統文學批評不用分析性、演繹性的論說，而是片段的、印象的表達？美感的定義不能回答這個問題。也就是說，美感只是一個概念，而概念不具有解釋的功能，我們不能用它來解釋。又如馬克思主義文學理論所說的：生產方式改變，文學活動也會發生變動。〔註 23〕這個敍述建立了「生產方式」和「文學活動」兩種現象之間的關係，相當於一個命題。但是這兩種現象並不是單一的變數（我稱它爲未經定義的一組變數），而且這兩種現象之間的關係也未經特殊化，它只告訴我們這二者之間的因果關係而已（前者影響後者）。換句話說，這是一個引導性的敍述，它只告訴我們，如果生產方式改變，文學活動也會產生不可預期的變動，卻沒有告訴我們生產方式是什麼方式，而文學活動到底是指創作活動或閱讀活動或批評活動。這就不具有解釋的功能，〔註 24〕我們也不能用它來解釋。雖然如此，引導性的敍述仍有引導我們如何研究得更深入和應該從什麼角度去研究等價值。〔註 25〕這也是我稱它爲引導性的敍述的唯一原因。

有了命題，再來就是如何演繹的問題。所謂演繹，是指由普遍命題引申出經驗命題的過程。這個過程，就是我所說的解釋。我們想知道一個解釋是否有效，就看該解釋中經驗的發現是否可以從普遍命題中演繹出來。如論及文學的起源，各有不同的說法，諸如「遊戲說」、「勞動說」、「本能說」、「宗教說」、「戀愛說」、「戰爭說」、「模仿說」、「表現說」、「裝飾說」、「吸引說」

〔註 23〕詳見佛克馬（Douwe Fokkema）、蟻布思（Elrud lbsch），《二十世紀文學理論》（袁鶴翔等譯，臺北，書林，1987 年 11 月），頁 73～122。

〔註 24〕其實，光以創作活動來說，馬克思主義文學理論這個敍述就無法用來解釋。在創作活動中，作者會努力經營作品的內涵和形式。作品的內涵有題材、主題和主張等，而作品的形式也有篇章組織和語言技巧等。生產方式變動，到底又改變了作品的什麼？我們根本無法預測。古人所說「文變染乎世情，興廢繫乎時序」〔見劉勰，《文心雕龍》，《增訂漢魏叢書》本（臺北，大化，1988 年 4 月），第四冊，頁 3137〕，也有這個問題在。

〔註 25〕荷曼斯說：「馬克斯『法則』唯一可運用而且成功的貢獻，就是告訴我們不要將引導性的敍述誤認爲是科學的實際經驗和理論推理的成果。一個敍述能夠告訴我們研究些什麼？如何去研究？它就是一個重要的敘述，可是它很少告訴我們研究的內容是什麼。套一句摩頓（Robert K. Merton）的話：『敍述是告訴我們如何去接近研究的對象，而不是研究的結果。』」（見註 17 所引荷曼斯書，頁 14）。

等，〔註 26〕是我們常見的。不論那一種說法，都構成不了一個演繹系統，因爲還缺少一個前提，就是普遍命題。只有普遍命題存在，解釋才有效。否則，只是陳述性解釋，沒有任何法則可言，自然也不具有說服力。同樣的問題，我們可以根據行爲心理學中的一個命題來解釋。這個命題是說：如果做某件事的反應得到鼓勵，則做這件事的次數會增加。〔註 27〕我們把文學的起源問題加以整理分析，形成下列三個符合演繹系統的解釋步驟：

一種鼓勵對個人的價值愈高，則他採取行動取得此鼓勵的可能愈大。

在某一假設情況下，文學創作者認爲文學有很大的價值。

所以他會採取行動來創作文學。〔註 28〕

實際上，這並不足以解釋爲什麼文學創作者會採取行動來創作文學，只是在推理上，他可能採取這樣的行動。在這裏我們找出了一個普遍命題，這就可以改變前面那些陳述性解釋，而成爲一個眞正的解釋。

依照這樣的「模式」，其他的文學現象應該都可以獲得妥善的解釋。不過，還有一個技術性的問題須要解決，就是目前文學理論家們所發現（建立）的命題，多半蓋然率不過，〔註 29〕不免影響到解釋的效果。〔註 30〕如果想要提

〔註 26〕見涂公遂，《文學概論》（臺北，華正，1988 年 7 月），頁 145～161。

〔註 27〕參見張春興，《心理學》（臺北，東華，1989 年 9 月），頁 453～454；張華葆，《社會心理學理論》（臺北，三民，1989 年 9 月），頁 45～64。

〔註 28〕曹丕說：「蓋文章經國之大業，不朽之盛事。年壽有時而盡，榮樂止乎其身，二者必至之常期，未若文章之無窮。是以古之作者，寄身於翰墨，見意於篇籍，不假良史之辭（按：不字，據五臣本補），不託飛馳之勢；而聲名自傳於後。」〔見曹丕，〈典論論文〉，收於《增補六臣註文選》（臺北，華正，1979 年 5 月），頁 965〕「古之作者」認爲文章可以「經國」，可以「不朽」（延續個人的精神生命），顯然文章的價值高於一切，所以他們迫不及待的要從事文學創作。這正好可以印證我這裏所說的話。相反的，一個人認爲文學沒有什麼價值，他就不會去創作。程頤說：「《書》曰：『玩物喪失。』爲文亦玩物也……某素不作詩。亦非是禁止不作，但不欲爲此閑言語。」〔見朱熹編，《河南程氏遺書》（臺北，商務，1978 年 11 月），下冊，頁 262～263〕像程頤這種視「作文害道」而貶低文學價值的人，自然不可能跟別人去舞文弄墨了。

〔註 29〕由歸納而來的命題，蓋然率有高有低。通常文學理論家所發現（建立）的命題，蓋然率不會很高。

〔註 30〕如畢士利（M. Beardsley）發現的一個命題：如果某一作品具有強度、統一與複雜性，則此作品的審美價值就高（見註 19 所引劉昌元書，頁 126～128）。這個命題就無法用來解釋一些表情不夠強烈、組織不夠統一、內容不夠複雜而仍具有很高審美價值的作品（如中國大部分的文學作品）。至於現代文學批

升解釋的效果，還得仰賴蓋然率更高的命題，這又該怎麼辦？這的確是個難題。我們要解決它，大概有三個途徑：一個修正舊有的命題；二是建立新的命題；三是尋找人類在其他方面所建立的命題，把它們組織起來解釋文學的現象（如上面那個例釋）。而就最後一點來說，要組織人類在其他方面所建立的命題，也必須透過解釋才有可能（解釋就是一種組織過程），這也是我前面所說文學理論的主要任務在解釋的一部分意義。至於預測和控制，基本上跟解釋是分不開的；我們愈能加強我們的解釋，就愈能預測和控制，〔註 31〕這就不必多說了。

五、文學理論的範圍

文學理論既然主要在解釋文學的現象，就不能沒有限制，我們可以想見，任何超出跟文學有關的解釋，都不能稱作文學理論。換句話說，文學理論必須受到文學的制約，不可以漫無邊際。從這點來看，文學理論有它一定的範圍，我們把它提出來討論，一方面可以跟前節呼應，使所有解釋的對象能夠確立；一方面也可以藉此察看當今文學理論的偏向，而即早謀求補救之道。

這個問題應該從文學在整體文化中的地位談起。文化是一個歷史性的生活團體（也就是它的成員在時間中共同成長的團體），表現其創造力的歷程和結果的整體，其中包含了終極信仰、觀念系統、規範系統、表現系統和行動系統。終極信仰是指一個歷史性的生活團體的成員，由於對人生和世界的究竟意義的終極關懷，而將自己的生命所投向的最後根基，如「天」、「上帝」、「道」等；觀念系統是指一個歷史性的生活團體，認識自己和世界的方式，並由此產生一套認知體系和一套延續並發展其認知體系的方法，如哲學、科學等；規範系統是指一個歷史性的生活團體，依據其終極信仰和自己對自身及對世界的了解（就是它的觀念系統），而制定的一套行爲規範，並依據這些規範而產生一套行爲模式，如倫理、道德等；表現系統是指一個歷史性的生活團體用一種感性的方式，來表現該團體的終極信仰、觀念系統和規範系統，

評（如現象學、結構主義、精神分析學、社會（政治）批評等）所建構的一些命題，也有這樣的問題。

〔註 31〕這裏講控制，似乎有爲某些實際操縱文學的「野心家」（如馬克思主義者）辯護的意味。其實不然，因爲控制文學（一如控制其他的事物），永遠是人類的夢想，絕不是「野心家」的專利。「野心家」所以受人詬病，不在於企圖控制文學，而在於他用了不該用的（政治）手段，使文學大爲變質。

如文學、藝術等；行動系統是指一個歷史性的生活團體，對於自然和人羣所採取的開發或管理的全套辦法，如自然技術、管理技術等。〔註 32〕可見在整個文化體系中，文學主要在表現終極信仰、觀念系統和規範系統。〔註 33〕由於文學以語言爲媒介，這就有別於不以語言爲媒介的藝術作品（如繪畫、音樂、雕塑等）；又因爲文學以感性的方式（藝術的手法）來表現，這也有別於不以感性的方式來表現的論說（就是純粹談論終極信仰、認知觀念和行爲規範的文章）。

就文學本身來說，終極信仰、觀念系統和規範系統構成了它的內涵，但是文學並不以擁有此內涵爲滿足，它還要致力於語言的經營，造就一個美的形式，合而顯示它的「表現」能力。在這個前提下，文學自然要跟下列幾個方面發生關係：第一，文學創作者在選擇題材時，大多會以讀者所能理解（或容易理解）的爲主，而讀者所能理解（或容易理解）的題材，莫過於現實環境中已有的。因此，文學創作者所選擇的題材，很少不帶有時代的色彩，這會使文學跟社會脫離不了關係。同時，文學創作者所要表現的主題或主張，〔註 34〕也會受到過去或當今思想的影響，而使文學無法自我孤立於歷史的脈絡。第二，文學固然不是一個純然不跟外界發生關係的個體，但是它的語言形式卻可以不必配合社會的律動，而由文學創作者獨自構作，展現多姿多采的風貌。這時文學創作者對於文學顯然有相當充分的自主權，任何外在的干預，都無法改變這個事實。第三，文學要經由閱讀，才能顯出它的意義和價值，而閱讀活動一旦發生，讀者必然一躍而居於主導的地位，有關文學的解釋和評價（評價也要有一段或顯或隱的解釋過程），將取代文學創作和文學本身而成爲眾人關注的焦點。雖然如此，前者一定要環繞後者而進行，否則將無以自立。

從上面的分析，可以看出文學有它獨特的性質，而此獨特的性質必然也會產生某種功能；其次，文學創作者對文學擁有相當程度的自主權，他的天才、靈感，以及所受的教育和文化涵養，無不影響到文學的「品質」；再次，

〔註 32〕見沈清松，《解除世界魔咒》（臺北，時報，1986 年 10 月），頁 21～28。

〔註 33〕我們用「主要」一詞，是表示容許有例外的情況。至於「表現」一詞，含有「徵候」或「象徵」的意思。它不同於一般所說的「外現」，或克羅齊所說的「直覺」，或形式美學家所說的「表意的成分」〔參見朱光潛，《詩論》（臺北，德華，1981 年 1 月），頁 90～115〕。

〔註 34〕題材，是指作品中具體的人物、地點、行動或事件。主題，是指貫串題材的一般觀念。主張，是指作品所辯護的思想或立場（見註 19 所引劉昌元書，頁 251～252）。

讀者對文學的解釋和評價，也會改變文學的地位，開創另一番氣象。這些現象，都是文學理論的對象。如果我們用文學的本體論來指對文學的性質和功能的解釋，用文學的現象論來指對文學的形式、類別、技巧和風格的解釋，用文學的創作論來指對文學創作者的創作活動的解釋，用文學的批評論來指對讀者的閱讀活動和批批活動的解釋，我們就可以說文學理論指的就是文學的本體論、現象論、創作論和批評論。而這些本體論、現象論、創作論和批評論，合而形成文學理論的範圍，不過，文學理論的範圍還可以擴大到對這些本體論、現象論、創作論和批評論的反省，我們總稱它爲方法論。有了方法論，才能把零散的文學理論組織起來，成爲一門有系統的學問。

六、結　語

文學理論的任務在於解釋、預測和控制，其中又以解釋最爲重要，這一點我已經大略說明過了。至於文學理論的範圍，不外本體論、現象論、創作論、批評論和方法論等五項，我也給予明確的指出了。這一來，我們將會發現兩個事實：一個透過上面的論說，可以檢查出當今文學理論的問題所在；一是藉著上面的論說，可以消弭文學批評上一些無謂的爭論。前者，我們已經見過它的效力，不再多說；後者，我們還沒有實地嘗試，必須略加說明。

大致說來，當今的紛爭，主要集中在文學批評到底是印象的還是分析的，是主觀的還是客觀的，是要使用單一模式還是使用多重模式等問題上，辯論雙方，各執一詞，始終難以溝通。然而，他們似乎都忘了文學各作品的內涵和形式容有不同，但是文學只有一樣，解釋方式也只有一套。我們只問解釋是否有效，而不問它是印象或是分析、是主觀或是客觀、是單一模式或是多重模式。今天大家所爭辯的文學批評是什麼或不是什麼，基本上都不會有結果，只會錯失建構系統理論的機會，而徒讓其他學科的人繼續譏笑文學理論仍在蹣跚學步之中。這樣看來，我的說法是可信的。根據我的說法去做，不但這些無益的爭辯會消失於無形，還能建立起有系統的理論。有了系統理論，也才可望跟其他學科「併肩齊步」。

第一章　緒　論

第一節　本文的性質

七十多年前，美國《展望週報》總編輯亞博特（Lyman Abbott）發表一部自傳，在第一篇中記載他父親的談話說：「自古以來，凡哲學上和神學上的爭論，十分之九都只是名詞上的爭論。」亞博特在這句話後面加上一句評論說：「我父親的話是不錯的。但我年紀越大，越感覺到他老人家的算術還有點小錯。其實剩小的那十分之一，也還只是名詞上的爭論。」〔註1〕亞博特父子的議論頗有意思，不禁讓我聯想到文學上的爭論，也是類似這種情況。如什麼是文學，什麼是文學史，什麼是文學批評，什麼是文學理論，不知被翻來覆去討論過多少次，始終沒有定論，以至每當有人提出某種主張時，倘若涉及上面的名詞，首先就會遭到詰問，而可能要多費一番辯白的工夫。我想要避開這種窘境，似乎只有一個辦法，就是妥善的界定自己所使用的名詞，不致成爲溝通上的障礙，也許就能減少一些無謂的爭端。因此，往後的論說，凡是用到特殊的概念或專門的術語，我也會想辦法把它界定清楚。

當我們要界定一個名詞時，所要考慮的是它所指涉的對象（不論事實存在或想像存在〔註2〕的性質）。換句話說，我必須標舉該名詞（所指涉的對象）的

〔註1〕見胡適，《我們走那條路？》（臺北，遠流，1986年7月），頁141引。胡適此文寫於1935年6月22日，所引亞博特自傳事，相距二十年，至今又隔五十多年，所以開頭還稱七十多年前。

〔註2〕被指涉的對象不一定是具體可見的特定事物。它可以是一群事物（如「狗」），或是一種性質（如「堅決」），或是一種事態（如「無政府狀態」），或是一種關係（如「擁有」）等〔見艾斯敦（William P. Alston），《語言的哲學》（何秀

一切必要特性，以便跟其他名詞（所指涉的對象）有所區別。〔註 3〕就文學來說，它是語言所構成的，〔註 4〕這種語言在不跟語言本身作比較時，〔註 5〕我們稱它爲第一層次的語言，或對象語言。〔註 6〕而用來談論文學的語言，我們稱它爲第二層次的語言，或後設語言。再有談論這一層次的語言，我們稱它爲第三層次的語言，或後設後設語言。〔註 7〕現在我們要問的是，這種對象語言、後設語言以及後設後設語言的性質是什麼？也就是說，它們跟別的對象語言、後設語言以及後設後設語言，到底有什麼不同？〔註 8〕

首先，我們看文學和哲學以及科學各自具有什麼足以互相區別的性質。〔註 9〕大致說來，科學所指涉的是事物的狀態；哲學所指涉的是宇宙人生的

煌譯，臺北，三民，1987 年 3 月），頁 18〕。這些被指涉的對象，有的是事實存在，有的是想像存在。

〔註 3〕見布魯格（Walter M. Brugger），《西洋哲學辭典》（項退結譯，臺北，華香園，1989 年 1 月），〈定義〉條，頁 146。定義（界定的同義詞）名詞的方式很多〔參見徐道鄰，《語意學概要》（香港，友聯，1980 年 1 月），頁 141～154；戴華山，《語意學》（臺北，華欣，1984 年 5 月），頁 221～243〕，其中以本質定義爲正規的定義〔參見劉奇，《論理古例》（臺北，商務，1980 年 6 月），頁 146～162；柴熙，《哲學邏輯》（臺北，商務，1988 年 11 月），頁 83～87〕，而本質定義，就是要舉出該名詞所指涉的對象的本質屬性。

〔註 4〕這裏所說的語言，跟文字爲同義語。

〔註 5〕如果把人類所創造的語言記號，稱作首度的規範系統，文學就是建構在前者上的二度規範系統〔參見古添洪，《記號詩學》（臺北，東大，1984 年 7 月），頁 23 及 119〕。理論上是這樣說，實際上這兩個系統常常難以分辨。爲了專注在文學的討論，只好暫時把語言本身的問題擱置一旁。

〔註 6〕通常用來談論（指陳）事物的狀態（物理的現象）的語言，我們稱它爲對象語言〔參見沈清松，《現代哲學論衡》（臺北，黎明，1986 年 10 月），頁 60；何秀煌，《記號學導論》（臺北，水牛，1988 年 9 月），頁 13〕。文學所談論的主要是人的情意，跟前者所談論的事物的狀態雖然不同，但是彼此的「形態」是一樣的，所以我們也稱它爲對象語言。

〔註 7〕理論上語言的層次可以是無窮的。也就是說，我們可以有後設語言，也可以有後設後設語言，以及後設後設後設語言等（參見前註所引沈清松書，頁 61；何秀煌書，頁 14）。不過，一般使用不到這麼多層次。

〔註 8〕別的對象語言，主要是指日常談話、科學和哲學；而談論日常談話、科學和哲學的語言，就是後設語言；而談論後設語言的語言，就是後設後設語言。不過，日常談話並沒有固定的指涉對象，很難跟科學、哲學和文學並列來談，所以有關日常談話部分，這裏就不加以考慮了。

〔註 9〕有時候，這幾種對象語言並沒有明顯的差別，我們分開談論它們，實在沒有意義。但是大多時候，這幾種對象語言是有差別的，我們所能談論的就是這一部分。

原理；文學所指涉的是人的情感，彼此有相當明顯的界線。〔註 10〕這些對象語言原都隸屬於思想，〔註 11〕而爲了指涉事物的狀態，所以有了科學；而爲了指涉宇宙人生的原理，所以有了哲學；而爲了指涉人的情感，所以有了文學。這樣看來，文學的獨特性是存在的。〔註 12〕其次，談論文學的後設語言以及談論後設語言的後設後設語言，跟談論科學、哲學的後設語言以及談論後設語言的後設後設語言，都受到各自對象語言的「制約」，更不會有相混的現象。所以這裏就不再細加分判，只保留談論文學的後設語言以及談論後設語言的後設後設語言。

談論文學的後設語言，所指涉的是文學的歷史，以及文學的本體（基本性質和功用）和文學的現象（如形式、類別、風格和技巧等）。第一部分，我們稱它爲文學史；第二、第三部分，我們稱它爲文學批評。由於文學批評含有理論探討和實際批評兩種情況，所以我們又把它分爲理論批評和實際批判。換句話說，談論文學的後設語言，就是文學史和文學批評，而文學批評又分爲理論批評和實際批評。至於談論後設語言的後設後設語言，所指涉的是文學批評的歷史，以及文學批評的本體（基本性質和功用）和文學批評的現象（如對象、目的、媒介和形式等）。第一部分，我們稱它爲文學批評史；第二、三部分，我們稱它爲文學批評的批評。同樣的，文學批評的批評也含有批評的理論探討和批評的實際批評，所以我們又把它分爲批評的理論批評和批評的實際批評。換句話說，談論後設語言的後設後設語言，就是文學批

〔註 10〕參見趙天儀，《美學與語言》（臺北，三民，1978 年 12 月），頁 90～97；成中英，《科學眞理與人類價值》（臺北，三民，1979 年 10 月），頁 74～87；趙雅博，《文藝哲學新論》（臺北，商務，1974 年 5 月），頁 48～49 及 227～228。

〔註 11〕語言和思想的關係，自古就爭論不休，有的認爲語言就是思想，有的認爲語言只是思想的一部分。近來普遍傾向後一種說法（參見黃宣範，《語言哲學》（臺北，文鶴，1983 年 12 月），頁 87～118；謝國平，《語言學概論》（臺北，三民，1986 年 9 月），頁 330）。還有思想的涵意主要有兩層：一指一般的思考活動〔所謂思考，是指有助於我們敍述或解決一個問題，從事一項決定，或實現一種理解事物的慾望的任何心理活動。見芮基洛（V. R. Ruggiero），《實用思考指南》（游恆山譯，臺北，遠流，1988 年 4 月），頁 3〕；一指建立判斷（或命題）和推理的活動〔見勞思光，《思想方法五講》（香港，友聯，未著出版年月），頁 4〕。這裏兼含這兩層意義。

〔註 12〕有人認爲文學是一種思想意識，沒有屬於它的特殊的本質〔見伊格頓（Terry Eagleton），《當代文學理論導論》（聶振雄等譯，香港，旭日，1987 年 10 月），頁 11、18 及 188〕。這樣的認識，顯得不夠眞切。

評史和文學批評的批評，而文學批評的批評又分爲批評的理論批評和批評的實際批評。〔註 13〕

現在我所要研究的對象是詩話中的摘句批評，摘句批評屬於文學批評中實際批評的範圍，而我再對摘句批評作批評，就是屬於文學批評的批評中實際批評的範圍。〔註 14〕文學批評的實際批評，主要成分是詮釋（包括說明和解釋）和評價；〔註 15〕文學批評的批評的實際批評，主要成分也是詮釋和評價。我既然選定詩話摘句批評作爲研究對象，自然也包括詮釋和評價這兩部分。這就有別於文學批評的理論批評以及文學批評史。

第二節　研究的目的

〔註 13〕我們平常所說文學研究的範圍，大概如此〔參見劉若愚，《中國文學理論》（杜國清譯，臺北，聯經，1981 年 9 月），頁 1～3〕。我們也可以把這些細目合稱爲文學理論。另外，有所謂三分法，如韋勒克（René Wellek）等，《文學理論》（梁伯傑譯，臺北，水牛，1987 年 6 月），頁 45，把談論文學的原理、範疇、標準等問題，稱作「文學理論」，而把談論具體的文學作品，稱作「文學批評」或稱作「文學史」；又提到「文學理論」、「文學批評」和「文學史」是完全連在一起的。這很讓人費思，因爲該章所用「文學理論」應是取其狹義，跟書名所用「文學理論」取其廣義有所不同；而該章所用「文學批評」，僅指實際批評，而不及理論批評，也有待分辨。因此，我不贊同這種分法。

〔註 14〕在我的用法中，「研究」和「批評」爲同義語〔參見柯慶明，《境界的探求》（臺北，聯經，1984 年 3 月），頁 17～18〕。有人強把它們分開，認爲前者是探求眞理的活動，後者是純粹的美感活動〔見高友工，〈文學研究的理論基礎〉，收於李正治主編，《政府遷臺以來文學研究理論及方法之探索》（臺北，學生，1988 年 11 月），頁 133〕。這我不同意，因爲文學批評不如他所說的那麼「單純」。

〔註 15〕見註 13 所引劉若愚書，頁 2。劉氏在詮釋項下，細分描述和分析，似乎不夠貼切（因爲詮釋本身已經含有主體的價值判斷在內，而描述和分析有時可以作到不含任何的價值判斷，二者多少有些差距），我把它改爲說明和解釋。說明和解釋以及評價，合爲文學批評的三個任務〔參見杜夫潤（Mikel Dufrenne），〈文學批評與現象學〉，收於鄭樹森編，《現象學與文學批評》（臺北，東大，1984 年 7 月），頁 61；亞德烈（Virgil C. Aldrich），《藝術哲學》（周浩中譯，臺北，水牛，1987 年 2 月），頁 71 及 153～199〕。雖然如此，文學批評還是以評價爲主。有人認爲近代的文學批評，除了馬克思主義的文學批評，幾乎所有的批評觀念都放棄了價值的判斷〔見佛克馬（Douwe Fokkema）、蟻布思（Elrud Ibsch），《二十世紀文學理論》（袁鶴翔等譯，臺北，書林，1987 年 11 月），譯序，頁VI VII〕。其實，這只是一種假象，因爲近代的文學批評，無不受限於各自的歷史、文化以及思維系統，所用來解析的方法，已經隱含價值判斷在內，只是從事者沒有自覺而已。

從人意志的一切動作和願望都指向他所認知的價值(對象的完善)〔註 16〕來看，我們研究詩話摘句批評，也必定認爲它是有價值的，不然這種研究就沒有什麼意義。換句話說，詩話摘句批評如果沒有什麼價值，我們還要去研究它，除非不出於意志，否則是很難理解的。因此，指出詩話摘句批評的價值所在，進而表明我們對它的需求，也就成爲一件急迫的事了。

這得從詩話本身談起。詩話到底是什麼？前人對它有這樣的評述：

> 中國文學，實爲世界最豐富之寶庫，體例繁夥，珍品侈陳，詩話一門尤爲中國文學特創之體製。自鍾嶸創作《詩品》，第作者之甲乙，而溯厥師承，其後作者輩出，而爲例亦趨廣泛。若皎然《詩式》，備陳格律；孟棨《本事詩》，旁採故實；劉攽《中山詩話》、歐陽修《六一詩話》，則又體兼說部。於是體例既備，所撰遂夥，蓋已蔚附庸爲大國矣。〔註 17〕

這裡所說詩話爲中國文學特創的體製，作者眾多，體例廣泛，〔註 18〕都是事實。而就最後一項來說，值得探討的問題很多，不只摘句批評而已。〔註 19〕

〔註 16〕參見註 3 所引布魯格書，〈目的〉條，頁 174。按：價值有正面價值，也有負面價值。一般情況，前者才是我們所要追求的。因此，在不涉及相對立論時，我所說的價值，都是指正面的價值。

〔註 17〕見桐廬主人，〈柳亭詩話序〉，宋俊，《柳亭詩話》(臺北，廣文，1971 年 9 月)，頁 1。另外，參見永鎔等，《四庫全書總目提要》(臺北，商務，1971 年 7 月)，〈詩文評類序〉，頁 4349～4350；鄭靜若，《清代詩話敘錄》(臺北，學生，1975 年 5 月)，〈序〉，頁 1。

〔註 18〕許顗《彥周詩話》說：「詩話者，辨句法，備古今，紀盛德，錄異事，正訛誤也。若含譏諷，著過惡，誚紕謬，皆所不取。」〔《歷代詩話》本(臺北，藝文，1983 年 6 月)，頁 221〕上面桐廬主人所說「第作者之甲乙，而溯厥師承」、「備陳格律」、「旁採故實」、「體兼說部」，跟許顗這裏所說「辨句法」、「備古今」、「紀盛德」、「錄異事」、「正訛誤」大致相同。古來詩話，大都不出這個範圍。參見吳宏一，《清代詩學初探》(臺北，學生，1986 年 1 月)，頁 4～5；傅庚生，《中國文學批評通論》(臺北，華正，1984 年 8 月)，頁 42～43。

〔註 19〕摘句批評，涵蓋在許顗所說「辨句法」、「正訛誤」內(桐廬主人雖然沒有明白提及摘句批評，我們也不難了解摘句批評已經隱含在他的言論中。另外，張嘉秀〈詩話總龜序〉說：「夫詩，胡爲者也？宣鬱達情，擷菁登碩者也。夫話，胡爲者也？摘英指纇，標理斥迷者也。」〔阮一閱，《詩話總龜》(臺北，廣文，1973 年 9 月)，頁 2〕張嘉秀所說的「摘英指纇」，自然也包含摘句批評。而摘句一詞，自古已有，蕭子顯《南齊書》說：「若子桓之品藻人才，仲洽之區判文體，陸機辨於〈文賦〉，李充論於〈翰林〉，張眎擿(同摘)句褒貶，顏延圖寫情興，各任懷抱，共爲權衡。」〔(臺北，商務，1981 年 1 月)，〈文學傳論〉，頁 477〕《蔡寬夫詩話》說：「詩全篇佳者誠難得，唐人多摘句爲圖，蓋以此。」

現在我把摘句批評獨立出來，也得有充足的理由才行。

就詩話的體例看來，有關詩人才士的趣聞逸事，可以畫歸說部，不予討論，其餘都跟我的研究有密切的關係。這有的涉及文學史，有的涉及文學批評（包括理論批評和實際批評），有的涉及文學批評史，有的涉及文學批評的批評（包括批評的理論批評和批評的實際批評），洋洋大觀，令人目不暇給。在一番考察後，我發現涉及文學批評的部分，是詩話的重心所在，其他的話題都從這點衍生或附屬在這點上。〔註 20〕我們想要了解詩話，能掌握到它，就有如網在綱一樣的便利。不過，涉及文學批評的部分，還有理論批評和實際批評的區別，這是否有必要再分輕重，本來也頗費斟酌，後來我分別檢討理論批評和實際批評，發覺這是一體的兩面，根本無法強行分離；〔註 21〕既然無法強行分離，也就沒有孰輕孰重的顧慮。因此，探討理論批評而以實際批評爲印證，或探討實際批評而以理論批評爲根據，都無不可。只是我還有一個企圖，就是想藉這種實際批評，來跟西方文學批評的實際批評作對照，提供大家重新思考實際批評方法的機會，所以決定整個研究工作以實際批評爲主，而以理論批評爲輔。

雖然如此，詩話中的實際批評，仍不僅摘句批評一項，還有全詩批評、個別詩人全集批評、一體一類批評，〔註 22〕以及一代詩人總集批評等，又爲什麼不選擇它們，而選擇摘句批評？我的考慮是摘句批評跟全詩批評、個別詩人全集批評、一體一類批評、一代詩人總集批評等，在批評方式上沒有什麼差別，而摘句批評以個別詩句爲對象，是最基本的批評，在詩話的實際批評中具有代具性。因此，這裏就略去全詩批評、個別詩人全集批評、一體一

〔郭紹虞，《宋詩話輯佚》（臺北，華正，1981 年 12 月），頁 406〕至於批評一詞，爲今人所常用，含有詮釋、評價等意義，這在前節中就說過了。另外，參見高辛勇，《形名學與敘事理論》（臺北，聯經，1987 年 11 月），頁 1；姚一葦，《藝術的奧秘》（臺北，開明，1985 年 10 月），頁 349～353。

〔註 20〕這個問題跟我所要探討的摘句批評這種批評方式，並沒有必然的關聯，所以這裏就省略理由，只提出結論。

〔註 21〕也就是說，實際批評須要以理論批評爲根據，而理論批評也須要以實際批評爲印證。有關理論批評和實際批評的關係，參見古添洪，〈中國文學批評中的評價標準〉，收於葉慶炳、吳宏一等著，《中國古典文學批評論集》（臺北，幼獅，1985 年 1 月），頁 95。

〔註 22〕這裏所說的「體」，主要依語言形式來畫分，如古體詩、近體詩；而「類」，主要依題材來畫分，如詠物詩、山水詩。詩話中就一體一類加以批評的，爲數也不少。

類批評，以及一代詩人總集批評等，而專門討論摘句批評。換句話說，我所以只選擇摘句批評，是因爲再也沒有比摘句批評更爲基本的批評，同時要了解其他的批評，也可以透過摘句批評去舉一反三。

然而，摘句批評又具有什麼價值，使我想要去研究它？這得從一個事實說起：我們把批評方式加以抽象，可以看出摘句批評這種批評方式，〔註 23〕在古代一直被人奉行不渝；到了近代，因爲敵不過來自西方的另一種批評方式，才逐漸的沒落。由於它的沒落，使後來的人順理成章的把西方文學批評那種批評方式視爲唯一有效的，卻不知道這已經產生一個問題，就是每使用別人的方法一次，內心就不安一次，因爲不知道爲什麼要這麼做。反觀古人，只是「一直作去」，從來不擔心他所使用的方法有問題。顯然西方文學批評那種批評方式，對西方人有意義，對我們不一定有意義；而古人始終採行摘句批評這種批評方式，表示它對文學創作或文學潮流具有一定的影響力，不能隨意加以否定。由此看來，摘句批評的價值，就在於它蘊涵了一種「不可或缺」的批評方式。這對我來說，已經構成一股強烈的吸引力，而決定要去探個究竟。

再回過來看，今人盲目的揚棄摘句批評這種批評方式，除了顯示自己在認知上的不足，也顯示整個實際批評已經產生了質的變化。這種變化是好是壞，還有待觀察，我這裏只是要告訴大家，摘句批評這種批評方式確實不可缺少，不必對它有所懷疑，也不必刻意加以排棄。換句話說，我這裡多少含有邀請大家再來「體驗」摘句批評這種批評方式的意味。不過，這件事的效果，並不是我所能預期的；〔註 24〕我所能預期的是將有足夠的證據來證明摘句批評這種批評方式是不可或缺的。因此，證明摘句批評這種批評方式是不可或缺的，也就成了我這次研究本身的目的了。

第三節　研究的範圍

我開始以「摘句批評」標題，已經表明這是要從批評者立場來作研究，跟從讀者立場來作研究，迥然不同。〔註 25〕只是有關摘句批評的認定，還有

〔註 23〕就批評方式這點來說，我舉摘句批評，就等於舉全詩批評以下的各種批評，甚至還可以包括中國傳統的各種批評。

〔註 24〕想邀請大家再來「體驗」摘句批評這種批評方式，是我研究者的目的，這個目的是否能達到，有待日後的觀察才知道，現在我無法作任何的預測。

〔註 25〕從批評者立場來作研究，是要研究摘句批評的運作情況；從讀者立場來作研

問題，必須說明清楚，才能進行研究。換句話說，我要先爲我的研究畫定一個範圍。

因爲摘句批評是一種實際批評，主要成分爲詮釋和評價，我的研究自然要受到相當程度的限制。這種限制，分別呈現在材料和材料的細部歸類上。前者是第一層次的限制，多少帶有主觀的色彩；後者是第二層次的限制，純粹爲客觀的約定。也就是說，含有摘句批評的材料，可能沒有止盡，我必須加以選擇，才能進行研究，不免帶有主觀的色彩；而材料既經選定後，一定要符合摘句批評的條件，才是我研究的對象，這純粹爲客觀的約定。〔註26〕現在就進一步具體的加以說明。

根據現在所保存的文獻看來，在先秦時代就有了摘句批評，如：

> 唐棣之華，偏其反而。豈不爾思？室是遠而！子曰：「未之思也，夫何遠之有？」〔註27〕
>
> 《詩》曰：『天生蒸民，有物有則，民之秉彝，好是懿德。』孔子曰：『爲此詩者，其知道乎！』故有物必有則，民之秉彝也，故好是懿德。〔註28〕
>
> 《詩》云：「緡蠻黃鳥，止於丘隅。」子曰：「於止，知其所止，可以人而不如鳥乎？」〔註29〕

這些都是就當時所流傳的詩篇，摘取其中幾句加以批評的例子。雖然它們跟當時另一種「斷章取義」〔註30〕的情況很類似（偏重在意義的詮釋），但是這已經含有評價的意味，可以視爲後世摘句批評的雛形。到了魏晉南北朝，摘

究，是要研究讀者對摘句批評的接受情況。如果是後者，就不能只以「摘句批評」標題，而必須另加其他的名稱。

〔註26〕話雖是這樣說，我在界定摘句批評的性質時，已經含有主觀的假設，不可能完全依照實際的情況來論說（因爲實際的摘句批評到底是什麼，誰也沒有絕對的把握）。這裏所指的客觀，是在已經界定的範圍內的客觀，不能跟「原始」的客觀相混淆。

〔註27〕見邢昺，《論語正義》，《十三經注疏》本（臺北，藝文，1982年8月），〈子罕篇〉，頁81。

〔註28〕見孫奭，《孟子正義》，《十三經注疏》本，〈告子篇〉，頁195。

〔註29〕見孔穎達，《禮記正義》，《十三經注疏》本，〈大學篇〉，頁984。

〔註30〕「斷章取義」是不顧全詩的旨意，僅就其中幾句加以引申發揮。參見屈萬里，〈先秦說詩的風尚和漢儒以詩教說詩的迂曲〉，收於《屈萬里先生文存》（臺北，聯經，1985年2月），第一冊，頁206～207。

句批評受到人物品鑑的影響，〔註 31〕開始風行起來，而且評價的成分也有顯著的增加，如：

> 謝公因子弟集聚，問《毛詩》何句最佳。遏稱曰：「昔我往矣，楊柳依依。今我來思，雨雪霏霏。」公曰：「訏謨定命，遠猷辰告。」謂此句偏有雅人深致。〔註 32〕

> 如欲辨秀，亦惟摘句。「常恐秋節到，涼飈奪炎熱。」意悽而詞婉，此匹婦之無聊也。「臨河濯長纓，念子悵悠悠。」志高而言壯，此丈夫之不遂也。「東西安所之，徘徊以旁皇。」心孤而情懼，此閨房之悲極也。「朔風動秋草，邊馬有歸心。」氣寒而事傷，此羈旅之怨曲也。〔註 33〕

> 至乎吟詠情性，亦何貴於用事？「思君如流水」，既是即目：「高臺多悲風」，亦惟所見：「情晨登隴首」，羌無故實；「明月照積雪」，詎出經史。觀古今勝語，多非補假，皆由直尋。〔註 34〕

這幾個例子，已經是道道地地的摘句批評，不再像以前偏重在意義的詮釋。而這只是隨機而發，當時還有專以摘句批評爲能事的（如史書所載張眎的摘句褒貶）。可見魏晉南北朝已經爲後世的摘句批評奠立了基礎。至於魏晉南北朝以後，摘句批評的風氣更爲昌盛，就不用多說了。

像上面所舉摘句批評的例子，從先秦以來，不知道有多少，想要全部網羅來研究，並不是一件容易的事。因此，自我設定一個範圍，也就勢在必行了。〔註 35〕在這個前提下，我選定何文煥編《歷代詩話》，丁福保編《續歷代詩話》、《清詩話》，以及郭紹虞編《清詩話續編》中所收詩話，作爲主要的材料；而以其他單行本的詩話和輯佚的詩話，作爲次要的材料，〔註 36〕相信這

〔註 31〕魏晉南北朝期間，詩的批評，深受人物品鑑風氣的影響〔參見龔鵬程，《文化、文學與美學》（臺北，時報，1988 年 2 月），頁 87～98〕；摘句批評應當也是。

〔註 32〕見劉義慶，《世說新語》，《新編諸子集成》本（臺北，世界，1978 年 7 月），〈文學篇〉，頁 59。

〔註 33〕見劉勰，《文心雕龍》（黃叔琳注本，臺北，商務，1977 年 2 月），〈隱秀篇〉，頁 46。

〔註 34〕見鍾嶸，《詩品》，《歷代詩話》本（臺北，藝文，1983 年 6 月），〈序〉，頁 8。

〔註 35〕當然，我所設定的範圍，一定要能涵蓋多種「類型」的摘句批評，才不會影響到結論的可靠性。

〔註 36〕主要材料部分，都是今天常見的；次要材料部分，就不一定了。好在它是次要材料，多寡都不至於影響我的結論。

些材料足夠提供我研究所需要的實例。

再來這些材料中，只有符合摘句批評的條件，才是我研究的對象。也就是說，它至少要有評價的成分，〔註 37〕我才會去討論。這樣我就可以不考慮詩話中有「摘而不評」之類的情況。〔註 38〕雖然我知道那些被摘的大都是好句子，但是作者沒有明白說出，無從討論起。即使有人堅持那也是摘句批評的「類型」之一，我仍然不會加以討論。如果眞要了解它，只好跟被作者評爲「佳句」、「警句」一類並看，這一類也在我的探討之列。

第四節　研究的方法

在研究的目的那一節中，我說到這次的研究是要證明摘句批評這種批評方式是不可或缺的。而在研究的範圍那一節中，我又說到這次的研究是以通行的詩話中所含有的摘句批評爲對象。現在我要說明怎樣利用這些材料，來達成預定的目的，也就是方法的問題。

這裏所說的方法，是指解決問題的方式，或處理問題的程序，而不是指器物利用，或官能運作。〔註 39〕既然如此，當我們所要解決（處理）的問題改變時，所採取的方法也要跟著改變。換句話說，方法是隨著我們所要解決（處理）的問題而來的，問題不同，方法也就不一樣。〔註 40〕現在我所面對的問題是怎樣證明摘句批評這種批評方式是不可或缺的，因此，我所採取的方法，必然要以能解決這個問題爲唯一考慮。但是這個方法只是解決問題的方式，無法另外給它一個名稱（如歸納法、演繹法、綜合法、分析法、現象

〔註 37〕摘句批評通常只有評價，沒有詮釋；即使有詮釋，也只是作爲輔助用。因此，只要有評價，就是我研究的對象。

〔註 38〕從唐代以來，就有不少人專集詩人秀句，如元兢《古今詩人秀句》、僧元鑑等《續古今詩人秀句》；或摘句爲圖，如張爲《詩人主客圖》、李洞《集賈島詩句圖》、專崇《句圖》、高似孫《選詩句圖》〔參見郭紹虞，《中國文學批評史》（臺北，文史哲，1982 年 9 月），頁 282～283；羅根澤，《隋唐文學批評史》（臺北，學海，1978 年 9 月），頁 23；羅根澤，《晚唐五代文學批評史》（同上），頁 48～57〕；詩話中只摘句而不評價的情況，應該跟它們相似，實際上已經隱含評價在內，只是嫌它太過「空洞」，暫時不予討論。

〔註 39〕參見何秀煌，《文化，哲學與方法》（臺北，東大，1988 年 1 月），頁 25；張家銘，《社會學理論的歷史反思》（臺北，圓神，1987 年 10 月），頁 115。

〔註 40〕參見史作檉，《哲學人類學序說》（新竹，仰哲，1988 年 2 月），頁 27；黃俊傑編譯，《史學方法論叢》（臺北，學生，1984 年 10 月），頁 243～301。

學方法、詮釋學方法、對比法之類），只能就實際情況加以說明。〔註 41〕

在第一節中，我說過本研究的主要成分是詮釋和評價，而詮釋部分，又分爲說明和解釋。〔註 42〕說明和解釋以及評價，就是目前我所面臨的三個任務。這三者本來沒有必然的關係，〔註 43〕但在這裏卻要把它們連貫起來，以便達成我的目的。也就是說，我必須先就摘句批評的現象加以說明，然後解釋它的因果關係，最後拿它跟西方的文學批評作比較而給予適當的評價，才能解決我所提出的問題。這樣一來，說明和解釋以及評價，也就有了邏輯上的關聯，而成爲推動整個研究工作的必要「手段」。

我所採取的方法，大致如此。但是我還要問這種研究如何可能？換句話說，這種方法如何保證結論的可靠？這就得從方法本身說起。首先，看說明的部分有沒有問題。嚴格的說，摘句批評的「差別相」（具體的摘句批評）是很難指陳得盡的，爲了論說方便，我必須把重點放在「共相」（抽象的摘句批評）上，〔註 44〕這自然會使說明的工作受到限制（無法兼顧所有的「差相別」）。雖然如此，整個說明有詩話作根據，還是可以成立的。如果有人不同意我的說明，他可以再提一套說法，只是他可能要重新建立假設才行，〔註 45〕這就

〔註 41〕一般所說的歸納法、演繹法、綜合法、分析法、現象學方法、詮釋學方法、對比法等〔參見杜維運，《史學方法論》（臺北，三民，1987 年 9 月），頁 65～128；沈清松，《解除世界魔咒》（臺北，時報，1986 年 10 月），頁 5～11〕，都是從實際的研究中抽提出來的，不是先有這些方法的存在，才有實際的研究（後來藉用這些方法來進行研究，另當別論）。現在我面對的問題，並沒有相應的方法可以應用，自然無法給它一個名稱。

〔註 42〕詮釋一詞，在西方的詮釋學上，有特殊的涵意，總括有解釋〔找尋（語言性或非語言性）符號與符號彼此的關係，藉以顯豁符號之間某種理性的組織，並因此而認定其涵意與指涉〕、理解（體察在符號系統中所隱含的世界或其與人類存在處境的關係）和批判（指陳決定該符號系統之產生的個體的慾望和信念，以及集體的價值觀與社會的關係）等幾層意義（詳見沈清松，〈解釋、理解、批判——詮釋學方法的原理及其應用〉，收於臺大哲學系主編，《當代西方哲學與方法論》（臺北，東大，1988 年 3 月，頁 21～40〕。我們這裏只取其一般的涵意。

〔註 43〕這是說說明歸說明，解釋歸解釋，評價歸評價，彼此所依據的標準並不一樣，不必構成邏輯上的關係。

〔註 44〕有關「差別相」（或稱「殊相」）、「共相」的問題，參見牟宗三，《理則學》（臺北，正中，1986 年 12 月），頁 4～7；註 3 所引布魯格書，〈普遍概念，共相〉條，頁 559～560。

〔註 45〕在方法學上，「假設」是指一個原則的提出，作爲對某一事實或一羣事實的條件說明；或者對某一現象的基礎，在證據未確定前，所作的「暫時假定」，以

跟我的研究無關了。

其次，看解釋的部分有沒有問題。所謂解釋，就是把摘句批評視爲一「物體」，視爲創造（文學批評也是一種創造〔註46〕）活動的產物，文化世界的成品，而援用因果原理來解釋它。於是摘句批評或由心理歷程決定，或由歷史環境決定，也就有根有源了。但是要解釋摘句批評，不能通過摘句批評本身，只能通過摘句批評者的心理歷程，或決定這種心理歷程的歷史環境，這就需要一番推理，才能得出結論，它的可靠性也就不是絕對的了。雖然結論不是絕對的可靠，還是不失爲可以依循的根據（除非別有更可靠的結論出現，不然它就是「定論」了）。

最後，看評價的部分有沒有問題。就摘句批評來說，它的價值雖然來自我的估定，但是這種估定不能是任意的，否則別人無法加以檢驗，而確定價值的眞實性。〔註47〕因此，我可以拿它跟西方文學批評作比較，找出彼此的「對應點」，設定一個標準，來進行評估，所得到的價值，就具有普遍意義，而可以邀人一起來領受。在這個過程中，有關標準的設定，可能會引起少許的爭議。也就是說，別人也可以另尋一個標準，來進行評估，而得出不同的結果。不過，我已經強調這個標準不是主觀的專斷，應該不會影響到結果的確切（除非別人有辦法否定這個標準，不然我的評估就是可信的了）。

很顯然我的研究是可能的。再來就是如何把說明和解釋以及評價作更緊密的聯結，好順利達到我的目標。大家都知道我們所能接觸（觀察）的只是摘句批評的現象，而摘句批評的現象無法自我證明它是不可或缺的。所謂不可或缺，是我們「看」出來的，也是我們對它的評價。現在我要告訴別人這點，就得提出有力的證據才行。而這首要工作，就是說明摘句批評的現象，以確定其他工作的方向；接著就是解釋這種現象的因果關係，以證實它的必然性；最後就是根據它的必然性，來裁定它的價值。依此看來，說明和解釋

爲觀察或實驗的檢驗〔參見沈國鈞，《人文學的知識基礎》（臺北，大林，1978年10月），頁102～103；殷海光，《思想與方法》（臺北，水牛，1989年10月），頁141～147〕。我所提出的摘句批評這種批評方式是不可或缺的，也是一個有待證明的假設。雖然如此，我並不排除別人有不同或相反的假設。

〔註46〕參見周英雄，《結構主義與中國文學》（臺北，東大，1983年3月），頁222～223；註14所引柯慶明書，頁24～26；朱光潛，《美學詩學與文學》（臺北，康橋，1987年1月），頁113～119。

〔註47〕這是說摘句批評的價值，不論由我來判斷，或由別人來判斷，應該是一樣的。如果不一樣，不是價值出了問題，而是判斷者出了問題（選錯了判斷標準）。

以及評價就缺一而不可了。

第五節 研究內容概要

摘句批評這種批評方式，在現代經常遭受責難，〔註48〕以致沒有人敢觸犯眾忌而再度採用。然而，責難摘句批評這種批評方式的人，也始終提不出令人滿意的理由，倒是有的信口開河，或人云亦云，造成視聽的混淆。至於有少數維護這種批評方式的人，所論也僅止於一些不關緊要的層面，不但不足以顯示這種批評方式的眞相，更無法澄清今人對於這種批評方式的誤解。因此，我的研究自然充滿著「迫切性」和「挑戰性」。首先，我要對以往「正」「反」兩面的言論加以檢討，一一指出他們（發表這些言論的人）在觀照上流於片面，在詮釋上不夠深入，在評斷上過度草率，以及在態度上有失公允，作爲爾後研究的引子。這是第二章〈過去研究成果的檢討〉的主要內容。

其次，我要把摘句批評的現象作一番歸納說明，確定它是以特殊的詩句爲對象、以價值的評估爲依歸、以批評的語言爲媒介，以及以單一的判斷爲手段，以便追溯它的來源。這是第三章〈詩話摘句批評的現象〉的主要內容。

再次，我要就摘句批評的現象加以解釋，分別以詩教使命的促使、批評本質的限定、語彙系譜的作用，以及價值判斷的侷限，來闡明摘句批評所以以特殊的詩句爲對象、所以以價值的評估爲依歸、所以以批評的語言爲媒介，以及所以以單一的判斷爲手段的原因。這是第四章〈詩話摘句批評的原理〉的主要內容。

再次，我要將摘句批評的功能，作一點推測，肯定它可以開啓後進創作的途徑、提供批評家攻錯的機會，以及延續詩句的生命，以印證我所作的解釋。這是第五章〈詩話摘句批評的功能〉的主要內容。

再次，我要從摘句批評的原理（因果關係）出發，透過跟西方文學批評的比較，判斷它成就了一種不可或缺的批評方式，來肯定它的價值；並且以維護了批評對象的純粹性，對這一不可或缺的批評方式的功能作一點回應，

〔註48〕這裏主要是指摘句批評這種批評方式，還沒有指摘句批評這件事。今人有反對摘句批評這件事頗力的，如姚一葦。他認爲尋章摘句的評論，不僅不能幫助我們對於整個藝術品的了解，反而形成了我們的欣賞的阻礙（見註19所引姚一葦書，頁41～42）。不過，這是以西方文學批評的標準來衡量的結果。等到我探討摘句批評的原理時，就可以明白他的說法是不能成立的。

合而可以看出摘句批評的現代意義。這是第六章〈詩話摘句批評的現代意義〉的主要內容。

最後，第七章是我的結論，除了回顧研究的主要內容，也對未來可以繼續開拓的領域作一些展望，不致使本研究成爲一個孤立的事件，而無益於整體文學理論的建樹。

第二章　過去研究成果的檢討

第一節　釋　題

在流行摘句批評的時代，針對摘句批評所發的評論，已經屢有所見，〔註 1〕如「鍾伯敬評詩，專求片詞隻字之工切而不知大體。」〔註 2〕「余最恨言詩者拈人單詞隻句，然於長吉，不得不爾。」〔註 3〕「一首一句，未必便能定人高下。人皆惑于虛聲之士，以名士自命，閱人一首一句，即侈然評論，並欲概其生平。于是隨聲附和，茫無定見矣。不知古人以詩名者，集中儘有平庸之處，亦有畢世吟哦，僅得一二名句者，何可以概論？」〔註 4〕從這些評論中，我們不難察覺古人摘句批評有所微詞，主要是爲顧全詩的大體〔註 5〕和詩人的整體

〔註 1〕爲了方便論說，這裏只舉一些反面的意見。至於正面的意見，在後面各章中會陸續引證。

〔註 2〕見黃子雲，《野鴻詩的》，《清詩話》本（臺北，藝文，1977 年 5 月），頁 1094。

〔註 3〕見周容，《春酒堂詩話》，《清詩話續編》本（臺北，本鐸，1983 年 12 月），頁 111。

〔註 4〕見吳雷發，《說詩菅蒯》，《清詩話》本，頁 1149。

〔註 5〕詩的大體，指的是人的志意（情志）。古人評詩，相當看重這一點，以致對某些專在字句工拙方面打轉的言論，不免要加以譏斥。葉燮《原詩》說：「《虞書》稱：『詩言志。』志也者，訓詁爲心之所之，在釋氏所謂『種子』也。志之發端，雅有高卑大小遠近之不同。然有是志，而以我所云才識膽力四語充之，則其仰觀俯察，遇物觸景之會，勃然而興，旁見側出，才氣心思，溢于筆墨之外。志高則其言潔，志大則其辭弘，志遠則其旨永，如是者其詩必傳，正不必斤斤爭工拙一字之間。乃俗儒欲炫其長，以鳴于世，于片語隻字，輒攻瑕索疵，指爲何出，稍不勝，則又援前人以證。不知讀古人書，欲著作以垂後世，貴得古人大意，片語隻字稍不合，無害也……故不觀其高者大者遠

表現，〔註 6〕並沒有別的要求。這跟今人為了迎合西方文學批評而來駁斥摘句批評，大有不同。由於我所研究的是摘句批評這種批評方式，而古人對這種批評方式始終沒有什麼疑問，無從編列專章予以討論，〔註 7〕因此，這裏所能討論的只有今人的議論。而我題為「過去」，是以本研究寫作的時間為準，凡是先我而發表的議論，都可以視為「過去」。

還有今人的議論大都散見在相關的文章中，很少看到成「系統」的論著（而這點也正是今人最常據以質問古人的），〔註 8〕略去它們不談，我的判斷將會流於一偏（甚至根本無法下判斷），所以這裏仍然把它們當作一種研究成果來檢討；同時今人的議論多以全體實際批評為對象（有時還兼及詩話以外的實際批評），不一定特別強調摘句批評這一部分，但是摘句批評原本涵蓋在實際批評中，今人不說，我們也能明白。因此，當今人提到詩話中的批評如何如何時，自然可以看作兼含摘句批評而取來一併討論。

又因為今人的議論有「正」「反」兩面，不得不稍作區別，所以我在底下前兩節中分別題為「觀照流於片面」和「詮釋不夠深入」，針對「正」面意見加以檢討；而在底下後兩節中分別題為「評斷過度草率」和「態度有失公允」，

者，動摘字句，刻畫評駁，將使從事風雅者，惟謹守老生常談，為不刊之律，但求免于過，斯足矣，使人展卷，有何意味乎？」（《清詩話》本，頁 737～739）龐塏《詩義固說》說：「古今人之論詩者多矣，大要稱說於篇中之詞，而未深求於言中之志，所謂從流下而忘反者也。試觀《三百篇》以暨漢、魏，其所為詩，內達其性情之欲言，而外循乎淺深條理之節，字字有法，言言皆道，所以諷詠而不厭也，余每與同人論詩，耑主此說，以為如是則為詩，不如是即非詩，故曰《固說》。說雖固哉，而畔道離經，從知免矣。」（《清詩話續編》本，頁 727）

〔註 6〕這有兩種情況：一種是顧慮詩人在整首詩中的表現；一種是顧慮詩人在全體詩中的表現。前者為了避免「遺大取小」（這跟今人反對摘句批評的情況略有不同）；後者為了避免「以偏概全」。雖然如此，古人自己還是不能免除摘句批評，正如周容所說「時不審章而論句，遂趨中晚。然少陵章法，又須求其不可測處，否則如『丞相祠堂』與『諸葛大名』諸篇，為宋人師承，涉於議論，失詩本色」（同註 3），可見摘句批評仍舊不可缺少。

〔註 7〕至於還有類似上面所舉有關摘句批評得失成敗的例子，我會在後面隨機加以檢討。

〔註 8〕所謂「系統」，是指把由比較多的構成要素，按一定的原理組合起來的一個整體〔參見增成隆士，〈美學應該追求體系嗎？〉，收於《美學的思索》（未著譯者姓名，臺北，谷風，1987 年 6 月），頁 248；布魯格（W. Brugger），《西洋哲學辭典》（項退結譯，臺北，華香園，1989 年 1 月），〈系統〉條，頁 527～528〕。今人探討摘句批評，能作到這個地步的，可說少之又少。

專就「反」面意見加以討論。對於前者，我多少有幾分肯定；對於後者，我就只有否定。雖然如此，「正」「反」兩面意見仍有不易分辨的情況，屆時只有依便採擇，不再追究誰應屬「正」面意見，誰應屬「反」面意見。而綜合以上四點，可以看出今人對摘句批評的理解相當不足。

第二節　觀照流於片面

就摘句批評的現象來看，最明顯的是它的用語和形式（組織）。這二者本來合爲一體，爲了論說方便，才把它們分開來談。這樣一來，我們就可以追問到底是用語決定形式？還是形式決定用語？也就是說，摘句批評者在從事摘句批評時，只是適時的運用某些語言，自然成就一個形式？還是先有一個形式，才選擇某些語言？如果是前者，摘句批評的形式應該「五花八門」，不限於少數幾個類型，因爲每個人都可能傾其語言能力，有意無意創造出繁複的形式，這就會夾有許多偶然的因素，而使我的研究工作陷於停頓（無從探討摘句批評的因果關係）。如果是後者，我就有辦法推測摘句批評所以是這樣的原因，進而肯定或否定它的存在價值。很顯然我是假定後一種情況，因爲我所看到的摘句批評，只有二三個固定的形式，不大可能會出於偶然。而今人談論摘句批評，就很少反省到這一點。

根據我的考察，今人所以「不解」摘句批評，關鍵就在沒有釐清前面那兩個問題，而只在用語如何、形式如何上纏繞，所論自然流於偏狹。現在就來看他們是怎麼談的：

> 漢米頓（George H. Hamilton）是耶魯大學藝術史教授，爲1965年版《大美百科全書》特撰的短文中，指出印象主義的特色是主自然感悟而排知性思考，即感即興，當下而成。筆觸放曠而速疾，顏色鮮明。驟然觀之，技巧粗疏，予人畫來漫不經心、尚未完成之感。所用畫布亦較細小。細察我國歷代的詩話詞話，我們發現其批評手法與印象主義繪畫的風格，甚有異曲同工之妙……詩話詞話的印象式批評，對印象的表達，可分爲兩個層次：一爲初步印象；一爲繼起印象。詩話的始作俑者歐陽修，在《六一詩話》中提到周朴詩的時候說：「其句有云『風暖鳥聲碎，日高花影重』，又云『曉來山鳥鬧，雨過杏花稀』，誠佳句也。」「誠佳句也」四字，就是六一居士

的評語了。這裏所表達的，是批評家（其實說讀者更適切）看了作品得到的初步印象。他只知道作品「佳」，但佳在何處，卻不加析論。這樣挑出自己認爲好的詩句，或說「佳」，或稱「妙」，或曰「工」，或譽爲「警絕」，或許爲「合於古」，這種初步印象的表達，是歷代詩話詞話常用、慣用以至濫用的批評手法……繼起印象比初步印象高了一層。初步印象是一片渾沌，批評家所見，是一片美好的森林。繼起印象則已在渾沌中露出端倪，批評家已看到這片森林的形勢，遠遠察見森林中各種樹木花草的一片色彩，《滄浪詩話》說李白「飄逸」、杜甫「沈鬱」，這些字眼便是繼起印象的評語了……詩話詞話描述雄渾、婉麗、飄逸、沈鬱等印象時，常常把這些形容詞和氣象、意象、意境、情景等語連在一起……與意象等術語同出一源而性質略有不同的，則爲神韻、氣韻、風致、風調、風力、風格、格調、氣格、情致等詞。這些術語更常常和雄渾、飄逸等形容詞攜手合作，以描述對作品讀後的整體印象。由於神、氣、韻、致、風、格等都是抽象名詞，聽起來難免使人有神秘不可捉摸的感覺……詩話詞話表達繼起印象，除了剛才所說抽象語的陳說之外，還有另一方式，即形象語的運用。《滄浪詩話》的飄逸和沈鬱，屬於抽象語；同書中亦用以狀寫李白和杜甫的「金鳷擘海，香象渡河」，則屬於形象語。〔註9〕

這段話所談的兼及詞語的批評、而我只要取詩話中的摘句批評來說就行了。論者所舉幾類評語，在摘句批評中的確有運用不迭的現象。這種現象，論者把它類比爲西方畫的印象主義，稱它爲印象式批評，這個說法合適不合適，我將在下節中討論。現在我要談的是這些用語到底是出於偶然？還是別有原因？如果是出於偶然，又要如何解釋它們在形式上所顯示的一致性？現在我們看到摘句批評的用語在形式上顯出相當的整齊畫一，可見它們不是出於偶然，而是別有原因。既然別有原因，像下面的言論就有問題了：

系統、理性、精密都是科學的特徵；而對科學的追求，是中國近代

〔註9〕見黃維樑，《中國詩學縱橫論》（臺北，洪範，1977年12月），頁3～9。類似的意見，見黃維樑，《中國文學縱橫論》（臺北，東大，1988年8月），頁243～248；黃永武，《中國詩學（鑑賞篇）》（臺北，巨流，1976年10月），頁9～10；顏元叔，《何謂文學》（臺北，學生，1976年12月），頁84～85。

文化史上最大的追求。二十世紀以科學標榜的心理分析批評、新批評和神話基型論，都爲文學批評開闢了嶄新的境界……這些批評的理論和手法，都是傳統詩話詞話所沒有的。爲了擴大視野，每一門新的批評理論都值得我們注意和斟酌採用。不過，一如拙文〈王國維《人間詞話》新論〉結束處所言「說不定有一天心理分析學再度把作品變爲研究作者生平的資料；基型論則把文學批評淪爲人類學、文化學的附庸；而新批評的精讀細析則流於機械化，讀者會不勝其繁碎，看到一首二十言的小詩，竟有二十頁的分析，而立刻避之則吉。那時，如果沒有新的批評方法出來取而代之，或增而益之，那末，印象式批評也許會東山復出。」……「印象式批評還有另一存在的價值，它那種以少言多，以簡馭繁的手法，是任何文字和言說所絕不能免的；即使最詳盡的文學史，不管是那一國的，也免不了概括性的描述；日常言談中，即使最重精分細析的『新批評』家，有意無意之間，也往往扮演了印象式批評家的角色（朋友閒談時問你看過某本小說或某部電影後，對它的評價如何，你能『不厭其煩』地給他講解一天一夜嗎？這時，概括的、生動有趣的比喻式評語，就大派用場了）。」輕視印象批評的人，以爲它是「較壞的批評」，可是，我們要借用嚴羽的話說：「天地間自欠此體不得。」至少，印象式批評可提供若干靈感。〔註10〕

論者把摘句批評這種批評方式，跟西方文學批評那種批評方式作比較，認爲它自成「一體」，仍有存在的價值；又認爲即使最重精細分析的「新批評」家，也不免要採用概括性的描述。前者雖然沒有把這種批評方式所以自成「一體」的原因說得很合理，大致上還算公允。後者卻出現了極大的漏洞，既然「新批評」家也會扮演印象式批評家的角色，爲什麼印象式批評家就不會扮演「新批評」家的角色？〔註11〕今天摘句批評所以不同於西方文學批評，顯然跟使用不使用

〔註10〕同上所引黃維樑書（《中國詩學縱橫論》），頁24～26。

〔註11〕黃維樑在文中所提到的詩話詞話也有類似新批評的系統的陳述（同上，頁15～23），其實那些跟新批評很難扯得上關係。中國文學批評中，即使細如詩文評點〔參見羅根澤，《兩宋文學批評史》（臺北，學海，1978年9月），頁293～298；吳宏一，《清代詩學初探》（臺北，學生，1986年1月），頁147～165〕，也跟新批評南轅北轍〔參見龔鵬程，《文學批評的視野》（臺北，大安，1990年1月），頁387～438〕。

概括性的描述無關，而是跟背後促使它成立的一套「方案」有關。也就是說，先有摘句批評這種形式的存在，才有摘句批評這種用語的產生。同樣的，西方文學批評也是先有那種形式的存在，才有那種用語的產生。〔註 12〕這樣看來，今人雖然知道摘句批評這種批評方式在「天地間自欠此體不得」，但是對它的觀照，還僅止於片面。

第三節　詮釋不夠深入

今人大多把摘句批評解釋爲印象式批評。〔註 13〕所謂印象式批評，是指「靈魂在傑作中探險」，探險所得，表現爲批評語言。〔註 14〕它跟主觀的直覺的批評爲同義語。〔註 15〕這種解釋，基本上是無效的，原因就在他們是從用語來推測。從用語來推測，可以推測出直覺式的批評，也可以推測出分析性的批評，〔註 16〕你又如何肯定摘句批評是直覺式的批評，而不是分析性的批評？〔註 17〕可見把摘句批評解釋爲印象式批評，純是一種臆測，還有待充足的證據給予支持。〔註 18〕

〔註 12〕至於用語不免摻雜摘句批評那種用語，那是多數言論共有的現象，不能作爲評斷的依據。

〔註 13〕除了註 9 所引黃維樑說，又見張健，《中國文學批評》（臺北，五南，1984 年 9 月），頁 19；周英雄，《結構主義與中國文學》（臺北，東大，1983 年 3 月），頁 216；葉嘉瑩，《迦陵談詩二集》（臺北，東大，1985 年 2 月），頁 39～40。

〔註 14〕參見史賓岡（J. E. Spingarn），〈新批評〉（吳魯芹譯，《文學雜誌》第二卷第三期，1957 年 5 月 20 日），頁 4～8；福勒（Roger Fowler）主編，《現代西方文學批評術語》（袁德成譯，四川，人民，1987 年 5 月），〈批評〉條，頁 61～62；趙滋蕃，《文學與美學》（臺北，道聲，1979 年 8 月），頁 47～52。

〔註 15〕有關直覺的批評，參見克羅齊（Penedetto Croce），《美學原理》（正中書局編審委員會重譯，臺北，正中，1987 年 11 月），頁 1～12；朱光潛，《文藝心理學》（臺北，開明，1988 年 8 月），頁 3～14。

〔註 16〕有關分析的批評，參見姚一葦，《欣賞與批評》（臺北，聯經，1989 年 7 月），頁 51～69；高友工，〈文學研究的理論基礎〉，收於李正治主編，《政府遷臺以來文學研究理論及方法之探索》（臺北，學生，1988 年 11 月），頁 115～135。

〔註 17〕把文學批評二分爲直覺式和分析性的批評，並沒有太大意義，因爲文學批評本是心智的綜合表現，很難分誰是直覺式的批評，誰是分析性的批評〔參見龔鵬程，《文學散步》（臺北，漢光，1985 年 12 月），頁 189；王世德主編，《美學辭典》（臺北，木鐸，1987 年 12 月），〈審美直覺〉條，頁 68〕。

〔註 18〕至於論者又把印象式批評對印象的表達，分爲初步印象和繼起印象（見前），更是沒有根據。

在一片肯定摘句批評爲印象式批評的聲音中，也有一些試圖突破窠臼的言論，如：

> 詩話詞話有好有壞，主觀印象的固然很多，但也有不少詩詩詞話，並非純留在第一層的主觀印象，而是經過客觀分析、比較、衡鑑而後得出的結論，只不過古人沒有把客觀分析的過程寫出來罷了。沒有寫出來，並不是沒有，更非不能，而是不爲……基於此，傳統的詩話詞話等文學批評，除了那些敘述佚聞瑣事，及直感直覺的主觀印象外，有很多是經過客觀分析、比較、衡鑑之後，而得出來最精采的結論。他們著眼在最後的結評是否精當，而不在乎將過程寫出來；如果要仔細地將其分析過程寫出來，在當時也許反而吃力不討好。〔註19〕

這是不滿論者以偏概全，只知道摘句批評出於直覺的主觀印象，而不知道它也有經過客觀分析、比較、衡鑑而後得出的結論，只是古人沒有把客觀分析的過程寫出來罷了。然而，這種解釋也是無效的，因爲古人有沒有經過客觀分析、比較、衡鑑，你又怎麼知道？換句話說，分析性的批評，也跟直覺式的批評一樣，無法從用語本身來判斷，必須透過批評者的心理歷程去推測，而批評者的心理歷程百般複雜，〔註20〕沒有足夠的證據，怎能確定它就是分析性的批評？

上面兩種解釋，都是想透過摘句批評者的心理歷程來理解摘句批評所以如此的原因，但都免不了臆測的成分，所以一時還無法取信於人。另外，有人把注視的焦點從批評用語轉移到讀者身上，試著來解釋摘句批評所以「意簡言約」的緣故，如：

> 詩話、詞話是中國詩詞批評的主流，因此傳統的詩詞批評可以說是以印象爲主……如果我們拿宋朝以後的詩話詞話爲中國文學批評的主流，那麼中國文學批評的特質大致不離「意簡言約」四個字了。既然詩話中帶有說話的性質，自然暗示有這麼個聽話的人，而二者之間的經驗與學養都有相當的共同之處，也就是說寫的人與看的人對批評的對象、批評的態度與批評的術語都有共同的認識，因此雙

〔註19〕見沈謙，《期待批評時代的來臨》（臺北，時報，1979年5月），頁84～86。

〔註20〕文學批評的心理過程，跟文學創作的心理過程同樣複雜〔參見錢谷融、魯樞元主編，《文學心理學》（臺北，新學識，1990年9月），頁149～19〕，不是三言兩語就能解釋清楚。今人的言論，都有過分簡化的弊病。

方可以說同屬於一個小圈子，可以做到幾乎不言而喻的地步。〔註21〕然而，這種解釋仍舊是無效的，原因有二：第一，許多證據顯示摘句批評者是爲了「以示勸戒」、「以獎勵風會」、「以示學者棄取之方」，〔註22〕才來從事摘句批評，而不是藉它（摘句批評）跟自己的經驗、學養相當的人「閒談」；〔註23〕第二，中國文學批評中，有那一種批評不是用這種批評方式？〔註24〕既然都是用這種批評方式，單獨把摘句批評的用語解釋爲屬於一個小圈子人的「禁臠」，就不足爲訓了。至於有人說「中國人的批評文章是寫給利根人讀的，一點即悟，毋庸辭費。西洋人的批評文章是寫給鈍根人讀的，所以一定要把道理說個明白。」〔註25〕更不知所云，這裏也無從談論起了。

〔註21〕見註13所引周英雄書，頁216～220。類似的意見，見鄭樹森，《文學理論與比較文學》（臺北，時報，1982年11月），頁13～14；夏志清，《人的文學》（臺北，純文學，1979年3月），頁201；何冠驥，《借鏡與類比》（臺北，東大，1989年5月），頁164。

〔註22〕葛立方《韻語陽秋》說：「凡詩人句義當否，若論人物行事，高下是非，輒私斷臆處而歸之正；若背理傷道者，皆爲說以示勸戒。」〔《歷代詩話》本（臺北，藝文，1983年6月），〈序〉，頁290〕方觀〈石園詩話序〉說：「（余成教）年來從詩歌古文積累之餘，錄爲《石園詩話》，上自三唐，下至于茲，或爲章爲句，必取其有關于性情學行之大者而錄之。蓋不徒爲詩家談吐，而發微顯幽，所以獎勵風會者有在，覽者其毋以附會雷同之舊置之也。」（余成教，《石園詩話》，《清詩話續編》本，頁1735～1736）王壽昌《小清華詩談》說：「編中於古人間有所議，然亦不過略指其小疵，曁就所引之一章一句而論之，以示學者棄取之方，非論其人之生平與其全集也。」（《清詩話續編》本，〈凡例〉，頁1854）

〔註23〕參見林綠，《文學評論集》（臺北，國家，1977年8月），頁117～118；簡錦松，〈胡應麟詩藪的辨體論〉，收於《古典文學》第一集（臺北，學生，1979年12月），頁330；龔鵬程，《江西詩社宗派研究》（臺北，文史哲，1983年10月），頁36。

〔註24〕何冠驥《借鏡與類比》說：「詩話、詞話的作者，往往預先定下構成好詩妙詞的元素，然後以這些元素作爲衡量作品優劣的尺度。例如：嚴羽以禪喻詩，認爲詩最好要有禪的境界，言有盡而意無窮；又詩中的妙處要如『羚羊挂角，無跡可尋』。其他批評家雖用『氣象』、『性靈』、『肌理』、『境界』等不同尺度，但在批評方法上，與嚴羽並無二致。及至金人瑞論《水滸傳》和《西廂記》，雖說是打破中國文學批評的傳統，以嚴肅的態度，批評傳統文人輕視的小說戲曲，但他採取的批評方法，與前述索隱式的詮釋方法，或詩話式的文學批評亦可謂一脈相承。如他敘述施耐庵作書的原因，完全出於主觀的臆測；討論《水滸傳》的寫法，也大量運用詩話詞話式的批評術語。」（頁5）何冠驥雖然沒有觸及這種批評方式的根本原因，但是他所說即使「嚴肅」如小說評點，也跟這種批評方式一脈相承，確有見地。

〔註25〕見夏濟安，〈兩首壞詩〉（《文學雜誌》第三卷第三期，1957年11月20日），

透過以上的分析，我們不難看出今人的解釋所以成效不彰，有一個根本的因素，就是他們只在批評用語的形成過程打轉，很少注意到批評本質和批評用語之間的關係，而後者才是摘句批評所以是這樣的關鍵。換句話說，摘句批評者所以要用這種方式來批評，不是緣於摘句批評者個人的選擇，而是緣於批評本質的制約，這才會使批評用語在形式上呈現出一致性。如果今人肯多方反省，而繼續探索下去，也許就能逼近問題的核心。〔註 26〕然而，到目前爲止，我還沒有發現這樣的議論，可見整個詮釋工作還有待加強。

第四節　評斷過度草率

前面兩節，分別提到今人對於摘句批評的觀照和詮釋，雖然這些觀照止於片面，而詮釋也不夠深入，但是他們對摘句批評仍有幾分同情的體會，不致摻雜太多曲解的成分。接著我要談的是有一部分人根據摘句批評的現象所作的一些評斷，這些評斷本身也蘊涵了許多問題。首先，看他們對批評用語的評斷：

> 中國文學批評用語所發生的問題，約略地說，有以下數端：（一）對於所用的主要辭語，不作具體的解釋或給予清楚的定義式的規定……（二）即使是同一作者，在同一作品中，用同一辭語，在不同的地方，卻含有不同的意義。而作者對這些用語，並不加以辨析，以致讀者難以把握其含義……（三）中國文學批評的用語，多依據常用的學術辭語。這類辭語，前人用時，已不加闡釋，而致意義含糊，批評者再加運用，並且增以己意，就更令意義益爲模糊了……（四）批評的用語，有時由於運用者追求文字美，行文時講究對偶，致使它與另一辭語列舉，產生意義上的變化，致令語義含糊……〔註 27〕

頁 18。另外，葉嘉瑩也有相同的意見，見葉嘉瑩，《迦陵談詩》（臺北，三民，1988 年 11 月），頁 316～317。

〔註 26〕其實，這個問題已經有學者檢討過〔見龔鵬程，《詩史本色與妙悟》（臺北，學生，1986 年 4 月），頁 229〕，只是還沒有人深入去探討。

〔註 27〕見楊松年，《中國古典文學批評論集》（香港，三聯，1987 年 7 月），頁 3～10。類似的意見，見王夢鷗，《文學概論》（臺北，藝文，1976 年 5 月），頁 215；劉若愚，《中國詩學》（杜國清譯，臺北，幼獅，1985 年 6 月），頁 105；姚一葦，《藝術的奧秘》（臺北，開明，1985 年 10 月），頁 351～352。先前朱東潤已有這樣的意見，見朱東潤，《中國文學批評史大綱》（臺北，開明，1968 年這段話主要在批評中國文學批評用語「意義模糊」，造成傳達的困難。而我所談的摘句批評，當然也涵蓋在他的評論之中。對於這樣的批評，我不免要問：你判斷那些批評用語的意義含糊不清，所依據的標準是什麼？如果沒有一個足以令人信賴的標準，只是因爲自己的理解不足，就斷然否定這些評語的效力，豈不是犯了「觀察不當的謬誤」或「訴諸未知的謬誤」？〔註28〕顯然論者無法回應我的質問，因爲他最多只能說那些評語有多義或歧義的現象，而多義或歧義幾乎是各種語言所「共有」，〔註29〕怎能據以爲「責難」那些評語？再說古人除了反省過某些評語用得太濫，〔註30〕並沒有表示他們「不懂」那些評語的意義，〔註31〕今人憑什麼說它們不可理解？還有古人沒有對他所用評語作具體的解釋

3月），頁3。

〔註28〕有關「觀察不當的謬誤」，見陳祖耀，《理則學》（臺北，三民，1987年9月），頁257～258。有關「訴諸未知的謬誤」，見何秀煌，《記號學導論》（臺北，水牛，1988年9月），頁94～95。

〔註29〕語言意義的不確定性（多義或歧義），在當今已經是一種共識〔參見早川，《語言與人生》（柳之元譯，臺北，文史哲，1987年2月），頁42～54；黃宣範，《翻譯與語意之間》（臺北，聯經，1985年11月），頁61～65；李茂政，《大眾傳播新論》（臺北，三民，1986年9月），頁69～85；俞建章、葉舒憲，《符號：語言與藝術》（臺北，久大，1990年5月），頁221～276〕。即使最「精細」的科學語言，也無法避免多義或歧義。這主要是語言在傳達上只具有「相互主觀性」，而不具有「絕對客觀性」的緣故〔參見何秀煌，《記號學導論》，頁20～23；何秀煌，《思想方法導論》（臺北，三民，1987年11月），頁86～90〕。

〔註30〕葛立方《韻語陽秋》說：「詩人贊美同志詩篇之善，多比珠璣、碧玉、錦繡、花草之類，至杜子美則豈肯作此陳腐語邪？〈寄岑參〉詩云：『意愜關飛動，篇終接混茫。』〈夜聽許十一誦詩〉云：『精微穿溟涬，飛動摧霹靂。』〈贈盧琚〉詩曰：『藻翰惟牽率，湖山合動搖。』〈贈鄭諫議〉詩云：『毫髮無遺憾，波瀾獨老成。』〈寄李白〉詩云：『筆落驚風雨，詩成泣鬼神。』〈贈高適〉詩云：『美名人不及，佳句法如何。』皆驚人語也。視餘子其神芝之與腐菌哉！」（《歷代詩話》本，頁306）葛立方認爲比喻珠璣、碧玉、錦繡、花草之類的評語用多了，變成老套，不足以形容對方的精采處。古人的反省，大略只到這個地步。另外，有一種情況看來好像跟今人的意見闇合，其實並不相同。陳僅《竹林問答》說：「問：『宋人《風騷句法》有「萬象入壺」、「重輪倒影」、「一氣飛灰」、「二劍凌空」、「百川歸海」、「雙龍輔日」等名，其義安在？』『此惡套也，亦絕不識其取義之所在，論持至此，直墜入千重魔障矣。近日評文家亦有倣此者，所謂寶蜣丸爲蘇合也。』」（《清詩話續編》本，頁2251）所謂「萬象入壺」、「重輪倒影」等名目，是在說明某些特殊的「句法」，屬於理論批評的範圍，而陳僅斥責它「絕不識其取義之所在」，情有可原。但是就實際批評的用語來說，我還沒有發現類似的言論。

〔註31〕許顗《彥周詩話》說：「宋顏延之問己與靈運優劣于鮑照，照曰：『謝五言如初發芙蓉，自然可愛；君詩鋪錦列繡，亦雕繢滿眼。』此明遠對面褒貶，而

或給予清楚的定義，〔註32〕也許是那些評語爲大家所熟知，不致有「會意」上的困難，因此自作解釋或定義就變成多餘的事了。而論者根據這一點來質疑古人，豈不是「以今律古」，「強人所難」？〔註33〕由此看來，今人判定古人的批

人不覺，善論詩也，特出之。」(《歷代詩話》本，頁230）葉夢得《石林詩話》說「古今論詩者多矣，吾獨愛湯惠休稱謝靈運爲『初日芙渠』、沈約稱王筠爲『彈丸脫手』兩語，最當人意。『初日芙渠』，非人力所能爲，而精采華妙之意，自然見於造化之妙，靈運諸詩，可以當此者亦無幾。『彈丸脫手』，雖是輸寫便利，動無留礙，然其精圓快速，發之在手，筠亦未能盡也。然作詩審到此地，豈復更有餘事。」(同上，頁261）田雯《古觀堂雜著》說：「昔人評詩云：『魏武帝如幽燕老將，氣韻沈雄。曹子建如三河少年，風流自賞。鮑明遠如饑鷹獨出，奇矯無前。謝康樂如東海揚帆，風日流麗。陶彭澤如絳雲在霄，舒卷自如。』又元虞集曰：『楊仲弘如百戰健兒，范德機如唐臨晉帖，揭曼碩如三日新婦。』自比『滿庭老吏』。曼碩謂『德機如秋空行雲，晴雷卷雨，縱橫變化，出入無朕；又如空山道者，辟穀學仙，瘦骨崚嶒，神氣自若；又如豪鷹掠野，獨鶴叫羣，四顧無人，一碧萬里。』……皆得比喻之妙。」(《清詩話續編》本，頁693）像許顗、葉夢得、田雯等人這般盛讚那些評語用得恰當，我們有什麼理由懷疑他們「不懂」那些評語的意義？

〔註32〕事實上，古人也不是全無解釋或界定所用的評語，如蔡夢弼《草堂詩話》說：「文章無警策，則不足以傳世，蓋不能竦動世人……子美詩云：『語不驚人死不休。』所謂驚人語，即警策也。」〔《續歷代詩話》本（臺北，藝文，1983年6月），頁230〕葉夢得《石林詩話》說：「禪宗論雲間有三種語：其一爲隨波逐浪句，謂隨物應機，不主故常；其二爲截斷眾流句，謂超出言外，非情識所到；其三爲涵蓋乾坤句，謂泯然皆契，無間可伺……老杜詩亦有此三種語……『波漂菰米沈雲照，露冷蓮房墜粉紅』，爲涵蓋乾坤句；以『落花游絲白日靜，鳴鳩乳燕青春深』，爲隨波逐浪句；以『百年地僻柴門迥，五月江深草閣寒』，爲截斷眾流句。」(《歷代詩話》本，頁240～241）潘德輿《養一齋詩話》說：「吾所謂性情者，於《三百篇》取一言，曰『柔惠且直』而已。此不畏彊禦，不侮鰥寡之本原也。老杜云『公若登臺輔，臨危莫愛身』，直也；『窮年憂黎元，歎息腸內熱』，柔惠也。樂天云『況多剛狷性，難與世同塵』，直也；『不辭爲俗吏，且欲活疲民』，柔惠也。兩公此類詩句，開卷即是，得古詩人之性情矣。」(《清詩話續編》本，頁2155）這些都有自釋評語，只是同樣的例子不多就是了。

〔註33〕這是說今人看慣了白語的「清晰明白」，不覺以「清晰明白」來要求文言〔文言、白話並非兩個系統的語言，它們的差別只在一個是「古語」，一個是「今語」。參見張漢良，《比較文學理論與實踐》(臺北，東大，1986年2月)，頁122；龔鵬程，《傳統・現代・未來》(臺北，金楓，1989年4月)，頁31～33〕。殊不知古人看文言，也正如今人看白話一樣，並沒有什麼妨礙。因此，只爲了自己對那些評語「陌生」，就懷疑古人的「表達能力」，這是不公平的〔先前朱自清、郭紹虞在研究某些批評用語時，還沒有這樣的「懷疑心態」。見朱自清，〈詩言志辨〉，收於《朱自清古典文學論文集》(臺北，源流，1982年5月)，頁187～354；郭紹虞，〈神韻與格調〉、〈性靈說〉，

評用語「意義模糊」，就顯得太過莫率，不足採信了。

其次，看他們對批評形式的評斷：

> 或許是由於中國傳統的美感視境一開始就是超脫分析性、演繹性的緣故；或許是因爲中國是一個抒情傳統的而非史詩或敘事詩的傳統的緣故，我們最早的美學提供者主張「知者不言，言者不知」，主張未封前的境界，而要求「不著一字，盡得風流」，認爲詩「不涉理路」，而不同於亞理士多德以還的西洋文學批評那樣認爲文學有一個有跡可循的邏輯的結構，而開出了非常之詭辯的以因果律爲據，以「陳述—證明」爲幹的批評……如果我們以西方的批評爲準則，則我們的傳統批評泰半未成格，但反過來看，我們的批評家才眞正了解一首詩的「機心」，不要以好勝的人爲來破壞詩給我們的美感經驗，他們怕「封始則道亡」，所以中國的傳統批評中幾乎沒有娓娓萬言的實用批評，我們的批評只提供一些美學上的態度與觀點，而在文學鑑賞時，只求「點到即止」……「點到即止」的批評常見於「詩話」，「詩話」中的批評是片斷式的，在組織上就是非亞理士多德型的，其中既無「始、敘、證、辯、結」，更無累積詳舉的方法，它只求「畫龍點睛」的批評……這種「言簡而意繁」的方法，一反西洋批評中「言繁而意簡」的傾向，是近似詩的表達形態，因爲它在讀者意識裏激起詩的活動或詩的再造……但這種批評不是沒有缺點的，第一，我們要問：是不是每一個讀者都有詩的慧根可以一擊而悟？第一，假如批評家本身就很具詩人的才能，他就無法喚起詩的活動，如此他的批評就容易流於隨意的印象批評，動輒說此詩「氣韻高超」，他既沒有說明氣韻如何的高超，而又沒有「重造」高超的境界。〔註34〕

這段話的「論點」頻頻在轉移，讓人猜不透它是在贊同傳統文學批評，還是在反對傳統文學批評。但有一點是可以確定的，就是它以「優點」和「缺點」

收於《照隅室古典文學論集》（臺北，丹青，1985年10月），頁172～250、279～326。而今人所以有這種「懷疑心態」，是否跟今人久已不用文言表達有關，我們實在不得而知〕。

〔註34〕見葉維廉主編，《中國現代文學批評選集》（臺北，聯經，1979年7月），〈序〉，頁1～5。類似的意見，見王夢鷗，《文藝美學》（臺北，遠行，1976年5月），頁125～126；張夢機，《鷗波詩話》（臺北，漢光，1984年5月），頁61；註27所引楊松年書，頁58～59。

的架構來論說，本身就相互鑿枘，有違邏輯上「矛盾律」的法則。〔註 35〕面對這一自我矛盾的論說，本來也不須理會，但是論者對傳統文學批評形式的評斷，顯得過度輕率，不得不略作分辨，才把它提出來討論。當然，我們仍得把範圍縮小到摘句批評上。依照論者的說法，這種批評方式所以沒有系統（組織），主要是批評家有意不去破壞詩給人的美感經驗，只求「點到即止」的結果。這是「想當然耳」，全不合實際的情況，因爲從孔子對《詩》三百篇所作的評論以來，有那一個批評家不是像孔子一樣竭盡所能的在抉發詩的「機心」？〔註 36〕既然古來的批評家都是盡力在抉發詩的「機心」，論者還有以上的議論，不就是「瞽目而爲說」？今天我們只看到古人片段式的批評，而看不到成系統的批評，那是自然的現象，沒有什麼好詫異。論者一定要把它解釋成古人爲了不破壞詩給人的美感經驗（不抉發詩的「機心」），才出此「下策」，這就變成一種曲意的迴護，徒使世人更加排斥這種批評方式而已。在我看來，凡是斷定摘句批評沒有系統組織的人，也都跟上面的例子一樣，無法提出可以讓人信賴的證據，最後只有「迫使」自己的理論一一的瓦解，不再具有學術上的價值。

第五節　態度有失公允

因爲今人對文學批評的認知，多停留在主觀的、片段的印象式批評和客觀的、系統的分析性批評兩極間，以至有關的論說，都失去了緩衝的餘地。也就是說，論者不是主張主觀的、片段的印象式批評，就是主張客觀的、系統的分析性批評，此外不可能同時主張主觀的、片段的印象式批評，又主張

〔註 35〕這是說論者既然認爲傳統的文學批評有「優點」，就表示贊同傳統的文學批評，不當再認爲它有「缺點」（反對傳統的文學批評），不然就是自我矛盾。參見註 8 所引布魯格書，〈矛盾律，矛盾原理，矛盾原則〉條，頁 134～135。

〔註 36〕《論語》說：「子曰：『《詩》三百，一言以蔽之，曰：思無邪。』」〔《十三經注疏》本（臺北，藝文，1982 年 8 月），〈爲政篇〉，頁 16〕又說：「子曰：『〈關雎〉樂而不淫，哀而不傷。』」（同上，〈八佾篇〉，頁 30）又說：「子曰：『小子！何莫學夫《詩》？《詩》可以興，可以觀，可以群，可以怨，邇之事父，遠之事君，多識於鳥獸草木之名。』」（同上，〈陽貨篇〉，頁 156）像上面這幾段話，直把《詩》三百篇的旨意「闡發」無遺，我們能說孔子不是在抉發詩的「機心」？至於後世的批評家，不但在抉發詩的「機心」上續有發揮，甚至「專攻」一句一字，頗有要把詩的「神理逸韻」一舉攝在目前的態勢，那裏像葉維廉所說的那樣？

客觀的、系統的分析性批評，不然就會自我矛盾。但是文學批評的「形態」豈能作這樣簡單的畫分？我看是不能，因爲作爲這樣畫分的根據在於批評家的心理歷程，批評家的心理歷程複雜萬端，你怎麼肯定他是印象式批評，或是分析性批評？〔註37〕我想今人所以摸不清摘句批評的底蘊，恐怕跟這種「過分簡化問題」的處理方式也有關係。

不過，話說回來，今人不了解摘句批評的眞相，也不是一件大不了的事，因爲人的理解能力總是有限，不可能樣樣精通。但是當這種「無知」的因素還沒有消除，有人動輒說些「印象式的批評毫無價値」、「中國的文學批評不發達」的話，這就很嚴重了。爲什麼？在回答這個問題前，我們不妨先看看他們是怎麼說的：

> 印象主義實在只能代表一個批評過程的最初階段，讀第一遍的直覺直感，隨之而起的應是考驗直覺直感的可靠與否，這才開始了眞正的批評活動。所以，印象主義是胎死腹中的文學批評。一個普通讀者，就是一位印象主義的「批評家」，他只有直感直覺，而且留於直感直覺；一個批評家也起於直感直覺，但是他更進一步，通過理性的分析去求證，差別就在這裏。〔註38〕

> 在我們回顧傳統批評的特色時，我們雖然覺得中國批評的方式比西洋的辯證的批評著實得多，但我們不能忽略其缺點，即是我上面所提到的：「點、悟」式的批評有賴於「機遇」，一如禪宗裏的公案的禪機……但最大的問題是，有「獨具隻眼」的「禪機」的批評家到底不多，於是我們就有了很多「半桶水」的「點、悟」式批評家……於是我們所得到的不是「喚起詩的活動」的「意境重造」的批評，而是任意的，不負責任的印象批評。〔註39〕

> 宋朝以後，出現了大批的詩話、詩說，可是一加翻尋之下，往往失望多於收穫。如果以文學批評的起碼標準衡量，它們十九是不合格

〔註37〕不論稱某種批評爲印象式批評，或分析性批評，都免不了觸犯「循環論證」的謬誤。「循環論證」本來也不是全然爲假（當它的前提是一個普遍判斷時，它的結論自然眞實可靠），問題是它的前提（印象式批評或分析性批評）不是一個普遍判斷，就無法推知結論（某種批評的現象）的眞實。有關「循環論證」的問題，參見柴熙，《認識論》（臺北，商務，1983年8月），頁198～210。

〔註38〕見顏元叔，〈印象主義的復辟？〉（中國時報副刊，1976年3月1、2日）。

〔註39〕見註34所引葉維廉主編書，〈序〉，頁9。

的……而健全的文學批評是一定要講究系統組織的，尤其邏輯的素養必不可缺。因此中國的文學評論一直發育不良。〔註 40〕

這幾段話所說的都含有摘句批評，我就直接以摘句批評來代表文學批評。第一段的意思是說摘句批評不是眞正的批評活動，它只是沒有價值的印象式批評；〔註 41〕第二段的意思是說摘句批評有的是任意的，不負責任的印象式批評（不是在「喚起詩的活動」）；第三段的意思是說摘句批評不講究系統組織，是不合格的批評。這些我分兩點來談：第一，有關印象式批評的問題，我在前面已經分辨過了，這裏不再重述。現在想討論的是摘句批評是否如論者所說是沒有價值的、是不負責任的批評？〔註 42〕就整體情況來看，有些摘句批評的用語固然很簡略，但是我們不要忘了古人曾經說過：「凡言不盡意者，不可煩文其說，且歎之以示情，使後生思其餘蘊，得意而忘言也。」〔註 43〕「詩有可解，不可解，若水月鏡花，勿泥其迹可也。」〔註 44〕「論詩與論史不同。論史貴直捷痛快，抉剔無餘；論詩貴含蓄不盡，往往言外見意。」〔註 45〕顯然古人正有以「簡略爲尚」的，今人豈能任意否定它的價値，連帶怪罪到批評家不負責任？

第二，摘句批評雖然沒有系統組織，無法跟西方文學批評相提並論，但也不至於要「降尊紓貴」，變成西方文學批評的「附庸」。〔註 46〕何況系統組織根本不能作爲評價的依據，〔註 47〕應該別有更可靠的標準才對，現在還沒

〔註 40〕見張健，《中國文學散論》（臺北，商務，1982 年 9 月），頁 32～33。

〔註 41〕顏元叔還特地爲這點編了一個「小鬧劇」，劇情如下：「佛朗士在書齋裡，隨手拔下架上一本皮面燙金的書，隨意翻開任何一頁，讓他的靈魂滑入字裏行間，優游潛浮於辭藻的漣漪，同時左手持著脣間的煙斗，右手在拍紙簿上信筆書寫『好呀！妙呀！硬是要得』等印象。」（同註 38）顏元叔並以此比況中國傳統詩話詞話的批評。這也可以看出他對這種批評方式的「鄙薄」。

〔註 42〕就印象式批評一點來說，葉維廉、顏元叔二人的議論略有出入。前者認爲摘句批評有部分屬於印象式批評，後者認爲摘句批評全屬於印象式批評。關於他們二人的「歧見」，我無意去探討，只在這裏稍作提示。至於葉維廉所保留的那一部分（依照葉維廉的意思，那一部分應該是負責的批評），我也暫時略過，只就後面這一部分來談，因爲從來沒有人說摘句批評是不負責任的批評，現在他提出來了，「值得」我們去檢討。

〔註 43〕見孔穎達，《周易正義》，《十三經注疏》本，〈豫卦〉彖辭疏，頁 49。

〔註 44〕見謝榛，《四溟詩話》，《續歷代詩話》本，頁 1343。

〔註 45〕見葉矯然，《龍性堂詩話初集》，《清詩話續編》本，頁 952～953 引曹能始語。

〔註 46〕中國的文學批評，浩瀚如海，今人對它的認識還不夠眞切，動不動就說中國的文學批評不發達，這不是跟「外國的月亮比較圓」的說法一樣的荒謬？

〔註 47〕系統組織，只涉及論說的方式，無關論說的本質。論說的方式，全依對象及目的而定，對象和目的不同，論說的方式自然也不同，這樣就無從找到彼此

有找到這個標準，又怎能說摘句批評是不合格的批評？

從以上的分析，不難看出今人在論說的態度上已經有了偏差。〔註 48〕本來這種偏差是可以避免的，因爲古人曾經指出有些批評家犯有「貴古賤今」、「崇己抑人」、「信僞迷眞」等不當的態度，〔註 49〕今人理當引以爲戒，誰知道他們還是不能「無私於輕重」、「不偏於憎愛」，仍然要奉西方文學批評爲「神明」，而把自家過去的文學批評貶得一文不值，這不能不說是一件遺憾的事。在往後的論說中，我會切記這次的教訓，儘量不再重蹈覆轍，才能還給學術一個「公道」。

的共同點來評定優劣。只有在論說的本質上發生了問題，才會一顯高下。

〔註 48〕也就是說，今人在說摘句批評毫無價值、不負責任、不合格時，完全無視於古人使用這種批評方式已有一二千年的歷史，如果它眞是毫無價值、不負責任、不合格的批評，古人爲什麼不揚棄它？再說以西方文學批評那種批評方式來衡量摘句批評這種批評方式，基本上已先預設了西方文學批評那種批評方式是好的批評方式，這樣還用比較嗎？

〔註 49〕見劉勰，《文心雕龍》（黃叔琳注本，臺北，商務，1977 年 2 月），〈知音篇〉，頁 68。另外，參見王充，《論衡》，《新編諸子集成》本（臺北，世界，1978 年 7 月），〈案書篇〉，頁 279；曹丕，《典論》〈論文〉，收於《六臣注文選》（臺北，華正，1979 年 5 月），頁 965；葛洪，《抱朴子》，《新編諸子集成》本，〈辭義篇〉，頁 182。今人的作法，在劉勰所指實的三項中，似乎找不出可以跟它相應的，眞要給它一個「名稱」，只有把「貴古賤今」稍作更動，變成「貴西賤中」，以後要談論它，就有名可指了。

第三章　詩話摘句批評的現象

第一節　釋　題

所謂現象，是指任何直觀或體驗到的內容，跟僅由思考而間接認知的內容相對立。〔註1〕換句話說，現象是指不必經過推理，〔註2〕而僅憑感覺就能得知的各種狀態。〔註3〕現在我所要談的摘句批評，全由語言構成，也算是一個「物質存在」，自然有可感覺的樣態。因此，這裏以現象標題是可以成立的。

在我的計畫裏，說明摘句批評的現象，是首要的工作，其他兩項工作（解釋和評價），都要在它完成後才能進行。然而，我們如何感覺摘句批評的現象，

〔註 1〕見布魯格（W. Brugger），《西洋哲學辭典》（項退結譯，臺北，華香園，1989年1月），〈表象〉條，頁63；唐君毅，《哲學概論》（臺北，學生，1989年10月），下冊，頁24；鄔昆如，《現象學論文集》（臺北，黎明，1981年5月），頁3～4。

〔註 2〕所謂推理（或稱推論），是指由已成立的判斷（或稱命題），依邏輯的必然性，引申出一個新的判斷〔參見柴熙，《哲學邏輯》（臺北，商務，1988年11月），頁173；註1所引布魯格書，〈推論〉條，頁280；殷海光，《邏輯新引》（香港，亞洲，1977年12月），頁22～31〕。

〔註 3〕這裏所說的感覺，包含知覺在內，它是人生理和心理的綜合特徵之一。一般談論心理學的書，多把感覺和知覺分開處理〔見張春興，《心理學》（臺北，東華，1989年9月），頁267～313；宕夕爾（J. F. Donceel, S.J.），《哲學人類學》（劉貴傑譯，臺北，巨流，1989年3月），頁137～190〕，我認爲不妥當，因爲感覺和知覺幾乎是一起出現的，很難分誰爲感覺誰爲知覺（也許有人會說，我們常有「感覺某物而不知何物」的情況，顯然感覺和知覺是有區別的。其實，當我們感覺某物時，已經知道該物的存在，只是沒有一個恰當的概念去指稱它而已）。

並且確定我的判斷普遍地關係到各個摘句批評，卻是先要解決的問題。大致上，我是從語意學和語用學的角度，來看摘句批評的指涉對象和形式結構，這樣我所感覺到的摘句批評就是如實的；〔註 4〕再來，我根據摘句批評的指涉對象和形式結構，形成一些「普遍的概念」，〔註 5〕使它能周延地符合於眾多的摘句批評，這樣我對摘句批評的現象的判斷，自然具有普遍性。有了這兩個前提，現在就可以實地談摘句批評的現象。

摘句批評的現象，就我所感覺到的，大約有四端：第一，摘句批評的對象，都是特殊的詩句，而這些詩句不是好句，就是壞句，不然就是好壞參半句；〔註 6〕第二，摘句批評的目的，都在評估詩句的價值，而這些價值不是關聯詩句的意義特性，就是關聯詩句的語言技巧，不然就是關聯詩句的意義特性和語言技巧；〔註 7〕第三，摘句批評的媒介，都用批評的語言，而這些語言不是出以直敘，就是出以比喻，不然就是出以直敘和比喻；〔註 8〕第四，摘句批評的形式，都是單一的判斷，而這些判斷不是涉及評價，就是涉及評價兼

〔註 4〕摘句批評屬於後設語言，有它特定的指涉對象和形式結構，而我們從這兩點來觀察，有關摘句批評的現象，也就無從「隱藏」了。

〔註 5〕凡是能周延地表現其外延範圍內的一切對象，都稱爲「普遍的概念」（參見註 2 所引柴熙書，頁 49）。

〔註 6〕前兩種情況，我們先以古人的話爲證。賀裳《載酒園詩話又編》說：「楊用修極稱劉（禹錫）集之佳，摘句表章之。」〔《清詩話續編》本（臺北，本鐸，1983 年 12 月），頁 349〕闕名《靜居緒言》說：「放翁學問人品，俱能勝人……後人摘集中累句譏之，亦是吹毛求疵，無傷大體，自有公論。」（《清詩話續編》本，頁 1648）至於後一種情況，我會在後面舉例時，再加以說明。

〔註 7〕章學誠《文史通義》說：「（詩話）雖書旨不一其端，而大略不出論辭論事，推作者之志，期於詩教有益而已矣。」〔（臺北，世界，1984 年 8 月），〈詩話篇〉，頁 126〕郭紹虞〈詩話叢話〉說：「章氏分論詩及事及辭二端，說得最好。各家詩話之體例宗旨，雖不相同，大別之要不能外此二者。蓋論詩以及事者，即就詩之內容以推究之；論詩以及辭者，又不外就詩之形式以品評之耳。論詩所可憑藉者，本不出此二端。後世詩話所以覺得性質不一，流別滋繁者，要均不外就此二端以分析而已。」〔（《小說月報》第二十卷第一號，1929 年 1 月 10 日），頁 222〕章學誠、郭紹虞二人認爲詩話的體例宗旨，不外論事論辭二端，所見頗爲眞切。前者就是我所說的意義特性（我的說法比較精確）；後者就是我所說的語言技巧。不過，就摘句批評來說，有些例子不易看出它是在批評詩句的意義特性，還是在批評詩句的語言技巧，只好當它是兼有二者。

〔註 8〕古來修辭學上所說的賦和比〔參見王念恩，〈賦、比、興新論〉（第十一屆中國古典文學會議論文，1990 年 6 月 16、17 日），頁 482～484〕，相當我這裏所說的直敘和比喻。就摘句批評的用語來說，直敘和比喻有時分開，有時合用，詳後。

說明，不然就是涉及評價兼說明兼解釋。〔註9〕

這些現象，將來我都會深入去探討，現在只要為它們作詳盡一點的說明就行了，所以我在下列各節中依次題為「以特殊的詩句為對象」、「以價值的評估為依歸」、「以批評的語言為媒介」和「以單一的判斷為手段」，以便說明工作的進行。

第二節　以特殊的詩句為對象

現在我們所看到的摘句批評，含有兩部分：一個是它所摘的詩句；一個是它的批評文字。原先這兩部分在結合時，應該有個先後次序，〔註10〕就是摘句在前，批評在後。〔註11〕這跟其他實際批評先有對象而後有批評的情況類似。這樣我要說明摘句批評的現象，就得按照這個次序，才不會前後錯亂，而妨礙以後的解釋工作。因此，本節的重點就擺在摘句批評的對象上。

關於這一點，我分兩方面來說：第一，從摘句批評所摘的詩句，我們可以看出它們不出《詩》三百篇到近體詩等各種詩體的範圍。〔註12〕而在選取

〔註9〕其實，這裏所說的說明和解釋，都非當的簡略，跟我這次研究所用的說明和解釋，在內涵意義上頗有差別（外延意義當然不同，這就不必說了）。

〔註10〕所謂先後，是指時間的先後，不是指文字的先後。後者常有摘句批評相互「易位」的情況，如曾季貍《艇齋詩話》說：「前人詩言落花有思致者三：王維『興闌啼鳥換，坐久落花多』，李嘉祐『細雨濕衣看不見，閒花落地聽無聲』，荊公『細數落花因坐久，緩尋芳草得歸遲』。」〔《續歷代詩話》本（臺北，藝文，1983年6月），頁316〕王士禎《漁洋詩話》說：「律句有神韻天然，不可湊泊者，如高季迪『白下有山皆繞郭，清明無客不思家』，曹能始『春光白下無多日，夜月黃河第幾灣』，李太虛『節過白露猶餘熱，秋到黃州始解涼』，程孟陽『瓜步江空微有樹，秣陵天遠不宜秋』是也。」〔《清詩話》本（臺北，藝文，1977年5月），頁237〕宋徵璧《抱眞堂詩話》說：「少陵詩不傷于直野，如『日暮不收烏琢瘡』及『孔雀不知牛有角』是也。」（《清詩話續編》本，頁120）這是為行文方便所作的調整，實際上還是摘句在前，批評在後。

〔註11〕也許有人會認為摘句和批評是同時發生的，不應該強行區分先後。關於這一點，牽涉到「時間」的觀念問題〔有關「時間」的觀念，參見克洛德（Claude Larre），〈中國人思維中的時間經驗知覺和歷史觀〉，收於《文化與時間》（鄭樂平、胡建平譯，浙江，人民，1988年7月），頁32～36；註1所引布魯格書，〈時間〉條，頁540～541〕，我無意去辯解，只想指出任何後設語言都是後於對象語言，所以摘句批評中的批評文字，也必定要後於所摘的詩句。

〔註12〕事實上，就體制來說古詩只到近體詩為止，摘句批評所摘的詩句，自然不可能超出我所提到的這個範圍。現在所以「多此一舉」，只是基於體例的需要，沒有別的用意。

的方式上，有的取單句，有的取複句，各有不同，如：

> 韓子蒼作〈送呂東萊赴召〉詩，甚得意。東萊止稱一句「厭見西江殺氣纏」，云是詩語。〔註13〕

> 鄭谷詩喜用僧字，余獨愛其「上樓僧踏一梯雲」之句，以其神韻遠也。他皆不及。〔註14〕

> 林逋處士，錢塘人，家于西湖之上，有詩名。人稱其〈梅花〉詩云「疏影橫斜水清淺，暗香浮動月黃昏」，曲盡梅之體態。〔註15〕

> 氣本尚壯，亦忌銳逸。魏祖云：「老驥伏櫪，志在千里。烈士暮年，壯心不已。」猶曖曖也。〔註16〕

通常以取複句爲多，而取複句中，又以取雙句爲最普遍。這不必詳爲舉例，詩話都在，可以覆按。其次，有的直接取句，有的先列全詩再取句，也各有所便，如：

> 「天子旌旗分一半，八方風雨會中洲。」此劉禹錫〈賀晉公留守東都〉詩也。其遠大之志，自覺軒豁可仰。〔註17〕

> 余最喜武林毛馳黃先舒〈詠西施〉絕句云：「別有深思酬不得，向君歌舞背君啼。」此意未經前人道過。〔註18〕

> 李群玉〈人日梅花〉詩：「半落半開臨野岸，團情團思媚韶光。玉鱗寂寂飛斜月，素手亭亭對夕陽。」亦有思致。「玉鱗寂寂飛斜月」，眞奇句也。「暗香浮動」，恐未可比。〔註19〕

> 宋子虛〈老將〉詩：「殺氣銷磨暗鐵衣，夜看太白劍無煇。舊時麾下誰相問，半去封侯半不歸。」屺公曰：「末句妙在下三字。」〔註20〕

此外，有的並取一人句，有的並取他人句，也互有差異，如：

〔註13〕見註10所引曾季貍書，頁318。

〔註14〕見李調元，《雨村詩話》，《清詩話續編》本，頁1531。

〔註15〕見司馬光，《續詩話》，《歷代詩話》本（臺北，藝文，1983年6月），頁164。

〔註16〕見徐禎卿，《談藝錄》，《歷代詩話》本，頁495。

〔註17〕見朱承爵，《存餘堂詩話》，《歷代詩話》本，頁510。

〔註18〕見註10所引王士禎書，頁220～221。按：以上兩個例子以及前面四個例子，在取材的方式上並沒有什麼不同，現在把它們列出來，只是爲了跟下面的例子對看。

〔註19〕見楊愼，《升菴詩話》，《續歷代詩話》本，頁776。

〔註20〕見顧嗣立，《寒廳詩話》，《清詩話》本，頁115。

長吉善用白字，如「雄雞一聲天下白」、「吟詩一夜東方日」、「薊門白于水」、「一夜綠房迎白曉」、「一山唯白曉」，皆奇句。〔註 21〕

高適〈別鄭處士〉云：「興來無不愜，才大亦何傷。」〈寄孟五〉詩云：「秋氣落窮巷，離憂兼暮蟬。」〈送蕭十八〉云：「常苦古人遠，今見斯人古。」〈題陸少府書齋〉云：「散帙至栖烏，明鐙留故人。」皆佳句也。〔註 22〕

〈國風〉云：「愛而不見，搔首踟躕。」「瞻望弗及，佇立以泣。」其詞婉，其意微，不迫不露，此其所以可貴也。古詩云：「馨香盈懷袖，路遠莫致之。」李太白云：「皓齒終不發，芳心空自持。」皆無愧于〈國風〉矣。杜牧之云：「多情卻是總無情，惟覺尊前笑不成。」意非不佳，然而詞意淺露，略無餘韻。元、白、張籍，其病正在此。只知道得人心中事，而知道盡則又淺露也。後來詩人能道得人心中事者少爾，尚何無餘蘊之責哉！〔註 23〕

冬夜夢同一友吟古人詩，醒輒記之，如「鶯蝶弄人燕子笑」、「謝家輕絮沈郎錢」、「老郎今日是何心」、「卻訪支郎是老郎」、「蟲喧老耳辞能詩」、「座中亦有江南客，莫向春風唱〈鷓鴣〉」，皆舊詩之佳句也。〔註 24〕

不論是採用那一種方式取材，摘句批評的對象都是摘自現成詩中的句子，這一點是可以確定的。〔註 25〕

〔註 21〕見馬位，《秋窗隨筆》，《清詩話》本，頁 1063。

〔註 22〕見葛立方，《韻語陽秋》，《歷代詩話》本，頁 301。

〔註 23〕見張戒，《歲寒堂詩話》，《續歷代詩話》本，頁 546。

〔註 24〕見田雯，《十歡堂雜著》，《清詩話續編》本，頁 724。

〔註 25〕縱然有少數的詩句本來是獨立的〔如葉夢得《石林詩話》說：「蔡天啓云：『荊公每稱老杜「鈎簾宿鷺起，丸藥流鶯囀」之句，以為用意高妙，五字之楷模。他日公作詩，得「青山捫蝨坐，黃鳥挾書眠」，自謂不減杜語，以為得意，然不能舉全篇。』余頃嘗以語薛肇明，肇明後被旨編公集，求之，終莫得。或云：公但得此一聯，未嘗成章也。」（《歷代詩話》本，頁 240）蔣正子《山房隨筆》說：「周芝田，浙人，浪迹江湖，道冠野服，詩酒諧笑，略無拘檢，亦時出小戲以悅人，而不知其能琴與詩也。遇琴則一彈，適興則吟一二句，而不終篇。嘗〈賦石上雨行〉云：『淋漓滿腹藏春雨，突兀半拳生曉雲。』亦自可人。」（《歷代詩話》本，頁 465～466）陳僅《竹林問答》說：「宋人詩話謂荊公有得意句曰：『青山捫蝨坐，黃鳥挾書眠。』黃山谷有得意句云：『人得交游是風月，天開圖畫即江山。』亦無全篇，皆似不得相稱語，遂忍於割愛。」

第二，透過摘句批評的批評文字，我們可以進一步看出這些詩句，有別於一般普通的詩句。它們有的是好句，有的是壞句，有的是好壞參半句。這從上面的例子中，多少可以感受這個事實。現在爲了容易分辨，我另外舉例來看看。凡是受到贊賞的詩句，都可以歸到好句這一部分，如：

子美詩云：「天欲今朝雨，山歸萬古春。」蓋絕唱也。〔註26〕

李太白詩云：「幾度雨來成惡熱，一番風過有新涼。」劉莘老子劉企，字斯立，〈龍山寺〉詩亦云：「急雨欲來先暑氣，涼風已過卻秋聲。」詩意雖同，然皆佳句。〔註27〕

「長貧知米價，老健識山名。」造語甚佳，忘其姓氏，方復齋時誦之。〔註28〕

「池塘生春草」，景近標勝；「清暉能娛人」，韻遠嗟絕。若宣遠「開軒滅華燭，白露皓已盈」，即景之秀句；玄暉「春草秋更綠，公子未西歸」，撫時之雋思；文通「日暮碧雲合，佳人殊未來」，託怨之微詞，並足流亞矣。〔註29〕

凡是受到譏斥的詩句，都可以歸到壞句這一部分，如：

國初高英秀者，與贊寧爲詩友，辯捷滑稽，嘗譏古人詩病云：「山甫〈覽漢史〉：『王莽弄來曾半破，曹公將去便平沈。』是破船詩。李羣玉〈詠鷓鴣〉：『方穿詰曲崎嶇路，又聽鉤輈格磔聲。』是梵語詩。羅隱曰：『雲中雞犬劉安過，月裏笙歌煬帝歸。』是見鬼詩。杜荀鶴：『今日偶題題似著，不知題後更誰題。』此衛子詩也，不然安有四蹄？」〔註30〕

詩不能無疵，雖三百篇亦有之，人自不敢摘耳。其句法有拙者：「載獫歇驕」；有太直者：「昔也每食四簋，今也每食不飽」；有太促者：

（《清詩話續編》本，頁2264）〕，但在成爲被批評的對象時，也跟從全詩中摘取的句子沒有什麼差別，所以我不另外爲它們作說明；何況它們的數量少之又少，根本無法自成一個特殊的「領域」。

〔註26〕見強幼安，《唐子西文錄》，《歷代詩話》本，頁264。

〔註27〕見吳幵，《優古堂詩話》，《續歷代詩話》本，頁267。

〔註28〕見查爲仁，《蓮坡詩話》，《清詩話》本，頁605。

〔註29〕見毛先舒，《詩辯坻》，《清詩話續編》本，頁41。

〔註30〕見尤袤，《全唐詩話》，《歷代詩話》本，頁135。按：此據臺北，漢京出版《歷代詩話》（1983年1月），增寧字（原脫），並改師友爲詩友。

「抑磬控忌，既亟只且」；有太累者：「不稼不嗇，胡取禾三百廛」；有太庸者：「乃如之人也」、「懷昏姻也」、「太無信也」、「不知命也」；其用意有太鄙者，如前「每食四簋」之類也，有太迫者，「宛其死矣，他人入室」；有太粗者：「人而無儀，不死何爲」之類也。〔註31〕

對偶有極巧者，亦是偶然湊乎，如金吾、玉漏、尋常、七十之類，初不以此礙於理趣，求巧則適足取笑而已。賈島詩：「高人燒藥罷，下馬此林間。」以下馬對高人，噫！是何言與？〔註32〕

（范石湖）〈巫山圖〉一篇，辨後世媟語之誣，而語不工。且云「玉色頩顏元不嫁」，此更傖父面目矣。〔註33〕

凡是同時受到贊賞和譏斥的詩句，都可以歸到好壞參半這一部分，如：

詩人貪求好句，而理有不通，亦語病也。如「袖中諫草朝天去，頭上宮花侍宴歸」，誠爲佳句矣，但進諫必以章疏，無直用稿草之理。唐人有云：「姑蘇臺下寒山寺，半夜鐘聲到客船。」說者亦云：「句則佳矣，其如三更不是打鐘時。」〔註34〕

「樂意相關禽對語，生香不斷樹交花。」論者以爲至妙，予不能辯，但恨其意象太著耳。〔註35〕

羅江東「雲中雞犬劉安過，月下笙歌煬帝歸」，人謂之見鬼。阮亭先生謂二句最劣。余謂上句是無用之句，果然最劣，下句則宛然佳句也，顧用之如何耳。〔註36〕

宋人亦往往有佳思，苦以拙句敗之。如王鎬「澄江明月一竿絲」，未免意清語重。上句「凍雪寒梅雙屐蠟」，字字壘砌，豈復成語？〔註37〕

而就數量來說，好句這一部分要比壞句或好壞參半句多，〔註38〕這也不必詳爲統計，只要翻閱詩話，就可以看出來。

〔註31〕見王世貞，《藝苑卮言》，《續歷代詩話》本，頁1114。
〔註32〕見王夫之，《薑齋詩話》，《清詩話》本，頁23。
〔註33〕見翁方綱，《石洲詩話》，《清詩話續編》本，頁1435。
〔註34〕見歐陽修，《六一詩話》，《歷代詩話》本，頁160。
〔註35〕見李東陽，《麓堂詩話》，《續歷代詩話》本，頁1651～1652。
〔註36〕見薛雪，《一瓢詩話》，《清詩話》本，頁877。
〔註37〕見賀裳，《載酒園詩話》，《清詩話續編》本，頁238。
〔註38〕以後各章節，如果須要舉例，只要不涉及「好」「壞」的分判，我自然會多舉「含有」好句的例子。

摘句批評的取材範圍和取材方式，以及所摘詩句的性質，大致如此。而就我們的認識過程來說，摘句批評的取材範圍和取材方式，只要經由摘句部分就能察覺；而摘句批評所摘詩句的性質，卻要透過批評部分才會明白。前者跟我的主題沒有太大的關係，可以暫時按下不談。後者牽涉到摘句批評所以發生的問題，正是我所要探討的重點之一。因此，這裏必須再作一點補充，才能交代得過去。

依照實際的情況，摘句批評所摘的詩句，除了好句、壞句、好壞參半句等三種類型，應該還可以再細分爲許多類型，而這裏並沒有這麼作。這不是我的疏忽，而是細部分類的工作，基本上很難進行；〔註 39〕即使分得再仔細，也無法窮盡所有的現象，所以這裏只好從略了。雖然我無法把這三種類型的詩句再作細分，但是對於它們的特性已經有相當的概念，也就足夠了。憑著這一點，將有助於我們了解摘句批評的目的。

第三節　以價値的評估爲依歸

摘句批評作爲一種實際批評，必然也有它本身的目的，〔註 40〕這個目的就是對所摘詩句的價値的評估。〔註 41〕這個現象，我在前節對摘句批評的對

〔註 39〕關於這一點，只要把所有的摘句批評排列在一起，就會知道它的困難所在，目前我們還沒有高明的「技術」可以解決這個問題。

〔註 40〕摘句批評本身的目的和摘句批評者的目的，有必要分開來談。前者在摘句批評完成後就達到了；後者如果只跟前者一致，當摘句批評完成後他也達到了，如果不跟前者一致，那就很難說了（如第二章第三節所提到的，摘句批評者爲了「以示勸戒」、「以獎勵風會」、「以示學者棄取之方」，才來從事摘句批評，這就超出他實際所作摘句批評本身的目的，而古來沒有人有過詳細的「市場調查」，誰也不知道他有沒有達到）。理論上雖然有摘句批評者的目的和摘句批評本身的目的一致的情況，實際上摘句批評者的目的都會超出摘句批評本身的目的，不然我們就無法理解摘句批評者從事摘句批評到底是何用意了。至於這裏用「目的」，而標題用「依歸」，意義並沒有不同，只是變文爲用而已。

〔註 41〕某些摘句批評縱然沒有很強烈的暗示這一點（如呂本中《紫微詩話》說：「楊道孚深愛義山『嫦娥應悔偷靈藥，碧海青天夜夜心』，以爲作詩當如此學。」（《歷代詩話》本，頁 215）張表臣《珊瑚鉤詩話》說：「王臨川詩云：『細數落花因坐久，緩尋芳草得歸遲。』此與杜詩『見輕吹鳥毳，隨意數花鬚』命意何異？」（《歷代詩話》本，頁 278）劉熙載《詩概》說：「韋云『微雨夜來過，不知春草生』，是道人語。柳云『迴風一蕭瑟，林影久參差』，是騷人語。」（《清詩話續編》本，頁 2429～2430），我們還是可以看出價値的評估就蘊涵在裏面，不然如何解釋摘句批評這件事的目的？另外，我所說的價値的評估，

象的分辨中，就感覺到了，只是不便提及。現在有關摘句批評的對象已經談過了，理當接著爲它作一番說明。

在還沒有正式說明以前，我們要先看看什麼是價值的評估。當我們使用價值的評估一詞時，已經暗示了價值的評估是一種活動。在這個活動中，有一個價值對象和一個價值評估者，價值評估者針對價值對象進行評估，而獲得我們稱它爲價值這種東西。〔註 42〕就摘句批評來說，價值評估是指摘句批評者（詩話作者），價值對象是指所摘的詩句，而價值是指摘句批評者對所摘詩句的效果判斷。摘句批評者在摘句批評完成後，就「自動」消失了，而所摘詩句也要透過批評文字才能看出它的價值所在。因此，現在我所能談的只有體現在批評文字中的效果判斷。

這些效果判斷，就我所看到的有的指向詩句的意義特性，有的指向詩句的語言技巧，有的指向詩句的意義特性和語言技巧。指向詩句的意義特性的，如：

> 丁相謂善爲詩，在珠崖猶有詩近百篇，號《知命集》，其警句有「草解忘憂憂底事，花能含笑笑何人。」〔註 43〕
>
> 唐羅隱〈繡〉詩云：「花隨玉指添春色，鳥逐金針長羽毛。」趙彥若〈剪綵花〉詩云：「花隨紅意發，葉就綠情新。」鑄意俱奇，皆警句也。〔註 44〕
>
> 淵明有〈形贈影〉、〈影答形〉及〈神釋詩〉三首，中句云：「得酒莫苟辭，酒云消百憂。」
>
> 太白〈月下獨酌〉詩，有「舉杯邀明月，對影成三人。」二公風流孤邁，一種曠世獨立之致，異代同情。〔註 45〕
>
> 韋公性高潔，鮮食寡欲，所居焚香掃地而坐。其詩如「流水赴太壑，孤雲還暮山」，「無情尚有歸，行子何獨難」，「栽此百日功，唯將一朝舞。舞罷復栽新，豈思勞者苦」，「貧賤雖異等，出門皆有營」，「自

跟價值的判斷是同義詞，爲了顧及上下文意，有時要加以調換。

〔註 42〕參見溫公頤，《哲學概論》（臺北，商務，1983 年 9 月），頁 243～249；陳秉璋，《道德規範與倫理價值》（臺北，國家政策研究資料中心，1990 年 10 月），頁 222～226；龔鵬程，《文學散步》（臺北，漢光，1985 年 12 月），頁 196～201。

〔註 43〕見註 15 所引司馬光書，頁 165。

〔註 44〕見趙與虤，《娛書堂詩話》，《續歷代詩話》本，頁 591。

〔註 45〕見註 21 所引馬位書，頁 1057。

慙居處崇，未睹斯民樂」，「士非遇明世，庶以道自全」，「身多疾病思田里，邑有流亡愧俸錢」，皆能擺去陳言，意致簡遠超然，似其爲人，詩家比之陶靖節，眞無愧也。〔註46〕

指向詩句的語言技巧的，如：

詩人以一字爲工，世固知之，惟老杜變化開闔，出奇無窮，殆不可以形迹捕。如「江山有巴蜀，棟宇自齊梁」，遠近數千里，上下數百年，祇在「有」與「自」兩字間，而呑納山川之氣，俯仰古今之懷，皆見於言外。〈滕王亭子〉「粉牆猶竹色，虛閣自松聲」，若不用「猶」與「自」兩字，則餘八言凡亭子皆可用，不必滕王也。此皆工妙至到，人力不可及，而此老獨雍容閒肆，出於自然，略不見其用力處。〔註47〕

半山詩有用蔡澤事云：「安排壽考無三甲。」又用退之語對云：「收拾文章有六丁。」東坡詩有用屈原事云：「豈意月斜庚子後。」又用鄭康成夢對曰：「忽驚歲在巳辰年。」皆天設對也。〔註48〕

犀月謂昌黎詩「將軍欲以巧伏人，盤馬彎弓惜不發」，此中機括，彷彿見作文用筆之妙。又善用反襯法，如〈鄭群贈簟〉「攜來當晝不得臥」、「欲願天日恆炎曦」是也。又善用深一步法，如〈病鴟〉「計校生平事，殺卻理亦宜」、「亮無責報心，固以聽所爲」是也。〔註49〕

謝朓〈酬王晉安〉詩：「南中榮橘柚，寧知鴻雁飛。」後人不解此句之妙。晉安，即閩泉州也。「南中榮橘柚」，即諺云「樹蠻不落葉」也。「寧知鴻雁飛」，即諺云「雁飛不到處」也。樹不凋，雁不到，本是瘴鄉，乃以美言之，此是隱句之妙。〔註50〕

指向詩句的意義特性和語言技巧的，如：

凡詩人作語，要令事在語中而人不知。余讀太史公〈天官書〉：「天一、槍、棓、矛、盾動搖，角大，兵起。」杜少陵詩云：「五更鼓角聲悲壯，三峽星河影動搖。」蓋暗用遷語，而語中乃有用兵之意。

〔註46〕見余成教，《石園詩話》，《清詩話續編》本，頁1754。
〔註47〕見註25所引葉夢得書，頁251。
〔註48〕見吳聿，《觀林詩話》，《續歷代詩話》本，頁132。
〔註49〕見註20所引顧嗣立書，頁113。
〔註50〕見田同之，《西圃詩說》，《清詩話續編》本，頁757。

詩至於此，可以爲工也。〔註 51〕

《古今詩話》：「老杜『紅飯啄餘鸚鵡粒，碧梧棲老鳳凰枝』，此語反而意奇。退之詩云：『舞鑑鸞窺沼，行天馬渡橋。』亦仿此理。」〔註 52〕

裴司空以眼錯駑馬贈張水部，水部以詩謝之，有「乍離華廄移蹄澀，初到貧家舉眼驚。」措辭微婉，旨趣良深。〔註 53〕

小斜川詩自注：「吳開府遊隆中爲諸葛孔明賦詩，有『翻覆看俱好』之句，爲世稱誦。」此句可抵一篇孔明傳論，而簡質婉妙。〔註 54〕

此外，還有一些例子，〔註 55〕不易看出應該歸入第一類或第二類，我只好把它們歸入第三類。

雖然如此，有關效果判斷的現象也還沒有說得完全。這是因爲價值本身具有兩極性和層級性，〔註 56〕而我只舉出正面價值（以上那些例子中的詩句都具有正面價值），並沒有舉出負面價值，同時對於價值的等級順序也沒有加以分辨。現在我必須再爲它略作說明。

先談負面價值。我們都知道負面價值相對的是正面價值，但是它並不是正面價值的缺乏，而是確實存在的「一種價值」，這從某些摘句批評中可以看得很清楚。由於具有正面價值的詩句，有的是緣於它的意義特性，有的是緣於它的語言技巧，有的是緣於它的意義特性和語言技巧；同樣的，具有負面

〔註 51〕見周紫芝，《竹坡詩話》，《歷代詩話》本，頁 201。
〔註 52〕見蔡夢弼，《草堂詩話》，《續歷代詩話》本，頁 258。
〔註 53〕見註 36 所引薛雪書，頁 885。
〔註 54〕見註 23 所引翁方綱書，頁 2429。
〔註 55〕如顧元慶《夷白齋詩話》說：「唐人秦韜玉有詩云：『地衣鎮角香獅子，簾額侵鉤繡辟邪。』後山有『壞墻得雨蝸成字，古屋無人燕作家』。韜玉可謂狀富貴之象於目前，後山可謂含寂寞之景於言外也。」（《歷代詩話》本，頁 514～515）范晞文《對床夜語》說：「老杜云：『五侯與螻蟻，同盡隨丘墟。』則簡而妙矣。」（《續歷代詩話》本，頁 529）徐增《而菴詩話》說：「唐人有『鴉翻楓葉夕陽動，鷺立蘆花秋水明』一聯，人皆稱其佳，而不知其所以佳。余曰：此即王摩詰『東家流水入西鄰』意，夫鴉翻楓葉，而動者卻是夕陽；鷺立蘆花，而明者卻是秋水，妙得禪家三昧。」（《清詩話》本，頁 518）葉矯然《龍性堂詩話初集》說：「杜『星垂平野闊，月湧大江流』，又『野流行地日，江入度山雲』，說得江山氣魄與日月爭光，罕有及者。」（《清詩話續編》本，頁 968）
〔註 56〕價值具有兩極性和層級性，這是一個事實。參見方迪啓（Risieri Frondizi），《價值是什麼》（黃藿譯，臺北，聯經，1986 年 2 月），頁 8～10；徐道鄰，《語意學概要》（香港，友聯，1980 年 1 月），頁 180～181。

價值的詩句，也有的是緣於它的意義特性，也有的是緣於它的語言技巧，也有的是緣於它的意義特性和語言技巧。現在就依各舉兩個例子，以見一斑：

> 詩以意為主，文詞次之，或意深義高，雖文詞平易，自是奇作。世效古人平易句，而不得其意義，翻成鄙野可笑。盧仝云：「不即溜鈍漢。」非其意義，自可掩口，寧可效之邪？〔註57〕

> 黃山谷詩可嗤鄙處極多，其尤無義理者，莫如「雙鬟女弟如桃李，早年歸我第二雛」之句，稱子婦之顏色於詩句，以贈其兄，何哉？朱文公謂其詩多信筆亂道，信矣。〔註58〕

> 《丹陽集》云：「張籍，韓愈高弟也。愈嘗作「此日足可惜」贈之，八百餘言……〈醉贈張徹〉有「張籍學古淡，軒昂避雞羣」之句。今取其集讀之，如〈送越客〉詩云：「春雲剡溪口，殘月鏡湖西。」〈逢故人〉詩云：「海上見花發，瘴中聞鳥飛。」〈送海客〉詩云：「入國自獻寶，逢人多贈珠。紫掖發章句，青闈更詠歌。」如此之類，皆駢句也。至如「赤貧無施利，僧老足慈悲」、「收拾新琴譜，封題舊藥方」、「多申請假牒，祇送賀官書」，語言便拙，實無可取。〔註59〕

> 山谷「荷葉裹鹽同趁虛」，明明是柳子厚「青箬裹鹽歸峝客，綠荷包飯趁虛入」之句，未免飣餖之醜。〔註60〕

> 王荊公詩「一水護田將綠遶，兩山排闥送青來。」意露筋張，全在護、將、排、送四字，便帶傖氣。〔註61〕

> 七律貴有奇句，然須奇而不詭於正，若奇而無理，殊傷雅音，所謂「奇過則凡」也。如趙秋谷之「客舍三千兩雞狗，島人五百一頭顱」，不惟顯露槎枒，絕無餘味，亦嫌求奇太過，無理取鬧矣。此外如詩話所傳「金欲兩千酬漂母，鞭須六百報平王」、「羲畫破天須妹補，羿弓饒月待妻奔」，皆為過火語，實無取義，不可為訓。石破天驚之句，出人意外者，其意仍須在人意中也。〔註62〕

〔註57〕見劉攽，《中山詩話》，《歷代詩話》本，頁170。
〔註58〕見註19所引楊慎書，頁782。
〔註59〕見孫濤，《全唐詩話續編》，《清詩話》本，頁784～785。
〔註60〕見註36所引薛雪書，頁891。
〔註61〕見張謙宜，《絸齋詩談》，《清詩話續編》本，頁901。
〔註62〕見朱庭珍，《筱園詩話》，《清詩話續編》本，頁2377。

接著談價值的等級順序。價值的等級順序，跟一般的分類不一樣。我們在從事分類時，並不必包含等級順序，但在對兩個或兩個以上的價值作選擇時，等級順序就顯示出來了。這種等級順序，最常見的是從好到壞排列，其次是在好或壞中再分層次。從好到壞排列的詩句，一樣也有的是緣於它的意義特性，也有的是緣於它的語言技巧，也有的是緣於它的意義特性和語言技巧，現在也依次各舉兩個例子來看看：

> 譏刺語須含蓄。如少陵「落日留王母，微風倚少兒」，太白「漢宮誰第一，飛燕在昭陽」、「只愁歌舞散，化作彩雲飛」，皆刺明皇、楊妃事，何等婉曲。若香山〈長恨歌〉，微之〈連昌宮詞〉，直是訕謗君父矣。詩品人品，均分高下。義山「如何四季爲天子，不及盧家有莫愁」，尤爲輕薄壞心術。〔註63〕

> 有妓〈與人贈別〉云：「臨岐幾點相思淚，滴向秋階發海棠。」情語也。而莊蓀服太史〈贈妓〉云：「憑君莫拭相思淚，留著明朝更送人。」說破，轉覺嚼蠟。佟法海〈弔琵琶亭〉云：「司馬青衫何必濕，留將淚眼哭蒼生。」一般殺風景語。〔註64〕

> 格以高下論，如坡公〈詠梅〉「竹外一枝斜更好」，高於和靖之「暗香疏影」。林又高於季迪之「雪滿山中」「月明林下」。至晚唐之「似桃無綠葉，辨杏有青枝」，則下劣極矣。〔註65〕

> 「結廬在人境，而無車馬喧」，陶公偶然入妙。次之「孰是都不營，而以求自安」，便下一格。劉繪「別離不可再，而我更重之」、孟浩然「榜人苦奔峭，而我忘險艱」二語，差不覺。至杜審言「重以祟班閡，而云勝托揖」、浩然「聞君重高潔，而得奉清歡」，稍覺索然。甚且用作五律起句，如〈送蘇六從軍〉「才有幕中畫，而無塞上勳」，更使不得。〔註66〕

> 古人詠雪多偶然及之，漢人「前日風雪中，故人從此去」，謝康樂「明月照積雪」，王龍標「空山多雨雪，獨立君始悟」，何天眞絕俗也！鄭都官「亂飄僧舍茶煙濕，密灑歌樓酒力微」，已落坑塹矣。昌黎之

〔註63〕見施補華，《峴傭說詩》，《清詩話》本，頁1241。
〔註64〕見袁枚，《隨園詩話》（臺北，漢京，1984年2月），頁23。
〔註65〕見王士禎，《師友詩傳續錄》，《清詩話》本，頁220。
〔註66〕見施閏章，《蠖齋詩話》，《清詩話》本，頁462。

「凹中初蓋底，凸處盡成堆」、張承吉之「戰退玉龍三百萬，敗鱗殘甲滿天飛」，是成底語！〔註 67〕

詩家好作奇句的警語，必千錘百鍊而後能成。如李長吉「石破天驚逗秋雨」，雖險而無意義，祇覺無理取鬧。至少陵之「白摧朽骨龍虎死，黑入太陰雷雨垂」，昌黎之「巨刃摩天揚」、「乾坤擺礌硠」等句，實足驚心動魄，然全力搏兔之狀，人皆見之。青蓮則不然，如「撫頂弄盤古，推車轉天輪。女媧戲黃土，團作愚下人。散在六合間，濛濛如沙塵。」「舉手弄清淺，誤攀織女機。」「一風三日吹倒山，白浪高於瓦官閣。」皆奇警極矣，而以揮灑出之，全不見其錘鍊之迹。〔註 68〕

至於在好或壞中再分層次的詩句，也一樣也有的是緣於它的意義特性，也有的是緣於它的語言技巧，也有的是緣於它的意義特性和語言技巧，現在也依次各舉兩個例子（好壞各一）來看看：

太白詩云：「剗卻君山好，平鋪湘水流。巴陵無限酒，醉殺洞庭秋。」是甚胸次！少陵亦云：「夜醉長沙酒，曉行湘水春。」然無許大胸次也。〔註 69〕

詩貴和緩優柔，而忌率直迫切。元結、沈千運是盛唐人，而元之〈舂陵行〉、〈賊退詩〉，沈之「豈知林園主，卻是林園客」，已落率直之病。樂天〈雜興〉之「色禽合爲荒，政刑兩已衰」，〈無名稅〉之「奪我身上暖，買爾眼前恩。進入瓊林庫，歲久化爲塵」，〈輕肥〉篇之「是歲江南旱，衢州人食人」，〈買花〉篇之「一叢深色花，十户中人賦」等，率直更甚。〔註 70〕

王摩詰云：「九天閶闔開宮殿，萬國衣冠拜冕旒。」子美取作五字云：「閶闔開黃道，衣冠拜紫宸。」而語益工。〔註 71〕

《筆叢》載宋游景仁〈黃鶴樓〉詩，云：「宋七言律唯此首可追老杜。」今案其詩云「長天巨浪拍天浮，城郭相望萬景收」，調已極粗滑；至

〔註 67〕見沈德潛，《說詩晬語》，《清詩話》本，頁 679。
〔註 68〕見趙翼，《甌北詩話》，《清詩話續編》本，頁 1140。
〔註 69〕見瞿佑，《歸田詩話》，《續歷代詩話》本，頁 1475。
〔註 70〕見吳喬，《圍爐詩話》，《清詩話續編》本，頁 518。
〔註 71〕見陳師道，《後山詩話》，《歷代詩話》本，頁 182。

「角聲交送千家月」，鄙俗又甚。〔註72〕

望夫石在處有之。古今詩人共用一律，惟夢得云：「望來已是幾千歲，只似當年初望時。」語雖拙而意工。黃叔度，魯直之弟也，以顧況爲第一云：「山頭日日風和雨，行人歸來石應語。」語意皆工。〔註73〕

元人「秋千院落春將半，夏五園林月正中。楊柳昏黃水西月，梨花明白夜東風」，徒掇拾華澤字面，串湊成句，不惟景盡句中，了無意味，而格卑氣靡，弄巧反拙矣。若明人之「春風顛似唐張旭，天氣和如魯展禽」、「白鷺下田千點雪，黃鶯上樹一枝花」，則卑靡纖佻，已近魔道。〔註74〕

如果我們把第一節所舉三種類型的詩句，合在一起看，好句和壞句的價值，正如這裏所分辨的，除了分居兩極，還各自含有等級順序。至於好壞參半句的價值，由於擁有受贊賞的成分，我們可以把它歸入正面價值中較低層次的一級。這樣有關效果判斷一事，也就有眉目可尋了。雖然我無法把那些效果判斷所指向的「意義特性」和「語言技巧」以及「意義特性和語言技巧」等現象，一一作更具體的說明（這裏不可能這樣作），但是對於摘句批評以評估詩句的價值爲目的，卻有了眞切的認識，這也將有助於我們對摘句批評其他現象的了解。

第四節　以批評的語言爲媒介

我所說摘句批評的其他現象，是指摘句批評賴以達到目的的媒介，以及摘句批評實際運作的方式。這一節我要先說明摘句批評賴以達到目的的媒介。

摘句批評賴以達到目的的媒介，毫無疑問的是語言。更確切的說，是批評的語言。根據先進的語意學的分類理論，〔註75〕語言有指示、評判、規約和組合等四種表達方式，以及報導、評價、促使和組織等四種使用方法，而

〔註72〕見註29所引毛先舒書，頁64。

〔註73〕見註71所引陳師道書，頁181。

〔註74〕見註62所引朱庭珍書，頁2380。

〔註75〕這裏指的是摩利斯（C. W. Morris）在1946年所發表《符號，語言和行爲》一書中，對語言所作的分類〔見方蘭生，《傳播原理》（臺北，三民，1984年10月），頁122～123及註56所引徐道鄰書，頁155～164引〕。這是當今公認最精細的一套理論，將來我也要藉用這個理論架構來論說。

摘句批評的語言，正是評判語句的組織使用。它的作用，在於引導讀者對於他（摘句批評者）所摘詩句加以衡量，並且對於他由這些詩句引發的心理反應，給予重新組織。有關這些語言的作用，以後我會加以探討，現在只說明這些語言本身的情況。

在前一節中，我們看到摘句批評對所摘詩句的意義特性、語言技巧，以及意義特性和語言技巧，各有不同程度的評價，它所憑藉的就是這些批評的語言。反過來說，這些語言所以能成立，所依據的就是詩句的意義特性、語言技巧，以及意義特性和語言技巧。〔註 76〕現在爲了不跟前面相互干擾，我另外舉例來說明。

> 劉攽詩話載杜子美詩云：「蕭條六合內，人少豺虎多。少人愼勿投，多虎信所過。飢有易子食，獸猶畏虞羅。」言亂世人惡甚于豺虎也。予觀老杜〈潭州〉詩云：「岸花飛送客，檣燕語留人。」與前篇同。意喪亂之際，人無樂善喜之心，至于一將一迎，曾不若岸花檣燕也。詩主優柔感諷，不在逞豪放而致怒張也。〔註 77〕
>
> 吳僧明月舟善爲詩，與予交。嘗得其臨終一首，警句曰：「草煙蝴蝶夢，花月杜鵑吟。」予愛誦之。〔註 78〕
>
> 永叔詩話稱謝伯初之句，如「園林換葉梅初熟」，不若「庭草無人隨意綠」也；「池館無人燕學飛」，不若「空梁落燕泥」也。蓋伯初句意凡近，似所謂西崑體，而王胄、薛道衡峻潔可喜也。〔註 79〕
>
> 張文潛詩云：「不用爲文送窮鬼，直須圖事祝錢神。」唐子西云：「脫使眞能去窮鬼，自量無以致錢神。」夫錢神所以不至者，惟其有窮鬼在耳。二子之語，似可喜，而實不中理也。〔註 80〕

以上四則批評用語，所依據的準則，都是詩句的意義特性。第一、二則，根

〔註 76〕凡是批評的語言（如好、壞、佳、惡、妙之類。我這裏把它擴大到蘊涵有評價意味的語言），不論是否帶有情緒色彩，都要有客觀的依據，才能成立〔參見黃宣範，《翻譯與語意之間》（臺北，聯經，1985 年 11 月），頁 89～94〕。摘句批評的用語，所依據的準則，就是詩句的意義特性、語言技巧，以及意義特性和語言技巧。

〔註 77〕見魏泰，《臨漢隱居詩話》，《歷代詩話》本（臺北，漢京，1983 年 1 月），頁 319。按：藝文所出版《歷代詩話》，沒有這一則。

〔註 78〕見都穆，《南濠詩話》，《續歷代詩話》本，頁 1616。

〔註 79〕見註 77 所引魏泰書，頁 334。

〔註 80〕見王若虛，《滹南詩話》，《續歷代詩話》本，頁 634。

據杜甫、明月舟詩句能優柔感諷、能警惕人心而給予贊賞；第三則，根據王冑、薛道衡和謝伯初三人詩句句意是否凡近而定其軒輊；第四則，根據張文潛、唐子西詩句不中實理而給予譏斥。

> 四明鄭刺史寒村梁〈曉行〉有句云：「野水無橋牽馬渡，曉星如月照人行。」寫景工絕。〔註81〕

> 退之〈桃源行〉云：「種桃處處皆開花，川原遠近蒸紅霞。」狀花卉之盛，古今無人道此語。〔註82〕

> 詩下雙字極難，須使七言五言之間除去五字三字外，精神興致全見於兩言，方爲工妙。唐人記「水田飛白鷺，夏木囀黃鸝」爲李嘉祐詩，王摩詰竊取之，非也。此兩句（「漠漠水田飛白鷺，陰陰夏木囀黃鸝」）好處，正在添漠漠陰陰四字，此乃摩詰爲李嘉祐點化，以自見其妙，如李光弼將郭子儀軍，一號令下，精采數倍。不然，如嘉祐本句，但是詠景耳，人皆可到，要之當令如老杜「無邊落木蕭蕭下，不盡長江滾滾來」，與「江天漠漠鳥雙去，風雨時時龍一吟」等，乃爲超絕。〔註83〕

> 人各有能有不能，不宜強作以備體。李獻吉一代大手，輕豔殊非所長，效義山作無題曰：「班女愁來賦興豪。」豪字戇甚。閨閣語言，寧傷婉弱，不宜壯健耳。〔註84〕

以上四則批評用語，所依據的準則，都是詩句的語言技巧。第一、二則，根據鄭梁、韓愈詩句工於寫景、善於寫花而給予贊賞；第三則，根據王維、李嘉祐詩句是否能見精神興致而定其高下；第四則，根據李夢陽詩句用字不當而給予譏斥。

> 李太白〈廬山瀑布〉詩，有「疑是銀河落九天」句，東坡嘗稱美之。又觀太白「海風吹不斷，江月照還空」一聯，磊落清壯，語簡意足，優於絕句，眞古今絕唱也。然非歷覽此景，不足以見此詩之妙。〔註85〕

〔註81〕見楊際昌，《國朝詩話》，《清詩話續編》本，頁1668。
〔註82〕見許顗，《彥周詩話》，《歷代詩話》本，頁228。
〔註83〕見註25所引葉夢得書，頁244。
〔註84〕見註37所引賀裳書，頁225。
〔註85〕見韋居安，《梅磵詩話》，《續歷代詩話》本，頁644。

> 僧志南能詩，朱文公嘗跋其卷云：「南詩清麗有餘，格力閒暇，無蔬荀氣。」如云「霑衣欲濕杏花雨，吹面不寒楊柳風」，予深愛之。〔註 86〕

> 古來詠明妃者，石崇詩「我本漢家子，將適單于庭」，「昔爲匣中玉，今爲糞上英」，語太村俗。惟唐人（李白）「今日漢宮人，明朝胡地妾」二句，不著議論，而意味無窮，最爲絕唱。〔註 87〕

> 明人蘇子平衡〈詠繡鞋〉詩句云：「南陌踏青春有迹，西廂立月夜無聲。」尖佻儇邪，風雅掃地，然當日亦呼爲蘇繡鞋。〔註 88〕

以上四則批評用語，所依據的準則，都是詩句的意義特性和語言技巧。第一、二則，根據李白、志南詩句語簡意足、語麗意（志）閒〔註 89〕而給予贊賞；第三則，根據石崇、李白詩句是否語雅意婉而定其優劣；第四則，根據蘇衡詩句語佻意（思）邪而給予譏斥。

不論這些批評用語所依據的準則是什麼，只要它一出現，摘句批評就停止了判斷。因此，這些批評用語出現的方式，也成了我們注視的焦點。根據我的觀察，批評用語的出現，有直敘、比喻，以及直敘和比喻等三種方式。直敘的方式。如：

> 李商隱〈隋宮〉中四句云：「玉璽不緣歸日角，錦帆應是到天涯。于今腐草無螢火，終古垂楊有暮鴉。」日角、錦帆、螢火、垂陽是實事，卻以他字面交蹉對之，融化自稱，亦其用意深處，眞佳句也。〔註 90〕

> 閬仙五古〈精舍〉云：「耳目乃鄘井，肺肝乃巖峰。」〈贈友〉云：「一日不作詩，心源如廢井。」〈寓興〉云：「今時出古言，在眾翻爲訛。」語語有眞氣，有眞性靈。〔註 91〕

〔註 86〕見註 44 所引趙與虤書，頁 591。

〔註 87〕見註 68 所引趙翼書，頁 1324。

〔註 88〕見註 62 所引朱庭珍書，頁 2397。

〔註 89〕第二則中所說「格力閒暇」的格力，是指表現在詩句中的志意（力是格的修飾語）。遍照金剛《文鏡秘府論》引王昌齡說：「凡作詩之體，意是格，聲是律。意高則格高，聲辨則律清，格律全始有調。用意於古人之上，則天地之境，洞焉可觀。」〔（臺北，學海，1974 年 1 月），頁 112～113〕而志意就涵蓋在我這裏所說的意義內。

〔註 90〕見吳師道，《吳禮部詩話》，《續歷代詩話》本，頁 736。

〔註 91〕見延君壽，《老生常談》，《清詩話續編》本，頁 1798。

句法最忌直率，直率則淺薄而少深婉之致。戴叔倫之「如何百年內，不見一人間」，不若趙嘏「星星一鏡髮，草草百年身」；韓愈之「況與故人別，那堪羈宦秋」，不若靈一「官柳鄉愁亂，春山客路遙」；貫休之「故國在何處，多年未得歸」，不若司馬札「芳草失歸路，故鄉空暮雲」，兩相比較，淺薄深婉自見。〔註92〕

樂天云：「樂可理心應不謬，酒能陶性信無疑。」「陶冶性靈在底物」固詩人語，古人所謂「樂以治心」者，相去遠矣，此語不作可也。〔註93〕

所謂「眞佳句」、「語語有眞氣，有眞性靈」、「兩相比較，淺薄深婉自見」、「此語不作可也」，都是直接陳述，不帶任何比喻。比喻的方式，如：

謝朓詩，如〈暫使下都〉云：「大江流日夜，客心悲未央。」「金波麗鳷鵲，玉繩低建章。」如〈登三山〉云：「白日麗飛甍，參差皆可見。餘霞散成綺，澄江靜如練。」皆吞吐日月，摘攝星辰之句。〔註94〕

賈閬仙「長江人釣月，曠野火燒風」，「流星透疎木，走月逆行雲」，「遠天垂地外，寒日下峰西」，「邊日沈殘角，河關截夜城」，「峰懸驛路殘雲斷，海浸城根老樹秋」，「山鐘夜渡空江水，汀月寒生古石樓」等語，眞堪鑄佛禮拜。〔註95〕

作詩有三等語：堂上語，堂下語，階下語。知此三者，可以言詩矣。凡上官臨下官，動有昂然氣象，開口自別，若李太白「黃鶴樓中吹玉笛，江城五月落梅花」，此堂上語也。凡下官見上官，所言疏有條理，不免局促之狀，若劉禹錫「舊時王謝堂前燕，飛入尋常百姓家」，此堂下語也。凡訟者說得顛末詳盡，猶恐不能勝人，若王介甫「茅簷長掃淨無苔，花木成蹊手自栽」，此階下語也。〔註96〕

盜法一事，詆之則曰偷勢，美之則曰擬古。然六朝人顯據其名，唐人每陰竊其實，雖謂之偷可也。獨宋人則偷亦不能，如介甫愛少陵「鉤簾宿鷺起，丸藥流鶯囀」，後得句云「青山捫蝨坐，黃鳥挾書眠」，

〔註92〕見冒春榮，《葚原詩說》，《清詩話續編》本，頁463。
〔註93〕見黃徹，《䂬溪詩話》，《續歷代詩話》本，頁463。
〔註94〕見註17所引朱承爵書，頁505。
〔註95〕見註55所引葉矯然書，頁987～988。
〔註96〕見謝榛，《四溟詩話》，《清詩話》本，頁1440。

自謂不減于杜，人亦稱之。然二語何異截鶴脛而使短，眞與「雪白後園僵」等耳，此眞房太尉兵法。〔註 97〕

所謂「皆吞吐日月，摘攝星辰之句」、「眞堪鑄佛禮拜」、「堂上語，堂下語，階下語」、「（截鶴脛而使短）此眞房太尉兵法」，都是藉其他事物譬況，跟直敘有所不同。直敘和比喻的方式，如：

劉長卿有湘中紀行十詩，〈花石潭〉有云：「水色淡如空，山光復相映。」〈浮石瀨〉云：「秋色照瀟湘，月明聞蕩槳。」〈横龍渡〉云：「亂聲沙上石，倒影雲中樹。」皆勝語也。他如「天光映波動，月影隨江流」，又「入夜翠微裏，千峰明一燈」，又「潮氣和楚雲，夕陽映江樹」，又「卷簾高樓上，萬里看日落」，詞妙氣逸，如生馬駒不爲韁絡所掣，讀之使人飄飄然有憑虛御風之意。〔註 98〕

（高季迪）〈薊門行〉云：「中國多荒土，窮邊何用開。」〈少年行〉云：「寶刀不敢輕輸卻，明日沙場卻報恩。」〈猛虎行〉云：「猛虎雖猛猶可喜，横行只在深山裏。」〈郊墅〉云：「僧來雙屐雨，漁臥一船霜。」〈秋興〉云：「梁寺鐘來殘月落，漢宮砧斷早鴻過。」〈寒山寺〉云：「船裏鐘催行客起，塔中燈照遠僧歸。」佳在實境得句，足以嗣響盛唐，宛如霜隼摩空，風翮健捷。〔註 99〕

長吉自有石破天驚之奇，如「胡角引北風，薊門白于水」，「霜重鼓寒聲不起」，「呼龍耕煙種瑤草」，「二十八宿羅心胸，筆補造化天無功」，「一雙瞳神剪秋水」等句，氣勢闊大，不盡入秋墳鬼唱。後人仿之，一味幽豔，殊厭于人。〔註 100〕

唐人詩云：「海色晴看雨，鐘聲夜聽潮。」至周以言，則云：「海色晴看近，鐘聲夜聽長。」

唐僧詩云：「經來白馬寺，僧到赤烏年。」至皇甫子循，則云：「地是赤烏分教後，僧同白馬賜經時。」雖以剽語得名，然猶未見大決撒。獨李太白有「人煙寒橘柚，秋色老梧桐」句，而黃魯直更之曰：「人家圍橘柚，秋色老梧桐。」晁無咎極稱之，何也？余謂中只改

〔註 97〕見註 37 所引賀裳書，頁 219。
〔註 98〕見註 55 所引范晞文書，頁 534。
〔註 99〕見顧起綸，《國雅品》，《續歷代詩話》本，頁 1284。
〔註 100〕見註 6 所引闕名書，頁 1650。

兩字，而醜態畢具，眞點金作鐵手耳。〔註 101〕

所謂「詞妙氣逸，如生馬駒不為韁絡所掣，讀之使人飄飄然有憑虛御風之意」、「佳在實境得句，足以嗣響盛唐，宛如霜隼摩空，風翮健捷」、「氣勢闊大，不盡入秋墳鬼唱」、「只改兩字，而醜態畢具，眞點金作鐵手」，都是直接陳述和藉其他事物譬況並行，不純然為直敘，也不純然為比喻。

摘句批評賴以達到目的的媒介，以及媒介出現的方式，大致如此。本來這個現象是我們最早「接觸」的，理當優先說明，但是為了方便考察，只好略作調整。這樣不僅可以承接摘句批評的對象和摘句批評的目的兩個子題，也可以開啓摘句批評的形式一個子題，使整個說明工作有了邏輯上的聯繫。

第五節　以單一的判斷為手段

有關摘句批評採用批評的語言來達到評估詩句價值的目的，前節已經說明過了，現在要進一步看看它到底是怎麼進行的。這就得從摘句批評的形式談起。

所謂形式，是指物體的外形結構。〔註 102〕摘句批評也是一個「物體」，自然有它的外形結構。不過，這跟其他物體（指自然界的物體）的情況稍有不同。其他物體的外形結構，相對的是實體物質，摘句批評的外形結構，相對的是語言質料。〔註 103〕實體物質沒有「意義」，語言質料有「意義」；而且實體物質只是自然形成，語言質料卻可以由人力控制。我們知道了這個區別，當然不能把摘句批評跟其他物體混為一談。

在理論上，摘句批評的外形結構跟語言質料是相互對立的，而在實際上，摘句批評的外形結構卻要靠語言質料的組合，才得以顯現。因此，我們不能捨棄語言質料，而空談摘句批評的外形結構。還有語言質料既然可以由人力控制，當它被用來構成摘句批評時，可以想見會有不同的組合方式。當務之急，就是把這些語言質料的組合情況，作一番條理，以便掌握摘句批評實際運作的方式。

根據我的觀察，這些語言質料，除了被用來評估詩句的價值（評判的表

〔註 101〕見註 31 所引王世貞書，頁 1186。

〔註 102〕參見註 1 所引布魯格書，〈型式，模型，形式〉條，頁 214。

〔註 103〕質料的意義，跟物質的意義相通（參見註 1 所引布魯格書，〈質料，物質〉條，頁 211～212），這裏只是變文為用。

達），還有被用來敘述詩句的來歷（指示的表達），說解詩句的特性（組合的表達），以及規範創作的方向（規約的表達）。它們在跟所摘詩句結合成一體時，有下列幾種情況：第一，只有評估詩句價值的語言單獨跟所摘詩句結合，如：

羅隱詩云：「只知事逐眼前過，不覺老從頭上來。」此語殊有味。〔註104〕

（劉翼明）〈過重蘿小留別丁平之〉：「秋光到樹紅千葉，水氣浮山綠一行。」造句絕佳。〔註105〕

崔禮山「自是不歸歸便得，五湖煙景有誰爭」，與「相逢盡道休官去，林下何曾見一人」，同一妙理。〔註106〕

（陳子高）「大書文字隄防老，剩買谿山準備閒。」隄防準備四字太淺近。〔註107〕

第二，除了評估詩句價值的語言跟所摘詩句結合，還帶有敘述詩句來歷的語言，如：

幼年聞北方有詩社，一切人皆預焉。屠兒爲〈蜘蛛〉詩，流傳海內。忘其全篇，但記其一句云：「不知身在網羅中。」亦足爲佳句也。〔註108〕

余曾祖通議，楊寘榜登科，未四十致政，享年八十七。居江陰軍青陽之上湖，自號草堂逸老。參佛日契嵩，遂悟眞諦。嘗與嵩詩云：「山禽啼曉四時別，林藪戰秋千里空。」又云：「我悟儻來空世界，師知休去忘形骸。」又〈與智能上人〉詩云：「色空了了空還執，體相如如相即非。」則知所得深矣。又讀《道藏》一過，故見於篇詠者，多眞仙語。如：「仙莖屢損三危露，眞館常開四照花。鵲渚曉煙飛玉洞，琅池秋水接星槎。」又云：「鍊成眞氣發雙華，還向囊中秘玉霞。咒水夜潭龍布劍，弄雲秋嶺鶴看家。」皆佳句也。〔註109〕

〔註104〕見註82所引許顗書，頁232。
〔註105〕見註61所引張謙宜書，頁880。
〔註106〕見註36所引薛雪書，頁901。
〔註107〕見吳可，《藏海詩話》，《續歷代詩話》本，頁377。
〔註108〕同上，頁386。
〔註109〕見註22所引葛立方書，頁364。

王半山「京口瓜洲一水間，鍾山衹隔數重山。春風又綠江南岸，明月何時照我還。」吳中士人家藏其草，初云「又到」，圈去注曰「不好」，改爲「過」，復圈去改爲「入」，旋改爲「滿」，凡如是十餘字，始定爲「綠」。黃山谷「歸燕略無三月事，高蟬正用一枝鳴」，初曰「抱」，又改曰「占」，曰「在」，曰「帶」，曰「要」，至「用」字始是。二字之改，雖未甚工，然見古人苦心如此。〔註110〕

詩話載唐僧齊己謁鄭谷獻詩：「自封修藥院，別下著僧床。」谷覽之云：「請改一字，方可相見。」經數日，再謁，改云「別掃著僧床」。谷嘉賞，結爲詩友。此一字，元本改本俱無好處，不知鄭谷何以賞之？唐詩僧多卑卑之格，惟皎然、靈一差勝。〔註111〕

第三，除了評估詩句價值的語言跟所摘詩句結合，還帶有說解詩句特性的語言，如：

杜子美詩「不嫁惜娉婷」，此句有妙理，讀者忽之耳。陳后山衍之云：「當年不嫁惜娉婷，傅粉施朱學後生。不惜捲簾通一顧，怕君著眼未分明。」深得其解矣。蓋士之仕也，猶女之嫁也；士不可輕於從仕，女不可輕於許人也。〔註112〕

（杜甫）〈春望〉詩云：「國破山河在，城春草木深」，言無人物也。「感時花濺淚，恨別鳥驚心」，花鳥樂事而濺淚驚心，景隨情化也。「烽火連三月，家書抵萬金」，極平常語，以境苦情眞，遂同于六經中語之不可動搖。〔註113〕

東坡稱陶靖節詩云：「『平疇交遠風，良苗亦懷新。』非古之耦耕植杖者，不能識此語之妙也。」僕居中陶，稼穡是力。秋夏之交，稍旱得雨，雨餘徐步，清風獵獵，禾黍競秀，濯塵埃而泛新綠，乃悟淵明之句善體物也。〔註114〕

《居易錄》一條云：「杜〈八哀詩〉，鈍滯冗長，絕少剪裁，而前輩多推之，崔鷃至謂『可表裏雅頌』，過矣！試摘其累句，如〈汝陽王〉

〔註110〕見葉矯然，《龍性堂詩話續集》，《清詩話續編》本，頁1013。
〔註111〕見註33所引翁方綱書，頁1398。
〔註112〕見註19所引楊愼書，頁799。
〔註113〕見註70所引吳喬書，頁537。
〔註114〕見註41所引張表臣書，頁273。

云：『愛其謹潔極』，『上又回翠麟』，『天笑不爲新』，『手自與金銀』，『匪惟帝老大，皆是王忠勤』。〈李邕〉云：『眄睞皆已虛，跋涉曾不泥』，『眾歸賙給美，擺落多藏穢』，『是非張相國，相扼一危脆』。〈蘇源明〉云：『秘書茂松色』，『溟漲本末淺』。〈鄭虔〉云：『地崇士大夫，況乃氣精爽』，『方朔諧太枉』，『寡鶴誤一響』。〈張九齡〉云：『骨驚畏曩哲，鬒變負人境』，『諷詠在務屏』，『用才文章境』，『散帙起翠螭』，『未闕隻字警』云云，率不可曉。披沙揀金，在慧眼自能辨之。未可爲群瞽語白黑也。」〔註 115〕

第四，除了評估詩句價值的語言跟所摘詩句結合，還帶有說解詩句特性以及規範創作方向的語言（規範創作方向的語言，不是在前端，就是在末端），如：

詩家有一種至情，寫未及半，忽插數語，代他人詰問，更覺情致淋漓。最妙在不作答語，一答便無味矣。如〈園有桃〉章云：「不知我者，謂我士也驕。彼人是哉，子曰何其。」三句三折，跌宕甚妙。接以「心之憂矣」，只爲不知者代嘲，絕無一語解嘲，無聊極矣。又〈陟岵〉章云：「父曰嗟，予子行役，夙夜無已。尚愼旃哉，猶來無止。」四句中有憐愛語，有叮嚀語，有慰望語，低徊宛轉，似只代父母作思子詩而已，絕不說思父母，較他人作思父思母語，更爲淒涼。〔註 116〕

「池塘生春草，園柳變鳴禽。」世多不解此語爲工，蓋欲以奇求之耳。此語之工，正在無所用意，猝然與景相遇，借以成章，不假繩削，故非常情所能到。詩家妙處，當須以此爲根本，而思苦言難者，往往不悟。〔註 117〕

詩語固忌用巧太過，然緣情體物，自有天然工妙，雖巧而不見刻削之痕。老杜「細雨魚兒出，微風燕子斜」，此十字殆無一字虛設。雨細著水面爲漚，魚常上浮而淰，若大雨則伏而不出矣。燕體輕弱，風猛則不能勝，惟微風乃受以爲勢，故又有「輕燕受風斜」之語。至「穿花蛺蝶深深見，點水蜻蜓款款飛」，深深字若無穿字，款款字若無點字，皆無以見其精微如此。然讀之渾然，全似未嘗用力，此所以不礙其氣格超勝。使晚唐諸子爲之，便當如「魚躍練波拋玉尺，

〔註 115〕見註 33 所引翁方綱書，頁 1485～1486。
〔註 116〕見賀貽孫，《詩筏》，《清詩話續篇》本，頁 174。
〔註 117〕見註 25 所引葉夢得書，頁 255。

鶯穿絲柳織金梭」體矣。〔註 118〕

語有乍看似佳，細思則瘡痏百出者。如戴敏才「惜樹不磨修月斧，愛花須築避風臺」，亦大費雕鏤而出。但花雖畏風，非臺可避，用飛燕事殊不當。修月事見《酉陽雜俎》，然伐樹何必修月之斧，修月之斧亦非人間所有。若用吳剛伐樹事，又與修月無干。總之，止務瑰奇，不求妥貼，以眩俗目可耳，與風雅正自徑庭。〔註 119〕

雖然如此，第二種組合中敘述詩句來歷的語言，以及第四種組合中規範創作方向的語言，跟摘句批評並沒有必然或直接的關聯，〔註 120〕可以不予理會。因此，這裏只剩下評估詩句價值和說解詩句特性兩種語言值得我們留意。

從這兩種語言的組合情況，我們可以看出摘句批評只有單一的判斷，〔註 121〕沒有相關的推論。這個判斷，就是對所有摘詩句價值的肯定或否定。而它在表達對所摘詩句價值的肯定或否定時，不是使用批評的語言，就是使用批評的語言和說明的語言，不然就是使用批評的語言和說明的語言以及解釋的語言。第一種情況，我稱它爲純粹的評價；第二種情況，我稱它爲評價兼說明；第三種情況，我稱它爲評價兼說明兼解釋。〔註 122〕純粹的評價部分，前面已經舉過不少例子，這裏就略去不談。評價兼說明，以及評價兼說明兼解釋兩部分，有必要加以說明。這兩部分是從上面所引說解詩句特性的語言再細分（說明詩句特色的語言和解釋詩句情境的語言）後的「結果」。前者，如：

詩社以楊妃襪爲題，楊廉夫一聯云：「安危豈料關天步，生死猶能繫俗情。」題目雖小而議論甚大，所以諸人莫能及。〔註 123〕

詩用人姓事，無如東湖。〈與張元幹〉詩云：「詩如雲態度，人似柳

〔註 118〕同上，頁 258～259。

〔註 119〕見註 37 所引賀裳書，頁 213。

〔註 120〕這是說詩句的來歷如何，不一定會影響最後的效果判斷；而規範詩句應該如何創作，已經超出實際批評的範圍（當在理論批評中討論）。

〔註 121〕所謂判斷（或稱命題），是指對某一對象加以肯定或否定（參見註 2 所引柴熙書，頁 95～98；註 1 所引布魯格書，〈判斷〉條，頁 294～295）。

〔註 122〕照理說，說明和解釋也是判斷；前者屬於「事實判斷」，後者屬於「形上判斷」（因果判斷）。但是在摘句批評裏，它們跟評價（價值判斷）並沒有形成邏輯上必然的關聯（也就是說，它們還欠缺別的判斷作爲前提，無法形成一個完整的論證），所以我用一個「兼」字來連接它們，表示它們可有可無（如第一種情況就沒有說明或說明和解釋）。

〔註 123〕見註 69 所引瞿佑書，頁 1527。

風流。」皆張姓事，暗用之不覺，尤爲佳也。〔註124〕

唐人詩「長貧惟要健，漸老不禁愁」，「乍見翻疑夢，相悲各問年」，「少孤爲客早，多難識君遲」，「長因送人處，憶得別家時」，「問姓驚初見，稱名憶舊容」，「客淚題書落，鄉愁對酒寬」，「旅望因高盡，鄉心遇物悲」，「道直身還在，恩深命轉輕」，「乍見翻無語，別來長獨愁」，皆字字從肺肝中流露，寫情到此，乃爲入骨，雖是律體，實《三百篇》、漢、魏之苗裔也。初學欲以淺率之筆襲之，多見其不知量。〔註125〕

楊用修稱劉後村〈李夫人招魂歌〉、〈趙昭儀春浴行〉、〈東阿王紀夢行〉，然僅竊西崑之似，且他篇粗鹵者甚多。所作〈十老〉詩，尤多鄙俗。如〈老兵〉「金瘡常有些兒痛」，〈老儒〉「專巧三場恐未然」，眞堪笑倒。〔註126〕

所謂「題目雖小而議論甚大」、「（詩用人姓事）暗用之不覺」、「皆字字從肺肝中流露」、「（語）鄙俗」，都是在評價以外，爲詩句特色所作的說明。後者，如：

李義山任洪農尉，嘗投詩謁告云：「卻羨卞和雙刖足，一生無復沒階趨。」雖爲樂春罪人，然用事出人意表，尤有餘味。英俊屈沈，強顏低意，趨跖諾虎，扼腕不平之氣，有甚於傷足者，非麤知直己，不甘心於病畦下舐，不能賞此語之工也。〔註127〕

聖俞嘗語余曰：「詩家雖率意，而造語亦難。若意新語工，得前人所未道者，斯爲善也。必能狀難寫之景，如在目前，含不盡之意，見於言外，然後爲至矣。賈島云：『竹籠拾山果，瓦瓶擔石泉。』姚合云：『馬隨山鹿放，雞逐野禽栖。』等是山邑荒僻，官況蕭條，不如『縣古槐根出，官清馬骨高』爲工也。」〔註128〕

余曰：「語之工者固如是。狀難寫之景，含不盡之意，何詩爲然？」聖俞曰：「作者得於心，覽者會以意，殆難指陳以言也。雖然，亦可

〔註124〕見註10所引曾季貍書，頁339。
〔註125〕見潘德輿，《養一齋詩話》，《清詩話續編》本，頁2103。
〔註126〕見註37所引賀裳書，頁456。
〔註127〕見註93所引黃徹書，頁396。
〔註128〕見註34所引歐陽修書，頁158。

略道其髣髴，若嚴維『柳塘春水漫，花塢夕陽遲』，則天容時態，融和駘蕩，豈不如在目前乎？又若溫庭筠『雞聲茅店月，人跡板橋霜』，賈島『怪禽啼曠野，落日恐行人』，則道路辛苦，羈愁旅思，豈不見於言外乎？」〔註 129〕

聖俞嘗云：「詩句義理雖通，語涉淺俗而可笑者，亦其病也。如有〈贈漁父〉一聯云：『眼前不見市朝事，耳畔惟聞風水聲。』說者云：『患肝腎風。』又有〈詠詩〉者云：『盡日覓不得，有時還自來。』本謂詩之好句難得耳，而說者云：『此是人家失卻貓兒詩。』人皆以爲笑也。」〔註 130〕

所謂「英俊屈沈，強顏低意，趨跖諾虎，扼腕不平之氣」、「山邑荒僻，官況蕭條」、「天容時態，融和駘蕩」、「道路辛苦，羈愁旅思」、「患肝腎風」、「人家失卻貓兒」，都是在評價、說明以外，爲詩句情境所作的解釋。

摘句批評在評價以外，雖然還有說明和解釋，但是這些說明和解釋，只是評價的「注腳」，不是評價的「前提」。既然說明和解釋只是評價的「注腳」，有沒有它們，都不會影響評價的進行。換句話說，說明和解釋，跟評價並沒有邏輯上的關聯，去掉說明和解釋，評價依然成立。因此，我們不難看出摘句批評實際的運作方式，就是單一的判斷。我們把這一點跟前三節所說的作個聯結，可以得到這樣的結論：摘句批評以單一的判斷爲手段，透過批評的語言，達成評估某些特殊詩句價值的目的。

〔註 129〕同上。
〔註 130〕同上，頁 159。

第四章　詩話摘句批評的原理

第一節　釋　題

摘句批評以單一的判斷爲手段，透過批評的語言，達成評估某些特殊詩句價值的目的，這個現象本身並沒有說明什麼，而我們也不會因爲知道這個現象就感到滿足。換句話說，摘句批評只顯示它在從事批評，並沒有透露它爲什麼要從事批評，以及爲什麼要這樣批評，這對想了解摘句批評是否有價值的人來說，無疑是一種缺憾。〔註1〕因此，爲摘句批評找尋原因，也就成了我們責無旁貸的一項重要的任務。

想爲摘句批評找尋原因，難免要涉及一個理論的問題，就是怎樣找尋摘句批評的原因，以及找到的原因是否可靠？當然，這個理論的相反，就是摘句批評根本沒有原因，而我們所找到的原因都不可靠。後面這個說法，基本上是不能成立的，因爲摘句批評是「人爲」的，沒有「人爲」，摘句批評怎麼會「存在」？這樣摘句批評就不可能沒有原因了。所以我們可以放心的去找尋摘句批評的原因。

由於摘句批評「以特殊的詩句爲對象」、「以價值的評估爲依歸」、「以批評的語言爲媒介」、「以單一的判斷爲手段」，已經具體的呈現在我們眼前，不須要再爲它討論什麼，現在所要討論的是摘句批評爲什麼要「以特殊的詩句爲對象」、「以價值的評估爲依歸」、「以批評的語言爲媒介」、「以單一的判斷爲手段」，

〔註1〕這是說我們不了解摘句批評所以發生，以及所以如此的原因，就無法判斷摘句批評是否有價值。

也就是摘句批評所以形成的原因。我們把後者當作「因」，前者就是「果」，「果」必須有「因」才得以成立，這是因果原理最基本的前提。〔註 2〕而我這裏所說的原理，就是指這個因果原理。只是摘句批評本身無法提供它所以形成的原因，我們還得經由別的途徑來探討這個問題。

一般說來，摘句批評所以形成的原因，只有透過摘句批評者的心理歷程，或決定摘句批評者心理歷程的歷史環境，才能找到。這跟其他實際批評必須透過實際批評者的心理歷程，或決定實際批評者心理歷程的歷史環境，才能找到它所以形成的原因，是同一道理的。不過，摘句批評者的心理歷程，或決定摘句批評者心理歷程的歷史環境，已經超出我們的經驗範圍，只能運用推理來判定，所得到的結果自然只有「間接的內在明顯性」，不可能有「直接的內在明顯性」。〔註 3〕雖然我們所找到的原因，沒有「直接的內在明顯性」，但是有這「間接的內在明顯性」作保證，也足夠邀人來信賴了。

根據這一點，我認爲摘句批評所以要「以特殊的詩句爲對象」、「以價值的評估爲依歸」、「以批評的語言爲媒介」、「以單一的判斷爲手段」，跟摘句批評者所懷抱的詩教使命，以及摘句批評者所理解的實際批評有關。因此，我決定以「詩教使命的促使」、「批評本質的限定」、「語彙系譜的作用」、「價值判斷的侷限」爲題，分別解釋前面所說摘句批評的現象，作爲將來評價的依據。

第二節　詩教使命的促使

依照常理來說，摘句批評所以發生，必定有它內外在的因素。而合此內外在的因素，摘句批評才能成立。換句話說，摘句批評必須有內在的因素作爲它的「必要條件」，並且有外在的因素作爲它的「充分條件」，才能成立；

〔註 2〕有關因果原理的問題，參見亞里斯多德（Aristotle），《形而上學》（未譯者姓名，新竹，仰哲，1989 年 3 月），頁 5～8；布魯格（W. Brugger），《西洋哲學辭典》（項退結譯，臺北，華香園，1989 年 1 月），〈形上因果原理〉條，頁 108～110；曾仰如，《形上學》（臺北，商務，1987 年 10 月），頁 234～272。

〔註 3〕「直接的內在明顯性」，相對的是「間接的內在明顯性」，是指判斷所指涉的事實（摘句批評的原因），直接呈現於理智或感官。有關「直接的內在明顯性」、「間接的內在明顯性」的問題，參見柴熙，《認識論》（臺北，商務，1983 年 8 月），頁 188～197；溫公頤，《哲學概論》（臺北，商務，1983 年 9 月），頁 106～108；註 2 所引曾仰如書，頁 77～91。

不然摘句批評就不能成立。我們想了解摘句批評爲什麼要「以特殊的詩句爲對象」，也要從這裏探討起。

所謂內在的因素，是指不藉外來影響而本身具有的因素。我們知道摘句批評有摘句和批評兩部分，而在時間順序上摘句永遠先於批評，因此是否有句可摘，就成了摘句批評是否可以成立的一大關鍵。

> 漢、魏古詩，氣象混沌，難以句摘，晉以還方有佳句，如淵明「採菊東籬下，悠然見南山」，謝靈運「池塘生春草」之類。〔註4〕
>
> 漢魏詩只是一氣轉旋，晉以下始有佳句可摘。〔註5〕

這是摘句批評者自己所說的話。我們透過它可以推測到摘句批評要成立，必須先有句可摘，如果無句可摘，摘句批評就不可能成立。〔註6〕我所說的內在的因素，就是指有句可摘這一點。至於有句可摘的標準是什麼，也有一段話可以讓我們參考：

> 杜子美詩：「日出籬東水，雲生舍北泥。竹高鳴翡翠，沙僻舞鵾雞。」此一句一意，摘一句亦成詩也。蓋嘉運詩：「打起黃鶯兒，莫教枝上啼。啼時驚妾夢，不得到遼西。」此一篇一意，摘一句不成詩矣。〔註7〕

這是說詩句本身句意自足，才能被摘來批評。這一句意自足應該就是它的標準。〔註8〕雖然如此，摘句批評不一定就能成立，還要有別的條件才行。這個條件，就是外在的因素。

〔註4〕見嚴羽，《滄浪詩話》，《歷代詩話》本（臺北，藝文，1983年6月），頁450。

〔註5〕見沈德潛，《説詩晬語》，《清詩話》本（臺北，藝文，1977年5月），頁652。

〔註6〕我舉上面兩個例子，只在說明「有句可摘」這一點。其實，摘句批評所摘的詩句，不只「佳句」（好句）一類，這在前章就說過了。而且摘句的「年限」也不是漢魏以後，先秦的《詩》三百篇就有許多詩句被摘來批評。

〔註7〕見謝榛，《四溟詩話》，《續歷代詩話》本（臺北，藝文，1983年6月），頁1346。

〔註8〕至於有人不以這一點爲標準，而別有根據，如胡應麟《詩藪》說：「東京興象渾淪，本無佳句可摘，然天工神力，時有獨至，搜其絕到，亦略可陳。如『相去日以遠，衣帶日以緩』、『浮雲蔽白日，遊子不顧返』、『枯桑知天風，海水知天寒』……皆言在帶衽之間，奇出塵劫之表，用意警絕，談理玄微，有鬼神不能思，造化不能秘者。」〔（臺北，廣文，1973年9月），頁96～97〕那只是特例，不足以解釋我所提出的問題。何況說者對於是否有句可摘，也舉棋不定〔除了上面那一段「本無佳句可摘」，又勉爲摘句，胡應麟還有一段跟這一段後半牴觸的話：「漢人詩無句可摘，無瑕可指。」（同書，頁107）〕，我們怎能據以爲說？

所謂外在的因素，是指本身不具有而要藉外來影響的因素。在摘句批評中，批評這一部分完全是人力外加給它的，有別於前面所說那一部分，我稱它爲外在的因素。外在的因素連同內在的因素，摘句批評就一定能成立。然而，這只是理論上的說明，實際上還沒有解答摘句批評爲什麼要「以特殊的詩句爲對象」的問題。

摘句批評爲什麼要「以特殊的詩句爲對象」，我們無法從它內在的因素看出究竟，只能從它外在的因素來探索。也就是說，詩句本身不足以提供有關摘句批評所以要「以特殊的詩句爲對象」的答案，剩下來只有看摘句批評者了，因爲摘句批評者如果不從事摘句批評，儘管詩句句意自足，也無法使摘句批評發生。因此，我們應該暫時略過詩句而把焦點放在摘句批評者身上。

現在我們就來看摘句批評者爲什麼要從事摘句批評？這可能有兩個答案：一個是他「有所爲而爲」；一個是他「無所爲而爲」。〔註 9〕如果是「無所爲而爲」，「無所爲」就是唯一的原因，其餘就不必多論了；如果是「有所爲而爲」，我們就可以繼續追溯摘句批評者「所爲」的是什麼。顯然上面兩個答案不能同時並存，我們必須放棄其中一個才行。究竟放棄那一個？我考慮的是「無所爲而爲」，因爲我們可以找出許多證據來支持「有所爲而爲」，卻找不出一個證據來支持「無所爲而爲」。

到底摘句批評者從事摘句批評「所爲」的是什麼？根據我的研判，摘句批評者「所爲」的是詩教，〔註 10〕更確切的說，是教人作詩。理由是這樣的：

〔註 9〕換作現代人的說法，「有所爲而爲」就是「爲人生而藝術」或「爲藝術而藝術」；「無所爲而爲」就是「無所爲而藝術」〔參見顏崑陽，《莊子藝術精神析論》（臺北，華正，1985 年 7 月），頁 172～184〕。而我這裏只要以摘句批評代替藝術一詞，就能「據以爲說」了。

〔註 10〕即使有某些說明此事只在「以資閒談」、「以助談柄」者〔歐陽修《六一詩話》說：「居士退居汝陰，而集以資閒談也。」（《歷代詩話》本，頁 156）查爲仁《蓮坡詩話》說：「回憶三十年來，酒邊燭外，論議所及，足以資暇者，正復不少，并爲述其顚末，以助談柄。」（《清詩話》本，頁 571）〕，也不例外，因爲在「以資閒談」、「以助談柄」之中，也含有詩教的意味，只是沒有顯得那麼「道貌岸然」而已。另外，我所說的詩教，有教人讀詩和教人用詩兩層意思。而教人用詩，又有教人以詩爲處世南針和以詩爲創作借鏡兩層意思。教人讀詩的詩教，多表現在詩集的箋注裏；教人以詩爲處世南針的詩教，多表現在經史子集（包括詩話的理論批評）的引證裏；教人以詩爲創作借鏡的詩教，多表現在詩話的實際批評裏（當然，也兼有教人讀詩和教人以詩爲創作借鏡的，如詩集評點）。摘句批評既然屬於實際批評，這裏所說的詩教，自然是指教人以詩爲創作借鏡。

摘句批評者可以教人讀詩，也可以教人以詩爲處世的南針，不一定要教人作詩。如果他要教人讀詩，或教人以詩爲處世南針，他儘可去從事詩集的箋注，或撰寫論文而以詩句爲證（如先秦人的斷章取義），不必摘取詩句來批評。現在摘句批評者所以要摘取詩句來批評，顯然不是教人讀詩，也不是要教人以詩爲處世南針，而是要教人作詩。

這個理由，可以從摘句批評者自己所說的話，以及摘句批評者在摘句批評中使用規範創作方向的語言得到印證。首先，我們看摘句批評者自己所說的話：

> 而菴曰：詩人自宋元來，而論詩者備矣。其去唐已遠，要皆得之揣摹，無有師承，規矩放失，至於今日，頹波莫挽，有志之士，爲之慨然……古人所作，皆由眞才實學，其詩具在，斑斑可得而考也。識得古人，便可造得古人。余所說唐詩諸體，雖不能從萬花樓上出身，亦庶乎不渰殺於虀菜盔中矣。〔註11〕

> 詩話之作，要皆爲初學指示。若入之已深，心解則耳目皆廢，況古人之陳言乎？輕嘗淺試之人，先記了許多浮話，如杜稱詩聖，李稱詩仙，李賀之鬼，盧仝之怪，元輕白俗，島瘦郊寒。及叩其所以然之故，彼仍如墮終南霧裏，茫然不知巔峰。索觀所作，去輕、俗、寒瘦不啻霄壞，何謂仙、聖、鬼、怪！深沈好學之士，當深戒之也。〔註12〕

> 詩者，志之所之；而志者，情之主，性之迹也。性正而後志正，志正而後思正，思正而後詩正，而後無邪之旨乃可言焉。天下競言詩矣，顧取而讀之，究茫然不知其志之所在，而遑問其性情？竊深懼夫無邪之旨久不明，而聖人以詩立教之意之終古晦昧而莫或講也，因於小清華園談詩時，稍爲引其端倪，發其旨趣；且取古人及唐人詩類而繫之，以爲初學楷式。〔註13〕

> 一秋杜門養痾，惟與藥爐經卷相伴，甚苦岑寂。郡中同人偕及門二三子，日載酒過從，爭問詩法於予。愧無以副諸君厚意，乃以筆代

〔註11〕見徐增，《而菴詩話》，《清詩話》本，頁511。
〔註12〕見延君壽，《老生常談》，《清詩話續編》本，（臺北，木鐸，1983年12月），頁1792。
〔註13〕見王壽昌，《小清華園詩談》，《清詩話續編》本，〈序〉，頁1852。

口，述予見聞所及，爲詩話四卷付之。各錄一通，用塞其請。雖落語言文字之迹，然渡迷津者必假寶筏，識歧途者莫如老馬，姑導先路，未始非學繡金鍼之度也。〔註 14〕

所謂「識得古人，便可造得古人」、「要皆爲初學指示」、「以爲初學楷示」、「姑導先路，未始非學繡金鍼之度」，無一不是在表示要教人作詩。〔註 15〕

其次，我們看摘句批評者在摘句批評中使用規範創作方向的語言：

東坡拈出陶淵明談理之詩，前後有三：一曰「采菊東籬下，悠然見南山」；二曰「笑傲東軒下，聊復得此生」；三曰「客養千金軀，臨化消其寶」，皆以爲知道之言。蓋摘章繪句，嘲弄風月，雖工亦何補。若睹道者，出語自然超詣，非常人能蹈其軌轍也。〔註 16〕

余頃年遊蔣山，夜上寶公塔，時天已昏黑，而月猶未出，前臨大江，下視佛屋崢嶸，時聞風鈴，鏗然有聲。忽記杜少陵詩：「夜深殿突兀，風動金琅璫。」恍然如己語也。又嘗獨行山谷間，古木夾道交陰，惟聞子規相應木間，乃知「兩邊山木合，終日子規啼」之爲佳句也。又暑中瀕溪，與客納涼，時夕陽在山，蟬聲滿樹，觀二人洗馬于溪中。曰：此少陵所謂「晚涼看洗馬，森木亂鳴蟬」者也。此詩平日誦之，不見其工，惟當所見處，乃始知其爲妙。作詩正要寫所見耳，不必過爲奇險也。〔註 17〕

作詩貴彫琢，又畏有斧鑿痕；貴破的，又畏黏皮骨，上所以爲難。李商隱〈柳〉詩云：「動春何限葉，撼曉幾多枝。」恨其有斧鑿痕也。石曼卿〈梅〉詩云：「認桃無綠葉，辨杏有青枝。」恨其黏皮骨也。能脫此二病，始可以言詩矣。〔註 18〕

劉子儀贈人詩云：「惠和官尚小，師達祿須干。」取柳下惠聖之和，師也達，而子張學干祿之事。或有除去官字示人曰：「此必番僧也，其名達祿須干。」聞者大笑。詩有詩病俗忌，當僻之。此偶自諧合，

〔註 14〕見朱庭珍，《筱園詩話》，《清詩話續編》本，〈序〉，頁 2325。

〔註 15〕當然，這些話也指理論批評和摘句批評以外的實際批評，但是這不影響我們把它引來印證前面的論題（還有第二章第三節所說的「以示勸戒」、「以獎勵風會」、「以示學者棄取之方」，也跟這裏所說的意思相同，可以一併取來印證）。

〔註 16〕見葛立方，《韻語陽秋》，《歷代詩話》本，頁 310。

〔註 17〕見周紫芝，《竹坡詩話》，《歷代詩話》本，頁 198。

〔註 18〕見註 17 所引葛立方書，頁 307。

> 無若輕薄子何，非筆力過也。〔註19〕

所謂「蓋摘章繪句，嘲弄風月，雖工亦何補。若睹道者，出語自然超詣，非常人能蹈其軌轍」、「作詩正要寫所見耳，不必過為奇險」、「作詩貴彫琢，又畏有斧鑿痕；貴破的，又畏黏皮骨，此所以為難」、「詩有詩病俗忌，當僻之」，都是跟摘句批評一起出現的規範創作方向的語言，這些語言不是在暗示我們摘句批評者所以從事摘句批評，就是為了教人作詩嗎？

既然摘句批評者從事摘句批評是為了教人作詩，我們就要繼續探討兩個問題：第一，摘句批評者為什麼會以為摘句批評可以達到教人作詩的目的？第二，摘句批評者為什麼不摘取普通的詩句，〔註20〕只摘取特殊的詩句，而在特殊的詩句中有好句和壞句以及好壞參半句，理當只摘取好句示人，為什麼還要摘取壞句和好壞參半句？第一個問題，我推測它跟摘句批評者所了解的創作（得詩）過程有關：

> 作詩先以一聯為主，更思一聯配之，俾其相稱，縱不佳，姑存以為筌句。筌者，意在得魚也。然佳句多從庸句中來，能用取魚棄筌之法，辭意兩美，久則渾成，造名家不難矣。〔註21〕

> 詩而從頭做起，大抵平常，得句成篇者乃佳。得句即有意，便須布局，有好句而無局，亦不成詩。〔註22〕

> 以初白律詩與放翁相較：放翁使事精工，寫景新麗，固遠勝初白，然放翁多自寫胸臆，非因人因地，曲折以赴，往往先得佳句，而足成之。〔註23〕

這是說詩人創作往往先得一聯或佳句，而後成篇。〔註24〕因此，摘句批評者

〔註19〕見劉攽，《中山詩話》，《歷代詩話》本，頁169。

〔註20〕實際上要找出普通的詩句，可能有困難，我這裏只是就理論來說：理論上應當有普通的詩句。

〔註21〕見註7引謝榛書，頁1443。

〔註22〕見吳喬，《圍爐詩話》，《清詩話續編》本，頁592。

〔註23〕見趙翼，《甌北詩話》，《清詩話續編》本，頁1316。

〔註24〕當然，也有詩人得了佳句而不能成篇的，王世貞《藝苑卮言》說：「唐人有佳句而不成篇者，如孟浩然『微雲澹河漢，疏雨滴梧桐』，楊汝士『昔日蘭亭無豔質，此時金谷有高人』，尉遲斥『夜夜月為青塚鏡，年年雪作黑山花』，每恨不見入集中。」（《續歷代詩話》本，頁1176）劉祁《歸潛志》說：「古人多有偶得佳句，而不能立題者。如山谷云：『清鑒風流歸賀八，飛揚跋扈付朱三。』未知可以贈誰。又云：『人得交游是風月，天開圖畫即江山。』亦無全篇。余先子嘗有句云：『推愁不去若移石，呼酒不來如望霓。』又：『半

摘取詩句來批評，正好可以啓發學者的詩思或創作途徑。〔註25〕

第二個問題的前半，不用討論也知道摘句批評者不會去摘取普通的詩句，不然他就是在開天下人玩笑，不是在教人作詩了。而後半也很容易理解，摘句批評者摘取好句固然是示人「作詩之道」，摘取壞句和好壞參半句也是在示人「作詩之道」，這要藉一位摘句批評者的言論來說：

> 晉詩張景陽「黑蜧躍重淵，商羊舞野遲。飛廉應南箕，豐隆迎屏翳」，生堆強砌。劉越石「何其不夢周」，「遺愛常在去」，歇後可笑。「暮宿丹水山」，不雅。「本是崑山璆」，不現成。龍泉曰「龍淵」，天曰「圓象」，地曰「方儀」，粉飾可厭。陶公，漢魏後一人，若「鬼神茫昧然」，「曲肱豈傷沖」，「芳菊開林耀」，「我來淹已彌」，皆不渾成，習氣未除耳。昔人論詩，多標古人佳句，已經標出，吾不更贅。今但指古人疵處，使人知所避耳，非敢刻於古人也。宋齊以下，競尚靡麗，累句猶多，吾不暇指之矣。〔註26〕

所謂「指古人疵處，使人知所避耳」，正是摘句批評者所以摘取壞句和好壞參半句（好壞參半句有「壞」的成分，也在當避之列）的緣故。換句話說，摘句批評者以好句作爲「正例」，而以壞句和好壞參半句作爲「反例」，來示人以「作詩之道」。

生竊祿魚貪餌，四海無家鳥擇棲。』又：『未解作詩如見畫，常憂讀賦錯呼寬。』」〔收於林明德編，《金代文學批評資料彙編》（臺北，成文，1979年9月），頁214〕但是這並不妨礙他對於詩的「經營」，因爲「經營」一句詩，跟「經營」一首詩，同樣的耗費心神〔甚至有過之而無不及，所謂「吟安一個字，撚斷數莖鬚」、「句句夜深得，心從天外歸」、「吟成五字句，用破一生心」（見註16所引葛立方書，頁298），可以佐證〕。況且得了佳句，跟足成全篇，在「成就感」上是一樣的。因此，詩人得了佳句而不能成篇的，並不算是一件憾事。

〔註25〕摘句批評者在摘句批評時，往往對好句特別感興趣，這也跟詩篇中只有一兩句較爲凸出有關〔楊萬里《誠齋詩話》說：「唐律七言八句一篇之中，句句皆奇，一句之中，字字皆奇，古今作者皆難之。」（《續歷代詩話》本，頁154）胡仔《苕溪漁隱叢話》說，「詞句欲全篇皆好，極爲難得。」（臺北，長安，1978年12月），前集，頁401〕方回〈跋尤冰寮詩〉說：「詩不過文章之一端，然必欲佳句膾炙人口，殆百不一二也。非有上下古今之博識，出入天地之奇思，則雖欲日煆月煉，以求其佳，不能矣。」〔收於曾永義編，《元代文學批評資料彙編》（臺北，成文，1979年9月），上集，頁122〕。因此，摘取好句來批評，自然就成爲風尚了。

〔註26〕見龐塏，《詩義固說》，《清詩話續編》本，頁732。

至於摘句批評者在選取詩句的方式上，有的取單句，有的取複句；〔註27〕有的直接取句，有的先列全詩再取句；有的並取一人句，有的並取他人句，這只是出於一時的方便，沒有什麼特殊的原因可說。

第三節　批評本質的限定

摘句批評者爲了教人作詩，才來從事摘句批評，這一點我已經加以證明了。然而，摘句批評者在摘句批評中爲什麼要「以價值的評估爲依歸」？如果摘句批評者在摘句批評中不「以價值的評估爲依歸」，是否就不能達到教人作詩的目的？這是現在我所要探討的問題。

就理論來說，實際批評主要成分是詮釋和評價，姑且不論詮釋本身是否含有價值判斷在內，〔註28〕光就實際批評的本質來看，必然要以價值判斷作爲終點。〔註29〕因爲實際批評旨在幫助學者欣賞具有獨創性的作品，〔註30〕

〔註27〕至於摘句批評者所選取的詩句，以雙句爲最普遍，這跟詩本身傾向於偶章聯辭有關。劉勰《文心雕龍》說：「造化賦形，支體必雙；神理爲用，事不孤立。夫心生文辭，運裁百慮，高下相須，自然成對……至於詩人偶章，大夫聯辭，奇偶適變，不勞經營。」〔（黃叔琳注本，臺北，商務，1977年2月），〈麗辭篇〉，頁34〕演變到後世，不免會有特別講求聲律對偶，甚至爲求好句而專注於一聯的創作。沈德潛《説詩晬語》說：「後人祇於全篇中爭一聯警拔，取青妃白，有句無章，所以去古日遠。」（《清詩話》本，頁664）喬億《劍谿説詩》說：「前人標舉一句兩句，以定工拙，乃偶然談次如此，詎意後來學者，盡有句無篇也。」（《清詩話續編》本，頁1100）

〔註28〕任何詮釋行爲的產生，必然包括一個詮釋者和一個詮釋對象，而詮釋者在選擇詮釋對象時，已經含有價值判斷在內；然後在詮釋過程中，詮釋者獨鍾於其中某個意義〔作品有無數個意義，參見伽達瑪（Hans-Georg Gakamer），《眞理與方法》（吳文勇譯，臺北，南方，1988年4月），譯序，頁1～26；張汝倫，《意義的探究》（臺北，谷風，1988年5月），頁196～229；葉維廉，《歷史、傳釋與美學》（臺北，東大，1988年3月），頁17～53〕，又含有第二層的價值判斷。凡是主張文學批評不一定要涉及評價的人，都有意或無意的忽略這個「事實」〔參見福勒（Roger Fowler），《現代西方文學批評術語》（袁德成譯，四川，人民，1987年5月），〈評價〉條，頁85～88〕。

〔註29〕參見里德（Herbert Read），〈文學批評的本質〉，收於胡經之、張首映主編，《西方二十世紀文論選》（北京，中國社會科學，1989年5月），第四卷，頁409；何冠驥，《借鏡與類比》（臺北，東大，1989年5月），頁159～161。

〔註30〕有關「獨創性」的標準問題，固然各人所見不同〔參見郭有遹，《創造心理學》（臺北，正中，1985年11月），頁2～5；奥斯本（原名未詳），〈藝術的「創造性」概念〉，收於《當代美學論集》（臺北，丹青，1987年4月），頁249～260；註28所引福勒書，〈獨創性〉條，頁189～191〕，但是這不妨礙批評家

或透過具有獨創性的作品啓示學者從事創作的途徑，它的任務除了闡釋該作品的形式和意義，還要證明它的價值，而這一證明價值的活動，嚴格的說就是價值判斷。〔註 31〕可見價值判斷一事，固然要由批評家來主導，但是沒有批評本質的限定，批評家未必就會在意。〔註 32〕現在我們看到摘句批評者在摘句批評中所以要「以價值的評估爲依歸」，就是有這個限定的緣故。

就實際來說，如果摘句批評者在摘句批評中不評估詩句的價值，就只能闡釋詩句的形式和意義。這樣一來，他所批評的對象，可能是具有獨創性的詩句，也可能是不具有獨創性的詩句，這要讓學者如何遵循？如果學者無從遵循，摘句批評者的目的豈不是要落空了？可見摘句批評者在摘句批評中必須「以價值的評估爲依歸」，這不僅理論上這樣，實際上也是這樣。

正因爲批評的本質限定了摘句批評必須「以價值的評估爲依歸」，而摘句批評者也都遵守了這一條「不成文」的規定，所以呈現在我們眼前的摘句批評才沒有一個不含有價值判斷。有了這點認識，我們就可以繼續探討由價值判斷所衍生的問題。

首先，摘句批評中的價值判斷，有的指向詩句的意義特性，有的指向詩句的語言技巧，有的指向詩句的意義特性和語言技巧，此外就別無所指了。這是因爲詩句是由語言構成的，語言有內涵意義和外延意義。〔註 33〕通常在不分別內涵、外延，而只說意義的，就是指語言的內涵。〔註 34〕任何人要談論語言，就只能談論語言的意義（內涵），不然就是談論語言本身。這也使得摘句批評者

以它作爲批評的依據。

〔註 31〕這是說作品本身不會自顯價值，一切價值都要在批評家「證明」後才發生，而批評家要「證明」作品的價值，必定要以作品的獨創性作爲根據，這無疑就是價值判斷。如果真要區別彼此的不同，只能說「證明」作品價值的過程，比單一判斷作品價值的過程複雜一些。一旦後來不以單一判斷的形式出現，彼此就沒有什麼差別了。

〔註 32〕批評本質原是批評家「共同約定」所形成的，它反過來又制約了批評家，彼此構成邏輯上的辯證關係。

〔註 33〕外延意義，是指語言所指涉的對象；內涵意義，是指語言所指涉的對象的性質〔參見劉奇，《論理古例》（臺北，商務，1980 年 6 月），頁 22～24；牟宗三，《理則學》（臺北，國立編譯館，1986 年 12 月），頁 13～14；黃宣範，《語言哲學》（臺北，文鶴，1983 年 12 月），頁 17～18〕。

〔註 34〕參見李安宅，《意義學》（臺北，商務，1978 年 5 月），頁 57～58；早川，《語言與人生》（臺北，文史哲，1987 年 2 月），頁 46～49；戴華山，《語意學》（臺北，華欣，1984 年 5 月），頁 202～205。

所能據以爲批評的只有構成詩句的語言意義或語言本身。又因爲摘句批評中所摘取的都是特殊的詩句，而構成這些詩句的語言，不是意義特別，就是語言本身特別，不然就是意義和語言本身都特別，以至一切價值判斷要指向它們。換句話說，摘句批評中的價值判斷所以有的指向詩句的意義特性、有的指向詩句的語言技巧、有的指向詩句的意義特性和語言技巧，此外別無所指，這是受到構成詩句的語言的牽制，再高明的摘句批評者也無從加以改變。雖然如此，摘句批評者也有選擇的自由，就是當構成詩句的語言意義和語言本身都特別時，他可以選擇意義給予價值的評估，也可以選擇語言本身給予價值的評估。這一點，我們在摘句批評者逕行摘句批評時，還不容易察覺，但是在摘句批評者「批評」別人的批評時，就很容易看出來了。如：

> （謝榛云）「韋蘇州曰：『窗前人將老，門前樹已秋。』白樂天曰：『樹初黃葉日，人欲白頭時。』司空曙曰：『雨中黃葉樹，燈下白頭人。』三詩同一機杼，司空爲優：善狀目前之景，無限淒感，見於言表。」余所見與茂秦不同，司空意盡，不如樂天有餘。味初字欲字，妙有含蓄，老淚暗流，情景難堪，更深一層。〔註35〕

> 林和靖〈梅花〉詩：「疏影橫斜水清淺，暗香浮動月黃昏。」《葦航紀談》云：「黃昏以對清淺，乃兩字，非一字也。月黃昏，謂夜深香動，月爲之黃而昏，非謂人定時也。蓋晝午後陰氣用事，花房斂藏，夜半後陽氣用事，而花敷蕊散香，凡花皆然，不獨梅也。」其解固是，然和靖以此詠梅，愚意以爲不甚允協。蓋南唐江爲已先有句云：「竹影橫斜水清淺，桂香浮動月黃昏。」細玩其情形理致，殊覺一字難移，恰是竹桂。即就「月爲之黃而昏」一解論之，亦自是桂花，不是梅花。而古今誦之，不辨未詳耶？抑附和盛名耶？吾不能無間然矣。〔註36〕

> 謝靈運夢見惠連而得「池塘生春草」之句，以爲神助。《石林詩話》云：「世多不解此語爲工，蓋欲以奇求之耳。此語之工，正在無所用意，猝然與景相遇，借以成章，故非常情所能到。」冷齋云：「古人意有所至，則見于情，詩句蓋寓也。謝公平生喜見惠連，而夢中得之。此當論意，不當泥句。」張九成云：「靈運平日好雕鐫，此句得

〔註35〕見田雯，《古歡堂雜著》，《清詩話續編》本，頁709。
〔註36〕見田同之，《西圃詩說》，《清詩話續編》本，頁760～761。

之自然，故以爲奇。」田承君云：「蓋是病起，忽然見此爲可喜而能道之，所以爲貴。」予謂天生好語，不待主張苟爲，不然雖百說何益？李元膺以爲「反覆求之，終不見此句之佳」，正與鄙意暗同。蓋謝氏之誇誕，猶存兩晉之遺風，後世惑于其言，而不敢非，則宜其委曲之至是也。〔註 37〕

以上第一則中所引韋應物等三人詩句，本來同一旨意，而摘句批評者在評斷它們的高下時，跟前一摘句批評者稍有差別，他不以詩句的語言技巧（善狀目前之景）爲依據，而轉以詩句的意義特性（含蓄不露）爲依據。第二則中所引林逋詩句，古今吟誦不置，而摘句批評者獨排眾議，認爲它的語言技巧欠佳（不足以詠梅），不該給予太高的評價。第三則中所引謝靈運詩句，頗獲後人贊賞，而摘句批評者卻以爲它談不上有什麼意義特性（流於主張苟爲）和語言技巧（跡近誇誕），不必刻意加以迴護。這裏雖然涉及一個價值判斷不一的問題（以後我會談這個問題），但是對於摘句批評者擁有選擇評價依據的自由，總算讓我們「見識」到了。

其次，透過摘句批評中的價值判斷，我們看到詩句的價值有正負兩極，以及等級順序。這是因爲詩句的價值（意義特性和語言技巧）跟其他事物的價值，在「存在」的層次上是相同的，而我們已經知道事物的價值不是事物本身，也不是事物的元素，而是事物所擁有的獨特層性或性質。〔註 38〕事物所擁有的獨特屬性或性質，有的能引起人的希求，有的能引起人的拒斥。能引起人希求的，就是正面的價值；能引起人拒斥的，就是負面的價值。因此，價值就有了正負兩極的分別。〔註 39〕如果有人把正面的價值和負面的價值排列在一起，以及把正面的價值或負面的價值依其強弱（人希求或拒斥的程度）排列在一起，這樣價值就顯出三種不同形態的等級順序。在這個前提下，只要有人對事物的價值加以評估，就會出現正負兩極或等級順序中的一種情況。〔註 40〕這也使得摘句批評者在評估詩句的價值時，不由自主的要讓它呈

〔註 37〕見王若虛，《滹南詩話》，《續歷代詩話》本，頁 609。

〔註 38〕參見方迪啓（Risieri Frondizi），《價值是什麼》（黃藿譯，臺北，聯經，1986 年 2 月），頁 6；溫公頤，《哲學概論》（臺北，商務，1983 年 9 月），頁 247；唐君毅，《哲學概論》（臺北，學生，1989 年 10 月），下冊，頁 390～391。

〔註 39〕這裏所說的正負兩極，是指「明」的正負兩極。其實，還有「暗」的正負兩極。「暗」的正負兩極，是指人在作正面價值或負面價值的判斷時，已經先假定一個相對的價值的存在，不然就無法進行他的判斷。

〔註 40〕價值的兩極性和等級性，也是人造成的。人要從事價值判斷，兩極性和等級

現正負兩極或等級順序。換句話說，詩句的價值有正負兩極，以及等級順序，已經「內在」於價值判斷一事中，不是摘句批評者所能左右。雖然如此，摘句批評者也還是有選擇的自由，就是他可以依憑個人的好惡，來更動詩句價值的正負兩極或調整詩句價值的等級順序。這一點，我們無法取得直接的證據，只能就常理來推測「當有此事」。〔註41〕這種情況不只會發生在摘句批評者獨自的批評上，也會發生在摘句批評者對舊有批評的「翻案」上。如：

> 楊蟠〈金山〉詩云：「天末樓臺橫北固，夜深燈火見揚州。」此佳句也。王平甫尚謂其牙人語量四至，〔註42〕教人如何作詩。〔註43〕

> 石林以老杜「波漂菰米沈雲里，露冷蓮房墜粉紅」爲涵蓋乾坤句；以「落花游絲白日靜，鳴鳩乳燕青春深」爲隨波逐流向；以「百年地僻柴門迥，五月江深草閣寒」爲截斷眾流句，〔註44〕皆未免武斷之失，此亦陷入釋皎然之魔障者也。皎然所列偷語詩例、偷勢詩例、偷意詩例；跌宕格二品，曰越俗，曰駭俗；淈沒格一品，曰淡俗；調笑格一品，曰戲俗，有一語不見笑於大方之家耶？〔註45〕

> （張繼）〈楓橋夜泊〉云：「月落烏啼霜滿天，江楓漁火對愁眠。姑蘇城外寒山寺，夜半鐘聲到客船。」李于鱗曰：「寒山寺在吳縣西，計有功謂此地有夜半鐘，名無常鐘。歐陽修以爲語病，〔註46〕非也。然亦不止姑蘇有之，于鵠『遙聽維山半夜鐘』，白樂天『半夜鐘聲後』，皇甫冉『夜半隔山鐘』，溫庭筠『無復松窗半夜鐘』，陳羽『隔水悠揚午夜鐘』，乃知唐人詩多用此。」胡元瑞曰：「『夜半鐘聲到客船』，談

性就在這一判斷中發生。而弔詭的是，價值的兩極性和等級性一旦發生，又反過來「制約」了人的價值判斷。

〔註41〕陳俊卿〈砦溪詩話序〉說：「作詩固難，評詩亦未易，酸鹹殊嗜，涇渭異流。浮淺者喜夸毗，豪邁者喜道警，閒靜之人尚幽眇，以至嫣然華媚無復體骨者，時有取焉，而非君子之正論也。」（黃徹，《砦溪詩話》，《續歷代詩話》本，頁389）既然有陳俊卿所說「酸鹹殊嗜」那種情況，就不能排除「進一步」會有我所說這種情況。

〔註42〕陳師道《後山詩話》說：「楊蟠〈金山〉詩云：『天末樓臺橫北固，夜深燈火見揚州。』王平甫云：『莊宅牙人語也，解量四至。』」（《歷代詩話》本，頁181）

〔註43〕見薛雪，《一瓢詩話》，《清詩話》本，頁887。

〔註44〕葉夢得評語，見第二章註32。

〔註45〕見潘德興，《養一齋詩話》，《清詩話續編》本，頁2109～2110。

〔註46〕歐陽修評語，見第三章第二節。

者紛紛，皆爲昔人愚弄。詩流借景立言，惟在聲律之調，興象之合，區區事實，彼豈暇計？無論夜半是非鐘聲，聞否未可知。」〔註 47〕

以上這些案例（第三則摘句批評者最後引了胡應麟的批評，我視同他自己的批評），我們不一定要把當事人（摘句批評者）想像成有意跟前人「唱反調」，但是從他們這種不苟同舊有批評的態度上，我們不得不相信摘句批評者的確可以依憑個人的好惡，來更動詩句價值的正負兩極，或調整詩句價值的等級順序。如果有人還要繼續追究摘句批評者爲什麼能這樣作，這就涉及摘句批評者的文化涵養、人生經驗，以及心理狀況等問題，不是我這裏所能答覆，只好暫時「存而不論」了。

第四節　語彙系譜的作用

前面兩節，我探討了摘句批評所以要「以特殊的詩句爲對象」、「以價值的評估爲依歸」的原因。這一節，我要繼續探討摘句批評爲什麼要「以批評的語言爲媒介」。在實際探討前，我們應該先看看後者跟前二者的「存在」關係。

就摘句批評者的立場來說，他爲了教人作詩，從現有詩篇中選取特殊的詩句加以批評，而在批評中又作了價值判斷，希望能引起學者的心理反應，而達到預期的目的。在這一個「完美」的設計中，顯然還欠缺一樣東西，就是媒介。也就是說，摘句批評者要透過對詩句價值的評估，來達到他教人作詩的目的，必須仰賴某種媒介才行；不然他對詩句價值的評估，只合藏在心裏，不能外現爲具體可察的「對象」，無從對學者產生影響。因此，媒介的重要性，也就不言可喻了。

然而，可供摘句批評者使用的媒介很多，〔註 48〕他爲什麼只選擇批評的語言？可見其中必有原因。現在我就是要來找尋這個原因。這得先把上面的問題分成兩個層次：第一，摘句批評者爲什麼不選擇其他東西作爲媒介，而選擇語言作爲媒介？第二，語言的種類很多，摘句批評者爲什麼不選擇別的

〔註 47〕見孫濤，《全唐詩話續編》，《清詩話》本，頁 836。

〔註 48〕摘句批評者可以透過朗誦、歌唱、繪畫、舞蹈，或其他方式（如表情、姿態）來暗示他對詩句價值的評估，以達到教人作詩的目的。在這個過程中，朗誦所發出的音調、歌唱所發出的樂聲、繪畫所顯示的線條、舞蹈所顯示的姿態，或其他方式所發出所顯示的東西，都變成了摘句批評者評估詩句價值的媒介。

語言，而選擇批評的語言？經過這一分疏，我發現有關其他東西不被採用作為媒介的問題，就不再那麼迫切需要解決了。因為可以作為媒介的東西太多了，我們要從那裏討論起？既然這個問題無從討論，我們就可以仿照現象學者的作法，暫時把它放入括弧內，〔註 49〕而專心去解決另一個問題。換句話說，摘句批評者選擇不選擇其他東西作為媒介，已經不重要了，重要的是摘句批評者為什麼要在眾多語言中選擇批評的語言作為媒介？這才是我所要探討的重點。

在第一章緒論中，我曾經根據語言的本質，把文學和哲學以及科學區分開來，同時也為文學批評的實際批評找到了定位（主要成分為詮釋和評價）。然而，這一切都沒有涉及語言的功能問題。也就是說，語言被用來表達（指涉）事物的狀態、宇宙人生的原理和人的情意，或被用來詮釋和評價前面這些對象語言，到底有什麼功能？如果我們不知道語言的功能，又怎麼回過頭去追溯它的發生？〔註 50〕現在我在問摘句批評為什麼要「以批評的語言為媒介」，正是要透過批評的語言的功能來追溯它的發生。要透過批評的語言的功能來追溯它的發生，首要工作就是仿照上次再為語言作個定位。由於這一次是從功能的角度來為語言定位，不能再簡略的區分對象語言、後設語言以及後設後設語言等幾個範疇，而必須就實際的語言狀況來分類。因此，我認為第三章所提到的語言的分類理論，頗能滿足這個需求，而可以「引導」我們找到問題的答案。

根據該理論，語言有指示語句的報導使用（如科學的語言）、指示語句的評價使用（如小說的語言）、指示語句的促使使用（如法律的語言）、指示語句的組織使用（如宇宙論的語言），評判語句的報導使用（如神話的語言）、評判語句的評價使用（如詩歌的語言）、評判語句的促使使用（如道德的語言）、評判語句的組織使用（如批評的語言），規約語句的報導使用（如技術的語言）、規約語句的評價使用（如政治的語言）、規約語句的促使使用（如宗教的語言）、規約語句的組織使用（如宣傳的語言），組合語句的報導使用

〔註 49〕這就是「存而不論」的方法。參見劉述先，《新時代哲學的信念與方法》（臺北，商務，1986 年 3 月），頁 90～95；鄔昆如，《現象學論文集》（臺北，黎明，1981 年 5 月），頁 4～5；沈清松，《現代哲學論衡》（臺北，黎明，1986 年 10 月），頁 175～176。

〔註 50〕這是說人使用語言有一定的目的，希望它能發揮某種功能，而我們想知道該語言是怎麼發生的，也得透過該語言的功能去推測。

（如邏輯的語言）、組合語句的評價使用（如修詞的語言）、組合語句的促使使用（如文法的語言）、組合語句的組織使用（如形而上學的語言）等十六種形態。〔註 51〕這十六種形態，雖然不容易全數掌握，但是每人各自熟悉其中幾種形態，應該是不成問題的。這樣有關摘句批評者所以不選擇別的語言，而選擇批評的語言，也就有「蹤跡」可循了。換句話說，我們把摘句批評所以不選擇別的語言，而選擇批評的語言這一問題，放在整個語言形態的架構上來考察，應該很快就能找出它的原因。

爲什麼是這樣？我們不妨從摘句批評者是否可以不使用批評的語言這一點看起。就摘句批評這件事來說，摘句批評者不使用批評的語言，就只能使用敘述的語言（指示的表達）或說解的語言（組合的表達），但是敘述的語言或說解的語言，都不能達到摘句批評者的目的（這在前面已經證明過了），最後還是要使用批評的語言。因爲詩句本身已經對事物有所評價（旨在引起讀者的共鳴），評價的好壞，還須要再評價，才能引導學者給予重新組織，而有利於他往後的創作。摘句批評者要完成這一「評價的評價」的任務，除了使用批評的語言，還能使用什麼語言？這樣一來，上面的架構就發揮了作用，它會「刺激」我們繼續思考一個問題，就是我們以爲摘句批評要評估詩句的價值，所以才要使用批評的語言；反過來說，摘句批評者所以要使用批評的語言，就是爲了評估詩句的價值，這就變成「詮釋的循環」，〔註 52〕而忽略了批評的語言「多樣化」一個事實。也就是說，批評的語言有無數種，而摘句批評者爲什麼要使用「這」一種而不使用「那」一種？這是不是在暗示我們摘句批評所以要「以批評的語言媒介」的原因，不在「爲了評估詩句的價值」一事中？其實，這也不難想像，如果說摘句批評者認爲要評估詩句的價值，必須使用批評的語言，照理他也要考慮在眾多批評的語言中到底使用那一種才恰當？當摘句批評者在考慮使用那一種批評的語言才恰當時，就不再是「爲了評估詩句的價值」一事所能解釋了，應該還有更基本的原因。這跟其他人所以選擇某種語言表達事物，我們不能在事物本身爲它找尋原因，而必須別

〔註 51〕詳見徐道鄰，《語意學概要》（香港，友聯，1980 年 1 月），頁 165～214。

〔註 52〕「詮釋的循環」，簡單的說，就是前提和結論相互解釋，它也是一種有效的詮釋〔參見高宣揚，《解釋學簡論》（臺北，遠流，1988 年 10 月），頁 135～137；張汝倫，《意義的探究》（臺北，谷風，1988 年 5 月），頁 129～130；錢鍾書，《管錐篇》（未著出版社和出版年月），第一冊，頁 171～172〕。但是這種有效是建立在別無更好的詮釋前提下；如果有更好的詮釋，就應該放棄它。

有解釋的道理是一樣的。既然如此，摘句批評所以要「以批評的語言為媒介」的原因，只有到摘句批評者身上來找尋了。

這就得從語言的表義過程談起。根據近代人的研究，語言的表義過程有賴於兩條軸的作用：一條是毗鄰軸（水平軸），一條是聯想軸（垂直軸）。〔註 53〕毗鄰軸是具體可見的「語句次序」，聯想軸是隱藏不見的「語彙系譜」，而「語句次序」所以可能，就是有「語彙系譜」的關係。換句話說，沒有「語彙系譜」的作用，「語句次序」就不可能發生。現在我們所看到摘句批評中的批評的語言，已經完成了一個個「語句次序」，我們想要探究它們的來源，不從「語彙系譜」著手是不可能了。這個「語彙系譜」存在那裏？毫無疑問的，它存在摘句批評者的腦海裏。每當摘句批評者須要使用某一語彙時，就得先在他的「語彙系譜」中界定該語彙的涵義，才能派上用場。如摘句批評者要使用「佳」、「妙」、「好」或「拙」、「惡」、「劣」中的一個語彙，他必然要把該語彙放在由「佳」、「妙」、「好」或「拙」、「惡」、「劣」等所構成的系譜裏，去界定它的涵義，才會讓它正式「登場」。由於摘句批評者原先所建構的「語彙系譜」不一定相同，〔註 54〕而在實際選用語彙的過程中，又有「心理因素」（如偏愛、成見）的介入，〔註 55〕以至呈現在我們眼前的批評的語言，自然就「五花八門」了。

有「語彙系譜」的作用這一點作為前提，由「以批評的語言為媒介」所分出的兩個現象，也就容易解釋了。首先，我們看批評的語言所依據的準則，有的是詩句的意義特性，有的是詩句的語言技巧，有的是詩句的意義特性和語言技巧，這沒有別的原因，正是「語彙系譜」的深一層作用。也就是說，摘句批評者根據他對詩句價值的認識，然後從他的「語彙系譜」選用語彙來

〔註 53〕這是索緒爾（Ferdinand de Saussure）最早提出來的〔見索緒爾，《普通語言學教程》（高名凱譯，臺北，弘文館，1985 年 10 月），頁 164～170〕，到現在還被認為是「不易之論」〔參見巴特（Roland Barthes），《符號學要義》（洪顯勝譯，臺北，南方，1988 年 4 月），頁 79～80；霍克思（Terence Hawkcs），《結論主義與符號學》（陳永寬譯，臺北，南方，1988 年 3 月），頁 19～20；古添洪，《記號詩學》（臺北，東大，1984 年 7 月），頁 38～49〕。

〔註 54〕至於摘句批評者的「語彙系譜」是怎麼建構起來的，就不是我們所能理解了〔語彙是人思想意識的主要部分，而歷史環境對它有相當的決定性作用。參見懷特（L. A. White），《文化科學》（曹錦清等譯，臺北，遠流，1990 年 2 月），頁 141～177。摘句批評者所建構的「語彙系譜」，自然也跟他所處的歷史環境脫離不了關係，但是要論到實際的建構過程，就不是我們能力所及了〕。

〔註 55〕「心理因素」的介入，並不影響我所提出的論證，因為「心理因素」只會影響摘句批評者選用他所偏愛的語彙，而不會動搖「語彙系譜」的存在。

加以批評。換句話說，摘句批評者的「語彙系譜」中，早已有評定詩句價值的準則（語彙），一旦跟詩句接觸，才能適時的「捕捉」到該詩句的價值（反過來說，詩句的價值「信息」，在摘句批評者的「語彙系譜」中得到了界定，才會被摘句批評者「提」出來）。這我要藉下列幾段話來說：

> 詩以意爲主，文詞次之，或意深義高，雖文詞平易，自是奇作。〔註56〕
>
> 詩在意遠，固不以詞語豐約爲拘。〔註57〕
>
> 論詩文當以文體爲先，警策爲後。若但取其警策而已，則「楓落吳江冷」，豈足以定優劣？〔註58〕
>
> 詩以一句爲主，落於某韻，意隨字生，豈必先立意哉？楊仲弘所謂「得句意在其中」是也。〔註59〕
>
> 語貴含蓄。東坡云：「言有盡而意無窮者，天下之至言也。」山谷尤謹於此。清廟之瑟，一唱三歎，遠矣哉！後之學詩者，可不務乎？若句中無餘字，篇中無長語，非善之善者也；句中有餘味，篇中有餘意，善之善者也。〔註60〕
>
> 凡作近體，誦要好，聽要好，觀要好，講要好。誦之行雲流水，聽之金聲玉振，觀之明霞散綺，講之獨繭抽絲。此詩家四關，使一關未過，則非佳句矣。〔註61〕

有人主張意義特性重於語言技巧（如第一、二則），有人主張語言技巧重於意義特性（如第三、四則），有人主張意義特性和語言技巧並重（如第五、六則）。而這一意義特性，或語言技巧，或意義特性和語言技巧，就以語彙的方式存在摘句批評者的「語彙系譜」中，等到他要從事摘句批評時，就把詩句放在他的「語彙系譜」中加以界定，然後給予「恰當」的評價。

其次，我們看批評的語言出現的方式，有的純用直敘，有的純用比喻，有的並用直敘和比喻，這也是「語彙系譜」的深一層作用。也就是說，摘句

〔註56〕見註19所引劉攽書，頁170。
〔註57〕見范晞文，《對床夜語》，《續歷代詩話》本，頁500。
〔註58〕見張戒，《歲寒堂詩話》，《續歷代詩話》本，頁554。
〔註59〕見註7所引謝榛書，頁1372。
〔註60〕見姜夔，《白石道人詩說》，《歷代詩話》本，頁440。
〔註61〕見註7所引謝榛書，頁1345。

批評者在確定詩句的價值後，要把詩句的價值表達出來，這時他會考慮是用直敘（直接表達）？還是用比喻（間接表達）？或是並用直敘和比喻？當他在作這樣的考慮時，直敘、比喻，以及直敘和比喻等三種方式，必然已經以語彙的方式存在他的「語彙系譜」中，他的考慮才有可能。至於直敘、比喻，以及直敘和比喻等三種方式，在什麼情況下「進駐」摘句批評者的「語彙系譜」，我們不得而知。但是我們可以根據某些線索來作一點推測：大家都知道人使用語言的目的，無非是希望引起讀者相同的心理反應，如果他想要讀者看了以後，不必經過聯想，就有所反應，這時他自然會用直敘的方式；如果他想要讀者看了以後，先經過聯想，才有所反應，這時他就會用比喻的方式；如果他想要讀者看了以後，不致有反應「過度」或「不及」，這時他就會並用直敘和比喻的方式。第一種情況，大家都有「同感」，應該不難了解；第二種情況，就比較複雜，必須再加以說明。〔註 62〕我們推想人所以要用比喻，可能是擔心直接說會說不清楚，所謂「夫譬（比）喻也者，生於直告之不明，故假物之然否以彰之。」〔註 63〕就是這個意思；也可能是覺得直接說很「不過癮」，所謂「比則畜憤以斥言……何謂爲比？蓋寫物以附意，颺言以切事者也。故金錫以喻明德，珪璋以譬秀民，螟蛉以類教誨，蜩螗以寫號呼，澣衣以擬心憂，席卷以方志固，凡斯切象，皆比義也。至如麻衣如雪，兩驂如舞，若斯之類，皆比類者也。」〔註 64〕這是這個意思；也可能只是爲了便於盡意達情而已，所謂「《易》之有象，以盡其意，《詩》之有比，以達其情。文之作也，可無喻乎？」〔註 65〕就是這個意思。至於第三種情況，大概只有一個原因，就是恐怕讀者不了解他的意思，所以要直敘和比喻一起使用了。不管

〔註 62〕有人把直敘視爲消極的修辭，而把比喻視爲積極的修辭〔見徐芹庭，《修辭學發微》（臺北，中華，1974 年 8 月），頁 26～33 及 50～68〕。消極和積極這一對概念，都含有價值的意味，容易引起誤會，我這裏就不是這麼說。

〔註 63〕見王符，《潛夫論》，《新編諸子集成》本（臺北，世界，1978 年 7 月），〈釋難篇〉，頁 137。

〔註 64〕見註 27 所引劉勰書，〈比興篇〉，頁 36～37。

〔註 65〕見陳騤，《文則》（臺北，莊嚴，1977 年 3 月），頁 12。按：後面這一點，難免跟前二點有重複的地方，但是這也沒有什麼妨礙，因爲它確實是「理」當不可少。另外，有人認爲比喻是建立在心理學「類化作用」（利用舊經驗引起新經驗）的基礎上〔見黃慶萱，《修辭學》（臺北，三民，1983 年 10 月），頁 227〕。這固然沒有什麼錯誤，但是有關比喻的「心理因素」卻被他忽略了。這下子比喻成了「無因之果」，而越發不可理解。因此，我這裏所說的，也可以彌補他的不足。

摘句批評者的「語彙系譜」是怎麼建構的，我們都可以確定摘句批評中批評的語言的出現方式，所以有直敘、比喻以及直敘和比喻的區別，完全是摘句批評者腦海中「語彙系譜」的作用所造成的。

第五節　價值判斷的侷限

我們已經知道摘句批評者為了教人作詩，才摘取特殊的詩句加以批評；而在批評中受到批評本質的限定，必須對詩句的價值有所評估；而他所用來評估詩句價值的媒介，又緣自他腦海中「語彙系譜」的作用。這一個過程，摘句批評者是以什麼方式把它「串聯」起來的？而這種方式又如何可能？這是最後我所要探討的。

對於第一個問題，我們經由摘句批評「以單一的判斷為手段」這個現象，很快就曉得摘句批評者是以「單一的判斷」這種方式來「串聯」整個過程。但是這不是我所關注的重點，我所關注的重點在於第二個問題：這種方式如何可能？仿照前面的說法，就是摘句批評為什麼要「以單一的判斷為手段」？這個問題，我們可能不容易馬上找到答案，也許要透過「多重的判斷」對照來看。

多重的判斷，相對的是單一的判斷。它表現在論說的形式上，就不像單一的判斷只有結論，它還有前提，而且前提不只一個。〔註 66〕多重的判斷，除了作為結論的價值判斷，至少還有兩個前提：一個是從批評的對象所取得的依據，一個是作為從批評的對象所取得的依據的依據。〔註 67〕如近代有人把含有鮮活

〔註 66〕最常見的是「三段論式」。參見梭蒙（Wesley C. Salmon），《邏輯》（何秀煌譯，臺北，三民，1987 年 4 月），頁 30～95；勞思光，《思想方法五講》（香港，友聯，未著出版年月），頁 76～86；殷海光，《邏輯新引》（香港，亞洲，1977 年 12 月），頁 94～107。

〔註 67〕作為從批評的對象所取得的依據的依據，就是整個論說形式的大前提。這個大前提會隨著各人主張的不同而不同〔參見門羅（Thomas Munro），《走向科學的美學》（安宗昇譯，臺北，五洲，1987 年 5 月），頁 72～90；朱狄，《當代西方美學》（臺北，谷風，1988 年 12 月），西 479～605；英伽登（Roman Ingarden），〈藝術的和審美的價值〉，收於註 29 所引胡經之、張首映主編書，第三卷，頁 2～15；格倫（T. M. Greene），〈藝術批評底性質與標準〉，收於劉文潭，《現代美學》（臺北，商務，1987 年 5 月），附錄四，頁 343～351；姚一葦，《藝術的奧秘》（臺北，開明，1985 年 10 月），頁 349～391〕。這一點，只要看看達達基茲（W. Tatar Kiewicz）《西洋六大美學理念史》（劉文潭譯，臺北，聯經，1989 年 10 月）以及姚一葦《美的範疇論》（臺北，開明，1985

的意象、巨大的張力、統一的結構等條件的作品，看作好作品，〔註68〕這時「好作品」這一判斷，就是結論；而「鮮活的意象、巨大的張力、統一的結構等爲好作品的條件」這一判斷，就是大前提；而「從作品中找到了鮮活的意象、巨大的張力、統一的結構等」這一判斷，就是小前提，這就構成一個「完密」的三段論式。又如有人把能反映社會現實的作品，看作好作品，〔註69〕這時「好作品」這一判斷，就是結論；而「能反映社會現實爲好作品的條件」這一判斷，就是大前提；而「從作品中找到了反映社會現實的事實」這一判斷，就是小前提，這也構成一個「完密」的三段論式。如果我們根據這個標準來衡量摘句批評，顯然摘句批評是「不合格」的。但是我們能不能根據這個標準來衡量摘句批評？我看是不能，因爲這個標準根本不足以稱爲「標準」，問題就出在大前提上。論者把「含有鮮活的意象、巨大的張力、統一的結構等」或「能反映社會現實」當作好作品的條件，然而爲什麼「含有鮮活的意象、巨大的張力、統一的結構等」或「能反映社會現實」就是好作品？對於這樣的詰問，論者也許還有辯解的餘地，但是我們用同一「模式」追問下去，勢必造成他理論上的「無窮後退」，而不得不自我瓦解原來的標準性。這樣看來，如果可信，一個判斷就夠了；如果不可信，再多的判斷也沒有用。

現在我們就回到摘句批評的問題上。當初摘句批評者運用單一的判斷，藉著批評的語言，來評估某些特殊詩句的價值，希望引起學者的心理反應。在這個過程中，判斷的方式理當先行於存在於理念界，〔註70〕而摘句批評者

年3月）二書，就能感受得到。

〔註68〕這是西方「新批評」家的文學主張。參見衛姆塞特（W. K. Wimsatt）、布魯克斯（Cleanth Brooks），《西洋文學批評史》（顏元叔譯，臺北，志文，1984年12月），頁562～665；伊格頓（Terry Eagleton），《當代文學理論導論》（聶振雄等譯，香港，旭日，1987年10月），頁20～55；威靈漢（John R. Willingham）等，《文學欣賞與批評》（徐進夫譯，臺北，幼獅，1988年3月），頁51～59。

〔註69〕這是西方「馬克思主義」批評家的文學主張。參見佛克馬（Douwe Fokkema）、蟻布思（Elrud Ibsch），《二十世紀文學理論》（袁鶴翔等譯，臺北，書林，1987年9月），頁73～122；布萊希特（原名未詳），〈論現實主義和形式主義〉，收於註29所引胡經之、張首映主編書，第四卷，頁285～303；伊凡絲（Mary Evans），《郭德曼的文學社會學》（郭仁義譯，臺北，桂冠，1990年3月），頁37～59。

〔註70〕「理念」一詞，原是哲學上的術語，本身具有多義性，而其中有一義是指「由觀念所決定的事物之形狀及型式，即其內在而有意義的組織」（見註2所引布魯格書，〈理念〉條，頁316～317），我們藉它來指稱判斷的方式所以存在的「根源」。它不帶有什麼神秘性，只是眾人「有此約定」罷了。

不過是適時的（不論是自覺或不自覺）運用它來從事摘句批評而已。問題是單一的判斷這種方式爲什麼會「進入」理念界，而多重的判斷那種方式就不會「進入」理念界？如果多重的判斷那種方式也進入理念界，照理摘句批評者也會運用它來從事摘句批評，現在我們看不到摘句批評者運用多重的判斷來從事摘句批評，可以「肯定」多重的判斷那種方式還沒有進入理念界。理由是不是正如前面我所分析的，多重的判斷中，除了作爲結論的判斷，其他的判斷都是多餘的？其他的判斷既然都是多餘的，還要讓它們跟主要的判斷一起「存在」，豈不是很奇怪？這樣說來，多重的判斷那種方式沒有進入理念界而被摘句批評者運用來從事摘句批評，就不是什麼不可理解的事了。至於單一的判斷這種方式所以會進入理念界，那是緣於人要從事判斷。如果人不從事判斷，就不必來這麼一個「共同約定」，這一點應該不用再多加證明。

由此可見，摘句批評所以要「以單一的判斷爲手段」，是因爲摘句批評者從事摘句批評時只能運用單一的判斷這種方式的結果。又因爲摘句批評者所作的判斷屬於價值判斷，我們就可以把摘句批評者所不能逾越的部分歸爲價值判斷的侷限。換句話說，摘句批評者在摘句批評中所以不用多重的判斷，原因在於他所作的判斷是價值判斷，而價值判斷就只能是單一的判斷。也因爲這樣，每一個摘句批評者才要強調自己的判斷「優」於別人的判斷：

> 謝靈運詩，鮑照比之初日芙蓉，湯惠休比之芙蓉出水，敖陶孫比之東海揚帆、風日流麗。至梁太子〈與湘東王書〉，既謂學謝，則不屆其精華，但得其冗長，且謂時有不拘，是其糟粕矣，而必先言謝客吐言天拔，出於自然。鍾嶸《詩品》，既見其以繁蕪爲累矣，而乃云「譬猶青松之拔灌木，白玉之映塵沙，未足貶其高潔」。後人刻畫山水，無不奉謝爲崑崙虛，不敢異議，甚矣，其耳食也……余嘗取其全集讀之，不但首尾不辨也，其中不成句法者，殆亦不勝指摘：四言如「居德斯頤，積善嬉謔」，又云「悲至難鑠」，又云「戚戚懷痗」、「韶樂牢膳，豈伊攸便」；六言如「循聽一何矗矗」，又云「誠知運來詎抑」……〔註71〕

> 有強解詩中字句者，或述前人可解不可解不必解之說曉之，終未之信。余曰：古來名句，如「楓落吳江冷」，就子言之，必曰：「楓自

〔註71〕見汪師韓，《詩學纂聞》，《清詩話》本，頁546～549。

然落，吳江自然冷，楓葉則隨處皆冷，何必獨曰吳江？況吳江冷，亦是常事，有何喫緊處？」即「空梁落燕泥」，必曰「梁必有燕，燕泥落下，亦何足取？」不幾使千秋佳句，興趣索然哉？且唐人詩中，鐘聲曰濕・柳花曰香，必來君輩指摘，不知此等皆宜細參，不得強解。甚矣，可爲知者道也。〔註72〕

唐人不知詩者，無如白香山。〈慈思塔〉詩，李、杜、岑、薛在上，而獨取章八元「迴梯暗踏如穿洞，絕頂躋攀似出籠」之句。徐凝惡詩，亦贊不容口。宋人不知詩者，無如王半山。《百家詩》選王仲初而斥右丞、左司，猶可言也。曹唐之「獨凭紅肌捋虎鬚」、「里地潛擎鬼魅愁」，亦復入選，不幾於好惡拂人之性乎？〔註73〕

不論那些被批評的人，是不是會「心服」這樣的批評，我們都可以確定每一個摘句批評者在從事摘句批評時，都會像上面幾位摘句批評者那樣有把握自己的判斷比別人的判斷爲「優」，不然他就不必親自從事摘句批評，而儘管讓給別人去作就行了。更重要的一點是，摘句批評者所以能強調自己的判斷「優」於別人的判斷，正在彼此的判斷都是單一的判斷。如果彼此的判斷不是單一的判斷，而是多重的判斷，摘句批評者就不能作同樣的強調了，因爲彼此依據的前提不同，無從比較孰優孰劣。這樣說，並不表示摘句批評者就可以亂下判斷，背後還是有某些彼此共同遵守的準則，如：

「詩言志」，「思無邪」，詩之能事畢矣。人人知之而不肯述之者，懼人笑其迂而不便於己之私也。雖然，漢、魏、六朝、唐、宋、元、明之詩，物之不齊也。「言志」、「無邪」之旨，權度也。權度立，而物之輕重長短不得遁矣；「言志」、「無邪」之旨立，而詩之美惡不得循矣。不肯述之者私心，不得遁者定理，夫詩亦簡而易明者矣。〔註74〕

詩有內外意，內意欲盡其理，外意欲盡其象，內外意含蓄，方妙。〔註75〕

「辭達而已矣」，千古文章之大法也。東坡嘗拈此示人，然以東坡詩文觀之，其所謂達，第取氣之滔滔流行，能暢其意而已。孔子

〔註72〕見吳雷發，《說詩菅蒯》，《清詩話》本，頁1151～1152。
〔註73〕見陳僅，《竹林問答》，《清詩話續編》本，頁2250。
〔註74〕見註45所引潘德輿書，頁2006。
〔註75〕見楊載，《詩法家數》，《歷代詩話》本，頁476。

之所謂達，不止如是也。蓋達者，理義心術，人事物狀，深微難見，而辭能闡之，斯謂之達，達則天地萬物之性情可見矣。此豈易易事，而徒以滔滔流行之氣當之乎？以其細者論之，「楊柳依依」，能達楊柳之性情者也；「蒹葭蒼蒼」，能達蒹葭之性情者也。任舉一境一物，皆能曲肖神理，托出豪素，百世之下，如在目前，此達之妙也。〔註76〕

紫微公作〈夏均父集序〉云：「學詩當識活法。所謂活法者，規矩備具，而能出規矩之外，變化不測，而亦不背於規矩也。是道也，蓋有定法而無定法，無定法而有定法，知是者則可以與語活法矣。謝元暈有言『好詩流轉圜美如彈丸』，此眞活法也……」〔註77〕

所謂「言志」、「思無邪」、「意含蓄」、「辭達」、「活法」等，應該就是摘句批評者背後共同據以爲判斷的準則。只是各人對「言志」、「思無邪」、「意含蓄」、「辭達」、「活法」等的理解不盡相同（也沒有辦法繼續說明爲什麼合於以上那些條件的詩句就是好詩句），所以在判斷上多少會有一些出入（這種例子我們在前面已經見過不少了）。

至於摘句批評在評估詩句的價值以外，有的有說明詩句的特色或解釋詩句的情境，有的沒有說明詩句的特色或解釋詩句的情境，這就不受價值判斷的限制，而可以由摘句批評者視「須要」來決定。這一點，我們不妨藉下面兩段話來看：

杜少陵詩，止可讀，不可解，何也？公詩如溟渤，無流不納；如日月，無幽不燭；如大圓鏡，無物不現，如何可解？小而言之，如陰符道德，兵家讀之爲兵，道家讀之爲道，治天下國家者讀之爲政，無往不可，所以解之者不下數百餘家，總無全璧。楊誠齋云：「可以意解，而不可以辭解，必不得已而解之，可以一句一首解，而不可以全帙解。」余謂讀之既熟，思之既久，神將通之，不落言詮，自明妙理，何必斷斷然論今道古邪？〔註78〕

今人論詩輒云「有意無意，可解不可解」，此二語悮人不淺。吾觀古詩無一字無著，須細心探討，方不墜入雲霧中，則將來詩道有興

〔註76〕見註45所引潘德輿書，頁2035～2036。
〔註77〕見劉克莊，《江西詩派小序》，《續歷代詩話》本，頁584～586。
〔註78〕見註43所引薛雪書，頁905。

矣。〔註 79〕

有人認爲詩「不可解」，有人認爲詩「須細心探討」。認爲詩「不可解」的人，自然就不須要去說明詩句的特色或解釋詩句的情境；認爲詩「須細心探討」的人，自然就須要去說明詩句的特色或解釋詩句的情境。這個道理，再明白不過了。

現在我們可以完全了解摘句批評所以發生以及所以如此的原因了。也就是說，摘句批評所以發生，是因爲摘句批評者要教人作詩；而摘句批評所以如此，是因爲摘句批評者受批評本質的限定，必須對詩句的價值有所評估；而在評估詩句的價值中又受價值判斷的侷限，只能採取單一的判斷；並透過「語彙系譜」的作用，選定批評的語言作爲媒介，這就是摘句批評的因果關係。

〔註 79〕見註 11 所引徐增書，頁 523。

第五章　詩話摘句批評的功能

第一節　釋　題

前面我曾經把摘句批評的目的，分爲摘句批評本身的目的和摘句批評者的目的。摘句批評本身的目的，在摘句批評完成後就達到了；而摘句批評者的目的，在摘句批評完成後卻不一定會達到。因爲有摘句批評者的目的在，而這個目的又不一定會達到，所以就發生了功能的問題。換句話說，摘句批評本身的目的，在摘句批評後已經達到了，不必再跟第三者發生關係，自然不會有什麼功能的問題；但是摘句批評者的目的在摘句批評完成後，還要跟第三者發生關係，而等待對方的反應，這就會有功能的問題。因此，我標題所說的功能，就是指摘句批評者期望於摘句批評所能發揮的功用效能。我把這個問題提出來討論，對於摘句批評一事才有完整的交代。

雖然如此，我們還是不能忽略一個事實，就是摘句批評能發揮摘句批評者「期望」中的功能，也能發揮摘句批評者「非期望」中的功能。因此，我所說的功能，自然也要包含摘句批評者「非期望」中的功能。這跟前者的差別在於它是意外獲得的，可以稱爲附屬的功能。〔註1〕不過，它既然稱爲附屬的功能，我們在討論的過程中，就不能跟前面所說的功能相混，必須有一個清楚的畫分。

接著我要設法來進行這次的討論。首先，我必須假定有人看過摘句批評，

〔註1〕這好比有些詩人原來只寄望他的詩篇能引起讀者的心理反應，不料卻被批評家摘句來作爲他的「教材」，這就是附屬的功能。

而且有所反應（不論是好是壞）。如果沒有人看過摘句批評，或看過摘句批評沒有反應，摘句批評者的目的就完全落空，這時摘句批評者所期望於摘句批評的功能也無從發揮。因此，這一部分只能就有人看過摘句批評，而且有所反應這種情況來論說。

其次，我必須在摘句批評的附屬功能中作一些選擇。如果不作一些選擇，這一部分也很難論說，因爲摘句批評的附屬功能，可能無止盡，會讓我怎麼說都是挂一漏萬。

最後，我必須把功能限定在正面的功能，而排除負面的功能。如果不排除負面的功能，就得把負面的功能的各種狀況都加以處理，〔註 2〕這將不是我的能力所能勝任。

在這些前提下，我認爲摘句批評具有開啓後進創作的途徑、提供批評家攻錯的機會，以及延續詩句的生命等功能（後兩點是摘句批評的附屬功能）。因此，我就在下列各節中，依次以「可以開啓後進創作的途徑」、「可以提供批評家攻錯的機會」以及「可以延續詩句的生命」爲題，實地進行討論。

第二節　可以開啓後進創作的途徑

摘句批評者對於他所作的摘句批評，能引起學者相同的心理反應一事，應該有相當的把握；而學者對於他在摘句批評者的「引導」下，能把摘句批評者所摘的詩句加以衡量，並且把摘句批評者由那些詩句引發的心理反應，給予重新組織一事，也應該有相當的信心。如果是這樣，摘句批評者的目的就達到了。我們到底能不能肯定這一點？只要不是硬性限定摘句批評者發出一個「信息」，學者就要接收無誤（這幾乎是不可能的事），我們應該可以給予肯定。也就是說，摘句批評者的用心不會白費，摘句批評的確可以開啓學者創作的途徑。

我所以作這樣的論斷，不必祈求學者爲我作證（何況學者也不在我面前），也不必引用下面的言論來爲我作證：

〔註 2〕包括葉燮《原詩》所說「詩道之不能長振也，由于古今人之詩評，雜而無章，紛而不一。」〔《清詩話》本（臺北，藝文，1977 年 5 月），頁 745〕張元〈西圃詩說序〉所說「詩道之所以日蕪而迄無所底者，則以說詩者誤之也。」〔田同之，《西圃詩說》，《清詩話續編》本（臺北，木鐸，1983 年 12 月），頁 748〕這種反功能的狀況，也得處理。

國朝詩教肇興，漁洋、靜志居二家，評騭最爲允當。閩中葉思菴先生，與阮亭、竹垞生同時，同以詩名……而詩話二卷，上下數千年，如指諸掌。觀其捃摭廣博，探索隱微，將古今人之詩魄，悉攝而著之紙上，間有是非，皆歸平允，是即祖述孔、孟論詩之旨，與後世之哆口而談者，固不啻霄壤。〔註3〕

凡詩之作，由人心生也。是故人心正而詩教昌，詩教昌而世運泰；浮囂怪僻纖淫之詩作，而人心世運且受其敝。今潘子之書，必求合於溫柔敦厚、興觀羣怨之旨，是古今運會之所系，人人之心所迫欲言者，特假潘子之手以書之云爾。潘子既不得私爲一家言，余交潘子久，於其言深有取焉，亦非余之阿潘子也。天下之公言，當與天下共傳之。〔註4〕

自宋、元以來，作者林立，求其話之足據，書之可傳，蓋寥寥焉。吳江陸君藝香，以名茂才稱詩吳中，與余交最久。頃郵示其所爲《問花樓詩話》，余讀之，有三善焉：守師說，善一；述祖德，善二；實事求是，不拘故常，不侈標榜，善三。其言簡而賅，質而當，信藝林之佳話，詩壇之傳書也。〔註5〕

這些言論，不論是不是含有大量的情緒成分（「溢美」），都不能作爲摘句批評者的目的已經達到的證據，因爲說這些話的人，是在「模擬」學者接受影響的情況，實際上不一定會發生。既然以上這些看來是最「直接」的證據，我都不採用，那我憑什麼說摘句批評可以開啓學者創作的途徑？

這個問題，我要分三點來說：第一，學者要學作詩，他可以摘取前人的詩句來細加揣摩（「凡作詩之人，皆自抄古今詩語精妙之處，爲隨身卷子，以防苦思，作文興若不來，即須看隨身卷子以發興也。」〔註6〕就是這個道理），也可以閱讀前人的理論批評來拓廣思路（所謂「學詩者前望古人，方無所憑藉，忽得諸家之說以橫踞乎其中」〔註7〕而得以啓發思路），還可以透過其他

〔註3〕見秦大士，〈龍性堂詩話序〉，葉矯然，《龍性堂詩話初集》，《清詩話續編》本，頁929～930。

〔註4〕見徐寶善，〈養一齋詩話序〉，潘德輿，《養一齋詩話》，《清詩話續編》本，頁2004。

〔註5〕見陳文述，〈問花樓詩話序〉，陸鎣，《問花樓詩話》，《清詩話續編》本，頁2291。

〔註6〕見遍照金剛，《文鏡秘府論》（臺北，學海，1974年1月），頁117引王昌齡說。

〔註7〕見沈德潛，〈杜詩偶評序〉，收於吳宏一、葉慶炳編，《清代文學批評資料彙編》

途徑來「相互支援」，〔註 8〕但是都不如看實際批評來得直接而有效。底下有段話可以藉來說明這一點：

> 今人好看前哲批點諸集，及諸家選本評論，各種詩話詩法，以求作詩路徑，而不知虛心請業於名師鉅手。不知自古迄今，所有選家詩家，評語緒論，並詩話中標舉議論法程，皆古人糟粕而已，原非精華所在。況眞僞不一，是非互見，絕無盡美盡善者。〔註 9〕

這裏論者固然可以這樣「一竿子打落一船人」，但是他沒有想到學者爲什麼要藉這些評點諸集、選本評論、詩話詩法（包含實際批評）來求作詩路徑，是不是這些評點諸集、選本評論、詩話詩法能讓他們很快的學會作詩？如果是這樣，實際批評的功能就「非同小可」了。而我所談的摘句批評，又是實際批評中最基本的批評，可以比別的實際批評提供學者更具體的創作途徑（我們已經知道創作多從一句或一聯開始，而摘句批評正好可以滿足學者「知」的需求）。

第二，摘句批評的對象，有好句，有壞句，有好壞參半句，摘句批評者都一一加以價值的評估，學者不但有「正例」可以仿效，也有「反例」可以借鏡，再也沒有比這個更令人稱便了。當然，我不排除有人會提出存在摘句批評間的一些「歧見」（對象一樣，評價不同）來質疑這一點。但是這並沒有什麼妨礙，因爲「歧見」本來就是一種正常的現象：

> 人情好尚，世有轉移，千載悠悠，將焉取正？自梁以後，習尚綺靡，昭明《文選》，家視千金之寶，初唐以後，輒吐棄之。宋人尊杜子美爲詩中之聖，字型句矱，莫敢輕擬，如「自鋤稀菜甲，小摘爲情親」，特小小結作語；「不知西閣意，更肯定留人」，意更淺淺，而一時何贊之甚？竊謂後之視今，亦猶今之視昔，即余之所論，亦未敢以爲然也。〔註 10〕

（臺北，成文，1979 年 9 月），上集，頁 387。按：該文是在諷刺學詩者被杜詩諸家註解所誤，我這裏加以「斷章取義」。

〔註 8〕其他途徑，如涵養情性、充實學問、增加閱歷等〔參見劉勰，《文心雕龍》（黃叔琳注本，臺北，商務，1977 年 2 月），〈神思篇〉，頁 18～20；楊鴻烈，《中國詩學大綱》（臺北，商務，1976 年 11 月），頁 165～183；黃永武，《中國詩學（鑑賞篇）》（臺北，巨流，1987 年 4 月），頁 21～59〕。這些都會成爲學者的「支援意識」〔「支援意識」，參見博藍尼（Michael Polanyi），《意義》（彭淮棟譯，臺北，聯經，1986 年 4 月），頁 23～51〕，而有助於實地的創作。

〔註 9〕見朱庭珍，《筱園詩話》，《清詩話續編》本，頁 2338。

〔註 10〕見陸時雍，《詩鏡總論》，《續歷代詩話》本（臺北，藝文，1983 年 6 月），頁而學者遇到這種情況，相信也會慶幸有更多的選擇機會（學者也許會稍爲遲疑，但是比起有更多的選擇機會，這點遲疑又微不足道了）。這樣說來，「歧見」的存在，不但不會構成障礙，反而會增強摘句批評的影響力。

第三，通常實際批評都會有一個評得精確不精確的問題（「詩之有評，猶醫之有方也。評不精，何益於詩？方不靈，何益於醫。然惟善醫者能審其方之靈；善詩者能識其評之精，夫豈易言也哉！」）。〔註11〕不過，這是讀者自己的感覺，跟批評家沒有關係（批評家不會承認自己評得不精確）。如果學者也看出摘句批評有評得不精確的地方，是不是就會抵銷摘句批評的功能？我認爲不會，因爲學者有「能力」看出摘句批評評得不精確，表示他的「品味」或「鑑賞力」已經提升了，這時他會更加警惕自己不在作品留下可以讓人肆意批評的「瑕疵」，這樣摘句批評對他同樣也有正面教育的功能。底下有幾段話說：

> 宋人作詩極多蠢拙，至論詩則過于苛細，然正供識者一噱耳。如嚴維「柳塘春水漫，花塢夕陽遲」，此偶寫目前之景，如風人榛苓、桃棘之義，實則山不止于榛隰，不止于苓園，亦不止于桃棘也。劉貢父曰：「『夕陽遲』則係『花』，『春水漫』不須『柳』。」漁隱又曰：「此論非是。『夕陽遲』乃後于『塢』，初不係『花』。以此言之，則『春水漫』不必『柳塘』，『夕陽遲』豈獨『花塢』哉！」不知此酬劉長卿之作，偶爾寄興于夕陽春水，非詠夕陽春水也。夕陽春水，雖則無限，花柳映之，豈不更爲增妍！倘云野塘山塢，有何味耶……又如「袖中諫草朝天去，頭上花枝待燕歸」，以「諫草」對「花枝」，雖亦近纖，乃曰：「進諫必以章疏，無用藁之理！」安知章疏不已上達而留藁袖中？吹毛何太甚也。〔註12〕

> 劉希夷「西北風來吹細腰，東南月上浮纖手」，鍾云：「『吹細腰』，腰益細；『浮纖手』，手益纖。」此種魔解最多，害詩家正氣，偶摘發之。〔註13〕

> 西崖先生云：「詩話作而詩亡。」余嘗不解其說，後讀《漁隱叢話》，

1699～1700。

〔註11〕見黃昇，〈詩人玉屑序〉，魏慶之，《詩人玉屑》（臺北，商務，1980年5月），頁1。

〔註12〕見賀裳，《載酒園詩話》，《清詩話續編》本，頁252～253。

〔註13〕見毛先舒，《詩辯坻》，《清詩話續編》本，頁87。

而歎宋人之詩可存，宋人之話可廢也。皮光業詩云：「行人折柳和輕絮，飛燕含泥帶落花。」詩佳矣。裴光約訾之曰：「柳當有絮，燕或無泥。」唐人：「姑蘇城外寒山寺，夜半鐘聲到客船。」詩佳矣。歐公譏其夜半無鐘聲。作詩話者，又歷舉其夜半之鐘，以證實之。如此論詩，使人夭閼性靈，塞斷機括，豈非「詩話作而詩亡」哉？或贊杜詩之妙。一經生曰：「『濁醪誰造汝？一醉散千愁。』酒是杜康所造，而杜甫不知，安得謂之詩人哉？」癡人說夢，勢必至此。〔註14〕

如果學者也像這幾位摘句批評者「有辦法」看出前人評詩太過苛細，未嘗不是一件好事。這樣一來，他可能會把被前人評價不高的詩（在他的評價剛好相反）當作仿效的對象，也可能會進一步想到該詩所以遭到惡評的「誘因」而引以為戒。因此，不論摘句批評評得精確不精確，都無礙於它可以開啓學者創作的途徑這一功能。

根據以上三點，我們不必學者來「現身說法」，也不必為詩話作序的人來「強力作證」，也能肯定摘句批評的確可以引導後進從事創作，而摘句批評者的旨意終究不會被辜負，因為這是「理有必然」，誰也改變不了（而少數學者的「現身說法」或為詩話作序的人的「強力作證」，引來了也不過是在為它增添一二個「例證」而已）。

第三節　可以提供批評家攻錯的機會

有關摘句批評者從事摘句批評的目的，只要有學者看過摘句批評而且有所反應，我就肯定他一定會達到，這在前一節已經談過了。接著我們要看看隨著摘句批評的出現所產生的一些附屬的功能。這跟摘句批評者固然沒有直接的關係，卻也是他「一手」造成的，我們還得把這份功勞算在他身上。

由於摘句批評所帶來的附屬的功能，不確定有多少，我只能根據我們對它的了解，選定一二個比較重要的來討論。這一節，我準備討論的是摘句批評對批評界的作用。摘句批評對批評界的作用，最明顯的是會吸引更多的人來參與實際批評。確切一點的說，就是可以提供攻錯的機會給當世或後世的批評家。這一點，得從前面所提到的「語彙系譜」談起。

我們已經知道摘句批評者從事摘句批評，最後一個步驟是透過他腦海中

〔註14〕見袁枚，《隨園詩話》（臺北，漢京，1984年2月），頁249。

「語彙系譜」的作用，選定適當的語彙來表達。這時彼此「語彙系譜」的同一與否，就會影響到摘句批評的附屬功能。也就是說，摘句批評者各自的「語彙系譜」不同或差距過大，所作的摘句批評就不容易獲得對方的贊同，而輕者只是「當場」遭到反駁，重者就會引起一場又一場的筆戰。這種例子，我們已經見過很多了。

除了「語彙系譜」不同會影響摘句批評的附屬功能，還有別的因素也會影響摘句批評的附屬功能，如「嗜好」就是其中一個：

> 人之於詩，嗜好往往不同。如韓文公讀孟東野詩，有「低頭拜東野」之句。唐史言退之性倔強，任氣傲物，少許可，其推讓東野如此。坡公讀孟郊詩，有云：「初如食小魚，所得不償勞。又如食蟛蠘，竟日嚼空螯。」二公皆才豪一世，而其好惡不同若此。元次山有云：「東野悲鳴死不休，高天厚地一詩囚。江山萬古潮陽筆，合臥元龍百尺樓。」推尊退之而鄙薄東野至矣。此詩斷盡百年公案。〔註 15〕

> 文章聲價自定，嗜好終是難齊。如老杜「風急天高」、「玉露凋傷」、「老去悲秋」、「昆明池水」四篇，寧非佳詩，必欲取爲全唐壓卷，固宜來黠者之揶揄也。鍾生曰：「老杜至處不在此。」自是公論。然選《詩歸》終不能全刪，仍取「老去悲秋」、「昆明池水」，此所謂定價也。弇州尤愛「風急天高」一章，固是意之所觸，情文相會，猶宋孝宗獨稱「勳業頻看鏡，行藏獨倚樓」耳。然即此一詩，弇州嫌其結弱，劉須溪則云結復鄭重。平心觀之，弱耶？重耶？恐兩公未免皆膜外之觀也。此詩作于大曆二年夔州時，「艱難苦恨繁霜鬢，潦倒新停濁酒杯」，自是情與境會之言，不經播遷之恨者，固宜以常法律之。〔註 16〕

〔註 15〕見俞弁，《逸老堂詩話》，《續歷代詩話》本，頁 1559～1560。

〔註 16〕見註 12 所引賀裳書，頁 265。按：賀裳所說的「文章身價自定」，主要是取決於「公論」。但是「公論」又要怎樣判定？他卻沒有具體的交代。其實，「公論」很難作爲評價的依據（應該還有更可靠的依據才行）；同時「公論」也駁不倒「文章無定價」的論調。如陳善《捫蝨新話》說：「文章似無定論，殆是由人所見爲高下爾。只如楊大年、歐陽永叔皆不喜杜詩，二公豈爲不知文者，而好惡如此。晏元獻公嘗喜誦梅聖俞『寒魚猶著底，白鷺已飛前』之句，聖俞以爲此非我之極致者，豈公偶自得意於其間乎？歐公亦云：『吾平生作文，惟尹師魯一見，展卷疾讀，五行俱下，便曉人深意處。』然則於餘人，當有所不曉者多矣。所謂文章如精金美玉，市有定價，不可以口舌增損者，殆虛語耶？」〔收於張健編，《南宋文學批評資料彙編》（臺北，成文，1978 年 12

「嗜好」經常會投入不小的變數，而強化了摘句批評的附屬功能。但是這還沒有另外一個因素的影響來得大。那個因素，我「無以名之」，姑且稱它爲「別有用心」：

凡製作繫名，論者心有同異，豈待見利而變哉？或見有佳篇，面雖云好，默生毀端，而播於外，此詩中之忌也。或見有奇句，佯爲沈思，欲言不言，俾其自疑弗定，此詩中之奸也。或見名公巨卿所作，不拘工拙，極口稱賞，此詩中之諂也。諂者利之媒，奸者利之機，忌者利之蠹。然愼交則保名；三者有一，不能無損，如藥加硝黃之類，其耗於元氣者多矣。〔註 17〕

詩文無定價：一則眼力不齊，嗜好各別；一則阿私所好，愛而忘醜。或心知，或親串，必將其聲價逢人說項，極口揄揚。美則牽合歸之，疵則宛轉掩之。談詩論文，開口便以其人爲標準；他人縱有傑作，必索一瘢以詆之。後生立腳不定，無不被其所惑；吾輩定須豎起脊梁，撐開慧眼，舉世譽之而不加勸，舉世非之而不加沮，則魔羣妖黨無所施其伎倆矣。〔註 18〕

「別有用心」多半來自「利」的趨使，這更會引發反對的聲浪，而無形中把摘句批評的附屬功能升到了最高點。

不論是「嗜好」，還是「別有用心」，都牽涉到一個態度的問題，而大家似乎對它也特別敏感。可是態度卻又最難捉摸，沒有足夠的證據，誰也不敢確定批評者的態度是否公允。話是這樣說，我們仍然無法否認態度問題，也是摘句批評者無意中「留」在摘句批評上吸引人的一個因素。有了這個因素，會更容易激起其他批評家實地加入「較量」的行列。如果不是這個緣故，我們怎麼解釋摘句批評中某些充滿「火藥味」的撻伐聲？

雖然如此，我還是樂於見到有更多的人參與討論。這不是爲了藉它來證明「眞理愈辯愈明」這個古老的假設，而是爲了它可以帶給後人反省的機會（一部文學批評史，不正是批評家們不斷自我反省的過程嗎）。這樣說來，摘

月），頁 170〕這畢竟是事實，不能以「公論」來加以否定。然而，這是不是表示文章的價值問題就不能談了？也不盡然。當我們還沒有找到可靠的（可供眾人檢驗的）評價依據前，固然可以說文章的價值是憑各人的好惡來估定的；但是當我們找到可靠的依據後，所估定的價值就不容許私意加以改變。

〔註 17〕見謝榛，《四溟詩話》，《續歷代詩話》本，頁 147。

〔註 18〕見薛雪，《一瓢詩話》，《清詩話》本，頁 866～867。

句批評這個附屬的功能，確實不能因為它是「附屬」的，就對它有所輕忽。

第四節　可以延續詩句的生命

如果我們換個角度來看，可能會發現一個事實，就是被摘句批評者摘取來批評的詩句，好像又有了新的「生命」，這跟它當初「誕生」時給人的感覺總是不同。〔註 19〕這也是摘句批評的附屬功能之一。這一節，我就是要討論這個問題。

依照現代人的說法，詩剛完成時，只能稱為「藝術成品」，有人鑑賞後，才能稱為「美學客體」；而到了「美學客體」，詩的價值才彰顯出來。〔註 20〕這個說法固然沒有什麼問題，但是詩在完成後，也不是毫無價值，它的價值只是潛藏在裏面，沒有被發覺而已。換作另一種說法，詩一誕生後，就是一個「活物」，具有讓眾人從不同的角度來詮釋的「能耐」：

> 詩，活物也。游、夏以後，自漢至宋，無不說詩者。不必皆有當於詩而皆可以說詩，其皆可以說詩者，即在不必皆有當於詩之中，非說詩者之能如是，而詩之為物不能不如是也。〔註 21〕

既然如此，詩就不是「有我評估，才有價值」，而是「本來就有價值，經我評估，立刻彰顯出來」。這時詩的價值就會「轉移」到詮釋者身上，而為詮釋者所受用，而詩的生命也跟著傳了下來。這就是我所說「延續」一詞的意思。

又因為詮釋者眾多，所詮釋的結果不一定相同，〔註 22〕這也使得詩的生

〔註 19〕心齋居士〈秋星閣詩話跋〉說：「有以評古人詩為話者，有以教今人作詩為話者。夫古人之詩，即微我之評，亦復何損；若夫教人作詩，則其話為有功矣。」（李沂，《秋星閣詩話》，《清詩話》本，頁 1171）這裏所說「古人之詩，即微我之評，亦復何損」，顯然太過消極，不知道「古人之詩，有我之評」，「面貌」就會改變。

〔註 20〕參見鄭樹森編，《現象學與文學批評》（臺北，東大，1984 年 7 月），〈前言〉，頁 8～9；伊格頓（Terry Eagleton），《當代文學理論導論》（聶振雄等譯，香港，旭日，1987 年 10 月），頁 76～90；梅雷加利（原名未詳），〈論文學接受〉，收於胡經之、張首映主編，《西方二十世紀文論選》（北京，中國社會科學，1989 年 5 月），第三卷，頁 205～215。

〔註 21〕見鍾惺，〈詩論〉，收於葉慶炳、邵紅編，《明代文學批評資料彙編》（臺北，成文，1979 年 9 月），下冊，頁 761。

〔註 22〕董仲舒《春秋繁露》說：「詩無達詁。」〔《增訂漢魏叢書》本（臺北，大化，1988 年 4 月），〈精華篇〉，頁 567〕劉子春〈石園詩話序〉說：「後世詩話，原本品詩之意而為之者。雖然作者之意，豈能必讀者之意，而悉解之？解而得與

命不斷在「翻新」(此新字爲中性語詞),而讓旁觀者「歎爲觀止」!底下就有一個例子:

> 牧之於題詠,好異於人。如〈赤壁〉云:「東風不與周郎便,銅雀春深鎖二喬。」〈題商山四皓廟〉云:「南軍不袒左邊袖,四皓安劉是滅劉。」皆反說其事。〔註 23〕

> 杜牧之作〈赤壁〉詩云:「折戟沈沙鐵未銷,自將磨洗認前朝。東風不與周郎便,銅雀春深鎖二喬。」意謂赤壁不能縱火,爲曹公奪二喬置之銅雀臺上也。孫氏霸業,繫此一戰,社稷存亡,生靈塗炭,都不問,只恐捉了二喬,可見措大不識好惡。〔註 24〕

> 杜牧之〈赤壁〉詩:「東風不與周郎便,銅雀春深鎖二喬。」說天幸不可恃。〈烏江〉詩:「江東子弟多豪俊,捲土重來未可知。」說人事猶可爲,同意思,都是要於昔人成敗已定事上,翻說爲奇耳。或笑之曰:「孫氏霸業,繫此一戰,今社稷生靈都不問,只恐捉了二喬,可見措大不識好惡。」春謂爲此說者癡人也。到捉了二喬時,江東社稷尚可問哉?〔註 25〕

> 彥周誚杜牧之〈赤壁〉詩「社稷存亡都不問,只恐捉了二喬,是措大不識好惡。」夫詩人之詞微以婉,不同論言直遂也。牧之之意,正謂幸而成功,幾乎家國不保,彥周未免錯會。〔註 26〕

> 小杜〈赤壁〉詩,古今膾炙,漁隱獨稱好異。至許彥周則痛詆之,

解而不得,則姑聽於讀者之意見,不必深求之也。」(余成教,《石園詩話》,《清詩話續編》本,頁 1736)袁枚〈程綿莊詩說序〉說:「作詩者以詩傳,說詩者以說傳。傳者傳其說之是,而不必其盡合於作者也。如謂說詩之心,即作詩之心,則建安、大曆,有年譜可稽,有姓氏可考,後之人猶不能以字句之迹追作者之心,矧三百篇哉?不僅是也,人有興會標舉,景物呈觸,偶然成詩,及時移地改,雖復冥心追溯,求其前所以爲詩之故而不得,況以數千年之後,依傍傳疏,左支右吾,而遽謂吾說已定,後之人不可復有所發明,是大惑已!」(收於吳宏一、葉慶炳編,《清代文學批評資料彙編》,下集,頁 464~465)董仲舒、劉子春、袁枚所說,就是指這一種情況,所謂「作者之用心未必然,而讀者之用心何必不然」〔見譚獻,《復堂詞話》,《詞話叢編》本(臺北,新文豐,1988 年 2 月),頁 3978〕,而「讀者之用心」又可以因人而異。

〔註 23〕見胡仔,《苕溪漁隱叢話》(臺北,長安,1978 年 12 月),後集,頁 108。

〔註 24〕見許顗,《彥周詩話》,《歷代詩話》(臺北,藝文,1983 年 6 月),頁 231。

〔註 25〕見何孟春,《餘冬詩話》(臺北,廣文,1971 年 9 月),頁 29。

〔註 26〕見何文煥,《歷代詩話》本,頁 525。

謂「孫氏霸業，係此一戰，社稷存亡，生靈塗炭，都不問，只恐捉了二喬，可見措大不識好惡。」余意詩人之言，何可拘泥至此！若必執此相責，則汨羅之沈，其後心宗國，若何……詳味詩旨，牧之實有不滿公瑾之意。牧嘗自負知兵，好作大言，每借題自寫胸懷，尺量寸度，豈所以閱神駿于牝牡驪黃之外！〔註27〕

古人詠史，但敘事，而不出己意，則史也，非詩也。出己意，發議論，而斧鑿錚錚，又落宋人之病。如牧之〈息嬀〉詩云：「細腰宮裏露桃新，脈脈無言度幾春。畢竟息亡緣底事，可憐金谷墜樓人。」〈赤壁〉云：「折戟沈沙鐵未銷，自將磨洗認前朝。東風不與周郎便，銅雀春深鎖二喬。」用意隱然，最爲得體。息嬀廟，唐詩稱爲桃花夫人廟，故詩用「露桃」。〈赤壁〉，謂天謂三分也。許彥周乃曰：「此戰係社稷存亡，只恐捉了二喬，措大不識好惡。」宋人之不足與言詩如此。〔註28〕

樊川「東風不與周郎便，銅雀春深鎖二喬。」殆絕千古！言公謹軍功，止藉東風之力，苟非乘風力之便以破曹兵，則二喬亦將被虜，貯之銅雀臺上。春深二字，下得無賴，正是詩人調笑妙語。許彥周謂「孫氏霸業，繫此一戰，社稷存亡，生靈塗炭，都不問，只恐捉了二喬，可見措大不識好惡。」此老專一說夢，不禁齒冷。〔註29〕

一首〈赤壁〉詩，被詮釋了又詮釋。它每被詮釋一次，給我們的感覺，豈不也是在變換一次面貌？

現在我要回到原來的話題。凡是被摘句批評者摘取的詩句，都跟原詩脫離關係而具有獨立自主的生命；而摘句批評者再加以批評又無異是在更新它的生命。如果摘句批評者不摘取它，它只合在原詩中擔任「局部的任務」，而不能「獨當一面」；不能「獨當一面」，就不能形成自己的「風格」，也就無所謂專屬於它的生命了。還有如果摘句批評者只摘取它，而不加以批評，它也只能維持原來的面貌，不再有更新的機會。正因爲摘句批評者摘取它，又加以批評，它的生命才得以新的面貌出現。如果再有人給予新的評價，它又可以再更新一次。這麼一來，詩句的生命就不只得到純粹的延續，而是轉化或

〔註27〕見註12所引賀裳書，頁254。
〔註28〕見吳喬，《圍爐詩話》，《清詩話續編》本，頁558。
〔註29〕見註18所引薛雪書，頁898。

再轉化的延續。這就比讓它留在原詩裏，或只讓它保持同一副面貌要來得有意義。

這一切恐怕都不是摘句批評者所能意料（摘句批評者不過是「無心插柳柳成蔭」）。現在我把它連同前節所說「可以提供批評家攻錯的機會」一併歸爲摘句批評的附屬功能，列在摘句批評的主要功能下，有關摘句批評一事的「來龍去脈」，總算「有圖可按」了。

第六章　詩話摘句批評的現代意義

第一節　釋　題

今人所以沒有給摘句批評較高的評價，主要緣於他們對這種批評方式的誤解，而現在我已經理出這種批評方式的眞相，當然不能再作出跟他們一樣的判斷。也就是說，我會給摘句批評較的高評價，而評價的標準也將有明確的提示，可以讓大家來檢驗。這是我最後的一項工作。

這項工作，自然要接著前一章來談。根據前一章所說，摘句批評「可以開啓後進創作的途徑」、「可以提供批評家攻錯的機會」以及「可以延續詩句的生命」，似乎這就是摘句批評的價值所在。其實不是，因爲「可以開啓後進創作的途徑」、「可以提供批評家攻錯的機會」以及「可以延續詩句的生命」，是摘句批評對「第三者」的作用，不是它的價值所在，它的價值在於它這種批評方式上。換句話說，摘句批評所以「可以開啓後進創作的途徑」、「可以提供批評家攻錯的機會」以及「可以延續詩句的生命」，是摘句批評這種批評方式的運作結果。要說摘句批評有價值，價值就在這種批評方式上。

然而，這種批評方式到底有什麼特別？這就無法僅從它能發揮某些功能看出來，而必須跟另一種批評方式彼此抽象出來互作比較才知道（在實際的運作中，彼此的對象不同，沒有「對應點」，無從比較）。但是要找那一種批評方式來比較？在中國文學批評的各項實際批評裏，無不是使用跟摘句批評這種批評方式一樣的批評方式：以單一的判斷，透過批評的語言，來達到評估某一對象價值的目的。這樣還有什麼比較的餘地？既然在中國找不到相異的批評方式，看來只有到西方找了。西方文學批評中各項實際批評的批評方式，再也不是使用單一的判斷，而是使用多重的判斷，這就可以取來相互比較了。

在第四章第五節中，我已經把這兩種批評方式作了簡單的排比，發現只要從事批評，就只有使用單一的判斷；此外，多重的判斷並非必要，因爲作爲大前提的判斷，還需要別的判斷作爲它的前提，依此類推，必然形成理論上的「無窮後退」，到頭來只有單一的判斷是唯一必要的。這樣看來，西方文學批評那種批評方式，就不如摘句批評這種批評方式來得必要而有效了。

我們再從兩種批評方式對批評對象施以批評的結果來看，摘句批評這種批評方式使用單一的判斷，直接從批評對象取得依據，這時批評對象還是原來的批評對象；而西方文學批評那種批評方式使用多重的判斷（大前提）不是直接從批評對象取得依據，這時批評對象就不是原來的批評對象。換句話說，摘句批評這種批評方式能維護批評對象的「純粹性」，而西方文學批評那種批評方式就辦不到了。如果說文學批評必須能維護文學的「純粹性」，才算是文學批評，那西方文學批評那種批評方式顯然不如摘句批評這種批評方式來得可靠。

經過這一比較，我們可以看出摘句批評這種批評方式是不可或缺的，而西方文學批評那種批評方式就不一定了。這樣不就凸顯了摘句批評這種批評方式的優異性？既然摘句批評這種批評方式具有不可或缺的優異性，今後從事文學批評的人勢必不能再自絕於使用這種批評方式，不然就不知道他從事文學批評「所爲何來」了。

由於摘句批評這種批評方式，對古人來說沒有「不可或缺」的問題（因爲他們都是使用這種批評方式），這是跟西方文學批評那種批評方式比較後發現的，它只對現代人有意義。也就是說，現代人要從事文學批評，在選擇批評方式時，摘句批評這種批評方式是不可或缺的，理當優先考慮。至於西方文學批評那種批評方式，就不一定要去考慮了。下面兩節，我將以「成就了一種不可或缺的批評方式」和「維護了批評對象的純粹性」爲題，來說明摘句批評這種批評方式的現代意義，也等於是對它價值的肯定。不過，後面那一節，是這種「不可或缺」的批評方式所帶來的功能，原來這種「不可或缺」的批評方式所帶來的功能不定有多少（如前面所舉「可以開啓後進創作的途徑」、「可以提供批評家攻錯的機會」以及「可以延續詩句的生命」等，也是其中一項），我舉出它，只是聊爲前面那一節作一點「回應」，不關價值的問題。

第二節　成就了一種不可或缺的批評方式

從近代以來，不斷有人對中國文學批評不像西方文學批評具有「系統性」（多重的判斷）而深感不滿。在他們的觀念中，「系統性」就是文學批評的標幟；沒有這個標幟，就不是眞正的文學批評。然而，我們不禁要問：文學批評爲什麼要具有「系統性」？具有「系統性」的文學批評又有什麼意義？很遺憾的，沒有人能爲我們解答這個問題。現在我們看到摘句批評的整個運作情況，才知道「系統性」並不是文學批評的必要條件，而且具有「系統性」的文學批評也沒有什麼太大的意義。

爲了證明這一點，我還得從西方文學批評談起。西方文學批評表面上「派別」林立，實際上都是使用同一種批評方式。這種批評方式最大的特徵（我這裏純就理論來說，不涉及實例），在於它有一個判斷作爲大前提（假設），而這個大前提通常隱匿在背後，暗中「推動」整個批評工作的進行。如文學作品中有一原始不變的意義（作者的意識對象），就是「現象學批評」的大前提；〔註 1〕文學作品是一個抽象的結構系統（表義系統）的表達，就是「結構主義批評」（或「符號學批評」）的大前提；〔註 2〕文學作品是許多抽象的結構系統的表達，就是「後結構主義批評」（「解構批評」）的大前提；〔註 3〕文學作品是潛意識的象徵，就是「精神分析學批評」（「心理學批評」）的大前提。〔註 4〕有了這個大前提，再從文學作品中找出相關的「事實」，成立第二個判斷作爲小前提，然後綜合前面所說，成立第三個判斷作爲結論，整個過程顯

〔註 1〕參見伊格頓（Terry Eagleton）《當代文學理論導論》（聶振雄等譯，香港，旭日，1987 年 10 月），頁 57～68；鄭樹森編，《現象學與文學批評》（臺北，東大，1984 年 7 月），〈前言〉，頁 1～32；杜夫潤（Mikel Dufrenne），〈文學批評與現象學〉，收於鄭樹森編，《現象學與文學批評》，頁 57～80。

〔註 2〕參見註 1 所引伊格頓書，頁 91～123；佛克馬（Douwe Fokkema）、蟻布思（Elrud Ibsch），《二十世紀文學理論》（袁鶴翔等譯，臺北，書林，1987 年 11 月），頁 43～71；古添洪，《記號詩學》（臺北，東大，1984 年 7 月），頁 19～30。

〔註 3〕參見註 1 所引伊格頓書，頁 124～146；卡勒（Jonathan Culler）〈解構主義〉，收於胡經之、張首映主編，《西方二十世紀文論選》（北京，中國社會科學，1989 年 9 月）第二卷，頁 487～530；廖炳惠，《解構批評論集》（臺北，東大，1985 年 9 月），頁 1～19。

〔註 4〕參見註 1 所引伊格頓書，頁 147～184；威靈漢（John R. Willinghan）等，《文學欣賞與批評》（徐進夫譯，臺北，幼獅，1988 年 3 月），頁 95～105；衛姆塞特（W. K. Wimsatt）、布魯克斯（Cleanth Brooks），《西洋文學批評史》（顏元叔譯，臺北，志文，1972 年 1 月），頁 642～665。

得相當緊密。這也就是它被稱爲具有「系統性」的緣故。

不過，我們要知道在它所使用的多重的判斷中，只有一個判斷（結論或大前提）是必要的，其他的判斷都是多餘的。原因就在它作爲結論的判斷，已經蘊涵在作爲大前提的判斷中，而作爲小前提的判斷，不過是作爲大前提的判斷到作爲結論的判斷的「橋樑」，事實上只有作爲結論的判斷或作爲大前提的判斷是必要的。換句話說，它對文學作品所作的判斷，不是像作爲結論的判斷那樣，就是像作爲大前提的判斷那樣，不必同時作出兩個判斷（或再加入另一個判斷），否則就會相互「重疊」（同語反覆）。既然多重的判斷不是必要的，「系統性」也就構成不了文學批評的必要條件了。而我們從讀者的角度來看，他要對批評者所批評的文學作品加以衡量，並且對批評者由文學作品所引發的心理反應給予重新組織，他所關切的是批評者直接從文學作品取得根據所作的判斷。這時如果有不是直接從文學作品取得根據所作的判斷「雜廁其中」，雖然他也看到了，但是無從給予重新組織。現在我們看到西方文學批評那種批評方式所使用的多重的判斷，並不是全部從文學作品取得根據，它所能發揮的功能，跟使用單一的判斷所能發揮的功能，並沒有什麼差別。這麼說來，文學批評具有「系統性」也沒有什麼太大的意義了。

正因爲西方文學批評那種批評方式使用多重的判斷不是必要的，而從事文學批評又不得不有所判斷，這才顯出摘句批評這種批評方式使用單一的判斷是非要不可的。我想今人所以會詬病摘句批評這種批評方式，不是爲了摘句批評這種批評方式只使用單一的判斷，而是爲了摘句批評這種批評方式所使用的判斷是一個沒有「判斷標準」的價值判斷，這跟西方文學批評那種批評方式爲它的價值判斷〔註 5〕明白提出一個「判斷標準」是「不能相比」的。這個問題，我在第四章第五節中已經有所分辨，不是摘句批評這種批評方式所使用的價值判斷沒有「判斷標準」，而是「判斷標準」（如「言志」、「思無邪」、「意含蓄」、「辭達」、「活法」等）已經「普遍化」了，不提出來沒有什麼妨礙，提出來反而是多餘的，因爲只有那單一的價值判斷是必要而有效的。

根據以上所說，我可以確定摘句批評這種批評方式是不可或缺的，而西方文學批評那種批評方式就未必了，兩相比較，前者的價值當然高於後者的

〔註 5〕西方文學批評不盡含有「明確」的價值判斷（如上面所舉的「現象學批評」、「結構主義批評」、「後結構主義批評」、「精神分析學批評」等），這裏指的是含有「明確」的價值判斷那一部分（如「新批評」、「馬克思主義批評」）。

價值。由於摘句批評這種批評方式，在古代只是「一種批評方式」，還沒有「不可或缺」的特性；「不可或缺」的特性是在現代才呈顯出來的，所以我就當它是摘句批評的成就。

第三節　維護了批評對象的純粹性

摘句批評既然「成就了一種不可或缺的批評方式」，理當也會發揮「新」的功能，我把它舉出來，正好可以作為一點回應。但是為了容易看出摘句批評這種批評方式的特殊處，我只舉出它對批評對象施以批評的結果一點來說。

如果說文學所指涉的是人的情意，而文學批評也一定要從這一點取得依據，才能成為文學批評，我認為摘句批評這種批評方式能達成這個任務，而西方文學批評那種批評方式就不能了，因為摘句批評這種批評方式可以有效的維護批評對象的「純粹性」，而西方文學批評那種批評方式作不到這一點。為什麼？這要從批評對象談起。

批評對象都是語言構成的，要批評這些語言，除了批評語言本身，就只能批評語言的意義。通常批評語言本身，比較不關「純粹性」的問題，而批評語言的意義就大有關係了。我們知道語言的意義有三個層次：「詞語意義」、「句構意義」和「語境意義」（或「外緣意義」）。〔註6〕在從事批評時，可以從第一層意義取得依據的批評，都可以說維護了批評對象的「純粹性」。不過，這裏有個限制，就是從「語境意義」取得依據時，不能太過「離譜」，否則就要稍打折扣。這點我可以藉下面的兩段話來說：

> 夫詩以抒情，文以貌事，古人立言，終不能外人情事理而他為異。而後之作者，往往求之情與事之外，求之彌深，失之彌遠，則求之者之過也。〔註7〕

> 古之能知詩者，惟孟子為以意逆志也。夫詩之志至平易，不必為艱險求之。今以艱險求詩，則已喪失本心，何由見詩之志。〔註8〕

〔註6〕見高友工，〈文學研究的美學問題〉，收於李正治主編，《政府遷臺以來文學研究理論及方法之探索》（臺北，學生，1988年11月），頁190。

〔註7〕見馮琦，〈丁宗伯集序〉，收於葉慶炳、邵紅編，《明代文學批評資料彙編》（臺北，成文，1979年9月）下集，頁608～609。

〔註8〕見張載，〈經學理窟－詩書章〉，收於黃啓方編，《北宋文學批評資料彙編》（臺北，成文，1979年9月），頁164。

詩所指涉的是人的情志（詩的意義所在），以詩爲批評對象，不論從那一層意義取得依據，必須明顯的關係「人的情志」，不然就犯了像這裏所指責的「求之情之外」或「以艱險求之」的毛病。「求之情之外」或「以艱險求之」，都是在從「語境意義」取得依據時太過「離譜」的緣故，這就會降低維護詩的「純粹性」的效果。雖然如此，它還是一種有效的方法。

我們看摘句批評這種批評方式只使用單一的判斷，一定要從批評對象取得依據，這對維護批評對象的「純粹性」來說，再有效也不過了。雖然有時它也會減低維護批評對象的「純粹性」的效果（如解釋詩句的情境過於泛濫，變成一種「魔解」或「曲解」。也就是說，它的價值判斷在從「語境意義」取得依據時，出現了偏差），但是它仍不失爲有效的方法。

反觀西方文學批評那種批評方式，就不能有效的維護批評對象的「純粹性」。如有人根據「現象學」的時間範疇理論，來研究中國的山水詩，認爲它是一種空間經驗時間化（在否定中獲得超越的肯定）的運作；〔註9〕有人根據「結構主義」的「二元對立關係」理論，來分析古樂府〈公無渡河〉，認爲它是以象徵的手法解決人生的難題；〔註10〕有人根據「後結構主義」的美感結構（讀者和作者、作品並例）理論，來詮釋陶淵明〈桃花源詩并記〉，認爲它含有「嚮往」、「放逐」、「匱缺」三要素；〔註11〕有人根據「精神分析學」的象徵理論，來探討王融〈自君之出矣〉，認爲它句中「思君如明燭」的「明燭」是男性象徵。〔註12〕這些都是運用西方文學批評那種批評方式來批評古詩的例子。它作爲大前提的判斷，根據的不是詩這個對象，而是另一個對象（姑且稱它爲「時間範疇」或「二元對立關係」或「美感結構」或「象徵」）。雖然我們也可以把它所根據的視同詩的「語境意義」，但是這個「語境意義」也未免過於寬泛，跟別的對象的「語境意義」幾乎無法區別，〔註13〕以至讓人誤以爲它批評的不是詩，而是另一個對象。這樣看來，西方文學批評那種批

〔註9〕見王建元，〈現象學的時間觀與中國山水詩〉，收於註1所引鄭樹森編書，頁171～200。另外，見王建元，《現象詮釋學與中西雄渾觀》（臺北，東大，1988年2月），頁131～165。

〔註10〕見周英雄，《結構主義與中國文學》（臺北，東大，1983年3月），頁89～120。

〔註11〕見註3所引廖炳惠書，頁21～37。

〔註12〕見顏元叔，《談民族文學》（臺北，學生，1984年2月），頁114。

〔註13〕有人說現代的文學理論不過是社會意識形態的分支，根本沒有任何可以把它同哲學、語言學、心理學、文化的與社會的思想充分地區別開來的單一性或特性（見註1所引伊格頓書，頁195）。原因就跟我這裏所說的一樣。

評方式就無法維護批評對象的「純粹性」，最後不得不把有效的維護批評對象的「純粹性」的「美名」，讓給摘句批評這種批評方式了。

第七章　結　論

第一節　主要內容的回顧

我研究摘句批評的目的，是希望大家不再排棄這種批評方式，而在文中也盡力的證明了這種批評方式的不可或缺。現在我要把全文主要的內容，總結爲五點來說明：

第一，摘句批評這種批評方式在流行了一二千年後，逐漸被東來的西方文學批評那種批評方式所取代。到了今天，這種批評方式幾乎已經變成歷史的「陳跡」。徒使懷舊的人，多了一個憑弔的「對象」；也使趨新的人，多了一個攻擊的「靶子」。然而，在我們的觀念裏，摘句批評這種批評方式並沒有過時，只是大家對西方文學批評方式充滿了迷思，反過來誤解了這種批評方式的存在意義。因此，我先爲這件事作了一點分辨，指出今人的觀照流於片面、詮釋不夠深入、評斷過度草率以及態度有失公允，作爲整個研究工作的開端。

第二，我根據摘句批評的指涉對象和形式結構，爲它勾勒了四個現象：以特殊的詩句爲對象、以價值的評估爲目的、以批評的語言爲媒介以及以單一的判斷爲手段，並且爲這四個現象作了詳盡的說明。

第三，我透過摘句批評的現象，追溯它最初的原因，找到了它所以以特殊的詩句爲對象、以價值的評估爲目的、以批評的語言爲媒介以及以單一的判斷爲手段，是緣於詩教使命的促使、批評本質的限定、語彙系譜的作用以及價值判斷的侷限，我都一一加以妥善的解釋。

第四，我探討了摘句批評的因果關係後，還推測出摘句批評可以發揮開啓後進創作的途徑、提供批評家攻錯的機會以及延續詩句的生命等功能，肯定它是一種有效的批評方式。

第五，我把批評方式抽象出來，發現摘句批評這種批評方式是不可或缺的，而西方文學批評那種批評方式就未必不可或缺了。顯然今後從事文學批評的人，還是要優先考慮使用摘句批評這種批評方式，不然就不知道他為什麼從事文學批評了。

第二節　未來的展望

如果摘句批評只是一個獨立的事實，我的研究工作到這裏就結束了，不需要再有什麼展望。但是摘句批評卻不是一個獨立的事實，還有一些相關的問題值得我去探討，這就不能不略作一點展望了。也就是說，現在我只知道摘句批評這種批評方式的實際運作情況，還不知道古人憑什麼能利用這種批評方式來從事批評？而讀者又憑什麼能經由這種批評方式得到感發？還有古人使用這種批評方式背後共同據以為評價的標準又如何可能？這些問題，應該繼續去追蹤探討，以便相互呼應，才不致孤立目前的研究成果。

雖然如此，我對未來的研究工作仍然不敢大意，因為每一個問題都是千頭萬緒，不比我過去所面對的問題容易解決。如古人憑什麼能利用這種批評方式來從事批評這個問題，必須透過古人的文化背景、文學素養，審美觀念等層面去了解，而這幾個層面都很難捉摸，可以想見我的研究工作一定不會太順利；又如讀者憑什麼能經由這種批評方式得到感發這個問題，純粹要從讀者立場來作研究，這將沒有什麼直接的證據，而必須廣為推理，才能給予證實，也可以想見我的研究工作會有不少困難；又如古人使用這種批評方式背後共同據以為評價的標準又如何可能這個問題，就得把那些被用來評價的概念（如「言志」、「思無邪」、「意含蓄」、「辭達」、「活法」等），作一徹底的理解，找出它的代表意義，再作進一步的推測，而這種推測也不可能有太多直接的證據，也可以想見我的研究工作將有許多阻礙。

不論如何，這都是值得奮力一試的。而我也會秉著一貫為建樹文學理論的「使命感」，來從事這些研究。至於它會得到什麼迴響，就不是我所能預料的了。

參考文獻

1. 《禮記正義》，孔穎達，《十三經注疏》本，臺北，藝文，1982 年 8 月。
2. 《周易正義》，孔穎達，《十三經注疏》本，臺北，藝文，1982 年 8 月。
3. 《全唐詩話》，尤袤，《歷代詩話》本，臺北，藝文，1983 年 6 月。
4. 《符號學要義》，巴特，洪顯勝譯，臺北，南方，1988 年 4 月。
5. 《價值是什麼》，方迪啓，黃藿譯，臺北，聯經，1986 年 2 月。
6. 《傳播原理》，方蘭生，臺北，三民，1984 年 10 月。
7. 《美學的思索》，比梅爾等，未著譯著姓名，臺北，谷風，1987 年 6 月。
8. 《當代美學論集》，比爾茲利等，未著譯者姓名，臺北，丹青，1987 年 4 月。
9. 《詩辯坻》，毛先舒，《清詩話續編》本，臺北，木鐸，1983 年 12 月。
10. 《漁洋詩話》，王士禎，《清詩話》本，臺北，藝文，1977 年 5 月。
11. 《師友詩傳續錄》，王士禎，《清詩話》本，臺北，藝文，1977 年 5 月。
12. 《薑齋詩話》，王夫之，《清詩話》本，臺北，藝文，1977 年 5 月。
13. 《藝苑卮言》，王世貞，《續歷代詩話》本，臺北，藝文，1983 年 6 月。
14. 《美學辭典》，王世德主編，臺北，木鐸，1987 年 12 月。
15. 《論衡》，王充，《新編諸子集成》本，臺北，世界，1978 年 7 月。
16. 〈賦、比、興新論〉，王念思，第十一屆中國古典文學會議論文，1990 年 6 月 16、17 日。
17. 《現象詮釋學與中西雄渾觀》，王建元，臺北，東大，1988 年 2 月。
18. 《潛夫論》，王符，《新編諸子集成》本，臺北，世界，1978 年 7 月。
19. 《小清華園詩談》，王壽昌，《清詩話續篇》本，臺北，木鐸，1983 年 12 月。

20. 《文學概論》，王夢鷗，臺北，藝文，1976 年 5 月。
21. 《文藝美學》，王夢鷗，臺北，遠行，1976 年 5 月。
22. 《文化與時間》，加迪等，鄭樂平、胡建平譯，杭州，浙江人民，1988 年 7 月。
23. 《記號詩學》，古添洪，臺北，東大，1984 年 7 月。
24. 《續詩品》，司馬光，《歷代詩話》本，臺北，藝文，1983 年 6 月。
25. 《哲學人類學序說》，史作檉，新竹，仰哲，1988 年 2 月。
26. 〈新批評〉，史賓岡，吳魯芹譯，《文學雜誌》第二卷第三期，1957 年 5 月 20 日。
27. 《西洋哲學辭典》，布魯格，項退結譯，臺北，華香園，1989 年 1 月。
28. 《四庫全書總目提要》，永鎔等，臺北，商務，1971 年 7 月。
29. 《西圃詩話》，田同之，《清詩話續篇》本，臺北，木鐸，1983 年 12 月。
30. 《古歡堂雜著》，田雯，《清詩話續編》本，臺北，木鐸，1983 年 12 月。
31. 《郭德曼的文學社會學》，伊凡絲，郭仁義譯，臺北，桂冠，1990 年 3 月。
32. 《當代文學理論導論》，伊格頓，聶振雄等譯，香港，旭日，1987 年 10 月。
33. 《科學眞理與人類價值》，成中英，臺北，三民，1979 年 10 月。
34. 《語言與人生》，早川，柳之元譯，臺北，文史哲，1987 年 2 月。
35. 《美學詩學與文學》，朱光潛，臺北，康橋，1987 年 1 月。
36. 《文藝心理學》，朱光潛，臺北，開明，1988 年 8 月。
37. 《朱自清古典文學論文集》，朱自清，臺北，源流，1982 年 5 月。
38. 《當代西方美學》，朱狄，臺北，谷風，1988 年 12 月。
39. 《存餘堂詩話》，朱承爵，《歷代詩話》本，臺北，藝文，1983 年 6 月。
40. 《中國文學批評史大綱》，朱東潤，臺北，開明，1968 年 3 月。
41. 《筱園詩話》，朱庭珍，《清詩話續編》本，臺北，木鐸，1983 年 12 月。
42. 《理則學》，牟宗三，臺北，正中，1986 年 12 月。
43. 《語言的哲學》，艾斯敦，何秀煌譯，臺北，三民，1987 年 3 月。
44. 《二十世紀文學理論》，佛克馬、蟻布思，袁鶴翔等譯，臺北，書林，1987 年 11 月。
45. 《歷代詩話考索》，何文煥，《歷代詩話》本，臺北，藝文，1983 年 6 月。
46. 《記號學導論》，何秀煌，臺北，水牛，1988 年 9 月。
47. 《文化・哲學與方法》，何秀煌，臺北，東大，1988 年 1 月。

48. 《思想方法導論》，何秀煌，臺北，三民，1987 年 11 月。
49. 《餘冬詩話》本，何孟春，臺北，廣文，1971 年 9 月。
50. 《借鏡與類比》，何冠驥，臺北，東大，1989 年 5 月。
51. 《眞理與方法》，伽達瑪，吳文勇譯，臺北，南方，1988 年 4 月。
52. 《石園詩話》，余成教，《清詩話續編》本，臺北，木鐸，1983 年 12 月。
53. 《美學原理》，克羅齊，正中編委會重譯，臺北，正中，1987 年 11 月。
54. 《藏海詩話》，吳可，《續歷代詩話》本，臺北，藝文，1983 年 6 月。
55. 《觀林詩話》，吳聿，《續歷代詩話》本，臺北，藝文，1983 年 6 月。
56. 《優古堂詩話》，吳开，《續歷代詩話》本，臺北，藝文，1983 年 6 月。
57. 《清代文學批評資料彙編》，吳宏、葉慶炳編，臺北，成文，1979 年 9 月。
58. 《清代詩學初探》，吳宏一，臺北，學生，1986 年 1 月。
59. 《吳禮部詩話》，吳師道，《續歷代詩話》本，臺北，藝文，1983 年 6 月。
60. 《圍爐詩話》，吳喬，《清詩話續編》本，臺北，木鐸，1983 年 12 月。
61. 《說詩菅蒯》，吳雷發，《清詩話》本，臺北，藝文，1977 年 5 月。
62. 《紫微詩話》，呂本中，《歷代詩話》本，臺北，藝文，1983 年 6 月。
63. 《柳亭詩話》，宋俊，臺北，廣文，1971 年 9 月。
64. 《抱眞堂詩話》，宋徵璧，《清詩話續編》本，臺北，木鐸，1983 年 12 月。
65. 《政府遷臺以來文學研究理論及方法之探索》，李正治主編，臺北，學生，1988 年 11 月。
66. 《意義學》，李安宅，臺北，商務，1978 年 5 月。
67. 《秋星閣詩話》，李沂，《清詩話》本，臺北，藝文，1977 年 5 月。
68. 《麓堂詩話》，李東陽，《續歷代詩話》本，臺北，藝文，1983 年 6 月。
69. 《大眾傳播新論》，李茂政，臺北，三民，1986 年 9 月。
70. 《雨村詩話》，李調元，《清詩話續編》本，臺北，木鐸，1983 年 12 月。
71. 《史學方法論》，杜維運，臺北，三民，1987 年 9 月。
72. 《人文學的知識基礎》，沈國鈞，臺北，大林，1978 年 10 月。
73. 《現代哲學論衡》，沈清松，臺北，黎明，1986 年 10 月。
74. 《解除世界魔咒》，沈清松，臺北，時報，1986 年 10 月。
75. 《說詩晬語》，沈德潛，《清詩話》本，臺北，藝文，1977 年 5 月。
76. 《期待批評時代的來臨》，沈謙，臺北，時報，1979 年 5 月。
77. 《詩學纂聞》，汪師韓，《清詩話》本，臺北，藝文，1977 年 5 月。

78. 《論語正義》，邢昺，《十三經注疏》本，臺北，藝文，1982 年 8 月。
79. 《詩話總龜》，阮一閱，臺北，廣文，1973 年 9 月。
80. 《形而上學》，亞里斯多德，未著譯者姓名，新竹，仰哲，1989 年 3 月。
81. 《藝術哲學》，亞德烈，周浩中譯，臺北，水牛，1987 年 2 月。
82. 《春酒堂詩話》，周容，《清詩話續編》本，臺北，藝文，1983 年 12 月。
83. 《竹坡詩詩》，周紫芝，《歷代詩話》本，臺北，藝文，1983 年 6 月。
84. 《屈萬里先生文存》，屈萬里，臺北，聯經，1985 年 2 月。
85. 《老生常談》，延君壽，《清詩話續編》本，臺北，木鐸，1983 年 12 月。
86. 《金代文學批評資料彙編》，林明德編，臺北，成文，1979 年 9 月。
87. 《文學評論集》，林綠，臺北，國家，1977 年 8 月。
88. 《走向科學的美學》，門羅，安宗昇譯，臺北，五洲，1987 年 5 月。
89. 《哲學人類學》，宕夕爾，劉貴傑譯，臺北，巨流，1989 年 3 月。
90. 《實用思考指南》，芮基洛，游恆山譯，臺北，遠流，1988 年 4 月。
91. 《逸老堂詩話》，俞弁，《續歷代詩話》本，臺北，藝文，1983 年 6 月。
92. 《符號：語言與藝術》，俞建章、葉舒憲，臺北，久大，1990 年 5 月。
93. 《萇原詩說》，冒春榮，《清詩話續編》本，臺北，木鐸，1983 年 12 月。
94. 《白石道人詩說》，姜夔，《歷代詩話》本，臺北，藝文，1983 年 6 月。
95. 《藝術的奧秘》，姚一葦，臺北，開明，1985 年 10 月。
96. 《欣賞與批評》，姚一葦，臺北，聯經，1989 年 7 月。
97. 《美的範疇論》，姚一葦，臺北，開明，1985 年 3 月。
98. 《文學欣賞與批評》，威靈漢等，徐進夫譯，臺北，幼獅，1988 年 3 月。
99. 《蠖齋詩話》，施閏章，《清詩話》本，臺北，藝文，1977 年 5 月。
100. 《峴傭說詩》，施補華，《清詩話》本，臺北，藝文，1977 年 5 月。
101. 《境界的探求》，柯慶明，臺北，聯經，1984 年 3 月。
102. 《蓮坡詩話》，查爲仁，《清詩話》本，臺北，藝文，1977 年 5 月。
103. 《苕溪漁隱叢話》，胡仔，臺北，長安，1978 年 12 月。
104. 《西方二十世紀文論選》，胡經之、張首映主編，北京，中國社會科學，1989 年 5 月。
105. 《我們走那條路？》，胡適，臺北，遠流，1986 年 7 月。
106. 《詩藪》，胡應麟，臺北，廣文，1973 年 9 月。
107. 《對床夜語》，范晞文，《續歷代詩話》本，臺北，藝文，1983 年 6 月。
108. 《梅磵詩話》，韋居安，《續歷代詩話》本，臺北，藝文，1983 年 6 月。
109. 《文學理論》，韋勒克、華倫，梁伯傑譯，臺北，水牛，1987 年 6 月。

110. 《哲學概論》，唐君毅，臺北，學生，1989 年 10 月。
111. 《人的文學》，夏志清，臺北，純文學，1979 年 3 月。
112. 〈兩首壞詩〉，夏濟安，《文學雜誌》第三卷第三期，1957 年 11 月 20 日。
113. 《孟子正義》，孫奭，《十三經注疏》本，臺北，藝文，1982 年 8 月。
114. 《全唐詩話續篇》，孫濤，《清詩話》本，臺北，藝文，1977 年 5 月。
115. 《修辭學發微》，徐芹庭，臺北，中華，1974 年 8 月。
116. 《語意學概要》，徐道鄰，香港，友聯，1980 年 1 月。
117. 《談藝錄》，徐禎卿，《歷代詩話》本，臺北，藝文，1983 年 6 月。
118. 《而菴詩話》，徐增，《清詩話》本，臺北，藝文，1977 年 5 月。
119. 《哲學邏輯》，柴熙，臺北，商務，1988 年 11 月。
120. 《認識論》，柴熙，臺北，商務，1983 年 8 月。
121. 《思想與方法》，殷海光，臺北，水牛，1989 年 10 月。
122. 《邏輯新引》，殷海光，香港，亞洲，1977 年 12 月。
123. 《普通語言學教程》，索緒爾，高名凱譯，臺北，弘文館，1985 年 10 月。
124. 《石洲詩話》，翁方綱，《清詩話續編》本，臺北，木鐸，1983 年 12 月。
125. 《隨園詩話》，袁枚，臺北，漢京，1984 年 2 月。
126. 《秋窗隨筆》，馬位，《清詩話》本，臺北，藝文，1977 年 5 月。
127. 《形名學與敘事理論》，高辛勇，臺北，聯經，1987 年 11 月。
128. 《解釋學簡論》，高宣揚，臺北，遠流，1988 年 10 月。
129. 《意義的探究》，張汝倫，臺北，谷風，1988 年 5 月。
130. 《歲寒堂詩話》，張戒，《續歷代詩話》本，臺北，藝文，1983 年 6 月。
131. 《珊瑚鉤詩話》，張表臣，《歷代詩話》本，臺北，藝文，1983 年 6 月。
132. 《心理學》，張春興，臺北，東華，1989 年 9 月。
133. 《社會學理論的歷史反思》，張家銘，臺北，圓神，1987 年 10 月。
134. 《中國文學批評》，張健，臺北，五南，1984 年 9 月。
135. 《中國文學散論》，張健，臺北，商務，1982 年 9 月。
136. 《南宋文學批評資料彙編》，張健編，臺北，成文，1978 年 12 月。
137. 《鷗波詩話》，張夢機，臺北，漢光，1984 年 5 月。
138. 《比較文學理論與實踐》，張漢良，臺北，東大，1986 年 2 月。
139. 《覞齋詩談》，張謙宜，《清詩話續編》本，臺北，木鐸，1983 年 12 月。
140. 《唐子西文錄》，強幼安，《歷代詩話》本，臺北，藝文，1983 年 6 月。
141. 《邏輯》，梭蒙，何秀煌譯，臺北，三民，1987 年 4 月。

142. 《彥周詩話》，許顗，《歷代詩話》本，臺北，藝文，1983 年 6 月。
143. 《創造心理學》，郭有遹，臺北，正中，1985 年 11 月。
144. 《宋詩話輯佚》，郭紹虞，臺北，華正，1981 年 12 月。
145. 《中國文學批評史》，郭紹虞，臺北，文史哲，1982 年 9 月。
146. 《照隅室古典文學論集》，郭紹虞，臺北，丹青，1985 年 10 月。
147. 〈詩話叢話〉，郭紹虞，《小說月報》第二十卷第一號，1929 年 1 月 10 日。
148. 《南濠詩話》，都穆，《續歷代詩話》本，臺北，藝文，1983 年 10 月。
149. 《道德規範與倫理價值》，陳秉璋，臺北，國家政策研究資料中心，1990 年 10 月。
150. 《後山詩話》，陳師道，《歷代詩話》本，臺北，藝文，1983 年 6 月。
151. 《理則學》，陳祖耀，臺北，三民，1987 年 9 月。
152. 《竹林問答》，陳僅，《清詩話續編》本，臺北，木鐸，1983 年 12 月。
153. 《文則》，陳騤，臺北，莊嚴，1977 年 3 月。
154. 《詩鏡總論》，陸時雍，《續歷代詩話》本，臺北，藝文，1983 年 6 月。
155. 《問花樓詩話》，陸鎣，《清詩詩續編》本，臺北，木鐸，1983 年 12 月。
156. 《文史通義》，章學識，臺北，世界，1984 年 8 月。
157. 《中國文學批評通論》，傅庚生，臺北，華正，1984 年 8 月。
158. 《思想方法五講》，勞思光，香港，友聯，未著出版年月。
159. 《意義》，博藍尼，彭淮棟譯，臺北，聯經，1986 年 4 月。
160. 《劍谿說詩》，喬億，《清詩話續編》本，臺北，木鐸，1983 年 12 月。
161. 《元代文學批評資料彙編》，曾永義編，臺北，成文，1979 年 9 月。
162. 《形上學》，曾仰如，臺北，商務，1987 年 10 月。
163. 《艇齋詩話》，曾季貍，《續歷代詩話》本，臺北，藝文，1983 年 6 月。
164. 《詩筏》，賀貽孫，《清詩話續編》本，臺北，木鐸，1983 年 12 月。
165. 《載酒園詩話又編》，賀裳，《清詩話續編》本，臺北，木鐸，1983 年 12 月。
166. 《載酒堂詩話》，賀裳，《清詩話續編》本，臺北，木鐸，1983 年 12 月。
167. 《載酒堂詩話》，賀裳，《清詩話續編》本，臺北，木鐸，1983 年 12 月。
168. 《野鴻詩的》，黃子雲，《清詩話》本，臺北，藝文，1977 年 5 月。
169. 《中國詩學（鑑賞篇）》，黃永武，臺北，巨流，1976 年 10 月。
170. 《史學方法論叢》，黃俊傑編譯，臺北，學生，1984 年 10 月。
171. 《語言哲學》，黃宣範，臺北，文鶴，1983 年 12 月。

172. 《翻譯與語意之間》，黃宣範，臺北，聯經，1985 年 11 月。
173. 《北宋文學批資料彙編》，黃啓方編，臺北，成文，1979 年 9 月。
174. 《砮溪詩話》，黃徹，《續歷代詩話》本，臺北，藝文，1983 年 6 月。
175. 《中國詩學縱橫論》，黃維樑，臺北，洪範，1977 年 12 月。
176. 《中國文學縱橫論》，黃維樑，臺北，東大，1988 年 8 月。
177. 《修辭學》，黃慶萱，臺北，三民，1983 年 10 月。
178. 《中國古典文學批評論集》，楊松年，香港，三聯，1987 年 7 月。
179. 《升菴詩話》，楊愼，《續歷代詩話》本，臺北，藝文，1983 年 6 月。
180. 《誠齋詩話》，楊萬里，《續歷代詩話》本，臺北，藝文，1983 年 6 月。
181. 《詩法家數》，楊載，《歷代詩話》本，臺北，藝文，1983 年 6 月。
182. 《國朝詩話》，楊際昌，《清詩話續編》本，臺北，木鐸，1983 年 12 月。
183. 《中國詩學大綱》，楊鴻烈，臺北，商務，1976 年 11 月。
184. 《哲學概論》，溫公頤，臺北，商務，1983 年 9 月。
185. 《迦陵談詩二集》，葉嘉瑩，臺北，東大，1985 年 2 月。
186. 《迦陵談詩》，葉嘉瑩，臺北，三民，1988 年 11 月。
187. 《石林詩話》，葉夢得，《歷代詩話》本，臺北，藝文，1983 年 6 月。
188. 《歷史、傳釋與美學》，葉維廉，臺北，東大，1988 年 3 月。
189. 《中國現代文學批評選集》，葉維廉主編，臺北，聯經，1979 年 7 月。
190. 《中國古典文學批評論集》，葉慶炳、吳宏一等，臺北，幼獅，1985 年 1 月。
191. 《明代文學批評資料彙編》，葉慶炳、邵紅編，臺北，成文，1979 年 9 月。
192. 《原詩》，葉燮，《清詩話》本，臺北，藝文，1977 年 5 月。
193. 《龍性堂詩話初集》，葉矯然，《清詩話續編》本，臺北，木鐸，1983 年 12 月。
194. 《龍性堂詩話續集》，葉矯然，《清詩話續編》本，臺北，木鐸，1983 年 12 月。
195. 《韻語陽秋》，葛立方，《歷代詩話》本，臺北，藝文，1983 年 6 月。
196. 《抱朴子》，葛洪，《新編諸子集成》本，臺北，世界，1978 年 7 月。
197. 《春秋繁露》，董仲舒，《增訂漢魏叢書》本，臺北，大化，1988 年 4 月。
198. 《西洋六大美學理念史》，達達基茲，劉文潭譯，臺北，聯經，1989 年 10 月。
199. 《文鏡秘府論》，遍照金剛，臺北，學海，1974 年 1 月。

200. 《現象學論文集》，鄔昆如，臺北，黎明，1981 年 5 月。
201. 《解構批評論集》，廖炳惠，臺北，東大，1985 年 9 月。
202. 《現代西方文學批評術語》，福勒主編，袁德成譯，成都，四川人民，1987 年 5 月。
203. 《當代西方哲學與方法論》，臺大哲學系主編，臺北，東大，1988 年 3 月。
204. 《結構主義與中國文學》，臺大哲學系主編，臺北，東大，1983 年 3 月。
205. 《美學與語言》，趙天儀，臺北，三民，1978 年 12 月。
206. 《文學與美學》，趙滋蕃，臺北，道聲，1979 年 8 月。
207. 《文藝哲學新論》，趙雅博，臺北，商務，1974 年 5 月。
208. 《娛書堂詩話》，趙與虤，《續歷代詩話》本，臺北，藝文，1983 年 6 月。
209. 《甌北詩話》，趙翼，《清詩話續編》本，臺北，木鐸，1983 年 12 月。
210. 《現代美學》，劉文潭，臺北，商務，1987 年 5 月。
211. 《江西詩派小序》，劉克莊，《續歷代詩話》本，臺北，藝文，1983 年 6 月。
212. 《論理古例》，劉奇，臺北，商務，1980 年 6 月。
213. 《中山詩話》，劉攽，《歷代詩話》本，臺北，藝文，1983 年 6 月。
214. 《中國文學理論》，劉若愚，杜國清譯，臺北，聯經，1981 年 9 月。
215. 《中國詩學》，劉若愚，杜國清譯，臺北，幼獅，1985 年 6 月。
216. 《新時代哲學的信念與方法》，劉述先，臺北，商務，1986 年 3 月。
217. 《世說新語》，劉義慶，《新編諸子集成》本，臺北，世界，1978 年 7 月。
218. 《詩概》，劉熙載，《清詩話續編》本，臺北，木鐸，1983 年 12 月。
219. 《文心雕龍》，劉勰，臺北，商務，1977 年 2 月。
220. 《六一詩話》，歐陽修，《歷代詩話》本，臺北，藝文，1983 年 6 月。
221. 《養一齋詩話》，潘德輿，《清詩話續編》本，臺北，木鐸，1983 年 12 月。
222. 《山房隨筆》，蔣正子，《歷代詩話》本，臺北，藝文，1983 年 6 月。
223. 《草堂詩話》，蔡夢弼，《續歷代詩話》本，臺北，藝文，1983 年 6 月。
224. 《西洋文學批評史》，衛姆塞特、布魯克斯，顏元叔譯，臺北，志文，1984 年 12 月。
225. 《文學理論與比較文學》，鄭樹森，臺北，時報，1982 年 11 月。
226. 《現象學與文學批評》，鄭樹森編，臺北，東大，1984 年 7 月。
227. 《清代詩話敘錄》，鄭靜若，臺北，學生，1975 年 5 月。

228. 《南齊書》，蕭子顯，臺北，商務，1981 年 1 月。
229. 《文選》，蕭統，臺北，華正，1979 年 5 月。
230. 《文學心理學》，錢谷融、魯樞元主編，臺北，新學識，1990 年 9 月。
231. 《管錐篇》，錢鍾書，未著出版社和出版年月。
232. 《結構主義與符號學》，霍克思，陳永寬譯，臺北，南方，1988 年 3 月。
233. 《語意學》，戴華山，臺北，華欣，1984 年 5 月。
234. 《一瓢詩話》，薛雪，《清詩話》本，臺北，藝文，1977 年 5 月。
235. 《語言學概論》，謝國平，臺北，三民，1986 年 9 月。
236. 《四溟詩話》，謝榛，《續歷代詩話》本，臺北，藝文，1983 年 6 月。
237. 《詩品》，鍾嶸，《歷代詩話》本，臺北，藝文，1983 年 6 月。
238. 《歸田詩話》，瞿佑，《續歷代詩話》本，臺北，藝文，1983 年 6 月。
239. 〈胡應麟詩藪的辨體論〉，簡錦松，《古典文學》第一集，臺北，學生，1979 年 12 月。
240. 《靜居緒言》，闕名，《清詩話續編》本，臺北，木鐸，1983 年 12 月。
241. 《何謂文學》，顏元叔，臺北，學生，1976 年 12 月。
242. 〈印象主義的復辟？〉，顏元叔，《中國時報》人間副刊，1976 年 3 月 1、2 日。
243. 《談民族文學》，顏元叔，臺北，學生，1984 年 2 月。
244. 《莊子藝術精神析論》，顏崑陽，臺北，華正，1985 年 7 月。
245. 《臨漢隱居詩話》，魏泰，《歷代詩話》本，臺北，漢京，1983 年 1 月。
246. 《詩人玉屑》，魏慶之，臺北，商務，1980 年 5 月。
247. 《詩義固說》，龐塏，《清詩話續編》本，臺北，木鐸，1983 年 12 月。
248. 《文化科學》，懷特，曹錦清等譯，臺北，遠流，1990 年 2 月。
249. 《隋唐文學批評史》，羅根澤，臺北，學海，1978 年 9 月。
250. 《晚唐五代文學批評史》，羅根澤，臺北，學海，1978 年 9 月。
251. 《兩宋文學批評史》，羅根澤，臺北，學海，1978 年 9 月。
252. 《復堂詞話》，譚獻，《詞話叢編》本，臺北，新文豐，1988 年 2 月。
253. 《滄浪詩話》，嚴羽，《歷代詩話》本，臺北，藝文，1983 年 6 月。
254. 《夷白齋詩話》，顧元慶，《歷代詩話》本，臺北，藝文，1983 年 6 月。
255. 《國雅品》，顧起綸，《續歷代詩話》本，臺北，藝文，1983 年 6 月。
256. 《寒廳詩話》，顧嗣立，《清詩話》本，臺北，藝文，1977 年 5 月。
257. 《文化、文學與美學》，龔鵬程，臺北，時報，1988 年 2 月。
258. 《文學批評的視野》，龔鵬程，臺北，大安，1990 年 1 月。

259. 《文學散步》，龔鵬程，臺北，漢光，1985 年 12 月。
260. 《江西詩社宗派研究》，龔鵬程，臺北，文史哲，1983 年 10 月。
261. 《詩史本色與妙悟》，龔鵬程，臺北，學生，1986 年 4 月。
262. 《傳統・現代・未來》，龔鵬程，臺北，金楓，1989 年 4 月。

《淮南鴻烈》文學思想研究

唐瑞霞　著

作者簡介

唐瑞霞，臺灣臺北人，民國五十八年生，國立成功大學中國文學碩士，佛光大學文學博士，現任教於明新科技大學通識教育中心。碩士論文為《淮南鴻烈文學思想研究》，博士論文為《疏離與認同——以《海神家族》為主要探討文本》。近年來關注於個人的主體位置應該如何被安置、人們應該如何在疏離的人際關係中尋求認同與定位等議題，企盼藉由健全關係網絡的建構，個人主體得以找到安身立命的憑藉。

提　　要

魏晉南北朝之前，中國的文學理論，鮮有系統性的描述，大抵皆零星地散落在各類典籍之中，其中諸多非文學性著作，卻往往隱藏著影響文學的要素，頗有值得探索者，一如《淮南鴻烈》，此書雖旨在闡述治國思想與人生哲學、非為專門文學而作，然其中所蘊藏的豐富文學思想，仍有其不容輕忽的價值。雖然在文學思想方面，《淮南鴻烈》缺乏理論性的集中論述，但後世不少文學觀點若溯其源，則多可在《淮南鴻烈》中找到。《淮南鴻烈》上承先秦，下啟魏晉，是一個相當重要的環節，雖缺乏整體的文學理論系統，但是卻為魏晉文學思想的發展，作了重要的準備工作。

本論文藉由運用劉若愚先生在《中國文學理論》一書中，透過檢討宇宙、作者、作品、讀者四個文學要素之間的關係而提出的「藝術過程四階段論」(即相應四要素與四階段而生的形上理論、表現理論、審美理論，實用理論等)，來框架出《淮南鴻烈》所蘊涵的文學思想。

第一章緒論。旨在說明研究動機、研究方法，以及學界研究《淮南鴻烈》的概況。

第二章決定理論。旨在從《淮南鴻烈》的成書背景來探討其決定理論的特質，並以《淮南鴻烈》作者所展現的強烈著書目的來作為實用理論的最佳表徵。

第三章形上理論。旨在介紹與其文學思想密切相關之形上思想的內容與特色，以作為探討文學思想的形上背景。

第四章表現理論。旨在探討文質論、形神論，以及創作論等命題。

第五章審美理論。旨在標舉出美的本源、美的特性，並探討鑑賞理論的本質，以及實際鑑賞時所可能遭逢的問題。

第六章結論。旨在總結《淮南鴻烈》之文學思想。

誌　謝

這本論文的完成，首先要特別感謝陳昌明老師費心的引領與教導，並感謝老師給予我最大額度的發揮空間，讓我得以在其間悠游自得。感謝廖國棟老師、周益忠老師在論文審查時所提供的寶貴意見。

總認爲作學問與生命之間的呼應是密切不可分割的。自大學研習中文以來，便一直被中國文學所蘊涵的生命之美深深吸引。從無限角度所開出的無限空間，可以任由我們作無限自由的馳騁，迄今，對我仍是具有無上的魅力。很感謝老天爺賜予這樣一個好的因緣，讓我得以有長達七年的時間，問學於成大中文的師長們：

感謝呂興昌老師在我大二修習中國文學史時所給予我的對文學之美的感動與震憾；感謝廖國棟老師自我修習歷代文選、六朝文以來的愛護與啓迪；更感謝馬森老師傳授戲劇理論暨文學批評理論，前者啓余興趣之所衷，後者更幫助我得以順利完成此一論文的撰寫；尤其要感謝的是廖美玉老師自從教授文心雕龍以來，一直不曾斷絕過的關懷與鼓勵，沒有您啓蒙我看待生命與作學問的態度，就沒有我今日的穩健與踏實，您的風範，一直是我學習的最佳典範。面對浩蕩師恩，實不知如何忝報萬一，唯效法諸位師長之治學精神與教學理念自期而已。企盼自己能在貢獻所學、略盡棉薄之回饋外，亦能在生命的學問上再接再厲，不斷求取更深一層的進步。

研究所三年的時光裡，感謝老天恩賜諸多益友，這的確是一個難得的奇蹟：感謝雪花、姍姍、美朱、雅卿、小鍾、羅兄等讀書沙龍的眾夥伴們彼此的砥礪與關懷，輾轉遷徙的逆境中，你們的情誼一直是我最大的支柱，許多的感謝難以見諸言表，但皆永銘五內。

感謝秋惠、穗鈺不時的打氣與鼓勵。感謝美朱特別撥冗幫我造字，並不時提供笑話、以慰寂悶。感謝雪花，妳的才情時時讓我折服，場場交流論戰更是令人難忘。感謝羅兄出借電腦，並徹夜排版列印、鼎力協助，暨共同研討生命態度的諸多情景，亦皆一一在目。

感謝劉貞貞、毓琦、書琴、如焄、美昭、伶娟等眾多好友的鼓勵，無論是物質上、或是精神上的支援，都再再給予我莫大的安慰。更感謝良佑印刷郭老闆的熱情贊助（聽說只要這樣寫就真的可以免費印刷）盛情可感，多謝啦！

最後，傾至誠以謝的，是我最敬愛的父母。感謝家母全心的栽培與教養，您的慈愛與包容是我成長的最佳動力，謹以此論文聊慰您辛勤地養育之恩。感謝先父以身教教導我堂堂正正做人的道理，雖然福緣淺薄，但您的教誨，片刻不敢或忘，孔門聖學的修業暫時告一段落，謹以此論文告慰您在天之靈。

謝天。感謝老天教我學會感恩與尊重。

目次

第一章　緒　論

壹、研究動機

中國傳統文論，鮮少系統性的論述，大多是簡略的散落在各類典籍之中，從曹丕的《典論．論文》起，魏晉南北朝一系列文學理論的專著，都代表著文學自覺的萌芽與成熟，迄劉勰《文心雕龍》可謂達至顛峰。然於曹魏之前，一些非文學性的早期作品，如先秦兩漢的經典，往往隱藏著許多影響文學的要素，頗有值得探索者，其中如《淮南鴻烈》，對魏晉以降的文學思想頗多影響，甚有深入討論之必要。

近幾年來，對於魏晉南北朝的文學思想研究頗爲盛行，尤其《文心雕龍》一書更被視爲中國文學理論的登峰造極之作。筆者曾於大學時期受業於廖師美玉所講授的《文心雕龍》專書研究，亦修習了馬老師森所開設的文學理論，故對中國的文學理論已有了若干的理論根基，而在研究所時期修習廖師國棟所授之文學理論專題研究的課程中，興之所由地選擇〈《淮南鴻烈》的文學思想〉爲題，作爲此一課程的期中報告。雖是無心的選擇，然迨深入探析之後，卻深喜《淮南鴻烈》一書所提及的文學觀念，實有諸多尚待深入開採的空間，例如：原先以爲一直要到《文心雕龍》才會出現的文學觀念，竟然已可在《淮南鴻烈》中窺得若干雛型。是故，筆者試著藉由形上概念、實用觀、審美觀、鑑賞論、文質論等方向，企圖框架出《淮南鴻烈》中的若干文學概念。雖因能力與時間所限而未能進一步探析，然卻已可感覺到《淮南鴻烈》所包涵的文學觀，尚有許多豐富的命題，值得進一步研究。於是，便預設以

〈《淮南鴻烈》的文學思想〉作爲碩士論文的題目，而開始著手於相關資料的蒐集工作。

由於西漢時期對「文學」與「美學」的觀念，尚有若干重疊而不易釐清的地方，筆者有鑑於《淮南鴻烈》的「文學思想」研究，反倒是在美學史範疇中的討論，要比在文學理論史範疇的討論來得更加深入，故請益於對美學有專門研究的學者陳師昌明，探尋研究《淮南鴻烈》一書之文學觀念的可行性，承蒙恩師多所啓迪，並慨允指導筆者從事此一論題的研究，遂使筆者得以順利地完成此一論文的研究工作。

貳、研究方法

由於西漢時期並無具體的文學理論，所以本論文希望藉由運用後世所發展出來的成熟的文學理論觀點，去追溯在《淮南鴻烈》中所蘊涵的文學理論的「種子」。然而，關於中國文學理論的整體研究，一直未見能用較爲週延的研究方法作出的研究成果。近人郭紹虞、羅根澤等人曾蒐集了許多文學理論的有關資料，也作了相當有秩序的整理，但我們仍然需要透過更有系統、更完整的分析，方能將隱含在中國文學論著中的文學理論抽提出來。劉若愚先生在這一方面作了相當大的努力，其《中國文學理論》〔註1〕一書，便相當有系統地分析了中國的文學理論。

劉若愚先生所著的《中國文學理論》，著重在介紹中國的各種文學理論，除追溯其源外，亦概述了各個理論發展的重點所在，其性質主要在於對文學理論提出分析與解釋。劉先生設計了一個分析圖表來作爲概念的框架，以作爲方便分析文學理論之用：

此一分析圖表是根據亞伯拉姆斯（M. H. Abrams）在《鏡與燈》（The Mirror and the Lamp）一書中所設計的四個要素爲主，可是卻以不同的安排方式來呈現。在亞伯拉姆斯的圖表中，與一件藝術作品的整個情況有關的四個要素——亦即：作品、藝術家、宇宙（可包括「人和動作、觀念和感情、素材和事件，以及超感觀知覺的素質（super-sensible essences）」），和觀眾——安排成一個三角形：

〔註1〕劉若愚著・杜國清譯：《中國文學理論》（臺北：聯經出版社，民國70年）

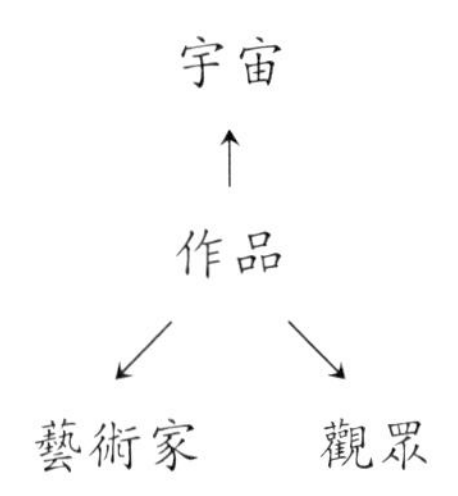

應用此表，他發現所有西方的藝術理論都展示出可以辨別出來的一個定向，亦即趨向這四個要素之一，因此可以歸爲四類理論：模仿理論、實用理論、表現理論，與客觀理論。劉先生認爲：有些中國理論與西方理論相當類似，而且可以同一方式加以分類，可是其他的理論並不容易納入亞伯拉姆斯的四類中任何一類。因此，劉先生將這四個要素重新排列如下：

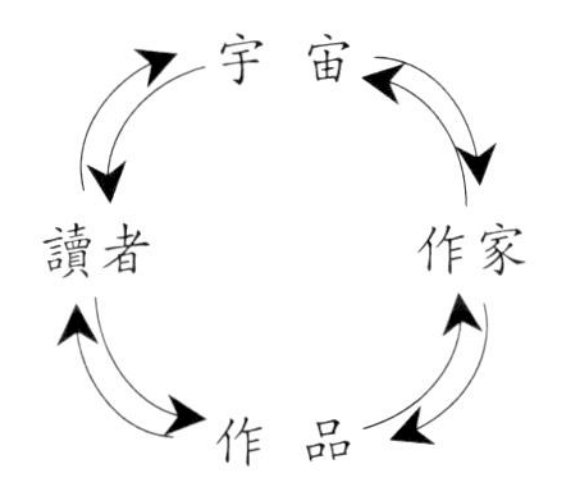

由於劉先生主要在討論文學理論，所以，他用「作家」來代替「藝術家」，用「讀者」以代替「觀眾」，事實上，此一圖表可適用於文學乃至於其它的藝術形式。此一安排，表示出了四個要素之間的關係，並且能夠表示出構成整個藝術過程的四個階段。劉先生所謂的「藝術過程」，不僅僅指作家的創造過程與讀者的審美經驗，而且也指創造之前的情形與審美經驗之後的情形。在第一階段，宇宙影響作家，作家反應宇宙。由於這種反應，作家創造作品：這是第二階段。當作品觸及讀者，它隨即影響讀者：這是第三階段。在最後一個階段，讀者對宇宙的反應，因他閱讀作品的經驗而改變。如此，整個過程形成一個圓圈。同時，由於讀者對作品的反應，受到宇宙影響他的方式所左右，而且由於反映作品，讀者與作家的心靈接觸，而再度捕捉作家對宇宙的反應，因此這個過程也能以相反的方向進行。所以，圖中箭頭指向兩個方向。在「宇宙」與「作品」之間沒有畫出箭頭，因爲沒有作家，作品便無由產生；而且，如果作家不能對宇宙先有感受，作品就不可能展示宇宙的眞實。同樣地，「作家」與「讀者」之間沒有畫出箭頭，因爲這兩者之間只有透過作品才能彼此溝通。

劉先生針對宇宙、作者、作品、讀者這四要素，提出藝術過程的四階段論，並以此作爲中國文學理論的分類依據，本論文即是擷取此一分類方式來作爲探討《淮南鴻烈》文學思想的研究方法，希望藉由劉先生的理論模式來框架此論文，但不類劉氏做分類式的理論歷史的探討。由於西漢初期並沒有完整的文學理論，筆者希望透過這樣的研究過程，企能更加有系統地呈顯出《淮南鴻烈》的文學思想。

依照劉先生所擬之藝術過程四階段論，可歸納發現中國的文學理論有如下六項分類：形上理論、決定理論、表現理論、技巧理論、審美理論，以及實用理論，但因《淮南鴻烈》的文學思想中並未涉及技巧論的探討，故筆者僅從其它五項理論中探研《淮南鴻烈》的文學思想，並以此藝術過程的四階段論來舖陳本論文的主要綱架：「形上理論」，主要著重在宇宙影響作家的第一階段上來探討；「表現理論」則是探討作家創造作品的第二階段；而「審美理論」，則主要著眼於讀者對作品反應的第三階段；至於「實用理論」，則因著重文學的實用效果，故屬於藝術過程的第四階段。但由於「實用理論」與「決定理論」有若干相似處，只是其箇別著眼的階段不同，再者，也因爲《淮南鴻烈》的成書之由，恰可作爲文學決定論的最佳註腳，故將之置於形上、表現、審美等論之前先行探討。

參、研究概況

《淮南鴻烈》二十一篇，原名「鴻烈」，見於《淮南鴻烈・要略》（以下僅注篇名）云：「此《鴻烈》之〈泰族〉也」。高誘注云：「凡二十篇，總謂之《鴻烈》」。高誘敘亦云：「號曰鴻烈；鴻，大也；烈，明也，以爲大明道之言也……光祿大夫劉向校定撰具，名之《淮南》」。據晁公武郡齋讀書誌：〔註2〕「許慎注本、首題閒詁，次題鴻烈解、末紀許慎紀上」云云，許慎爲漢時人，則知此書當時已通稱鴻烈解也。大約淮南王劉安，當日上書之時，單名曰「內」、或「內書」；劉向校錄時冠以淮南。後漢時復因〈要略〉之「鴻烈」二字，而名「淮南鴻烈解」也。故後世但曰「淮南」、或「淮南子」。此書由西漢時淮南王劉安（西元前180～西元前123年）招致賓客集體編寫而成。於漢武帝建元元年獻上朝廷。

考志書等記載，知劉安爲高帝孫、淮南王厲之長子。厲王因罪遷蜀，不

〔註2〕參考張嚴：《淮南子細義》（臺南：成功大學文學院，民國66年7月）頁248。

食，死道中。文王憫而封其四子，並立安為淮南王。武帝元狩元年，安因謀反事自殺。《通志》（卷七十八）曾載：「淮南王安，為人好讀書鼓琴，不喜弋獵狗馬馳騁。亦欲以行陰德、拊循百姓，流名譽。招致賓客方術之士數千人，作為內書二十一篇。……初安入朝，獻所作內篇新書，上愛秘之……」。所謂「欲以陰德拊循百姓，流名譽」者，蓋安以文辨天下之士，會粹諸子、搜異聞以成所著也。《淮南鴻烈》解高誘序亦指出：「安辯達、善屬文，左吳、田由、雷被、伍被、毛被、晉昌等八人，及諸儒大山小山之徒，其講論道德，總統仁義，而著此書。其旨近老子，淡泊無為，蹈虛守靜，出入經道。言其大者，則燾天載地，說其細也，則淪於無垠，及古今治亂存亡禍福，世間譎異懷奇之事。其義也著，其文也富，物事之類，無所不載」。

劉安撰作此書的動機，主要是希望能夠總結先秦至秦漢以來治亂興衰的歷史教訓，探求出自然和社會發展的規律性，構造自然觀、歷史觀和社會政治理論的體系，為封建統一大帝國的長遠統治，提供一個較為完備的學說，如〈要略〉云：

故著書二十篇，則天地之理究矣，人間之事接矣，帝王之道備矣。

又：

若劉氏之書，觀天地之象，通古今之事，權事而立制，度形而施宜，……以統天下，理萬物，應變化，通殊類。

要求此書究天地之理、通古今之事，都是為了備帝王之道，亦即向最高統治者貢獻治國之道，這是該書的根本出發點，也是最後的目標。梁啓超在《中國近三百年學術史》〔註 3〕評《淮南鴻烈》曰：「匠心經營，極有倫脊，非漫然獺祭而已」，「其書博大而有條貫，漢人著述中第一流也」，並認為「《淮南鴻烈》為兩漢道家之淵府」。胡適〈淮南王書〉〔註 4〕指出：「道家集古代思想的大成，而淮南書又集道家的大成」。的確，《淮南鴻烈》一書，是漢代學者對於漢以前之古代文化的一次最大規模的匯集與綜合，是在漢代的特殊時空條件下、對先秦百家之學匯整的縮影，反映了獨尊儒術之前的漢代學術面貌。雖然仍可見其諸子學說初初融合時的博雜之痕——通觀全書，偶有矛盾之論

〔註 3〕參考牟鍾鑑：《《呂氏春秋》與《淮南子》思想研究》（山東：齊魯書社，1987年9月）頁278。

〔註 4〕胡適：〈淮南王書〉，《中國中古思想史長篇》（臺北：胡適紀念館，民國60年2月）。

並陳的情況，但這也是受限其時空環境所不能避免的。此時將各家思想融而爲一的舉動，正可作爲魏晉時期會通各家思想的先聲。《淮南鴻烈》一書，實爲西漢前期文化整合的理論結晶。

《淮南鴻烈》的註本頗多，僅僅漢代即有四家：季門、延篤、許愼、高誘。前二家已亡佚，現存許、高二注，爲《淮南鴻烈》最古之訓解。歷代類書及書目著錄等皆列於雜家。宋明以來，《淮南鴻烈》刻本繁多，清代以莊逵吉本最爲流行，乾嘉以後王念孫、王引之、俞樾、陶方琦、孫詒讓等人重加校勘。迄至民國，劉文典作《淮南鴻烈集解》，集各注家要義，引王念孫校語最多，並遍取《君書治要》、《太平御覽》及《文選》注，以相校正，雖仍有疏漏，亦實因《淮南鴻烈》一書，年代湮遠、傳寫易誤，版本文字，悖出悖入，獨多謬誤故也，故文典此集解實已不失爲目前最好的注本。筆者即以劉文典之《淮南鴻烈集解》爲此論文研究的底本。

又，考《淮南鴻烈》全書除〈要略〉外，二十篇之篇目皆有「訓」字，如〈原道訓〉、〈俶眞訓〉、〈天文訓〉等等。清姚範疑「訓」字非淮南原書篇名所固有，乃高誘自名其注解而加上去的。此說實不足取，按牟鍾鑑先生與徐復觀先生〔註 5〕的意見是：注家向來沒有在原書篇名上擅自增字而又不予說明的。同是高誘，其注《呂氏春秋》時即無此舉，且其注《呂氏春秋》乃在注《淮南》之後。高誘在注〈呂氏春秋序〉中亦有「故復依先師舊訓」之語，何以《呂氏春秋》各篇，皆未見「訓」字？是故，「訓」乃訓解之義，指各篇皆有訓解某種理論的作用，而不能將之理解爲注家對各篇的訓解，「訓」應爲原書所固有，意者書成進於天子，希望眞能成爲「劉氏之書」，故加一「訓」字，實與訓誥之「誥」同義。最後一篇〈要略〉乃全書之篇目提要，故無「訓」字。

由於《淮南鴻烈》的篇名「訓」字的存廢問題，歷來多所爭論、看法不一，或謂「訓」字爲高誘、許愼爲之作注所加，亦有批駁此論者，筆者不打算對「訓」字的存廢與否予以深究，僅採牟鍾鑑先生與徐復觀先生的意見，而將「訓」字予以保留。

再者，有必要先行義界本論文所採用的「文學思想」一詞。這裡指的「文學」，是廣義的文學觀念。一如前述，中國文學理論要到魏晉南北朝方漸成熟，

〔註 5〕牟鍾鑑：《《呂氏春秋》與《淮南子》思想研究》（山東：齊魯書社，1987 年 9 月）頁 162。徐復觀：《兩漢思想史》卷二（臺北：學生書局，民國 65 年 6 月）頁 286～287。

也開始出現專論文學的作品，而遠在魏晉前數百年前的《淮南鴻烈》，箇中雖然缺乏直接論述文學的資料，但相應於當時的時空背景下，倘若我們要探討西漢初年的文學理論，那麼，我們就必須將「文學」的義界予以放寬，所以在本論文中對「文學」的定義，是依循廣義的性質。《淮南鴻烈》對音樂、對藝術等的看法，都爲後世藉此而生的文學理論帶來相當大的啓發，但因其理路零散、不夠完備，故筆者僅以「文學思想」爲名，而不稱述爲文學理論。

當今研究《淮南鴻烈》思想者，多主要在哲學思想上做探研，而對其文學思想，則較缺乏整體性的研究。僅見若干單篇論文、或夾附在一些美學史的著作中討論其文學思想者，然多因篇幅所限而未能對《淮南鴻烈》的整體文學思想作出綜合性的探討。審其研究《淮南鴻烈》之哲學思想者，未見其引論文學理路；而談及文學思想者，又苦於對《淮南鴻烈》的哲學思想未能有通盤的理解，以致舛誤甚多。有鑑於此，本文希望能將目前對《淮南鴻烈》哲學思想的研究和對其文學思想的研究作更進一步的整合串聯，亦即，希望透過對《淮南鴻烈》哲學思想的研究，爲其文學思想找出根源所在，並更深入地探討《淮南鴻烈》的文學思想，以祈能更完備地呈顯出《淮南鴻烈》文學思想的特色與價值。

第二章　決定理論

決定理論的概念，主要集中在藝術過程的第一個階段，誠如劉若愚在《中國文學理論》一書中所言，決定理論與形上理論不同的地方在於：它將宇宙視同人類社會，而不是遍在的道；而與模倣理論不同的地方是：它認定作家對宇宙的關係，是不自覺的顯示、而不是有意識的模倣。而實用理論，則主要著重在藝術過程的第四個階段，認為文學是達到政治、社會、道德，或教育目的的手段。由於決定理論與實用理論在乍看之時，易被混而一談，是故，應在探討之前，先行釐清這兩個理論的差異性。再者，也因為這兩個理論的表象中有若干的類似點，而在《淮南鴻烈》一書中談及實用理論的部份，亦可視為是決定理論的運用，所以筆者將之同置一章討論。第一節探討《淮南鴻烈》的成書背景，由於決定理論是文學對人類社會不自覺的顯示，所以筆者打算從《淮南鴻烈》的成書背景著手探討決定理論在此書中的表現。第二節則論及決定理論的運用情形，將把焦點放文學實用觀上作探討。

第一節　從決定理論的架構看決定理論

由於決定理論是指文學對人類社會不自覺的顯示，所以筆者打算從《淮南鴻烈》的成書之由，來探討決定理論在此書中的表現。

當人們會去思考到形上問題、思考到生命的何去何從時，多半會是因為週遭現實所發生的若干變故，而在心理上意識到了某種不尋常的疑問、且這些問題的答案甚至可能無法在形而下的層面獲得解答時，往往就容易朝問題的深層結構去分析，或向形而上的層面去思考、或轉向神話化等來合理化許多事件的不可知性。

先秦諸子多是因應當時特殊的政治背景而產生。春秋戰國時代，井田經濟與宗法制度都已逐漸衰敗，於是以此爲基礎的姬周封建制度乃隨之土崩瓦解，以致天下擾攘不安，爲針砭此一時弊，諸子之說便蠭出並作。一如《漢書・藝文志》所指陳：「皆起於王道既微，諸候力政，時君世主，好惡殊方，是以九家之術蠭出並作，各引一端，崇其所善，以此馳說。」《淮南鴻烈》對各家興起之因也作了若干探討，如：

> 孔子脩成、康之道，述周公之訓，以教七十子，使服其衣冠，脩其篇籍，故儒者之學生焉。(〈要略〉)
>
> 墨子學儒者之業，受孔子之術，以爲其禮煩擾而不說，厚葬靡財而貧民，服傷生而害事，故背周道而用夏政。禹之時，天下大水，禹身執虆垂，以爲民先，剔河而道九岐，鑿江而通九路，辟五湖而定東海。當此之時，燒不暇撌，濡不暇扢，死陵者葬陵，死澤者葬澤，故節財、薄葬、閑服生焉。(〈要略〉)
>
> 齊桓公之時，天子卑弱，諸候力征，南夷北狄，交伐中國，中國之不絕如綫。齊國之地，東負海而北障河，地狹田少，而民多智巧。桓公憂中國之患，苦夷狄之亂，欲以存亡繼絕，崇天子之位，廣文武之業，故管子之書生焉。(〈要略〉)
>
> 齊景公內好聲色，外好狗馬，獵射亡歸，好色無辯，作爲路寢之臺，族鑄大鐘，撞之庭下，郊雉皆呴，一朝用三千鐘贛，梁丘據、子家噲導之於左右，故晏子之諫生焉。(〈要略〉)
>
> 晚世之時，六國諸候，谿異谷別，水絕山隔，各自治其境內，守其分地，握其權柄，擅其政令，下無方伯，上無天子，力征爭權，勝者爲右，恃連與國，約重致，剖信符，結遠援，以守其國家，持其社稷，故縱橫脩短生焉。(〈要略〉)
>
> 申子者，韓昭釐之佐；韓、晉別國也，地墽民險，而介於大國之間，晉國之故禮未滅，韓國之新法重出，先君之令未收，後君之令又下，新故相反，前後相繆，百官背亂，不知所用，故刑名之書生焉。(〈要略〉)
>
> 秦國之俗，貪狼強力，寡義而趨利，可威以刑，而不可化以善，可

勸以賞，而不可厲以名，被險而帶河，四塞以爲故，地利形便，畜積殷富，孝公欲以虎狼之勢而呑諸侯，故商鞅之法生焉。（〈要略〉）

以上所述的諸子要略，是就時代取捨與地理形勢來說明各家的起源。在敘述中含著議論的是，各家都是因時勢變遷、乘機而起，由孔而墨、由墨而縱橫名法；時移勢遷，人心亦向背不同；地異勢別，好惡亦南北殊途，因此，各家的思想價値亦是相對的，不足以稱爲大道。由此而可知各家之興，均有其相應之勢也。

迄至秦漢，隨著政治統一的完成，思想統一的潮流亦與之洶湧澎湃，在此期間，各種學術思潮相爲迭起，在戰國時期各自就想獨尊的諸家學說各是其是、互爭高下，務以爲治。隨著秦朝的統一、《呂氏春秋》的出現，我們已能看出學術有漸趨一統的情勢。再加上漢朝初年當政者對思想放鬆控制的情況下，諸子又較秦時更加活躍，其論俱圍繞著如何鞏固漢王朝，而爭相進言、彼此攻訐、互相抗衡，可說是戰國百家爭鳴的流風餘韻。無論在朝在野、何家何派，其主張或有不同、命運或有區別，但都有一個共同的趨向，亦即：希望藉由思想上的統一來鞏固政治上的統一。

如果文學決定論的觀點，認爲文學是當代政治和社會現況不自覺與不可避免的反映或顯示，那麼，以《淮南鴻烈》的道家形上概念卻兼有儒家的入世精神，實乃相應于當代政治、學術大一統的必然驅勢。由周末到漢初，正値政治社會形態由分而兩度統合的時期，尤其第二度劉漢的統合，下開中國歷史上首次長治久安的四百年大帝國。政治上既得空前的統合，學術也因隨政治統合的情勢，而有容括前代成果作系統性統合的壯舉。然而，《淮南鴻烈》認爲諸子學說，雖然皆能「持之有故、言之成理」，〔註 1〕不可否認的是各家學說亦都有其侷限性；以治道而言，一如〈俶眞訓〉所指出：

百家異說，各有所出，若夫墨、楊、申、商之於治道，猶蓋之無一橑，而輪之無一輻，有之可以備數，無之未有害於用也。己自以爲獨擅之，不通之于天地之情也。（〈俶眞訓〉）

各家之說，自以其本身之學術爲獨擅，認係可以因應治世之用，然就《淮南鴻烈》觀之，猶未通於天地之情。何謂未通於天地之情？亦即其學說之偏於一隅，未能達乎以「道」治世的至治之境。一如司馬談在〈論六家要旨〉中也曾說到：

夫陰陽、儒、墨、名、法、道德，此務爲治者也，直所從言異路，

〔註 1〕語見《荀子・非十二子》。

有省、不省耳，嘗竊觀陰陽之術大祥，而眾忌諱，使人拘而多所畏；然其序四時之大順，不可失也。儒者博而寡要，勞而少功，是以其事難盡從；然其序君臣、父子之禮，列夫婦、長幼之別，不可易也。墨家儉而難遵，是以其事不可偏循；然其強本節用，不可廢也。法家嚴而少恩，然其下君臣，上下之分，不可改也。名家使人儉而善失眞；然其正名實不可不察也。

各家學說，既然有其優劣、利弊，則勢必走上雜揉匯歸之途，以因應時代的由分而合，是故，學術思想上的由分而合，已屬必然的流行趨勢。於是，《淮南鴻烈》乃針對各家的一些先天缺失，加以整合消化，想確立一套能打破這些時空限制、並足以永世通行的大法則。因此，在〈兵略訓〉、〈主術訓〉、〈詮言訓〉中〔註2〕可看到《淮南鴻烈》雜採眾說的痕跡，眾採諸說，使疵美互濟、得失互補，故〈說林訓〉曾云：

一弦之瑟不可聽。

事固有相待而成者，……同固不可相治，必待異而後成。

天下無粹白狐而有粹白之裘，掇之眾白也。

再者，〈主術訓〉也提及：

乘眾勢以爲車，御眾智以爲馬，雖幽野險塗，則無由惑。

夫乘眾人之智，則無不任也；用眾人之力，則無不勝也。千鈞之重，烏獲不能舉也，眾人相一，則百人有餘力矣。是故，任一人之力者，烏獲則不足恃，乘眾人之制者，則天下不足有也。

天下儘管無全美之事物，然藉由用眾調和之工夫，仍足以成就全美之事功，

〔註2〕如取儒家之說、以倫理論兵者：「上視下如子，則下視上如父；上視下如弟，則下視上如兄。上視下如子，則必王四海；下視上如父，則必正天下。上親下如弟，則不難爲之死；下視上如兄，則不難爲之亡」(〈兵略訓〉)。有從法家、刑名之學以治者：「明主之治，國有誅者而主無怒焉，朝有賞者而君無與焉。誅者不怨君，罪之所當也；賞者不德上，功之所致也。民知誅賞之來，皆在於身也，故務功脩業，不受贛於君」(〈主術訓〉)。又如，兼采儒、法之說者：「教之以道，導之以德而不聽，則臨之以威武。臨之威武而不從，則制之以兵革」(〈兵略訓〉)、「法生於義，義生於眾適，眾適合於人心，此治之要也。故通於本者不亂於末，睹於要者不惑於詳」(〈主術訓〉)。甚或取儒、墨、道三家之善者：「爲治之本，務在於安民。安民之本，在於足用。足用之本，在於勿奪時。勿奪時之本，在於省事。省事之本，在於節欲。節欲之本，在於反性。反性之本，在於去載。去載則虛，虛則平。平者，道之素也；虛者，道之舍也」(〈詮言訓〉)。

陳麗桂于《淮南鴻烈思想研究》博士論文中，對《淮南鴻烈》的用眾與調和闡述地相當清晰，認爲用眾與調和，不僅是鴻烈全書實際的撰作手法，亦爲全書再三強調之思想理論與始終一貫的精神要求。陳氏更在論文中，分八論來談及《淮南鴻烈》用眾的情形。〔註3〕《淮南鴻烈》集取眾說之善，欲立「一家之言」，此一心態一如〈泰族訓〉云：

> 夫天地不包一物，陰陽不生一類，海不讓水潦以成其大，山不讓土石以成其高，夫守一隅而遺萬方，取一物而棄其餘則所得者鮮而所治者淺矣。

海不讓水潦而成其大，山不讓土石而成其高，不宜守一隅而遺萬方，應該摒棄僅守一家之言的成見，廣納眾善匯聚成一套可置之久遠的道理學說。誠如〈精神訓〉云：「萬物總而爲一」，萬物爲一體的整體觀念，打破了各派揚此抑彼的侷限而兼容並蓄，這種開闊的視野與寬容的態度，是《淮南鴻烈》思想整合的基礎，是故，要想成就一套「置之尋常而不塞，布之天下而不窕」的道理，就應集取諸子之說的精華，擇優去劣，而《淮南鴻烈》既是黃老思想之集大成者，是故，其主要的思想脈絡亦與當代的思想潮流相交疊，亦以夾雜有刑名之術的道家爲主，兼取儒、墨、法、名、陰陽諸子的學說於一鑪，乃至跨越各家，上天下地、遍古今地去索尋道理：

> 若劉氏之書，觀天地之象，通古今之事，權事而立制，度形而施宜。（〈要略〉）

從「觀天地之象，通古今之事」中「權事而立制，度形而施宜」，力求「統天下、理萬物、應變化、通殊類」（〈要略〉），不滿足於僅循一跡之路、僅守一隅之指。《淮南鴻烈》稱其爲「劉氏之書」，明顯地有欲立一家之言的意味。

〔註3〕陳氏云：「本體論集陰陽家之宇宙觀、道家之本體論，與其自然無爲、虛靜柔弱之理而成說。其無爲論，則合道家之自然無爲論、愼子之因循思想，法家與呂覽去私貴公之精神而爲一。其論修養，既本道家虛靜之道、陰陽家『精』『氣』觀念，與儒家反己正身、修己治人之理論。其論感應復結合陰陽家之宇宙觀與氣化論、儒家『誠』之觀念、至誠動化之理論，與夫道家虛靜保眞之修養要旨。其論政治，固合道家清簡無爲之理，法家君法思想，勢術觀念，刑名家分官任職，循名責實之方，與夫儒家仁義思想，愼子因循學說而成論。其論道德亦合道家之道德觀與儒家之仁義禮樂論。其論事物之價值固本道家之名相論相對論、與愼子因循觀念、刑名法家因勢求變之精神。其論用兵尤結合三代以下（商君除外）統軍用兵之精神，與夫兵家孫子、六韜之兵法理論。飄略自稱其書之撰作，欲『精搖靡覽』『上考諸天，下求之地，中通諸理』無所不收羅，於此可證矣。」

欲以此一家之言替代諸家學派的喧嘩擾攘。從人在天地間的位置出發，貫通天地人，強調人的地位和作用，試圖建立一套有效的社會制度，以規範社會，統一人心。《淮南鴻烈》打破了學派上的界限，兼收並蓄，所著重的不是學派師承，而是實用效果，然也正是這種兼容並包的精神，使得《淮南鴻烈》的思想更具開放性，更富實用性。《淮南鴻烈》亦以「紀綱道德，經緯人事，上考之天，下揆之地，中通諸理」（〈要略〉）自期，又恐「人惽惽之然弗能知，故多爲之辭」以「剖判純樸，靡散大宗」（〈要略〉），認爲：

> 今專言道則無不在焉，然而能得本知末者，其唯聖人也。今學者無聖人之才，而不爲詳說，則終身顛頓乎混溟之中而不覺悟乎昭明之術矣。今易之乾坤，足以窮道通意也，八卦可以識吉凶、知禍福矣，然而伏羲爲之六十四變，周室增以六爻，所以原測淑清之道，而畛逐萬物之祖也。

認爲無聖人之才的學者，未能偌聖人得本知本，因此，倘不爲之詳解，勢必終身顚頓混明而未能覺昭明之術。此種說法，則有別於莊子的言語糟粕論，而強調太過抽象的概念，的確是有必要後人加以詮解、方容易爲世人所接受的。一如易之乾坤，便足以窮道通意，然八卦卻有助於人們辨吉凶、知禍福，再經伏羲爲之六十四變、周室增以六爻之後，更有助於原測淑清之道而畛逐萬物。蓋「道」之用，或僅一點核心；然道體廣大而完備，去其副枝，則無由辨識道貌。故申論時，爲之多置言詞、勢所難免，其用心之良苦，亦是此書包覽宏富的原因之一。

劉安，面對著長期以來的紛亂（政治上、思想上、人生上的種種紛亂）促使他想發展出一套眞的可以與道俱合、與道俱變的思想，爲人生、政治等問題提供解答、避免錯誤。所以，在此書中，辨明哪一部份是儒家，哪一部份是法家，哪一部份是陰陽家並不是劉安著書的重點所在，重要的是整部書所呈現出的看待宇宙人生的態度是什麼？它認爲什麼樣的生存模式才是最妥當的？劉安，會想編寫此書、會寫成此書，則當然是他對某些問題的思索的確有了若干清楚的掌握之後才有可能成就此書、並將之上諸朝廷的。他既然認爲道是一切的變化規律所在，那麼多少他也是認爲自己是有掌握到「道」的（姑且不考慮現實問題，至少他可以這麼認爲），如在〈人間訓〉所云：

> 凡人之舉事，莫不先以其知規慮揣度，而後敢以定謀。

因爲他認爲只有道才可以萬世不朽，但是他卻也自期此書能夠布之天下而不窕。所以從決定論的觀點而言，《淮南鴻烈》整部書的成書就已然不由自主地反映出了當代的社會思潮。在此，我們有必要暫時離題，先行對黃老思想的概況做一番義界與思考，如此方能有助於我們理解決定理論在《淮南鴻烈》中被應用情形。

西漢初年因民生疲弊而行黃老無為之術，然而，究竟何謂「黃老」？其本質如何？其學說之淵源又是如何？有關這些問題，學術界眾說紛紜，大體上的基本觀點相同，皆認為是一種匯雜儒、道、墨、法、陰陽等諸家學說而成的學術體系，然對於各家雜融的成色如何？是否皆能認可而一概以「黃老」稱之？〔註4〕對此諸問題，學術界則有若干不同的意見。

在我們開始探討黃老學說之前，有一個前提是必須先予說明的，亦即——中國文字一向有極高的模糊性，不同時空所使用的同一個字（包括在同一時空、而情境有所不同時亦然），多半會有其不同的特殊性，譬如：最常見的「道」字，在儒、道、法、陰陽等諸家，便有各自不同的定義，更遑論不同時期的儒、道、法、陰陽，隨著發展的不同趨向，更有其轉折難辨之處。再如我們所指陳的「道家」一辭，一般都會將其範疇定括為以「老莊思想」為主旨，然而，最早提出「道家」一辭的，卻起始於司馬談的〈論六家要旨〉，〔註5〕他對「道家」所下的定義是：

> 道家使人精神專一，動合無形，贍足萬物；其為術也，因陰陽之大順，采儒墨之善、撮名法之要，與時遷移，應物變化，立俗施事，無所不宜。指約而易操，事少而功多。

可見其所謂的「道家」，並不是單指我們現在所認為的老莊思想而言，倘若將其論述再比併《漢書・藝文志》對「雜家」所下的定義：

> 雜家者流，蓋出於議官。兼儒墨、合名法，知國體之有此，見王治之無不貫，此其所長也。

或許更可以看出司馬談所謂的「道家」，或可相當於班固的「雜家」。由此可見，即便最早使用「道家」一詞的司馬談，對道家的概念，已然雜揉，倘如此，則又何來「新道家」〔註6〕之稱？

〔註4〕有些學者則認為應該名之以「新道家」較適合，如：熊鐵基〈從《呂氏春秋》到《淮南子》——論秦漢之際的新道家〉，《文史哲》1981年2月。

〔註5〕見於《漢書・藝文志》。

〔註6〕同註4。

倘若依照司馬談對「道家」的詮解，那麼要說漢初的黃老之治，主要即是以「道家」思想爲主，應也不致於有太大的落差才是。正名份是重要的，但拘此而執著就不應該了。各個時代有各個時代對同一名詞的不同理解，重要的是要正確的掌握其發展的主要脈絡，而不應被外在的符號標籤所侷限。

要探討「黃老學說」，便應首先處理「黃老」二字。將「黃、老」並稱的，首見於《史記》。〔註7〕黃老，一般認爲是黃帝、老子的合稱。老子的思想，由於五千言道德經的流傳而可獲悉，然而，關於黃帝傳說這部份，研究者雖也不少，卻多零散而不完整，除了一般學者都能認可的「傳說的附古成份很重」之外，至於其它部份，尤其是傳說來源的探討，頗多語焉不詳。迄至陳麗桂在民國七十八年六月發表了〈戰國秦漢時期黃帝傳說與黃帝學說的流傳、性質與支系〉，〔註8〕才對黃帝的事蹟、世系、制作，以及黃帝學說的內容等作了相當完整的整理。此文對黃帝傳說的流傳、性質、及其支系剖析得很詳細，不過，我們應該注意的是，陳氏此文乃是以「黃帝」爲中心來作考察的，是故而有黃帝學說中的陰陽派系、黃帝學說中的道家派系、黃帝學說中的神話派系等之別，然而關於「夾雜有黃帝傳說的諸子之說」是否就可以成其爲一「黃帝學說」，筆者則抱持保留的態度。因爲，倘若我們已然認可黃帝傳說，乃是源於各家附會托古而愈演愈烈，那麼，充其量我們只能說各家托古附會黃帝之後的學說發展是愈趨複雜而多樣，以致有異於附會之前的各家學說，然而卻不宜本末倒置、反而以凡是夾雜有黃帝之說者，皆認係是黃帝「學說」。要知，能稱之爲一「學說」，應有其相當的理論依據，但是，很顯然的黃帝傳說附著在諸子學說的成份較重，而非諸子學說以黃帝傳說爲其理論核心，不過，爲了行文的論述方便，也爲了便於區別「黃帝傳說」易與「神話」一系相混淆，筆者還是暫時稱之以「黃帝學說」，然此前提卻是應該先行告知的。

所謂「黃帝學說」，亦即夾雜有黃帝傳說的各家學說，其實是在戰國中期以後，逐漸興起的一陣托古遺風。黃帝學說，典籍無從考證、甲骨卜辭不見

〔註 7〕《史記》中，以「黃老」或「黃帝」、「老子」並稱的，計有十餘處之多，如：封禪書、外戚世家、曾相國世家、陳丞相世家、老莊申韓列傳、孟子荀卿列傳、樂毅列傳、袁盎鼂錯列傳、張釋之馮唐列傳、田叔列傳、魏其武安侯列傳、汲鄭列傳、儒林列傳、太史公自序等。

〔註 8〕陳麗桂〈戰國秦漢時期黃帝傳說與黃帝學說的流傳、性質與支系〉，國文學報第 18 期，民國 78 年 6 月，此文後收錄於陳麗桂：《戰國時期的黃老思想》，聯經出版社。

記載，論語、孟子、詩經、尙書亦不見引述，最早出現黃帝傳說的著作是左傳、國語、逸周書，而根據其成書年代可見關於黃帝的傳說，至春秋戰國方漸。在此三書中，黃帝只是以雲爲部族圖騰的氏族領袖，並未見黃帝有何思想言論或制作留傳；然黃帝形象的逐漸清楚化、複雜化，卻可在國策、山海經、竹書紀年、世本，以及諸子著作中看出。戰國中期以後，百家爭鳴，諸子多按己之所需，一任己意地塑造出黃帝的不同神聖風貌，甚至將重要的發易，如井、火食、冕、制樂等皆歸之黃帝。〔註 9〕《淮南子・脩務》說：「爲道者必托之神農、黃帝而後入說」，正足以說明戰國以降黃帝面目和事蹟會大事膨脹的主因所在。茲依陳麗桂在〈戰國秦漢時期黃帝傳說與黃帝學說的流傳、性質與支系〉一文所探究的各家黃帝形象，略陳如下以助瞭解黃帝被附會的情況：

儒家後期學者，例如在大戴禮記和易繫辭傳中所出現的黃帝形象，是個言爲圭臬、行爲儀表、好德親賢、近悅遠來、事功赫赫的聖王典型。一本儒家平實的傳統，儘量「人」化其事。

兵家眼中的黃帝，則大致是兵法始祖，既習戰法、又善戰，是高明的軍事家，也是驍勇的戰神。法家的黃帝形象，則是一位無爲而治的法君、深黯權術的運作。〔註 10〕

道家眼中的黃帝，雖非契道眞人，卻是個崇尙自然、一心以道爲治的古帝王，他甚至常常等於是老子的化身。陰陽家中的黃帝則是人神雙性，不僅是人帝、也是神帝。更是鄒衍所逆推的歷史系統的源頭。在五行的架構中，不僅縱的被套用在人間帝王的歷史循環系統中，也橫的被套用在宗教天帝神祇的祭祀配位。

另外，在神話總集《山海經》中，也出現黃帝被極度神聖化的現象，被推上各種不同神話系統中的主神之位、而成了天帝。而由於一般學者多認定《山海經》是由楚人所寫定的神話總集，〔註 11〕由此而可知不僅北方史傳、諸子有黃帝傳說，南方的神話中，黃帝同樣以另一種神秘的色彩在流行著。再者，倘依《山海經》所排定的黃帝世系，則不僅堯、舜、禹等古賢王是黃

〔註 9〕參考齊之和：《中國史研探》。

〔註 10〕有關法家的黃帝形象，可參考《管子・任法》、《韓非子・楊榷》。

〔註 11〕一般學者多認定此書是由楚人所寫定的神話總集，如：李豐楙：《神話的故鄉——山海經》（台北：時報，民國 70）以及袁珂：《神話論文集・《山海經》寫作的時地及篇目考》（台北：漢京，民國 76）。

帝子孫，連南蠻、北狄、西戎、苗民亦屬黃帝後裔，〔註 12〕則黃帝不僅是遠古的華夏帝祖，甚至幾乎是創造眾人類的上帝神靈了。

按陳麗桂的分析，則黃帝學說一直要到司馬遷的《史記》綜合了逸周書、左傳、國語、國策以及諸子之黃帝說，黃帝在中國歷史上的地位，從此才算穩固而確定。

倘依其學說的內容而論，則各家學派中托古、附益黃帝說最甚的，是道家和陰陽家兩大系。老子著作中不見「黃帝」，莊子內篇出現過幾次、外篇則出現的頻率較高，然每每可視為老子的代言人，其所說的話語常與老子同；伴隨著黃帝傳說的日益流行，在依託黃帝以自重的情況下，漸漸轉化成黃老學說。而陰陽家在附益黃帝之後，則有更圓熟的發展。對於「陰陽」、「五行」、以及「陰陽五行」的源起，有許多學者作過評議研究。〔註 13〕大致上，我們可以認定為：陰陽五行的思想，盛行於戰國末年，然而將之集結成一個體系，並予以系統化、理論化，以成其學說者，則當推鄒衍為代表；推波助瀾者，則屬燕齊方士之功。〔註 14〕陰陽家的發展，從鄒衍推源黃帝而成的五德終始說開始奠基而愈趨成熟，影響的層面也愈趨擴大，舉凡社會、學術、農業無不受其影響。迄至兩漢，由於秦朝焚書，經籍大都散佚，而卜筮之書獨行、易傳之書頗盛，以致陰陽五行說相當盛行。之所以特別標舉出陰陽家的重要性，乃因其對「天人關係」的探究，亦屬《淮南鴻烈》關切的主題之一。如〈天文訓〉中，以極大篇幅論述了「天人相附」的情況。

種種盛行的黃帝傳說，主要還是托古、附益而成，目的不同、說法自異，有關黃帝的傳說由是而日趨龐雜。各家徵引黃帝，亦不過藉其名而有「高遠其所來」的歸依所在，亦或作為其學說思想的催化劑，使自家說法更趨成熟、圓滿而已（如鄒衍之推黃帝為其五德終始說之起點）。是故，「黃帝」之併入

〔註 12〕同註 8。

〔註 13〕如孫廣德：《先秦兩漢陰陽五行說的政治思想》（台北：國立政治大學碩士論文，民國 57）、藍海峰：〈帛書老子對老子研究的貢獻〉，《東吳中文系刊》第十五期，民國 78 年 5 月、趙吉惠：〈關於「黃老之學」、《黃帝四經》產生時代考證〉，《哲學與文化》第 17 卷第 12 期，1990 年 12 月、林金泉：〈陰陽五行家思想究源〉，《孔孟月刊》24 卷一期、田一成：〈兩漢陰陽五行說的興盛與反動〉，《孔孟月刊 29 卷二期，民國 79 年 10 月、李漢三：《先秦兩漢之陰陽五行說》、王夢鷗《鄒衍遺說考》、徐復觀：《中國人性論史・陰陽五行及其有關文獻之研究》。

〔註 14〕參考唐君毅：《中國哲學原論・原道篇》（香港：新亞研究所出版，台灣學生書局印行，民國 73 年 1 月）。

諸子既是附益而有斯傳說，則在往後的歷史發展裡，頂多只能用來區別各家前、後期之不同階段的學術性質而已。

釐清黃帝傳說之後，再讓我們看看黃老學說的本質究是如何。

長期以來探討漢初黃老思想與無爲而治的論著相當豐碩，然多只能從殘存的少量典籍中企圖一窺全豹，論述時推理的成份較重、而立論的證據較短缺，迄至一九七三年馬王堆漢墓出土了帛書老子二卷暨前、後所附的若干古佚書之後、才大大影響了研究者對漢初黃老思想的重新思考，而許多難解的疑問與猜測，也都因文獻的出土而平息了許多無謂的爭執，當然，這次文物的出土並不能解決所有的難題，但是已然提供我們許多空間去做更進一步的深入探究。以下即擬以前輩學者們對黃老帛書的研究成果爲主，來企圖理解西漢初年的黃老學說。

西元一九七三年，在湖南長沙馬王堆三號漢墓所出土的帛書老子有兩種寫本，一爲帶有隸書筆法的小篆，即稱爲小篆本或甲種本；一爲隸書本或稱乙種本。按字體的演變程序而言，小篆本的抄寫應早於隸書本。而依避諱帝王尊長名諱的禮俗而論，推算小篆本的抄寫年代應在秦亡之後、高祖卒年之前；而隸書本的抄寫年代，則可能在惠帝、呂后時期。〔註 15〕而依其書寫字跡所表現出的不同風格，知其顯非出于一時一人之手。由於帛書老子抄寫於秦末漢初，爲目前最古老的老子傳本，遂可用之以審訂舊註的是與非，從而正確地評定老子思想，可作爲校勘老學的依據，並可作爲文字學、聲韻學、訓詁學研究者之原始素材之用。

除《老子》本文之外，此隸篆雙體的《老子》前後並有附抄的古佚書，學者們一般認爲這些古佚書即是漢代黃老合卷的明證，不僅直接體現了黃老之學的主要思想內容，更成爲研究戰國秦漢之際黃老思想的直接史料。

篆體《老子》文後所附抄的古佚書，因無篇題，帛書整理小組將之分爲〈五行〉、〈九主〉、〈明主〉、〈德聖〉四部份。〔註 16〕隸書體文前也有四部份附抄卷，各有篇題，依次爲〈經法〉、〈十六經〉〔註 17〕、〈稱〉、〈道原〉。研

〔註 15〕參考《馬王堆漢墓》（台北：弘文館出版社，民國 74 年 11 月）。

〔註 16〕參考《馬王堆漢墓帛書》（文物出版社，1980 年 3 月）。

〔註 17〕就〈十六經〉的篇名而言，裘錫圭根據張政烺對帛書「六」、「十」二字的比對結果，認爲是「十六經」，而非「十『大』經」。可參考裘錫圭撰：〈馬王堆甲乙本卷前后佚書與道法家——兼論心術上、白心與四駢學派作品〉，《中國哲學》二輯（北京：三聯出版，1980 年 3 月）另，除陳麗桂在〈黃老帛書裡

究者多著重在〈經法〉等四篇的研究上，此四部書雖無總名稱說是《黃帝四經》，然在篇數及其主張的內容上，唐蘭認爲〔註18〕〈經法〉等四篇思想一致，應即是《漢書・藝文志》所列之《黃帝四經》。〔註19〕往後學者〔註20〕遂從其說，逕稱此四篇古佚書爲《黃帝四經》，亦有學者將之稱爲《黃老帛書》，下文即以此名稱之。

《黃老帛書》的作者，學界多認爲非一時一人之作，或謂爲江淮楚人之作〔註21〕、或謂爲田齊稷下道家之學，各家之論證皆有其據，結論多在齊、楚〔註22〕二地之間，然以主張後者的論證居多。至於成書年代〔註23〕則大致以主張戰國末到秦漢之際者爲多。筆者所採信的是——黃老思想的形成約在戰國中、晚期，所以《黃老帛書》的撰寫應該是在黃老思想形成後的戰國末迄秦漢之間。

分析《黃老帛書》中的黃老思想，得知乃爲道、法二家雜揉而力主刑名之學，但值得注意的是，我們常說漢初的黃老之治是道家擷取了法家思想而成爲黃老治術，然，自戰國末年七雄鼎立、秦以行法家而兼併天下之時起，法家已可算是當時的顯學；齊自威王以降，網羅學者齊聚稷下談辯，正當商鞅入秦變法之際，隨著秦的一統天下，與法家李斯雷厲風行的行政策略所造就的成效，使得法家一系突出而爲當世顯學，自是無庸置疑的。所以，要說漢初黃老思想是以道家爲主、法家爲輔，倒不如說是以法家爲主、道家爲輔，

的道法思想——帛書〈經法〉等四篇和〈九主〉思想研究〉，《中國學術年刊》11期，民國79年3月整理出裘氏意見之外，葛晉榮、吳光、任繼愈、金春峰、姜廣輝等人在各自的論著中也都稱之爲「十六經」。而在1980年3月出版的《馬王堆漢墓帛書》（文物出版社）也已改爲「十六經」了。

〔註18〕參考唐蘭：〈馬王堆出土《老子》乙本卷前古佚書之研究——兼論其與漢初儒法鬥爭的關係〉，《考古學報》第一期，1975年。

〔註19〕《漢書・藝文志》著錄「道家類」37種書中有《黃帝四經》一部，然未注明作者與年代，早已亡佚。後《隋書・經籍志》道經部記載：「漢時諸子，道書之流有三十七家，......其《黃帝四篇》、《老子》兩篇，最得深旨。」自《隋書・經籍志》之後，黃帝書即不見於著錄。

〔註20〕請參考同註17，陳麗桂：〈黃老帛書裡的道法思想——帛書〈經法〉等四篇和〈九主〉思想研究〉頁11註7。

〔註21〕同前註，陳在文中整理了各家對《黃老帛書》的作者考定，見於頁11、12。

〔註22〕據莊萬壽在師大學報〈道家起源新探〉一文中的考定：「春秋中葉以後，道家人物大概都在淮水流域，戰國以後，其地爲楚國所兼併，因此多稱楚人。」是故，江淮其實也是重要的道家思想所在地。

〔註23〕同註17，前揭書，頁13、14。

因爲春秋戰國後期，主宰當時政治思潮者，以及當政的人君與大臣們，多是法家之屬，其主要思想是「主刑名」。「刑名」通「形名」，即循名責實，以作爲君主對臣下、對人民管理的施政方針。

法家重功用，本就是易爲專制體制催生的意識型態，有助於完成君主專制體制的建構，所以，除非漢帝國欲放棄君主專制體制，否則就不能放棄法家思想。只是，在西漢初年，承暴秦之後，實不宜再打出法家的旗幟，遂一再標榜是以道家的「無爲而治」作爲施政方針。然其實質內容，一如吳光所言：〔註24〕「漢初黃老乃是援道入法，使法家思想有了形而上的哲理作爲它的根據」。《淮南鴻烈》雖標榜「持以道德，輔以仁義」（高誘注），表面上看，似是獨以儒、道二家爲尊，然書中亦雜有許多法家、刑名之術，如〈主術訓〉即提及了許多治國之方。《淮南鴻烈》只是沒有特別標以「法家」、「刑名」爲重而已，實際上仍採有許多法家的論點。

以下，就讓我們試圖透過《黃老帛書》的主要思想來理解黃老學說的主要內容及黃老學說中學派的交融情形：

黃老之學發展了老子天道自然無爲的思想、將之創造性地透過刑名法術，而運用在人生、政治各方面。如在《黃老帛書》中，所透露出來的重刑名、法術的痕跡，如在〈經法．道法〉所言：

> 必先立刑名，而後無爲、無私，始能順道。

其實就是以老學爲體、以刑名爲用的主張，這類的論點與韓非的思想相似。法家式的無爲，是一種「君無爲於上，臣無不爲於下」的「無爲」。

黃老之學以道論爲基礎，融合陰陽、儒、墨、名、法各家學說，然，黃老之學的道論，並無主體實踐返回常道的過程，乃是直接援引道體，以「道」爲世界宇宙觀的基礎及事物客觀的規律，《淮南鴻烈》對「道」的定義，亦同此說。

黃老的「道」，常帶有濃厚的政治性色彩。談「道」，多半是希望能爲政治取得一個合理的依據，一如張舜徽〔註25〕所指出：先秦諸子的「道」，都是指「古帝王臨馭天下的最高原則、是馭臣治民的一套手法與權術」。法是道所派生，是道在政治層面上的體現，因此，在政治層面上所說的「道」，就每每是指「法」或「刑名」了。陳麗桂在〈黃老帛書裡的道法思想——帛書〈經

〔註24〕參考吳光：《帛書老子研究》（台北：河洛出版，1975年）。
〔註25〕張舜徽：《周秦道論發微》，木鐸出版社。

法〉等四篇和〈九主〉思想研究〉〔註 26〕一文中，認爲《黃老帛書》充滿了道、法色彩，都從天道上去講治道。認爲治道取法於井然的天道，最理想的人君，應是從天道秩序中去提煉政治原則，因此，刑名的建立是根源於天道的，如〈九主〉:「分名既定，法君之佐主無聲，胃（謂）天之命四則，四則當□,〔天〕綸乃得。」希望能在政治上架構起一套職責分明的政治原則。由於治道根源於天道，所以，只要違逆治道便是干犯天道。

道，同時也是精神智慧的根源，唯有透過「虛無」的思維活動才能瞭解「道」，如〈經法・名理〉:

> 道者，神明之原也。神明者，處於度之內而見於度之外者也。處於度之〔內〕者，不言而信；見於度之外者，言而不可易也。處於度之內者，靜而不可移也；見於度之外者，動而□不可化也。(動而)靜而不移，動而不化，故曰神。神明者，見知之稽也。

〈經法・道法〉說：

> 見知之道，唯虛元有。

說虛元的「道」是「見知」的根源或依據，《淮南鴻烈》中亦有「虛無」之論：

> 虛無者，道之所居也。(〈精神訓〉)

> 聖人以無應有，必究其理；以虛受實，必窮其節。恬愉虛靜，以終其命。(〈精神訓〉)

> 聖人之學也，欲以返性于初，而游心于虛也。達人之學也，欲以通性于遼闊，而覺於寂寞也。(〈俶眞訓〉)

就宇宙萬物來說，道生一，一是虛，虛故能生萬物；虛一而靜，靜故能察萬物之變。

黃老之學與道家迥異之處，在於前者下降老子的「道」去牽合「刑名」，爲「刑名」取得了合理的根源，也用「刑名」詮解老子的「無爲」，又繼承、改造了老子雌柔的哲學，轉化爲正靜、因時的政術，並擷取部份儒家、陰陽家的理論，去調和、潤飾此一以道、法爲主幹、因道全法的政論，致使全部思想散發著濃烈的王霸雜治、刑德並重，卻又明明是霸主王輔的氣味，陳麗桂指出〔註 27〕這不但「清楚地解答了《史記・老莊申韓列傳》所說「黃老」思想的實質內涵，道與刑名法術的關聯，也証明了〈論六家要旨〉裡論「道家」的話句句無虛發；

〔註 26〕以下說法，主要參考同註 17，陳氏之說。

〔註 27〕同註 17，前揭書。

更令人憬然於前漢七十年「無爲」治術的一些內勁。其注重對天道之順逆的終極目的乃是在推演治道。抽象的道，往往必須下降、落實爲刑名、法術之後，方能在人事社會產生功能。「理」是「道」之分殊於物者，是萬物、萬事、萬象各自的規則，而「道」則是萬物、萬事、萬象的總源、總律。

原本《老子》超乎萬物之上、至高律則之源的道，由此而依次遞降爲天地四時之象、人事之理，乃至刑名法術。以爲四時萬物，必須依循天道，並主張分職不得相逾越。《黃老帛書》在強調道的規律性時，總是向下降了一大格，用天地之象來代表「道」。刑名，成了規範天下事物最便捷有效的法寶，如，《經法・道法》：

> 天下有事，無不自爲刑名聲號矣；刑名已立，聲號已建，則無所逃跡匿正矣。

也成了無爲的重要內容，如〈道原〉：

> 上信天事，則萬物周扁（遍）。分之以其分，而萬民不爭，授之以其名而萬物自治。

可因此而「握少以知多」。然而，高祥認爲〔註 28〕黃老學說中的刑名雖有循名察實、尊主卑臣、崇上抑下，以達規範秩序的目的，然對刑名的本質、種類、可能性，則沒有深刻的反省。只是藉由以名責實的刑名之學，行尊君卑臣之法而已。

劉文起曾在〈儒道二家人文思想之異同〉〔註 29〕中指出儒道兩家人文思想的相同處乃在於——皆捐斥束縛人性之暴力壓迫。前文也曾經述及黃老思想擷取了道家的宇宙論作其形上基礎，並採用儒家思想爲其精神依歸（即側重人生的自然發展），進而發展出重法的刑名之術。所以，黃老學說雖然採行了重功用的刑名法術，然而，也因重儒、道而不致墮入法家重刑、告姦、連坐、刻薄寡恩之弊、重蹈秦之覆轍。就是因爲黃老思想以儒家思想爲其精神骨架，所以能夠只是擷取法家較溫和的部份，而鄙棄苛法。

由於刑名之術的成效往往具體可見，而道家「無爲而治」的口號亦是時勢所趨，所以，在黃老思想中，我們很容易以爲「道、法」是其學說的重心

〔註 28〕參考高祥：《戰國末秦漢之際黃老學說之探討》（師範大學碩士論文，民國 77）第二章第二節。
〔註 29〕參考汪惠敏：〈老子與黃老——轉變中的道家思想〉，《輔仁學誌》第 18 期，民國 78 年 6 月。

所在，進而忽略了儒家一脈。誠然，儒家的行政策略，在亂世、在剛一統的帝國中，失之於見效過緩，所以，儒家在秦漢之際的確並非顯學，然而，我們從黃老思想中所著重的刑名去分析，即可得知儒家溫柔敦厚的特質，實在發揮了相當的作用。要轉化消極的道家無為為積極的法家式的無不為，箇中，其實是儒家思想箝制了道家的消極，也同時箝制了法家苛薄寡恩的結果，只是，這一層轉折，很容易為研究道家流變、亦或法家流變的學者所忽略。扣緊這一個環節，也可以因此而釐清何以思想極端相左的道、法二家，可以在黃老思想中交融得如此緊密。

一般研究漢初黃老學說的學者，多只能指出黃老學說承繼了早期老子道家「無為而無不為」的理論命題，將老子學說中消極的無為理論，轉變為黃老學說中積極的無為運用，然對於為何會有如此的轉變，則或語焉不詳、或甚少涉及、或僅以時勢所趨一由，輕輕帶過。陳麗桂所提出的「因」的概念，是相當有創見性的，然而，倘能配之以「儒家思想的揉入」，或許可以使其立論更見穩當。

我們在討論黃老之學時，多重在政治層面的考量，所以道、法、儒三家最易被提出來討論，而陰陽家之併入黃老者，則夾雜著天命、災祥、封禪、重時令等思想，以法天、尚德為其行政原理；以四時、八風各有宜忌，而依其序、行其所宜為時政綱領；依天人感應之理，運用災祥說、休咎之徵以課君主之政治責任，廣泛地影響了當時的社會民生。受到陰陽家天命思想的影響，曾有學者認為戰國末迄秦漢，人們一直很關心「天——人」的主題，劉長林在〈論儒、道生命哲學〉〔註 30〕時曾提及「從認識論的過程來看，所謂天地萬物的生命特徵，本是人的生命特徵的外推，但先秦，特別是兩漢時期，人們並不瞭解此點，而且反過來認為人的生命來自天地父母，又從生命哲學衍出『人副天數』的理論，天地山川、四時風雨也被進一步倫理化，從而形成以人畫天、以天畫人的天人相應論，把生命哲學推向了極端」。所以，從五德終始的配天，至《淮南鴻烈》的天人相副、再到董仲舒的天人感應，可以看出天命思想在當時盛行的情況。李澤厚在《中國思想史論》中也證明了董仲舒《春秋繁露》所發展出的天人感應的宇宙論體系，大大地影響了數百年的漢朝大帝國，陰陽家的影響力之大，由此可見一斑。

最後，我們應該注意到黃老之學的形成，其實是有階段性的、並非一蹴

〔註 30〕參考劉長林：〈論儒道生命哲學〉，《孔孟月刊》30 卷 10 期，民國 81 年 6 月。

可及。黃老之學究竟起于何時？有些學者〔註31〕認爲戰國中期的稷下學宮，即是黃老學的重要學場，然而，如果我們認爲黃老之學，即是依托黃帝之言而闡發老子之說、乃是以早期道家的理論體系爲基礎，而由老學的反儒排墨發展爲兼綜各家學說的黃老道家體系，也就是像司馬談所謂的「因陰陽之大順，采儒墨之善，撮名法之要」的「道家」。那麼，我們就必須接受吳光對稷下道家的考辨結果，〔註32〕亦即：「稷下道家乃是由老子學向黃老之學過渡的中間階段」「其主要代表田駢、愼到一派，明顯吸收了齊國文化的傳統思想資料而具有兼綜道、法的理論特點，但還沒有形成以道家理論爲基礎，兼綜陰陽、儒、墨、名、法的新道家理論體系，在理論上仍明顯保留著反儒排墨的色彩，如：《莊子・天下》記錄的愼到、田駢的『棄知去己』、『非聖』、『笑賢』等主張就是明證」。

再者，黃老連稱始於《史記》、而黃帝學說的流傳卻始於春秋戰國中期，一直要到戰國末期才開始盛行，反觀稷下學者的代表人物，如田駢、愼道等人，則多是戰國中期人士，在戰國中期雖已有黃帝的名稱與傳說，但是還沒有建立具體的黃老之學或黃帝學說理論，「《史記》、《莊子・天下》引述彭蒙、田駢、愼到遺說，以及現存稷下道家諸子的遺著、佚文，如《管子》的〈心術〉（上）（下）、〈白心〉、〈內業〉四篇中，均未言及黃帝」，〔註33〕所以，我們只能將稷下道家看作是由老子之學向黃老之學邁進的一個過渡階段，亦或稱之爲黃老之學的醞釀期，然卻不能將稷下道家逕等於黃老之學。

由於我們往往籠統地涵蓋戰國中、晚期迄漢初的主流思想爲黃老思想，以致容易忽略箇中發展的階段性；也一向太過泛稱「黃老之學」，認爲凡是道、法等諸家開始交融時，便以「黃老之學」稱之，究其實，從戰國末期一直到秦漢之際，才可眞正算是道家黃老學派的形成階段，《黃老帛書》、《呂氏春秋》，就是屬於這一階段的黃老學著作，而《史記》所推演的黃老學脈系，〔註34〕即是此一階段的齊國黃老學者的代表人物。後來的《淮南鴻烈》

〔註31〕如趙吉惠：〈《黃帝四經》與先秦思想史研究〉，《哲學與文化》17卷8期，1991年8月。

〔註32〕參考吳光：《古書考辨集》（允晨文化出版，民國78年12月）。

〔註33〕同註32。

〔註34〕《史記・樂毅列傳》對黃老之學自戰國至漢初的傳授系統曾有明確的記載：河上丈人→安期生→毛翕公→樂瑕公→蓋公，蓋公教於齊高密、膠西，爲曹相國師。

和〈論六家要旨〉，據吳光的說法，則是集黃老學之大成或總結黃老學理論要旨的著作。

所以，從學術思潮來說，認為用眾家學術、調和箇中差異，以發展出自己的一套可以成一家之言的學說、乃是時勢所趨，事實上，我們可以看到《淮南鴻烈》道與無為的思想，其實就是當時黃老學的典型代表（容後章詳述）。我們可以說先秦百家爭鳴之後，彼此的交融已慢慢形成一種可以被大多數學者認同的思想潮流、亦即被稱之黃老思想的學術潮流。黃老思想一直發展到文景之治達顛峰、遇武帝獨尊儒術之後才被消弭。而此書，則適時反映了當時的流行思潮。

第二節　實用理論印證決定理論

實用理論主要著重於藝術過程的第四階段，意指文學是達到政治、社會、道德或教育等實用目的的手段。而決定理論的運用，除了表現在《淮南鴻烈》的成書之外，在此書中，則常與實用理論並存出現，承繼了儒家的實用理論——認為從音樂可以觀時代的興衰，也可以透過音樂作為教化社會之用。

〈墬形訓〉云：

> 土地各以其類生，是故山氣多男，澤氣多女，障氣多暗，風氣多聾，林氣多癃，木氣多傴，岸下氣多腫，石氣多力，險阻氣多癭，寒氣多壽，谷氣多痺，丘氣多狂，衍氣多仁，陵氣多貪，輕土多利，重土多遲，清水音小，濁水音大，湍水人輕，遲水人重，中土多聖人。皆象其氣，皆應其類。

土地各以其類生，地方不同，則會有不同的環境特色，同樣的，不同的時代，也會不經意地從文學中表現出不同的時代特色，故〈樂記〉有聽樂以知政和、政乖者，而在《淮南鴻烈》中則有：

> 昔者師曠奏白雪之音，而神物為之下降，風雨暴至，平公癃病，晉國赤地。庶女叫天，雷電下擊，景公臺隕，支體折傷，海水大出。夫瞽師、庶女，位賤尚葈，權輕飛羽，然而專精厲意，委務積神，上通九天，激厲至精。（〈覽冥訓〉）

當晉國樂師師曠奏起白雪之樂時，吸引了天上的玄鶴為之降落、狂風暴雨突然來臨，晉平公得了全身麻痺之症、晉國境內三年寸草不生。又如齊國可憐的寡婦，含冤向天帝呼喊，以致雷電交加、擊毀景公之臺，並打傷景公，甚至連海水都衝上了大陸。瞎眼的樂師、卑賤的民女，地位低微、權輕有如飛羽，雖然如此，但是卻能集中精力，堅定意念、放棄外物、全神貫注，以致可以向上通達九天、激勵最高的精靈，認爲「樂」可通「道」，而通「道」之樂感人至深，且具有巨大的社會作用。又如〈主術訓〉云：

夫榮啓期一彈而孔子三日樂，感於和；鄒忌一徽，而威王終夕悲，感於憂。動諸琴瑟，形諸音聲，而能使人爲之哀樂。縣法設賞，而不能移風易俗者，其誠心弗施也。甯戚商歌車下，桓公喟然而寤，至精入人深矣！故曰：樂聽其音則知其俗，見其俗則知其化。

倘能以誠心動諸琴瑟、形諸音聲，便能深深打動人心、使人爲之哀、樂，充份肯定了音樂的感染力，所以說，當最高的精神已進入到人心時，傾聽樂音，便能夠了解這個地方的風俗；看到一個地方的風俗，便能了解統治者的教化。也正因「至精」而通道，所以能感人入微。國家用法律賞罰所不能解決的問題，卻可通過「樂教」來移風易俗，亦即認爲，通過音樂不僅能感受作品的哀樂，還能藉助想像、聯想，了解作者的志趣、時代的風貌、社會的習俗，充份肯定了藝術的可知性。所以〈主術訓〉有云：

孔子學鼓琴於師襄，而諭文王之志，見微以知明矣。延陵季子聽魯樂而知殷夏之風，論近以識遠也。作之上古，施及千歲而文不滅，況於並世化民乎！

孔子在魯國向著名音樂家師襄學習彈琴，而教導他領會了文王琴曲中的志趣，所以說從微小的地方，可以見到大的光明；而延陵季子出訪了魯國，欣賞了周代音樂，也知道了殷夏的風俗，所以說談論近的、可以認識很深遠的道理。這些音樂都是上古時所創作的，其影響已有千年，而其文采仍未泯滅，又何況是在同時代對人民的感化作用呢？故可知「音樂」不僅能化並世之民，也可通古今而不朽。不但具有反映當代現實的機能，而且能進一步地作爲教化社會之用。所以說文學的影響是廣大而深遠的，誠如〈說山訓〉云：

眾議成林，無翼而飛，三人成市虎，一里能撓椎。

故對文學實用功能的掌握、不可不慎。〈主術訓〉亦云：

古聖王至精形於內，而好憎忘於外，出言以副情，發號以明旨，陳之以禮樂，風之以歌謠，業貫萬世而不壅，橫扃四方而不窮。

更提示了統治者宜重視「風謠」、「禮樂」的巨大社會作用。

《淮南鴻烈》的實用理論除了承繼儒家的傳統實用觀之外，它還特別提出了擅用「勢」，則可以達到更有效率的移風易俗的作用。誠如〈主術訓〉云：

> 權勢之柄，其以移風易俗矣！

所謂勢可易俗者：

> 堯為匹夫，不能仁化一里；桀在上位，令行禁止。由此觀之，賢不足以為治，而勢可以易俗，明矣。（〈主術訓〉）

又如〈俶眞訓〉云：

> 身蹈于濁世之中，而責道之不行也，是猶兩絆騏驥，而求其致千里也。置猿檻中，則與豚者同，非不巧捷也，無所肆其能也。舜之耕陶也，不能利其里；南面王，則德施乎四海，仁非能益也，處便而勢利也。

身陷濁世之中，而責難「道」之不能盛行，這就像絆住千里馬的雙腳，而要求它日行千里一樣。正如同將猿猴關在籠子中，那它就和豬沒什麼分別了，並非因為猿猴失去了靈巧輕捷的特性，而是無處伸展它的才能罷了。所以說舜在耕田、制陶時，其美德未能擴大到所居的鄉里，然在南面稱王之後，德澤卻可施加到四海，由此可知，光憑仁術是不能增加多大的影響力的，端視其所處的地位是否方便、形勢是否便利罷了。故曰：勢位高則傳之廣矣，再如：

> 孔丘、墨翟修先聖之術，通六藝之論，口道其言，身行其志，而為之服役者不過數十人，使居天子之位，則天下遍為儒墨矣。（〈主術訓〉）

孔、墨雖修先聖之術、通六藝之論，口道其言，身行其志，然而為之服役者不過數十人，然而，若使之居天子位，則天下必遍為儒墨之徒矣。此皆再再強調了「勢」可助長移風易俗之效。

最後，值得一提的是，《淮南鴻烈》的成書除了不由自主地流露出決定理論之外，《淮南鴻烈》的作者卻是有意識地給予此書以崇高的實用價值，作者自期此書得為經國治世之典範，唯恐讀者未能掌握其言論主旨，更不厭其煩地為之詳說，如〈要略〉云：

> 今學者無聖人之才，而不為詳說，則終身顛頓乎混溟之中，而不知悟乎昭明之術矣。

故，雖「欲強省其辭，覽總其要」，然「弗曲行區入，則不足以窮道德之意」，又：

> 夫道論至深，故多為之辭以抒其情；萬物至眾，故為之說以通其意。

辭雖壇卷連漫，絞紛遠緩，所以洮汰滌蕩至意，使之無凝竭底滯，捲握而不散也。(〈要略〉)

道論至深、萬物至眾，要使讀者能明白，定要爲之廣博論說，方能通達其旨。其所用的辭語雖然是曲折散亂、紛紜交錯，但都是希望能藉此淘汰清除個人舊有的牢固觀念，使他們沒有凝結閉塞，那麼掌握大道就不會鬆散了。另有言曰：

凡屬書者，所以窺道開塞，庶後世使知舉錯取捨之宜適，外與物接而不眩，內有以處神養氣，宴煬至和，而己自樂所受乎天地者也。(〈要略〉)

概括著書的目的，乃是用來觀察大道的開塞，希望後代能夠藉此懂得舉止措施、取捨的適當辦法，使得在外部與外物交接時不致迷惑，而在內部能夠用來靜處精神、頤養元氣以致和，自己也能夠從中得到快樂。再者，作者亦云：「夫作爲書論者，所以紀綱道德、經緯人事」其著書立說的目的，正是用以整治道德、規畫人世之事者，此實用目的，不言可喻，故曰：

著書二十篇，則天地之理究矣，人間之事接矣，帝王之道備矣。(〈要略〉)

誠能通此二十篇之論者，則能：

睹凡得要，以通九野，徑十門，外天地，捭山川，其於逍遙一世之間，宰匠萬物之形，亦優游矣。若然者，挾日月而不烑，潤萬物而不耗。曼兮洮兮，足以覽矣！藐兮浩兮，曠兮曠兮，可以游矣！(〈要略〉)

果眞能夠通達這二十篇的論述、掌握箇中奧秘者，則可用來通達九野、取道十門，把天地排除在外，開闔山川，自由往返於人世之間，悠閑自得地執宰萬物之形，如果能像這樣，則能「挾日月而不烑，潤萬物而不耗」，既可觀覽萬物，又可遨遊在廣闊無垠之源矣。倘眞如此，便是將此書的實用價值發揮到淋漓盡致的地步了。

第三章　形上理論

形上理論主要落實在劉先生所定義的藝術過程的第一階段上來探討。在形上理論中，宇宙原理通常稱爲「道」，劉先生指出：依照大多數形上批評家的用法，「道」可以簡述爲萬物的唯一原理與萬有的整體，劉氏在形上理論章節中探討了中國文學形上理論的衍變過程，但在《淮南鴻烈》所處的時代，則尚停留在形上理論的初期階段，當時的時代思潮造就了《淮南鴻烈》形上理論的基礎，而其形上理論又具有左右其文學思想的影響力，所以本章不擬討論理論的歷史性，而將重點放在《淮南鴻烈》之形上理論將會影響到文學思想的部份，做一橫切面的理論探索。是故，本章主要探究《淮南鴻烈》以「道」爲主的形上思想。

由於《淮南鴻烈》的道是宇宙律動的依歸所在，所有事物包括政治、人生、自然變化等，俱以合於道爲其最高的境界，其對文學的要求亦然。雖然在此書中很少見到《淮南鴻烈》對「文學」提出直接的看法，但，我們仍可從其思想模式中，探索此書對文學的期許與要求。

《淮南鴻烈》秉承黃老道家雜取先秦諸說的傳統以成書，要探討此書的文原論，則必先從形上理論談起，故本章計分四節：首節以「道」論與「有無」論爲主要的探討脈絡。第二節則透過宇宙生成論來討論《淮南鴻烈》天人相應的理論。第三節則談及《淮南鴻烈》形上理論重「因循」的特色，並由此觀點而衍生出的重「時變」的態度。第四節則討論《淮南鴻烈》的無爲論，以申明其帶有黃老思想的形上理論之有別於老莊形上思想之處。

第一節　「道」論與「有、無」論

壹、《淮南鴻烈》的「道」論

《淮南鴻烈》表面上是繼承老莊，然則究其實所謂的道，已是形象之內的道，而非老莊之超乎想像的道。〈天文訓〉中所謂「天地未形」的「無形之貌」，實則也是一種形，也是感覺的一種可能的對象，雖說是「無形」，但並不是超乎形象的。〔註1〕近人李增也曾指出：〔註2〕

> 漢代學術風氣注重在具體萬物的層面上，例如董仲舒的《春秋繁露》、王充的《論衡》，對於形而下具體萬物變化的理論，甚而以形而下的萬物之理以闡釋形而上先天上的先天地生之道抱著存在而不深論的態度，而著重在形而下之道，這種特徵在《淮南子》的道論也很明顯。

由此可見《淮南鴻烈》對「道」所指涵的意蘊已然不同於老莊之道。老子之道在二十一章、二十五章描述得很清楚：

> 有物混成，先天地生；寂兮寥兮，獨立而不改，周行而不殆，可以爲天下母，吾不知其名，字之曰道，強之名曰大。(〈二十五章〉)
>
> 道之爲物、唯恍唯忽。忽兮恍兮、其中有像。恍兮忽兮、其中有物。窈兮冥兮、其中有精。其精甚眞，其中有信。(〈二十一章〉)

老子對道體的描寫，略可分爲三點：一、道是無，但不是沒有。二、道是無限的存在。三、道是獨立而永恆的存在。而莊子之道，則以〈大宗師〉的這一段話最具代表性：

> 夫道，有情有信，無爲無形；可傳而不可受，可得而不可見；自本自根，未有天地，自古以固存；神鬼神帝，生天生地；在太極之先而不爲高，在六極之下而不爲深，先天地生而不爲久，長於上古而不爲老。(〈大宗師〉)

老莊雖說道是忽兮恍兮、恍兮忽兮，不可捉摸，不可測度，然而對道之「存有」之眞實性，卻是十分肯定。老子說之以自然；自然，是自己而然，本然如此。莊子說之以「自古以固存」；這種自然便是自己的原因，而無其它的原

〔註1〕見《中國思想群論》，馮二難著，天華出版社，民國70年3月1月，頁96～110。

〔註2〕參考李增：〈淮南子的道論〉，《大陸雜誌》69卷6期，73年12月，頁268。

因使其如此。所以宇宙萬物從此出而生，爲宇宙萬物所依恃的原因，莊子說道是「萬物係之，而一化之所待」(〈大宗師〉)。再者，在老莊這些話裡將道的性徵表達無遺：道是忽恍、無形、唯一、不變、普遍、無限等皆是道的性徵。這些性徵與萬物之特徵——具體顯明、有形、殊多、變化、個別、有限等是不相同的。而《淮南鴻烈》便是以具體萬物來描述道的性徵的：《淮南鴻烈》也認爲道是萬物的根源，其雖內在於萬物之中，卻也超越於萬物之外，如〈詮言訓〉云：

物物者亡乎萬物之中。

高誘註曰：「物物者，造萬物者也。此不在萬物之中。」此「物物者」即是這個能生物者之第一個「物」，亦即老子所謂的「有物混成」之「物」。那麼此大「物」當是超越萬物之存有，而於萬物中無可與之匹配者，故亡乎萬物之中。在老莊的「道可道，非常道；名可名，非常名」(《老子・一章》) 方面，常著重在道之觀念之不可描述、不可名的消極性。但在《淮南鴻烈》則以具體萬物之詞去描述老莊的恍惚之道，對於道之不可言、道隱無名方面則較少提及；而對於道之性徵則以具體萬物積極地肯定它。如：

往古來今謂之宙，四方上下謂之宇。道在其間而莫知其所。(〈齊俗訓〉)

老莊的道，不僅普遍於宇宙萬物之內，且是超越宇宙萬物之外；道不僅是在「有」之中，且是在「有」之外還含括了「無」。〔註 3〕但是《淮南鴻烈》在這段文章把道的普遍性囿限於宇宙萬物之「有」之範圍內、而不及於「無」之外，那麼，其普遍性便不夠普遍了。誠如李增〔註 4〕云：「老莊對道的稱述著重在『無』，而《淮南鴻烈》卻偏執於『有』。」因爲老莊的道是無始無終、無古無今的，而《淮南鴻烈》的宇宙觀卻是「往古來今謂之宙，四方上下謂之宇」，拘泥於「包裹宇宙」之內。

老子認爲道是「無極」(《老子・二十八章》)，莊子也以豐富的詞彙描述道的無限性，如無窮、無極、無方等。而《淮南鴻烈》雖也認爲道不可極限，如：

〔註 3〕蓋老子的道之普遍性是無極的，也是無限的「存在」。因此宇宙萬物不能囿限道之範圍；《莊子・齊物論》說道在時間上是無始無終，無古無今，因而「有始也者」都不能推述它；因爲尚有「未始有始也者」的超越性；在空間有具體萬物之「有」也不能限制道，因爲尚有「無」也者，甚至有「未始有無」也者的「無無」，則「無無」便是言語所不能及的了，所以莊子說「無方」而《淮南鴻烈》卻說「道在其間」，這就囿限道在宇宙萬物之內了。

〔註 4〕同註 2 前揭書，頁 269。

> 天道玄默，無容無則，大不可極，深不可測。(〈主術訓〉)
>
> 道至高無上，至深無下。平乎準、直乎繩、員乎規、方乎矩。包裹宇宙，而無表裡。洞同覆載，而無所礙。(〈繆稱訓〉)

然而，在《淮南鴻烈》書中，大都不直接描述道的無限性，而以「大不可極」形容之，然而「大不可極」與「無極」在意義上略有不同；前者說其「大」，難以測盡，然而其「大」、亦可能「有極」之意涵在，只是人的思維不可及、不可至。而「無極」，即是無界限可言，即是無限性、根本就不能測。《淮南鴻烈》的用詞，如：高深、上下、平直、員方、準繩、規矩等皆是具體萬物相對比較之詞。誠如徐復觀先生所言，〔註 5〕老莊在描述道的體段與功用時，有嚴格的推理作用，其對道的描述皆爲道所不可少之屬性，但如〈原道訓〉所云：

> 夫道者，覆天載地，廓四方、柝八極，高不可際、深不可測，包裹天地，稟受無形。原流泉浡，沖而徐盈；混混滑滑，濁而徐清。故植之而塞於天地，橫之而彌於四海，施之無窮而無所朝夕。舒之幎於六合，卷之不盈於一握。約而能張，幽而能明，弱而能強，柔而能剛。橫四維而含陰陽，紘宇宙而章三光。

其所言之道的存在與功用已是有限而非無限了，且多「羅列式的鋪陳，繁縟而重複；多一句少一句，對道的屬性無所損益、無關痛癢」。〔註 6〕是故得出「老莊對道的描述，是動態的描述；而〈原道訓〉對道的描述，則可以說是近乎靜態的描述」的結論。

但是，值得注意的是，老子的道，有強烈的超越性性格〔註 7〕而莊子雖是繼承了老子的「道」的觀念，但在若干篇章如〈齊物論〉:「道惡乎隱而有眞僞」、「道惡乎往而不存」、「道通爲一」，及〈大宗師〉:「人相忘乎道術」等說法，已將形而上與形而下混同在一起談、已然減輕了老子之道的超越性格。又，從《莊子・秋水》中河伯與北海若的問答，以及《韓非子・解老》篇中〔註 8〕以「方

〔註 5〕參見徐復觀:《兩漢思想史》卷二（台北：學生書局，民國 65 年 6 月）頁 212～213。

〔註 6〕同前註，徐氏並認爲這是《淮南鴻烈》的作者用作賦的文學手法替代了哲學思維的結果。

〔註 7〕同前註，頁 209 曾提及:「把道賦與以超經驗的性格，以『無』表達其特徵，並推置在天的上位，將傳統的天生萬物的功用，改歸到道的名下，這的確是老子的創意，爲老子以前所未有。」

〔註 8〕《韓非子・解老》:「道者，萬物之所然也，萬理之所稽也。理者，成物之文也。道者，萬物之所以成也。故曰，道，理之者也。……凡理者，方圓、短

圓、短長、麤靡、堅脆」等具體而相對性的詞語來形容道之理，如此一來，便剝奪了「道」在其存有論中，作爲超越實體的意思，而使「道」向形而下的性質轉化，亦即，逐漸使「道」在「萬物」之中內在化，而使「道」失去了原本具有的超越實體的意義。日本學者池田知久〔註 9〕曾指出：這種把道轉化爲形而下的思想嘗試，亦在《韓非子》的〈喻老〉、〈難勢〉及《淮南鴻烈》的〈原道訓〉、〈主術訓〉、〈詮言訓〉各篇中承繼發展著。于首奎〔註 10〕也指出：《淮南鴻烈》的「道」不再是超自然的精神主宰，而是構成宇宙的物質實體。可見，「道」從老子賦予形而上的超越性意義之後，至莊子時，已逐漸把形而上、形而下混雜同言，再發展至秦漢之際的黃老道家如：

《黃老帛書》對「道」的描述，則已略具物質的初態。〔註 11〕在〈經法〉等帛書中，還時常可見以「一」代稱「道」：

> 恆無之初，洞同太虛。虛同爲一，恆一而止。《黃帝書・道原》「一」者，道其本也。……「一」之解，察於天地；「一」之理，施於四海。……夫唯「一」不失，一以趨化，少以知多。（《十六經・成法》）

陳麗桂指出，〔註 12〕《淮南鴻烈》中〈原道訓〉的「道」，基本上是從《老子》十四章、二十二章等各章繼承、推衍而來，但就其著力擴張的角度來看，則更接近帛書〈道原〉裡的道旨，〔註 13〕意即把「道」從形而上的超越性存在，拉回形而下的現象界，使之不再成爲「一」的創生者，而成爲與「一」具有同等性格者。甚至指出：〔註 14〕「〈原道訓〉的作者若非看過〈道原〉，刻意演繹〈道原〉的旨意而成〈原道訓〉，就是類似這樣顯實化的道論鋪演，根本是戰國中晚期，乃至秦漢之際，後期道家學派對《老子》道論的一種相當普遍而流行的推衍形態。〈原道訓〉的表現可視爲這一流行風氣中的總代表，也

長、麤靡、堅脆之分也。故理定而後可得道也。」

〔註 9〕池田知久：〈中國思想史中的「自然」概念——作爲判斷既存的人倫價值的「自然」〉，《中國人的價值觀國際研討會論文集》（下）（台北：天恩出版社出版，漢學研究中心編，民 81 年 6 月）頁 537

〔註 10〕于首奎：〈試論《淮南子》的宇宙觀〉，《文史哲》，1979 年 5 月，頁 71。

〔註 11〕如陳麗桂：〈黃老帛書裡的道法思想——帛書〈經法〉等四篇和〈九主〉思想研究〉，《中國學術年刊》11 期，民國 79 年 3 月，頁 22 指出：老子的「道」，是一種超物質的存在，然帛書〈道原〉《淮南鴻烈》〈原道訓〉裡的道，都已略具物質的初態，與「精氣」之類東西略相接近。

〔註 12〕同前註，頁 22。

〔註 13〕有關《經法》帛書等思想，請詳閱第二章第一節。

〔註 14〕同註 11，頁 23。

是極致。」茲列舉《淮南鴻烈》中以「一」釋「道」之處如下：

道者，一立而萬物生矣。（〈原道訓〉）

夫無形者，物之大祖也。……所謂無形者，一之謂也。（〈原道訓〉）

所謂一者，無匹合於天下也。（〈原道訓〉）

一之理施於四海，一之解際天地。……萬物之總，皆閱一孔，百事之根，皆出一門。（〈原道訓〉）

上通九天，下貫九野。……大渾而爲一。（〈原道訓〉）

（萬物）同出於一，所爲各異，有鳥有魚有獸，謂之分物，方以類別，物以群分。（〈詮言訓〉）

一也者，萬物之本也，無敵之道也。（〈詮言訓〉）

洞同天地、渾沌爲樸，未造而成物，謂之太一。（〈詮言訓〉）

萬物之疏躍枝舉，百事之莖葉條梓，皆本於一根而條循千萬也。（〈俶眞訓〉）

夫天地運而相通，萬物總而爲一。（〈精神訓〉）

從以上引文可以得知，誠如陳氏所言，從《黃老帛書》的以「一」代稱「道」，到《淮南鴻烈》中〈原道訓〉、〈詮言訓〉、〈精神訓〉等篇的「以一釋道」，〔註 15〕把「道」從形而上的地位下降至形而下的情況，就不喻自明了。

貳、《淮南鴻烈》的「有、無」論

道家常用「虛無」一詞去詮釋至高無上的道境和應世理物的法則。大抵道家一派，體悟到凡是抽象無形者，雖多寓於具體有形的事物之中，但卻常超越其上而指導之；也明白了有形事物之所以成其用、其關鍵並不在具體可見的物形本身，而在於寄託於此物體上的無形之理。「有」與「無」在道家看來，是一體雙向的。「無」是「有」的根源，也往往是「有」背後的存在依據。但一般人卻只把注意力放在具體可見的「有」，而無法把握其存在的根源，以致行事常遭挫敗。《淮南鴻烈》則對道家此一論點做了更詳實的發揮。如在論述到「有生於無」時，〈說山訓〉云：

物莫不因其所有而用其所無，以爲不信，視籟與竽。使鼓鳴者乃不

〔註 15〕陸玉林：〈論《淮南鴻烈》的道儒整合〉，《中國人民大學學報》1993 年第二期，頁 58。

　　鳴者也。

也在〈說林訓〉、〈道應訓〉各篇中，一再透過實例的分析，去應證「有」是由「無」發用的，「用」的根本來自「無」，如〈俶眞訓〉云：「其用也以不用」。「有」藉由「無」的佐助以成其用，如人手、鳥尾雖無用於跑與飛，但縛手、去尾則會敗跑、飛之用。

《淮南鴻烈》也一再指出治事理物貴由實中去體悟虛無的妙理，由虛無中去抽繹實有的指導原則。「大匠不親斫」（〈說林訓〉）；「善捶者無所視察，一運於神」（〈道應訓〉）；「爲政者不以政相苛」（〈說林訓〉），卻都能隨心奏效，〈說林訓〉云：

　　聽有音之音者聾，聽無音之音者聰。

　　良醫者常醫無病之病，故無病；聖人常治無患之患，故無患。

我們做事因此也應該「視於無形，聽於無聲」，醫於無病，治於無患。不僅察有形之跡、還要注意無形之兆。《淮南鴻烈》教人要把握住虛無的原則，操持虛無的技巧，使「虛無」成爲超乎一切思想行爲的原則，將一切「有爲」納入其中，接受指導，以求獲致不敗、不滅、不毀、不傷的完美效果。

所謂「有生於無」，「無」是「有」的根源，也往往是「有」背後的存在依據。既然「有」是由「無」所發用的，「用」的根本來自「無」，那麼，要具體掌握「有」的發展變化，便唯有先掌握到「有」背後的存在依據——即「無」，則方能確切的明白有形事物之所以成其用的關鍵。《淮南鴻烈》一再地指出治事理物貴由實中去體悟虛無的妙理，一如在創作論中由規矩繩墨的學習、到不法其已成之法，均是希望藉由具體可見聞的現象、道理，去體悟背後眞正的意涵，其所著重者，其實是透過「實有」之象所領悟出的無形之理、虛無之理；一如它在形上理論中，雖以「道」爲最高根源所在，然卻每每以具象事物去描摹它的表徵，它並不只是在傳達其具體可見的「道」而已，事實上是希望人們透過這些對「道」的確切描述，進而明白至高無上、至深無下的無形之「道」的眞正本質與屬性，由此可見《淮南鴻烈》不過是以具體可見的物形本身，作爲體悟其無形之理的方便法門而已，掌握虛無之「道」、並與之耦化而悠游，方是最終目的所在。唯有與道相合，方能隨道之化而應時耦變、方能從虛無中抽繹出實有的指導原則，一如在鑑賞時，唯有以「道」作爲鑑賞的標竿，才能得出公允恰當的評論結果。在創作時，唯有通乎道要者，方能放意相物、游乎心手眾虛之間。《淮南鴻烈》「有生於無」的概念，影響其文學思想甚深，我們將在表現理論、審美理論中詳論以「無」作爲文學創作與鑑賞之最高原則的運用情形。

第二節　天人相應論

《淮南鴻烈》的「天人相應」論，主要落實在宇宙生成論上來講。《淮南鴻烈》的宇宙創生論秉承《老子》:「道生一，一生二，二生三，三生萬物。萬物負陰而抱陽，沖氣以爲和。」(〈四十二章〉) 的「道—氣—萬物」的思想模式發展，而更在道、氣之間加入了「虛廓」、「宇宙」這兩個變化階段，使得宇宙生成論在時空關係上顯得更加詳細明晰，如：

> 天墜未形，馮馮翼翼，洞洞灟灟，故曰太昭。道始于虛廓，虛廓生宇宙，宇宙生氣。氣有涯根，清陽者薄靡而爲天，重濁者凝滯而爲地。清妙之合專易，重濁之凝竭難，故天先成而地後定。(〈天文訓〉)

《淮南鴻烈》特別著重在「氣」的探研。在《淮南鴻烈》看來，宇宙萬物的本源是「道」，而「氣」是聯系道與萬物的中間環節，並將「氣」解釋爲構成天、地、人的物質材料。而「氣」之所以能化生萬物，《淮南鴻烈》認爲是因爲「氣」包含著對立、統一的陰、陽兩方面。陰、陽二氣在化生天地萬物時，歷經了由氣到「無始」，到「有始」，再到「有有」的過程。〔註 16〕萬物在陰陽二氣的運動交感中產生，又如〈天文訓〉云：

〔註 16〕〈俶眞訓〉指出：在「無始」以前：「天含和而未降，地懷氣而未揚，虛無寂寞，蕭條霄霓，無有仿佛，氣遂而大通冥冥者也」。天地陰陽之氣雖已存在，但尚未流動交感，整個宇宙還處在虛無寂寞的混冥狀態。在「無始」階段：「天地始下，地氣始上，陰陽錯合，相與優游競暢于宇宙之間，被德含和，繽紛蘢蓯，欲與物接而未成兆朕」。這是天地陰陽之氣開始流動，彼此接觸交感，二氣繽紛合和，相互激蕩變化的階段，這時開始有萌生萬物的趨向，然而尚未出現萬物的萌動。在「有始」階段：「繁憤未發，萌兆牙櫱，未有形埒垠堮，無無蝡蝡，將欲生興而未成物類」。這時天地陰陽二氣經過交感合和，萬物開始孕育萌生，但仍處在軟軟忽忽、未有確定形體的階段。在「有有」階段，一方面是「有有」，即：「萬物摻落，根莖枝葉，青蔥苓蘢，萑蔰炫煌，蠉飛蝡動，蚑行噲息，可切循把握而有數量」。世界上出現了形形色色的的動、植物，都是可見可數的有形之物，因而是「有有」；另一方面是「有無」，即形成了「有無」，即形成了廣漠無垠的空間：「視之不見其形，聽之不聞其聲，捫之不可得也，望之不可極也，儲與扈冶，浩浩瀚瀚，不可隱儀揆度而通光耀者」此不見形狀、不聞其聲、不可觸摸、不可望盡、不可揆度而又能光線通過以照耀萬物、爲萬物提供生息的廣闊場所，便是天地空間。世界是「有有」和「有無」的統一。

> 天地之襲精爲陰陽，陰陽之專精爲四時，四時之散精爲萬物。積陽之熱氣生火，火氣之精者爲日；積陰之寒氣爲水，水氣之精者爲月。日月之淫氣，精者爲星辰。天受日月星辰，地受水潦塵埃。

天地、萬物受陰陽之精氣而成；太陽、月亮、星辰積陰氣、陽氣和日月散逸之精氣而成；自然界雷電霧露、風霜雨雪、飛禽走獸等，無一不是陰陽二氣相薄相感而成（見於〈天文訓〉），這些物類在形成之後，依然受到陰陽二氣變化的支配，並按陰陽四時的變化而盛衰生息。也正因爲萬物是由陰陽二氣合和而生（如〈天文訓〉云：「陰陽合和而萬物生」），「氣」是萬物之成形的共同基礎，因此，萬物能夠同氣相應，同類相生。其「氣之陰陽交感合和」正是天地萬物和人類發展變化的原因，也是事物變化的規律。

由於人類是整個世界的部份組成，是自然界的產物，也生活於自然界之中，故自然界的變化，亦會直接或間接地影響著人體自身的存在發展；而人體的發展變化，也相應地反映著自然界的運動變化，如〈本經訓〉云：「天地宇宙，一人之身也」。《淮南鴻烈》直接把人體與作爲一個整體的宇宙相比較，肯定二者無論在理上，還是在形上，都有著深刻的共同點。明確地提出了人體是一個小宇宙的思想，肯定了人體與宇宙有對應性與相似性，〔註 17〕如在〈天文訓〉、〈精神訓〉中大膽而具體地提出了人體與宇宙的相似之處：

> 孔竅肢體，皆通於天。天有九重，人亦有九竅，天有四時，以制十二月，人亦有四肢，以使十二節。天有十二月，以制三百六十日，人亦有十二肢，以使三百六十節。故舉事而不順天者，逆其生者也。（〈天文訓〉）

> 故頭之圓也象天，足之方也象地。天有四時、五行、九解、三百六十六日，〔註 18〕人亦有四肢、五臟、九竅、三百六十六節。天有風雨寒暑，人亦有取與喜怒。故膽爲雲，肺爲氣，肝爲風，腎爲雨，脾爲雷，以與天地相參也，而心爲之主。是故耳目者日月也，血氣者風雨也。（〈精神訓〉）

〔註 17〕《呂氏春秋・情欲》曾說：「人之與天地也同，萬物之形雖異，其情一體也」。《呂氏春秋・有始覽》指出：「天地萬物，一人之身也，此之謂大同」。《淮南鴻烈》顯然是這些論述的繼續和發展。

〔註 18〕王念孫云：「三百六十六日」、「三百六十六節」，本作「二百六十日」、「三百六十節」。劉文典引〈堯典〉、〈繫辭傳〉、《呂氏春秋》、《春秋繁露》等例爲証，而以王氏之說爲是。

認爲人的身體構造，是與天地相參的。這種天、人相應的思想方式在漢初盛極一時，如《黃帝內經》、《春秋繁露》及《淮南鴻烈》等皆可見「以人附天」之說，〔註 19〕探其所本，無非兼採戰國末年所興起之陰陽五行說，配合儒家學說，結合人事與自然現象而加以分析。台大教授張亨先生曾對「天人合一」作過更深一層的研究，〔註 20〕標舉出天人合一的三種模式：

一、爲儒家的天人合德型：天乃由人的內在德性的呈顯來證成的。

二、爲道家的天人爲一型：致虛極守靜篤而渾然與天地萬物爲一。

三、爲陰陽家及董仲舒的天人感應型：以人之形體與天象類比，又以陰陽災異之變與人事相應。

而筆者以爲，《淮南鴻烈》中對「天、人」關係的探討，則以道家思想爲主，而兼雜以陰陽五行之說，是屬於第三型的前期發展。其天人相應的說法，早已不同於先秦道家的天人關係，這是無庸置喙的，而《淮南鴻烈》天人相應的說法，也不同於董仲舒的天人感應。雖然《淮南鴻烈》也提出了「物類相感，本標相應」〈天文訓〉標舉出天、地、人透過「氣」之共同組成物，而可以達到彼此相符應的說法，亦即——以「氣」溝通天、人，以達乎「天人合一」，也多少提及了以「氣」來解釋「天人感應」的現象，如認爲自然界的變化和社會的治亂有關：「天之與人有以相通也，故國危亡而天文變，世惑亂而虹霓見」〈泰族訓〉不過，只是點出自然界的變化與社會的治亂，會有相通的關係，但並沒有像董仲舒天人感應說〔註 21〕有那麼強烈的目的論存在。董仲舒將天意看成最終動力，以爲自然界的一切「其實非自然也，有使之然者矣」（《春秋繁露·同類相動》），都是天的有意識、有目的的安排，並認爲天體現象的變異肇因於人事之感應，這些說法則是《淮南鴻烈》所未提及的觀點。

《淮南鴻烈》對天人相應、相類的認識有很強烈的表面性和猜測性，這

〔註 19〕有關此三書中「以人附天」的情形，可參考張立文主編：《氣》（北京：中國人民大學出版社，1990 年 12 月）第二章第一節至第三節。

〔註 20〕張亨：〈「天人合一」觀的原始及其轉化〉，《中國人的價值觀國際研討會論文集》（下）（台北：漢學中心編，天恩出版社，民國 81 年 06 月。

〔註 21〕董仲舒的天人感應說在賢良策三篇（通稱「天人三策」）以及《春秋繁露》中，發揮此說甚詳。以有威權、有意志之天爲中心，配合陰陽五行、災異之變等發展而成爲天人相互感應之說。認爲天體現象的變異實肇因於人事之感應。董仲舒希望能以此災異之變來影響政治、導正君主的行爲，不過，後來的事實證明其效微甚，君主反而藉此增強其專制的性格，其後所演變出的讖諱虛妄之說，則更成爲野心家竊位的工具。

些天人類比的推論雖然缺乏足以令人信服的理據，但卻隱隱地標舉出了人的地位尊貴的價值觀。由於《淮南鴻烈》的「道」是一切宇宙萬物創生的最高根源與發展的準則所在，也因爲《淮南鴻烈》把人類的發展變化透過「天人相應」的理路與「道」合而爲一，所以，《淮南鴻烈》的所有立論，則必皆自「道」始，就其文學思想而言，亦然。整體《淮南鴻烈》的文學觀，即是以「與道合一」爲最高的指導原則，至於詳細的肌理脈絡，則將於表現理論、審美理論中再予深述論證之。

第三節　因循與時變

壹、《淮南鴻烈》的「因循」論

由於《淮南鴻烈》「道」的主要特性是重「因循」，〔註 22〕所以《淮南鴻烈》對無爲的定義與老子的無爲，有了很大的差異性。因爲《淮南鴻烈》除了認爲道是宇宙萬物變化的規律之外，它也認爲天下萬物、莫不有其不可改易的天地之性與自然之勢。如〈原道訓〉：

> 萍樹根於水，木樹根於土，鳥排虛而飛，獸蹠實而走，虎豹山處，天地之性也。兩木相摩而然，金火相守流。員者常轉，窾者主浮，自然之勢也。

這些是萬物自然的性勢，也是萬物所自具以別於他物的基本特質，先天上有不可改易的絕對性。又如：

> 夫徙樹者，失其陰陽之性，則莫不枯槁。橘樹之江北則化爲枳，鴝鵒不過濟，貈渡汶而死，形性不可易，勢居不可移。（〈原道訓〉）

既不可易，便只有因順它。因爲萬物不止生具有可因而不可易的自然性勢，也同時具有循性求便的本能。是故，爲全養其不可易之形性，往往能夠因勢

〔註 22〕《淮南鴻烈》的因循論一節，主要參考陳麗桂：〈淮南子的無爲論〉，《國文學報》第十七期，民國 77 年 6 月，又，此文頁 113～115 亦對《淮南鴻烈》因循論的沿承，做了詳盡的論述，認爲眞正把「因」的哲學大用於人事之理治，使之發展成爲高妙的治事技術的，是先秦的黃老道家。這在《管子》、《愼子》、《韓非子》、《呂氏春秋》中，我們都可以清楚地看到對這種「因」術的推闡，這個「因」的哲學，以其無比的後勁，成爲黃老思想的核心精神，隨著黃老思想的普遍流行於戰國秦漢之間，這種「因」的人事之「術」也被廣泛地採用。之後，陳氏更詳論了以上四書中「因」術的運用情形，可參看。

而趨便、就其境而擇利處便，換言之，萬物自然懂得在物、我兩不可移易的性勢之間，尋出一足以依輔而不相衝突的諧和之道，以便利己而遂生：

木處榛巢，水居窟穴，禽獸有芄，人民有室，陸處宜牛馬，行宜多水，匈奴出穢裘，干越〔註23〕生葛絺，各生所急以備燥濕，各因所處以禦寒暑，並得其宜，物便其所。由此觀之，萬物故以自然，聖人又何事焉！（〈原道訓〉）

而《淮南鴻烈》即將這種與外物外境自然協調的本能叫做「因」，這也是萬物與生俱來的本能。〈泰族訓〉曾引用《愼子‧因循》的話說：〔註24〕「因則大，化則細」；〈主術訓〉說：「循道理之數，因天地之自然，則六合不足均也」，〈原道訓〉也說：「能因，則無敵於天下。」都是先肯定萬物有自然不可矯易的性勢，站在接受認可的立場，作適當的妥協，則萬物遍在、自然遍在，我也與之遍在。

有形事物如此，無形的事件也一樣有它自具而固定的發展規律。這些規律也是堅確而具有決定該事件成敗的必然性，因此也是只能尊重而不能移易的，這些都是《淮南鴻烈》所謂的「數」、「道理之數」，都是該「因」的對象。所謂「循道理之數」、「因天地之資而與之和同」（〈精神訓〉），都是指的尊重並妥協於這些物先天的自然之性、或事物的必然之理。此即《淮南鴻烈》將順應自然之勢亦劃歸爲「無爲」範疇的原因所在。

由於《淮南鴻烈》中的「道」，有變動不居的發展意義，強調「經人制禮樂，而不制於禮樂」（〈氾論訓〉）。並且意識到了自然的規律性是人爲活動的前提和基礎，所以只要順應客觀的自然規律去行動，人就一定能達到他所想要的各種目的，如〈泰族訓〉：

禹鑿龍門，辟伊闕，決江濬河，東注之海，因水之流也。后稷墾草發菑，糞土樹穀，使五種各得其宜，因地之勢也。湯武革車三百乘，甲卒三千人，討暴亂、制夏商，因民之欲也。故能因則無敵於天下矣，夫物有以自然，而後人事有治也，故良將不能斲金巧冶不能鑠木，金之勢不可斲，而木之性不可鑠也，埏埴而爲器，窬木而爲舟，

〔註23〕「干越」本作「于越」，茲依王念孫校改。

〔註24〕《愼子‧因循》云：「天道因則大，化則細。因也者，因人之情也。人莫不自爲也；化而使之爲我，則莫可得而用矣……故用人之自爲，不用人之爲我，則莫不可得而用矣；此之謂因。」。

鑠鐵而刃，鑄金而爲鐘，因其可也，駕馬服牛，令雞司夜，令狗守門，因其然也。

舉禹「因水之流」而治水底成；后稷「因地之勢」而五種各得其宜；湯武「因民之欲」而能討暴亂、制夏商。蓋「能因則無敵於天下矣」，金之勢不可斲、木之性不可鑠；鑠鐵而刃、鑄金而爲鐘，因其可也，駕車服牛、令雞司夜、令狗守門，因其然也，把「因」的道理，擴展到一切人事的制作上，並認爲舉凡一切成功立事，沒有不因「因術」而成者，如〈原道訓〉指出上古帝王因自然之勢而成事者：

禹之決瀆也，因水以爲師；神農之播穀也，因苗以爲教。(〈原道訓〉)

三代之所道者，因也。(〈詮言訓〉)

先王之法籍非所作也，其所因也。(〈齊俗訓〉)

天下之事不可爲也，因其自然而推之。(〈原道訓〉)

古今聖王設政立教，在《淮南鴻烈》看來，都是透過這種「因循」的手法才成功的。再者，人民因循週遭環境之異，也應變出了不同的生活式態，如：

水之用舟，沙之用鳩，泥之用輴，山之用蔂，夏瀆而冬陂，因高爲田，因下爲池。(〈脩務訓〉)

民迫其難則求其便，因其患則造其備。(〈氾論訓〉)

又，在政治上要「因循而任下」，用兵更要「因勢」、「資而成功」、「因與之化」。整篇〈時則訓〉更是從頭到尾就是一篇因自然而制人事的記錄。由此觀之，則萬事萬物的發展，固自人以順應大自然之變而變，聖人又何需加以干預，而以「有爲」代「無爲」哉？聖人之舉事，皆以因資利用爲主，未曾拂道理之數、詭自然之性也，如：

夫載重而馬羸，雖造父不能以致遠。車輕馬良，雖中工可使追速。是故聖人舉事也，豈能拂道理之數，詭自然之性，以由爲直，以屈爲伸哉？未嘗不因其資而用之也。(〈主術訓〉)

然而從人的本性論「因循」者，則應「視其所爲，因與之化」(〈兵略訓〉)，再者，由於時代趨勢的不同、社會結構的改變，欲力求恬愉清靜、純樸質眞的自然無爲已屬難能，人爲制度的建立勢所必然，因爲，人生活在大自然的環境當中，大自然有天災水患，如當堯舜之時，天下洪水氾濫成災，大禹疏導河流，以避其災禍，這實是人爲所不可少，因而「不作爲之無爲」實不可行。再加上人有衣食之情，天然之五穀，不足贍給，「禾稼春生，人必加功焉，故五穀得遂長」(〈脩務訓〉)，以人工輔助天工、以人爲輔助自然之不足，這在眾物不贍的社會上也是必須的。《淮南鴻烈》便從人口繁衍、物質不足、社會進化等事實，以及人性之所需求，來說明人爲之必要。所以，《淮南鴻烈》的「無爲」之意等同於黃老道家「刑名式的無爲」，亦即——「絕非無所作爲」，而是「順應自然」，然卻更進一步地加以詮釋而有別於先秦道家的觀念，認爲禮樂如果是順其自然之勢的，也可以被看成是合乎無爲的，如：在昔淳樸之風、道德之治，變而爲仁義禮樂之治，此乃時勢所趨，不得不然。如，〈泰族訓〉：

> 民有好色之性，故有大婚之禮；有飲食之性，故有饗大誼；有喜樂之性，故有鐘鼓筦絃之音；有悲哀之性，故有衰経哭踊之節，故先王之制法也，因民之所好而爲之節文者也。因其好色而制婚姻之禮，故男女有別；因其喜音而正雅、頌之聲，故風俗不流；因其寧家室、樂妻子，教之以順，故父子有親；因其喜朋友而教之以悌，故長幼有序。然後修朝聘以明貴賤，饗飲習射以明長幼，時搜振旅以習用兵也，入學庠序以修人倫。此皆人之所有於性，而聖人之所匠成也。

此皆「因」民之所好，而爲之節文。《淮南鴻烈》也正是用「因」的觀念說明了禮的起源及禮的意義。徐復觀曾指出：〔註 25〕「因民之性以制禮作樂的思想，大概在戰國中期以後才發展出來的。此一思想的重要性，在於把禮起源於適應封建政治要求的歷史根據完全淘汰，而認定適應人性的傾向、要求，才是禮的起源，才是禮的意義，這便使禮從原來的封建統治的束縛中完全突破了出來，使其成爲集體社會中所共同需要的行爲規範」。《淮南鴻烈》運用時勢所趨、不得不然來說明人世間禮樂制度的合理存在，並以之融合形而上的道家與形而下的儒家，使之成爲一可以連貫的脈絡。禮樂制度恰恰是因民之天性而建立起來的，所以是順乎自然的，順其性，故有禮樂之節，因其所好，而有人倫之成，聖人無事焉，順之而已矣。正所謂：

> 無其性，不可教訓；有其性，無其養，不能遵道。繭之性爲絲，然非得工女煮以熱湯而抽其統紀，則不能成絲。卵之化爲雛，非慈雌嘔煖覆伏，累日積久，則不能爲雛。人之性有仁義之資，非聖人爲之法度而教導之，則不可使鄉方。故先王之教也，因其所喜以勸善，因其所惡以禁姦，故刑罰不用而威行如流，政令約省而化燿如神。

〔註 25〕參見同註 5 前揭書，頁 271。

故因其性，則天下聽從；拂其性，則法縣而不用。(〈泰族訓〉)

認爲人之性雖有仁義之資，然非聖人之法度以教導之，仍易失其向。故日「順道而動，天下爲嚮；因民而慮，天下爲鬥」(〈兵略訓〉)。聖人者，與道合一之人也、其行事亦達於道者也：

達於道者，反於清淨，究於物者，終於無爲。以恬養性，以漠處神，則入於天門。(〈原道訓〉)

故能反於清淨，究於物者，終於無爲。以恬養性，以漠處神，而入於天門。然而，《淮南鴻烈》認爲從天道與循人爲是有所不同的：

所謂天者，純粹樸素，質直皓白，未始有興雜揉者也。所謂人者，偶睋智故，曲巧僞詐，所以俛仰於世人而與俗交者也。〈原道訓〉循天者，與道游者也。隨人者，與俗交者也。夫井魚不可與語大，拘於隘也；夏蟲不可與語寒，篤於時也；曲士不可與至道，拘於俗，束於教也。(〈原道訓〉)

循人爲者，不過一隅之見，未若與道游者、可以遍照全體，正如〈兵略訓〉云：

所謂道者，體圓而法方，背陰而抱陽，左柔而右剛，履幽而戴明，變化無常，得一之原，以應無方，是謂神明。(〈兵略訓〉)

得其道者，若處神明之境，體圓而法方，背陰而抱陽，左柔而右剛，履幽而戴明，變化無常，得一之原，以應無方。

貳、《淮南鴻烈》的「時變」論

陳麗桂指出，〔註26〕《淮南鴻烈》的「因循論」與《愼子》的「因循說」最大的不同是——在主「因循」的同時，《淮南鴻烈》也主時變，認爲除了因循本身之與道合一的性情發展之外，還應注意要依循著天道之變化而與之有所移易：

不爲善，不避醜，遵天之道；不爲始，不專己，循天之理。不豫謀，不棄時，與天爲期；不求得，不辭福，從天之則。(〈詮言訓〉)

凡事忌專己心、違天之道，宜循天之理，從天之則以行。認爲倘能循時而易者，政教易化、風俗易移，而忌強以古法、治今世之人，如〈氾論訓〉云：

今世德益衰，民俗易薄，欲以樸重之法，治既弊之民，是猶無鏑銜橛策錣而御馯馬也。

〔註26〕同註22前揭書，頁115。

亦不可以一世之度制治天下，否則就會像刻舟求劍般不可復得：

> 以一世之度制治天下，譬猶客之乘舟，中流遺其劍，遽契其舟桅，暮薄而求之，其不知物類亦甚矣！（〈說林訓〉）

故可知，《淮南鴻烈》要求應乘時而生應變之方，如〈氾論訓〉云：

> 聖人論事之局曲直，與之屈伸偃仰，無常儀表，時屈時伸。卑弱柔如蒲葦，非攝奪也；剛強猛毅，志厲青雲，非本矜也；以乘時應變也。

所以說《淮南鴻烈》之「道」重因循，除依順萬物之性以外，也因爲要求依循時代的演化而重「時變」，〔註27〕並要求要與時俱化，誠如〈俶眞訓〉云：

> 至道無爲，一龍一蛇，盈縮卷舒，與時變化，外從其風，內守其性。

故宜知隨時隨物而變化，但在應變逶迤之中，卻又要能執守純樸本眞、不逐物忘返才行。一切表面上的柔弱、後退，其實都是蓄勢待發，以便應時而動的。「事」強，方是關注的重點所在，弱「志」只爲強「事」，如〈原道訓〉云：

> 行柔而剛，用弱而強。
>
> 欲剛者，必以柔守之；欲強者，必以弱保之。積於柔則剛，積於弱則強。

持後守弱成了耐性撐持以等待成熟時機、等待一舉致勝的關鍵性時刻。時機也是一種事物發展的客觀規律，「周於數」便包括了「合於時」，在這樣的觀點下，《淮南鴻烈》認爲事件成敗的關鍵，並不全然決定於自身內在的主觀才德，亦有賴於外在客觀的時機與所居的形勢是否恰當。就時機而言：

> 事周於世則功成，務合於時則名立。（〈齊俗訓〉）
>
> 得，在時不在爭；治，在道不在聖。（〈原道訓〉）

一個立功行事的人，不能不特別注意把握客觀而外在的「時」。然而時機的把握並不容易：

> 時之反側間不容息，先之則太過，後之則不逮，時不與人遊，……時難得而易失也。（〈原道訓〉）
>
> 事或不可前規，物或不可豫慮，卒然不戒而至，故聖人畜道以待時。（〈說山訓〉）

〔註27〕《淮南鴻烈》重時變的哲學，汲取自法家與《呂氏春秋》，同註19，頁120有詳論，可參看。

聖人者不能生時，時至而弗失也。（〈說林訓〉）

時機是客觀地隨著事物的自然發展而漸臻成熟，而不是人我主觀的意願或才智所可如何的。即便是聖人，亦只能力求做到與道合一、蓄勢以待，迨時機漸臻成熟之後，方能「應化揆時」（〈原道訓〉）、「動不失時」（〈人間訓〉）。

然而，有一個前提倒是應先行注意的，因爲就所居處的形勢而言，亦有其「可」、「不可」之勢存焉，如：

禹決江疏河，以爲天下興利，而不能使水西流。稷辟土墾草，以爲百姓力農，然不能使禾冬生。豈其人事不至哉？其勢不可也。（〈主術訓〉）

禹雖可決江疏河、爲天下興利，然而亦不能逆轉水流的整體流向；稷雖能教民辟土，墾草以力農，然而亦不能改變大自然的四季變化，使禾冬生。說明「因循」亦有所侷限，太過則猶如不及矣。再者天下之事，物極則反、盈滿則損、變動不居，如〈泰族訓〉：

天地之道，極則反，盈則損。五色雖朗，有時而渝；茂木豐草，有時而落；物有隆殺，不得自若。故聖人事窮而更爲、法弊而改制，非樂變古易常也，將以救敗扶衰、黜淫濟非，以調天地之氣、順萬物之宜也。

在恆定不變的性勢中，仍有其必變的自然趨勢。在與物逶迤因循、在因應必變的自然之勢時，應隨之乘時而變，《淮南鴻烈》並不贊成與物俱入衰殺、窮窘一途，應該物極反、而我順勢變改；物衰殺、而我及時更爲，如聖人「事窮而更爲、法弊而改制」，其適「時」地「變」正是爲了「救敗扶衰、黜淫濟非」，如此，方能「調天地之氣、順萬物之宜」。要知道，《淮南鴻烈》的「因循」，乃是以趨利求便爲前提，其所「因」者，乃是「利便」的情「勢」，而非事物的形跡本身。因著利便的情勢而變，所以能夠如〈氾論訓〉云：

苟利於民，不必法古；苟周於世，不必循舊。

〈齊俗訓〉：

世異則事變，時移則俗易。故聖人論事而立法，隨時而舉事。

因爲世異而事變，時移而俗易，所以能「五帝貴德、三王用義、五霸任力」（〈人間訓〉），其治世之法雖不相同，卻是因時而置宜之變，故曰：

聖人法與時變，禮與俗化，衣服器械各便其用，法度制令各因其宜。（〈氾論訓〉）

因爲，《淮南鴻烈》所講求的「變」是「事變而道不變」（〈氾論訓〉），故有所謂「常故不可循，器械不可因，先王之法度有移易者矣」(〈氾論訓〉)。常故、器械都是指事物的形跡。〈說山訓〉云：「循跡者非能生跡者也」，我們要循的是「時」而不是「跡」，當時勢有所改時，跡也應該隨之而變。故有所謂「先王之制，不宜則廢之，末世之事善則著之，是故禮樂未始有常也」(〈氾論訓〉)這等因「時宜」而制「變」之論。

第四節　無爲論

由於《淮南鴻烈》「道」的特性重「因循」，是故其「無爲」論也就跟著開出一條與老子之「無爲」不同的道路、並展現了黃老道家「道」、「事」並重的特色，而不同於老子之摒棄所有人爲。換言之，《淮南鴻烈》的「無爲」，已有別於老子的明哲保身和莊子的逍遙自適，而把老子早已呈露出的「無爲而無不爲」的思想、透過「因循」的轉化，而強化了「無不爲」的功能。另，「道、事」這對原本在先秦道家看來是勢同水火的相對詞語，也因爲「因循」觀念的介入，而達成了和諧的統一。如：

> 不能無爲者，不能有爲也。(〈說山訓〉)
>
> 能有天下者，必無以天下爲者也；能有名譽者，必無以趨行求者也。(〈俶眞訓〉)
>
> 無以天下爲者，必能治天下者也。(〈詮言訓〉)

可見「無爲」的重點並不在無爲或無求，而在「有爲」、「有天下」、「有名譽」，一切正面的不舉措，更重大的意義是背面的大舉措。誠如陳麗桂所指出：〔註28〕《淮南鴻烈》中「無爲」、「有爲」的差別並不在「爲」與「不爲」，而在如何「爲」，是「循己」以爲、還是「因資」以爲？只要是不違背自然規律，能充份利用週遭條件，因時、因地、因物而置宜者，都是《淮南鴻烈》所極力推崇的無爲。因此，「無爲」就成了一種尊重客觀規律以行事的合理行爲，一種循自然以求發展的特定意義的「有爲」。而從《淮南鴻烈》的原文中，我們也可以發現它對「無爲」的定義是——順應自然規律去行動，不違背自然規律而倒行逆施，是一種積極意義上的無爲：

> 所謂無爲者，不先物爲也；所謂無不爲者，因物之所爲。所謂無治者，不易自然也；所謂無不治者，因物之相然也。萬物有所生，而

〔註28〕同註22前揭書，頁95。

獨知守其根；百事有所出，而獨知守其門。故窮無窮、極無極，照物而不眩，響應而不乏，此之謂天解。(〈原道訓〉)

認爲天下之治，要無爲而無不爲，唯有透過「因」的手法方能竟功，能把握「因」，則能巧妙地集結眾多事物的有限與不周，並相互補濟其侷限而達圓滿。誠如陳麗桂所言：〔註 29〕「由順應外物中去理治萬物，由與物無忤中以超越外物」，如此，「不只闡釋了道家循天保眞的無爲義，也印證了唯天人調和而後足以『無不爲』的道理」。唯有與道相通者，方能馳應之而不失其宜、理治之而不失其當，方能無爲而無不爲，故在〈脩務訓〉中也曾提及：

或曰：「無爲者，寂然無聲，漠然不動，引之不來，推之不往。如此者，乃得道之像。」吾以爲不然。(〈脩務訓〉)

若吾所謂「無爲」者，私志不得入公道，嗜欲不得枉正術，循理而舉事，因資而立功，推自然之勢而曲故不得容者，事成而身弗伐，功立而名弗有，非謂其感而不應，攻而不動者。(〈脩務訓〉)

由此可知《淮南鴻烈》的無爲，是因循自然而無爲的，非偷惰廢事、無所作爲，乃是以「背道用己爲有爲」：

若夫以火熯井，以淮灌山，此用己而背自然，故謂之有爲。若夫水之用舟，沙之用鳩，泥之用輴，山之用蔂，夏瀆而冬陂，因高爲田，因下爲池，此非吾所謂爲之。(〈脩務訓〉)

可見《淮南鴻烈》之所謂「無爲」，乃是至公至正，循理舉事，因資立權，必須從公道、戒私志；必須順自然、反智巧，是充份利用一切自然條件而建立事功，並不是什麼都不做。〈原道訓〉亦提及：

所謂無爲者，不先物爲也；所謂無不爲者，因物之所爲。所謂無治者，不易自然也；所謂無不治者，因物之相然也。

《淮南鴻烈》改良老莊原始道家小國寡民式的無爲而治，進而更尊重人性——「無爲」，即是順沿萬物的本性，不加刻意的人爲破壞與矯揉，完全依其本性發展，而不破壞其自然之樸質天眞。「萬物固以自然，聖人又何事焉？」〈原道訓〉此即是無爲，以不治治之。順物之性，而使之各成其美；循自然之理而不矯揉造作；因當然之法則，使之各得其宜，只要不違背自然規律，能充份利用週遭條件，因時、因地、因物而制宜，皆是《淮南鴻烈》所推崇的「無

〔註 29〕同前註。

爲」。並認爲天下事物外表儘管繁複，內在的核心道理卻是一定的，這個固定的核心道理是整個事物的癥結與關鍵，能夠掌握住它，整個事物便能全然掌握；把握不住它，花再多的精神功夫皆屬枉然。因此當我們治事理物時，要懂得尋繹事物背後的核心之理，方能四兩撥千斤。換言之，天地事物莫不有其規律可尋，這些規律每每是這些紛雜的物象背後抽象的存在理據，把握住它，便沒有解決不了的事。〈人間訓〉云：

物無不可奈何，有人無奈何。

車之所以能轉千里者，以其要在三寸之轄。

聖人行之小而可以覆大矣，審之於近則則可以懷遠矣……形於微小而可以通大理。

是故而知做事要能「得其數」、「審其所由」，「誠得其數，則所用無多」（〈人間訓〉）。這個「數」便是指事物存在的關鍵或背後的規律和理據，也就是那個能撥千斤的四兩。統括地說，《淮南鴻烈》稱之爲「道」，因爲它們都是宇宙總規律的分支。有時《淮南鴻烈》更明確地用「數」、用「理」，甚至用「道理」、「道理之數」去指稱它們是事物個別存在的規律和理據；有時它又用「公」、「公道」去指稱它們是一種放諸天下恆然不變的客觀道理。〔註30〕〈主術訓〉篇則指出：「執柄持術，得要以應眾，執約以治廣，……運於璇樞，以一合萬」。這些「數」、「道」既然都是事物的客觀規律，當時是最自然而不雜智故的，在〈原道訓〉、〈主術訓〉二文中，都把「道理之數」和「自然之性」看成一回事，〈原道訓〉說要「修道理之數，因自然之性」。〈主術訓〉說「豈能拂道理之數，詭自然之性」，顯然「道理之數」與「自然之性」是二而一的，那麼執數循理去行事，自然也屬「無爲」了。陸玉林曾指出：〔註31〕「先秦道家和《淮南鴻烈》對『無爲』的不同理解，歸根結底還是對什麼是『自然』的不同理解，因爲兩者的『無爲』，都有一個共同的原則即順應自然。老莊認爲凡是人所具有的而不是和物所共有的，如思維、語言、喜怒哀樂等等都是

〔註30〕如〈詮言訓〉云：「審於數則寧」、「慮不勝數」、「勝在於數，不在於欲」、「釋道而任智者必危，棄數而用才者必困」，要「守其分、循其理」，不要「釋公而就私，背數而任己」。〈主術訓〉云：「動靜循理」，聖人舉事絕不拂「道理之數」，「不脩道理之數，雖神聖人不能以成功」。〈原道訓〉也說要「修道理之數」、「執道理以耦變」、「依道廢智，與民同出於公」。〈說林訓〉也說「不得其數，愈蹶愈敗」。

〔註31〕同註15前揭書，頁59。

不『自然』的；而《淮南鴻烈》則認爲人生而就有的、或是按客觀規律而後天學習的都是『自然』的」。也由於先秦道家對一切人爲均持排斥的態度，所以，就他們看來，道、德、仁、義、禮是一種漸次遞失的過程，然而《淮南鴻烈》則認爲「以道爲竿、以德爲綸、禮樂爲鉤、仁義爲餌，投之於江，浮之於海，萬物紛紛，孰非其有」（〈俶眞訓〉），其中道、德、仁、義、禮、樂的關係不再是漸次遞失的關係，而是本末的關係。「道」是本，是「所以爲治」的東西，而「德、仁、義、禮、樂」是末，是「治人之具」。雖不宜舍本逐末，但若能明本，則末尙有可用之處。如《淮南鴻烈》雖是認爲「道德衰而仁義生」，並認爲仁義禮樂，乃是衰世之要目。然則：

> 禮義節行，又何以窮至治之本哉！世之明事者，多離道德之本，曰禮義足以治天下，此未可與言術也。所謂禮義者，五帝三王之法籍風俗，一世之跡也。……夫有孰貴之！（〈齊俗訓〉）

所謂禮義，不過是五帝三王之法籍風俗而已，只是一世之跡，並非道之要，所以並不值得如此看重，一如〈齊俗訓〉云：

> 先王之法籍，非所作也，其所因也。其禁誅，非所爲也，其所守也。凡以物治物者不以物，以睦；治睦者不以睦，以人；治人者不以人，以君，治君者不以君，以欲；治欲者不以欲，以性；治性者不以性，以德；治德者不以德，以道。

故可知「道」才是治世治物的最高指導原則。所以說：

> 聖人所由曰道，所爲曰事。（〈氾論訓〉）

既要宰匠萬物，那就必然涉及家、國，一旦涉及家、國，就會把「道」、「事」統一起來：

> 言道不言事，則無以與世浮沈；言事不言道則無以與化游息。（〈要略〉）

強調「道」、「事」並重，不獨言「道」、不獨「與化游息」，因爲人畢竟是生存於現實生活裡的，人的一切生命活動，終不能不落實於現象界；任何超然不朽的弘道，最終最大的目的也都是用來理治紛繁的人、事問題的。因此，論道之外，不能不言事。然而：

> 道猶金石，一調不更；事猶琴瑟，每絃改調。故法制禮義者，治人之具也，而非所以爲治也。故仁以爲經、義以爲紀，此萬事不更者也。若乃人考其才，而時省其用，雖日變可也。天下豈有常法哉！當於世

> 事，得於人理，順於天地，祥於鬼神，則可以正治矣。(〈氾論訓〉)

道猶金石不可更迭，然事猶琴瑟，可每絃改調。是故法制禮樂，乃治人之工具而已，天下豈有常法哉？當於人事、得於人理、順於天地、祥於鬼神者，則可謂正治矣。正如〈人間訓〉云：

> 知天之所爲，知人之所行，則有以任於世矣。
>
> 知天而不知人，則無以與俗交；知人而不知天，則無以與道遊。

知天道而不知人事，則不能與世俗相交；知人而不知天，則未能與道優游，故唯知天、知人者，足以任於世也。又，〈泰族訓〉云：

> 聖主在上，廓然無形，寂然無聲，官府若無事、朝廷若無人，無隱士，無軼民，無勞役，無冤刑，四海之內，莫不仰上之德，象主之指，夷狄之國重譯而至，非户辯而家說之也，推其誠心，施之天下而已矣。

聖主以誠心施之天下，則官府若無事、朝廷若無人，四海之內，皆仰上德、象主之指。故可知「君執一則治，無常則亂。君道者，非所以爲也，所以無爲也」(〈詮言訓〉)，夫「無爲者，則得於一也；一也者，萬物之本也、無敵之道也」(〈詮言訓〉)，如〈兵略訓〉云：

> 無形而制有形，無爲而應變。

又如〈泰族訓〉：

> 故不言而信、不施而仁、不怒而威，是以天心動化者也；施而仁，言而信，怒而威，是以精誠感之者也。施而不仁、言而不信、怒而不威，是以外貌爲之者也。故有道以統之，法雖少，足以化矣；無道以行之，法雖眾，足以亂矣。

以天心動化者，不言而信、不施而仁、不怒而威；而以精誠感之者，則施而仁、言而信、怒而威，此皆以道統之者，故法雖少而足以化。然倘若無道以行之者，則施而不仁、言而不信、怒而不威，法雖眾仍足以亂矣。《淮南鴻烈》認爲自己所處身的衰世的時代中，治世雖仍應以道爲其最高指導原則，然所行所本者，仁義也：

> 故仁義者，治之本也，今不知事修其本，而務治其末，是釋其根而灌其枝也。且法之生也，以輔仁義，今重法而棄義，是貴其冠履而忘其頭足也。故仁義者，爲厚基者也，不益其厚而張其廣者毀，不廣其基而增其高者覆。(〈泰族訓〉)

不知重仁義之本、以漸趨道德之治，而務治於以輔仁義所生之法，今重法而去義，其去道愈遠矣，故曰：

> 逮至當今之世，天子在上位，持以道德，輔以仁義，近者獻其智，遠者懷其德，拱揖指麾而四海賓服，春秋冬夏皆獻其貢職，天下混而爲一，子孫相代，此五帝之所以迎天德也。(〈覽冥訓〉)

唯有「持以道德、輔以仁義」，方能近者獻智、遠者懷德，而四海賓服。《淮南鴻烈》曾不只一次明白地表示過：它是道、事並講、天人並重的。它一方面強調要「循天」，另一方面也要「俯仰於世人而與俗交」。〈要略〉篇也提及其撰作此書的最終目的是要「置之尋常而不塞，布之天下而不窕」，希望能夠做到「外化而內不化」、「外與物化而內不失其情」，既要「全其身」，也要能夠「入於人世」，據陳麗桂所指陳：〔註 32〕以西漢太平初開的背景看來，《淮南鴻烈》欲深入人世的意願，顯然要大大強過於「全其身」，並且這種精神是通貫《淮南鴻烈》全書的。

〔註 32〕同註 22 前揭書，頁 104。

第四章　表現理論

表現理論，主要落實在作者創造作品的藝術過程第二階段上來討論。

基本上是導向「作者」來討論的，亦即探討作者將其本身感情投射到作品上、或如何與之相互作用等。本章將從「文質論」、「形神論」、「創作論」三個節次來討論《淮南鴻烈》的表現理論。

第一節　文質論

《淮南鴻烈》主張「必有其質，乃爲之文」（〈本經訓〉），認爲質較諸文是根本的東西，這同儒家思想是一致的。但儒家所說的質，主要是指個體內在的道德精神品質，是從「君子」個人的道德修養這個角度來看的。〔註1〕《淮南鴻烈》則有所不同，它超出了個人的道德修養，而認爲只有在統治者能夠使整個政治社會清明、人民安樂的情況下，禮樂等的文飾作用，才有眞正的意義和價値。相反，如果政治黑暗，人民痛苦不堪，這時說什麼禮樂的文飾作用，都是荒唐而無意義的，也是虛僞的。〈本經訓〉中在指出了「必有其質，乃爲之文」之後，接著就說：

> 古者聖人在上，政教平、仁愛洽，上下同心，群臣輯睦，衣食有餘，家給人足，父慈子孝，兄良弟順，生者不怨，死者不恨，天下和洽，人得其願。夫人相樂，無所發貺，故聖人爲之作樂，以和節之。末世之政，田漁重稅，關於急征，澤梁畢禁，網罟無所布，耒耜無所

〔註1〕此說引自李澤厚・劉綱紀主編：《中國美學史》卷一（北京：中國社會科學出版社出版，1990年1月）。

設，民力竭於徭役，財用殫於會賦，居者無食，行者無糧，老者不養，死者不葬，贅妻鬻子，以給上求，猶弗能澹。愚夫蠢婦，皆有流連之心，淒愴之志。乃使始爲之撞大鐘，擊鳴鼓，吹竽笙，彈琴瑟，失樂之本矣。

這裡說的「質」是指實質，指人的思想感情和現實生活狀況的眞實，一切外在的「文」都必須符合於「質」。在人民陷於啼饑號寒、贅妻鬻子的情況下，即便是連愚蠢至極的男女，也都有了離散的痛苦和悲感的心情，在這樣的絕境下，卻竟然爲他們「撞大鐘，擊鳴鼓，吹竽笙，彈琴瑟」，這樣的「樂」究竟還有什麼意義？這「樂」的「本」又是什麼？〔註 2〕這裡，《淮南鴻烈》明顯繼承了先秦儒家重人本的精神，同時又將之用來觀察「文」與「質」的關係問題，則認爲文之本在於質，一切文采文飾都是根據內容的需要而產生的，如果文不符質，那就失去藝術的根本，所以，就依其「文」、「質」產生的先後順序而言，《淮南鴻烈》認爲文源於質。

壹、文源於質

《淮南鴻烈》的文質論，就依其「文」、「質」產生的先後順序而言，認爲文源於質，如〈泰族訓〉云：

琴不鳴，而二十五絃各以其聲應；軸不運，而三十輻各以其力旋。絃有緩急小大然後成曲，車有勞逸動靜而後能致遠。使有聲者，乃無聲者也；能致千里者，乃不動者也。

以二十五弦之緩急小大相應琴之不鳴、各以其勞逸動靜之力而施軸之不運。透過以「無聲」使「有聲」、以「不動」致「千里」的觀點，可以看出具體的感性形態實決定於內在的抽象本質。又〈主術訓〉：

樂生於音，音生於律，律生於風，此聲之宗也。

器樂本源於聲樂，而具有旋律、節奏特色的本體卻在於並無旋律、節奏可言的氣體之運動。《淮南鴻烈》將音樂的主宰，推源於「無聲之音」。此乃《淮南鴻烈》中的「無」，影響到文學思想的結果。這個時候的「無聲之音」，在某一個意義層面上可以等同於「道」，也可以當作是「情之至者」的「質」。「寂

〔註 2〕《淮南鴻烈》在〈主術訓〉亦曾提及「失樂之本」，茲錄於下，以供參考：民至於焦唇沸肝，有今無儲，而乃始撞大鐘、擊鳴鼓、吹竽笙、彈琴瑟，是猶貫甲冑而入宗廟、被羅紈而從軍旅，失樂之所由生矣。

寞者，音之主」，就文學層面而言，也可以解釋爲「情者，文之主」。內在情感的存在，就是外現之形象的根源所在，「必有其質，乃爲之文」中的「文」，乃指形之於外之意，而非指修飾而言。如〈脩務訓〉云：

> 夫謌者，樂之徵也；哭者，悲之效也。憤於中則應於外，故在所以感。

歌唱是內心歡樂的表徵，哭泣是內心悲哀的反映。悲、喜之情發於心中，而由歌唱、哭泣將之形於外也。

《淮南鴻烈》的文質論，除了受儒家文質觀念的影響外，也發揚了道家那種敢於大膽揭露社會黑暗與虛僞的批判精神。在〈覽冥訓〉中，它對在災難時代「美」的毀滅，表示了痛心疾首的指斥：〔註3〕在一個「仁君處位而不安，大夫隱道而不言」，「君臣乖而不親，骨肉疏而不附」，整個政治狀態以及人與人之間的關係極爲黑暗的社會裡，美就會死滅。這時，「美人挐首墨面而不容，曼聲吞炭內閉而不歌，喪不盡其哀，獵不聽其樂，西老折勝，黃神嘯吟」飛鳥折斷了翅膀，走獸的腳成了殘廢，玉石沒有文理，整個大自然都失去了生命和美，在「必有其質，乃爲之文」的前提下，「質」都已無立錐之地，「文」又如何附焉？《淮南鴻烈》亦受到道家質樸爲美、自然爲美的思想影響，對過度的人工文飾基本上是持反對態度的。道家，高度推崇天然之美，在它看來，產生萬物的「道」，像是一個偉大的匠師，創造了大自然中的種種事物，並使之達到高度的完美，這就是莊子所謂「雕琢萬物而不爲巧」。所以，人應以自然之「道」爲師。《淮南鴻烈》明顯地繼承了道家的這種思想，並作了更爲具體的說明，〈泰族訓〉說：

> 天地所包，陰陽所嘔，雨露所濡，化生萬物。瑤碧玉珠，翡翠玳瑁，文采明朗，潤澤若濡。摩而不玩，久而不渝。奚仲不能旅，魯班不能造，此之謂大巧。

《淮南鴻烈》贊揚造物主「大巧」，所造之物「文彩明朗」，其自身之美已透射於外，這種天地化生萬物的過程中所產生的天生本質之美，是任何能工巧匠的創造都無法比擬的。既然「質」所具有的天然之美是最崇高的，那麼一切人工的文飾就不是那麼「必要」了，一切文飾都以符合「質」的自然要求

〔註3〕有關災難時代美的毀滅的論述，在李澤厚的《中國美學史》（同註一）頁469，與敏澤《中國美學思想史》（山東：齊魯書社出版，1989年8月）卷一，頁366，二書中均見論及，本文酌採二位學者之說法。

爲限，如果文飾過份，就會遭到反對了。

《淮南鴻烈》反對當時的繁文縟節，而倡自然純眞的素樸大美，蓋乃因其徒剩文而無質的現象實不符合《淮南鴻烈》重質輕文的特色。有文無質者，僞也。猶若「處喪而無哀，僞也」，未能動人情性者也。徒有形式，而無眞情實感者，不足法也。

貳、質重於文

《淮南鴻烈》重質輕文的態度，可從〈詮言訓〉中看出：

> 飾其外者傷其內，扶其情者害其神，見其文者蔽其質。無須臾忘爲質者，必困於性；百步之中不忘其容者，必累其形，故羽翼美者傷骨骸，枝葉美者害根莖，能兩美者，天下無之也。

認爲飾其外則傷其內、扶其情則害其神、見其文則蔽其質，強調「文」實足以蔽「質」。常思爲質、不修自然，則性困也；百步之中不忘其面容者，必會拖累其形體，是故而知「羽翼美者傷骨骸，枝葉美者害根莖，能兩美者，天下無之也」，天下雖無兩美，卻也不可本末倒置——重文輕質、或徒文而無質。在文質「兩美」不可兼得的困境中，《淮南鴻烈》捐棄了儒家「文質彬彬」的理想，而兼採了道家的理論，將之作了若干的修正。自孔子以來，主張「文質彬彬」，主張「修辭立其誠」，在強調質（內容）的首要地位的同時，也強調文（形式）之重要。《淮南鴻烈》則比較偏重質，認爲「文勝質則揜」〈詮言訓〉而提出重質輕文的主張。如〈繆稱訓〉云：

> 錦繡登廟，貴文也。圭璋在前，尚質也，文不勝質，之謂君子。

錦繡絲織品送入廟中，是珍視它的文采；以圭璋爲祭者，是崇尚它的樸實。文不勝質，方可謂之君子。顯然，這和儒家的「文質彬彬」的觀點是大相徑庭的。然而，道家將審美視點集中於「質」，雖算是抓住了審美問題的核心，但是，既然有「美」，它總是要表現於外才能讓人感受，所以，即便是道家所推崇的「敦兮其若樸」，其實也是一種審美形態——即後人所謂「渾成」、「渾厚」之美〔註 4〕任何事物皆有本質之美，也有其形式之美，亦即以色彩、聲音將內在之美表現於外。「五色不亂」的自然之色，「五音不亂」的自然之聲，不皆是自然之美的表現形式嗎？不都是自然的文彩嗎？只肯定事物內在之美

〔註 4〕參考《文與質・藝與道》的說法，陳良遠（北京：中國人民大學出版社，1992 年 7 月）。

而否定外在的形式之美、並認定凡有耳目可感之美的「美言」皆不可信，而可信之言又必定「不美」者，實是偏激之論也。

參、不棄美飾

〈說林訓〉云：「蓋非橑不能蔽日，輪非輻不能追疾，然而橑輻未足恃也。」創作非「文」不成，然文未足恃也。《淮南鴻烈》並不像道家那麼絕對地反對「文」，只是反對那種沒有「質」之美作爲基礎和前提的虛僞文辭，〔註5〕倘若太強調文，則易於「末大於本則折，尾大於要則不掉」（〈泰族訓〉）。就文質而言，文爲末、質爲本，《淮南鴻烈》認爲質可以勝文而文不可以勝質，誠如〈主術訓〉云：「不直之於本而事之於末，譬猶揚堁〔註6〕而弭塵，抱薪以救火也」。然而文飾對於質的外現，仍是有其相當程度的影響的，雖言「白玉不琢、美珠不文，質有餘也」（〈說林訓〉），〔註7〕此乃指絕美的事物不必要文飾，卻也不因此而否定文飾的作用，一般文章仍需要技巧與修飾，才能更臻美好。所以，《淮南鴻烈》在文質的問題上，雖然主要傾向是重質而輕文，但有時也還是強調文飾的重要。如〈脩務訓〉中以毛嬙、西施爲例，認爲即使是天下之美人，也要「使之施芳澤、正娥眉、設笄珥、衣阿錫、曳齊紈，粉白黛黑、佩玉環揄步，雜芝若，籠蒙目視，冶由笑，目流眺，口曾撓，奇牙出，䤋酺對搖」，才能夠使即便是有嚴志頡頏之行的王公人，亦皆「憚悇癢心而悅其色」。可見，《淮南鴻烈》並不是一味反對文，而是反對無其質而片面追求文的傾向。值得一提的是，《淮南鴻烈》雖對「文飾」予以肯定的地位，但認爲眞正能對美帶來積極作用的是「美飾」，而不是「醜飾」，比如毛嬙、

〔註5〕有些學者，如敏澤《中國美學思想史》卷一（同註三）頁367，認爲《淮南鴻烈》在充份強調「文飾」重要性的同時，又提出「文質不能兩美」，「能兩美者，天下無之也」，就因此而認定《淮南鴻烈》是「完全排斥一切文飾的」。筆者以爲此論下得過於輕率，倘僅依敏氏所引之兩段文而言，或許可以贊同《淮南鴻烈》的論點似有自相矛盾之處，然在仔細探討《淮南鴻烈》全書的思想之後，筆者對這兩段引文的理解，則不同於敏氏所言，詳述請參見正文。

〔註6〕《廣雅・釋詁》：「堁，塵也。」

〔註7〕此說承襲自《韓非子・解老》篇中所說的：「和氏之璧，不飾以五采；隋侯之珠，不飾以銀黃，其質至美，物不足以飾之。夫物之待飾而後行者，其質不美也」。韓非子此說將本質之美與文飾之美對立，認爲文飾之美是不眞實的、是虛假的，亦是華而不實、虛而無同的。「和氏之璧」、「隋侯之珠」、不飾以「五采」、「銀黃」的思想，但不同之處在於《淮南鴻烈》並未將「質地美」與「文飾美」對立，它在重質的條件下，亦重視文飾美的重要性。

西施「粉白黛黑」，能增其美，屬美飾，但是如果使她們「銜腐鼠、蒙蝟皮，衣豹裘、帶死蛇」，就會使人「睥睨而掩鼻」，這樣的修飾就成了「醜飾」。所以，《淮南鴻烈》強調「不爲醜飾」（〈主術訓〉），以免與其審美的目的相違，使本來美的事物變醜。

總體而言，《淮南鴻烈》將「天然之美」推崇倍至，其所強調的是「質」自身所具有的不待文飾的美，但同時也贊成在「質」所具有的美之外，可以再加上使「質」顯得更美的文飾。

肆、重眞誠

在《淮南鴻烈》重質輕文的文質論中，對「文」的要求是在以不可勝於「質」的前提下，有尚美飾的特性，而對「質」的要求，則有「重眞誠」、「崇雅善」二個特性。

就主眞誠而言，《淮南鴻烈》認爲：

> 情繫於中，行形於外。凡行戴〔註 8〕情，雖過無怨；不戴其情，雖忠來惡。（〈繆稱訓〉）

大凡文章充滿了眞情，即使有所缺失也不會招來深惡的埋怨；不充滿眞情，即便是忠心善意的言論，也易招來惡意相對。倘若不用「眞情」與物相溝通，則如同「男子樹蘭，美而不芳，……情不相與往來也」（〈繆稱訓〉）故有所謂「誠出於己，則所動者遠矣」（〈繆稱訓〉）眞誠出於自己的內心，那麼能被自己所感動的就會很深遠了，一如「曾子攀柩車，引楯爲之止也；老母行歌而動申喜，精之至也」（〈說山訓〉）。能夠「懷情抱質」者，「天弗能殺，地弗能薶也，聲揚天地之間，配日月之光」（〈繆稱訓〉）要內在本質是美的，外現之形才有可能美，「根本不美，枝葉茂者，未之聞也」（〈繆稱訓〉）。

就因爲《淮南鴻烈》崇尚於主張內在情感宜據實地表達，有斯情感方能有斯形以應於外，故「心哀而歌，不樂；心樂而哭，不哀」（〈繆稱訓〉）心裡悲哀，所唱出的歌聲就不歡樂；心裡高興的時候，即便是哭泣也不悲哀，所以，相對的我們也可以透過形之於外的表徵，檢驗其內在情感之眞僞：

> 號而哭，嘰而哀，而知聲動矣。容貌顏色，理詘倨佝，知情僞矣。（〈繆稱訓〉）

內心悲哀而大聲號哭者，我們可從其聲調知其感情的變化，也可以從容貌神

〔註 8〕戴，心所感也，古字載、戴通用，「凡行戴情」，謂行載其情。

色的曲直變化中，辨別情感的眞僞如何。

伍、崇雅善

《淮南鴻烈》就「文」、「質」的產生程序而言，認爲「必有其質，乃爲之文」。然就其品評內在充盈之情感的善、惡而言，則《淮南鴻烈》有標舉以「雅善」之情感爲上的傾向，如〈泰族訓〉云：

> 師延爲平公鼓朝謌北鄙之音，師曠曰：『此亡國之樂也。』大息而撫之，所以防淫辟之風也。

衛靈公宿於濮上，聞琴音，召師涓而寫之，靈公進此聲於平公，平公以問師曠，師曠曰：「此蓋紂子師延爲紂所作朝謌北鄙靡靡之音，此亡國之樂也。」爲恐淫亂邪僻的風氣隨焉盛行，便歎息而加以制止。故可知《淮南鴻烈》推崇雅頌之聲，如：

> 今夫雅頌之聲，皆發於詞、本於情，故君臣以睦、父子以親。故韶夏之樂也，聲浸乎金石，潤乎草木。今取怨思之聲，施之於絃管，聞其音者，不淫則悲，淫則亂男女之辯，悲則感怨思之氣，豈所謂樂哉！（〈泰族訓〉）

發於詞、本於情的雅頌之聲、韶夏之樂，能夠聲浸乎金石、潤乎草木，並使君臣以睦、父子以親。現在採用內容哀思埋怨的音樂，施之於管弦，聽其音者，不需要過度就會感到悲傷，太過放縱就會擾亂男女大倫，悲哀就會使人感染哀怨的氣氛，這難道就是所謂的快樂嗎？〔註9〕再者，如：

> 趙王遷流於房陵，思故鄉，作爲山水之嘔，聞者莫不殞涕。荊軻西刺秦王，高漸離、宋意爲擊筑，而謌於易水之上，聞者莫不瞋目裂眥，髮植穿冠。因以此聲爲樂而入宗廟，豈古之所謂樂哉！（〈泰族訓〉）

趙王遷流於房陵，因思故鄉而創作了山水之歌，聞者莫不流淚殞涕；荊軻刺秦王時，高漸離、宋意在易水爲他擊筑送別，聞者莫不瞋目裂眥，怒髮衝冠，然而，倘若將此聲調作爲「佳樂」送進宗廟，這難道就可以算是古代聖人爲天下和洽之百姓宣其心中之樂時，所創作出的音樂嗎？是故《淮南鴻烈》而有「音不調乎雅頌者，不可以爲樂」之論也。

〔註 9〕《淮南鴻烈》主張「和樂」，如〈本經訓〉云：「心和欲得則樂」、「樂者所以致和，非所以爲淫也」，反對「淫樂」（同正文所引之原文）。所講的「和樂」，實即由儒家的中和之美發展而來，與道家的養生思想相結合，因此，它所提出的「和樂」，亦即《呂氏春秋》所提出的「適音」。

第二節　形神論

形、神問題在先秦時期主要是一個哲學問題，講的是關於人的身心關係。這一問題的起源可以追溯到《管子》，該書〈內業〉篇云：「凡人之生也，天出其精，地出其形，合此以爲人。」又〈心術〉篇云：「氣者身之充也。」雖然沒有明確地以形神命題，但已表現了欲從精神和形體劃分的角度對人進行本體考察的傾向。莊子對形神關係談的比較多，如言：「形殘而神全」、「外其形骸」（《莊子・大宗師》）、「非愛其形也，愛使其形者也」（〈德充符〉）等等，是從其基本哲學思想出發，而提出了重神輕形的主張。莊子論形神主要是從本體論的角度來談如何體「道」的，但是，他又認爲美在神不在形，這說明其中亦有著若干的美學意識。而荀子提出「形具而神生」（《荀子・天論》），則肯定了神對形的依賴關係。關於「形」、「神」，無論是儒家還是道家，所使用的「神」的觀念，多是屬於精神的、理念的範疇，是事物中起主導作用或決定性作用的內在因素。而「形」則是屬於事物外在可以感知的具體現象。然而無論是先秦哲學的「道論」、「易象」論、莊子「重神輕形」的理論，或是荀子「形具而神生」的思想，都並不是自覺性地與藝術實踐相結合，《淮南鴻烈》則從哲學和文學兩個方面發展了先秦時期的形神觀，尤其值得注意的是它所提出的「君形說」第一次把形、神關係直接運用在講述藝術和藝術創作的問題，如此一來，便把注重傳神的美學思想具體地輸入了藝術理論系統之中。此一觀點，更下啓東晉顧愷之的「傳神寫照」美學，〔註 10〕因而在中國美學史上具有重要的理論價值。

讓我們先來看看《淮南鴻烈》是如何從一般哲學意義上認識形神關係的，〈原道訓〉曰：「夫道者，覆天載地，……包裹天地，稟授無形。」這無形的道即是神，天地萬物即是形。「神與化游、以撫四方」，「神托於秋毫之末，而

〔註 10〕如顧愷之所說畫人物「四體妍蚩，本無關妙處，傳神與寫照正在阿堵之中」《晉書・顧愷之傳》所傳之「神」，除了指人物之內在精神的動態流露外，更有些學者如高楠在《藝術心理學》（遼寧：遼寧人民出版社，1988 年 1 月）頁 589～591 一書中，分析顧愷之所指稱的「神」，實爲在特定環境下之類型化的情緒與氣質。然在《淮南鴻烈》，則只點出「君形者」的初步形神論輪廓，是故而知：以傳神爲主的形神論在《淮南鴻烈》已初具輪廓，從魏晉始，形神關係問題始從哲學與文藝兩個不同領域各自獨立發展。文藝領域，尤其是繪畫理論方面對形神關係探討一時亦興趣濃重，古代美學中的藝術形神理論就是在此時發展成熟的，其後形神之談乃成家常之詞。

大宇宙之總。其德優天地而和陰陽，節四時而調五行。」……這裡的「神」也就是「道」，而宇宙四方，天地萬物是形。「夫無形者，物之大祖也，無音者物之大宗也。……無形而有形生焉。」這「無形者」、「無音者」就是神，而「物」就是形。無音生有音，此一概念亦適用於文學思想，亦即文學也是創生於無形之道。

另一種是就「人」來談神形，這裡的「神」指人的思維、思想、情志，即人的主觀精神活動的能力，而「形」就是人的軀體。〈原道訓〉說：

> 夫性命者與形俱出其宗，形備而性命成，性命成而好憎生矣。

「性命」即生命，「形備而性命成」則承接自荀子的形神論。但〈原道訓〉接著又提出形、神、氣作爲生命三大要素：

> 形神氣志，各居其宜，以隨天地之所爲。夫形者生之舍也，氣者生之充也，神者生之制也。一失位則三者傷矣。是故聖人使人各處其位、守其職而不得相干也。故夫形者非其所安也而處之則廢，氣不當其所充而用之則泄，神非其所宜而行之則昧。此三者不可不愼守也。

《淮南鴻烈》把人的生命劃分爲形、氣、神三方面。「形」指人的軀體，指生命存在的形式，「形者生之舍」，它是生命的居所。「氣」，有時稱「氣志」、有時則稱「血氣」，「氣者生之充也」，氣是支持生命活動、運行於體內的無形物質，是形體賴以存活的生氣。「神」指人的精神，「神者生之制也」，它支配著人的生命活動，也是人所獨有的思辨想像的力量，可以使人「視美醜」、「別同異」、「明是非」（〈原道訓〉）。「形」與「氣」都屬於生命體內物質方面的因素，「形」是有形的生理結構，「氣」則是無形的流動體。

由「道」和「人」所談的形神，進一步引申到文學藝術上的形神，其含義就更擴大了。就神的方面來說，它包括作家的氣質、個性、道德修養、思想情志等等；而形則包括文藝的各種表現形態。〔註 11〕因此，對一個作家來說，就需要有神、形、氣、志各方面的修養。志屬思想感情，而支配人的思想感情的因素是神、形、氣三者，缺一不可。氣是人的血氣、個性、氣質，是人的形和神獲得生命力的元素，在文藝創作中也起重要的作用。劉勰在《文心雕龍・神思》篇中說：「神居胸臆，而志氣統其關鍵。……關鍵將塞，則神有遯心。」這就是受到《淮南鴻烈》的形、神、氣、志說在文藝理論中的具

〔註 11〕文學上的形、神定義，參考張文勛《儒道佛美學思想探索》（北京：中國社會科學出版社，1991 年 2 月）

體運用的影響，如《淮南鴻烈》點出了人的精神具有思維的自由以及能夠超越時空之限制的特性，這與審美和藝術創造有著相當密切的關係：

> 身處江海之上，而神游魏闕之下。(〈俶眞訓〉)〔註12〕
>
> 夫目視鴻鵠之飛，耳聽琴瑟之聲，而心在雁門之間。一身之中，神之分離剖判，六合之內，一舉千萬里。(〈俶眞訓〉)

前者出自《莊子・讓王》篇的「身在江海之上，心居乎魏闕之下」；後者則是對《荀子・解蔽》篇「居於室而見四海，處於今而論久遠」的發揮，指出：自己雖然處在偏遠的江海之上，但精神卻在魏闕遨遊；又如眼睛看到鴻鵠高飛、耳朵聽到悠揚的琴瑟之聲，而精神活動卻在雁門關之外，是故而知在一個人的身上，精神能夠與形體游移分離，精神可在六合之內自由活動、一次的舉動甚至可以達到千萬里之遙。在這裡，除了強調精神可以脫離形體而自由遨翔外，倘若引介到文學層面，即可相應以思維想像亦可以超脫時空的限制、作恣意的騁馳，而自由的想像，也正是藝術創作不可或缺的條件之一。需要特別指出的是：《莊子・讓王》的主旨在於闡述重視生命、輕視利祿的人生哲學，「江海、魏闕」之說，意謂身在草莽而心懷好爵，此與「想像」無涉。而《淮南鴻烈》沿用莊子舊說而自鑄「神遊」新詞，將莊子之意脫胎換骨，其主旨已不在於闡述人生哲學，而是在說明一種思維活動的方式，以喻人心之無遠弗界的藝術想像。其後，劉勰將此觀點發揮得更加圓熟，而成爲「神與物遊」的「神思」說。作家創作需要神的支使，人們的認識能力、審美能力活動也要靠神和氣的支使才成爲可能，故又說：

> 今人之所以睦然能視，瞀然能聽，形體能抗，而百節可屈伸，察能分白黑視醜美，而知能別同異、明是非者，何也？氣爲之充而神爲之使也。(〈原道訓〉)

意思是說，人的眼睛能夠看得明白，耳朵能夠聽得清楚，形體能夠屈伸，觀察能夠分清黑白、懂得美醜，能夠知道分別異同、明白是非，這都是由於充滿了氣志，有精神在那裡主使。這就直接涉及文藝審美與「神」「氣」的關係，這些關於「神」和「氣」的理論，對我國古代審美意識的形成，更具有重要的意義。在古代文藝理論中，講「氣韻」、「神韻」，已形成了我國古代特有的一種審美意識和趣味。再者，《淮南鴻烈》特別標舉了「形」與「神」這一對

〔註12〕在〈道應訓〉中，一作「身處江海之上，心在魏闕之下」。

相互依存的概念，並和藝術創造做直接或間接地自覺聯系，這一創發，始於《淮南鴻烈》。〔註13〕「神」是人的主觀精神活動的能力，而「形」就是人的軀體。〈精神訓〉中說：「心者形之主也，神者心之寶也。」〈本經訓〉說：「心與神處，形與性調」。〈俶眞訓〉云：「心有所至，而神喟然在之」，故可知「心」和「神」是一而二、二而一的東西，是「形之主」。所以又說：「志與心變，神與形化」（〈俶眞訓〉），「太上養神，其次養形」（〈泰族訓〉）。從上面的引文來看，《淮南鴻烈》是非常重視「神」的作用的，強調要以「神」爲主，如〈原道訓〉中又講到：「以神爲主者，形從而利，以形爲制者，神從而害。」認爲神爲形之主，形受神之主宰，所以神制形從。〈詮言訓〉亦曰：「神貴于形也，故神制則形從，形勝則神傷。」這是強調「神」的主導作用，也就是「心」的主導作用，一如〈原道訓〉云：

> 夫心者，五藏之主也，所以制使四支，流行血氣，馳騁于是非之境，而出入于百事之門戶者也。是故不得于心而有經天下之氣，是猶無耳而欲調鐘鼓，無目而欲喜文章也，亦必不能勝任矣。（〈原道訓〉）

無「神」，就無以「視美醜」、「調鐘鼓」、「喜文章」，亦即，審美主體如果缺少了「神」，就從根本上失去了審美感知的能力或最根本的條件。以神爲主，以心爲主，可從兩個方面來看，一則從創作實踐來說，是講作家主觀精神（包括思想感情、個性氣質、審美能力等等）的主導作用，作家內在的精神是創作的主宰，如果失去了精神的主宰，就不可能有成功的藝術創造。一則是從作品本身來說，那就是內容要以神爲主、以意爲帥，並有優美的藝術形式，才能具有不朽的藝術生命。

在提及形、神的功用時，《淮南鴻烈》認爲：

> 人之情，耳目應感動、心志知憂樂、手足之攢疾蚉、辟寒暑，所以與物接也。（〈俶眞訓〉）

人的情性，透過耳目、手足以與外物接觸。然在接觸前，必先考慮到精神與形體是否能相配合，倘若：

> 外內無符而欲與物接，弊其玄光而求知之于耳目，是釋其炤炤，而道其冥冥也。（〈俶眞訓〉）

內心與形體沒有配合，卻想同外物交接，那就像遮蔽了內心的聰明，卻欲從耳目中求得智慧一樣，這就等於是拋棄了光明而走向黑暗。再者，則必須力

〔註13〕此說引自李澤厚《中國美學史》（同註一）頁480。

求精神的清明安定，倘若精神不安定，就易被外部的世俗風氣所迷惑，而混亂其精神，如〈俶眞訓〉云：

> 神越者其言華，德蕩者其行僞。至精亡於中，而言行觀於外，此不免以身役物矣。……其所守者不定，而外淫於世俗之風，所斷差跌者，而內以濁其清明。

精神散亂的人言詞就會華而不實，品德放縱者其行爲必然虛僞，最美好的思想在心中消失之後，便會由外在的言論行動表現出來，這樣就免不了會被外物所役使。內部所持守的精神倘若不能安定，就會被外部的世俗風氣所迷惑，那就難免會有錯誤的判斷，也易濁亂內部清靜明朗的精神，正所謂「神清者，嗜欲弗能亂也」（〈俶眞訓〉），是故內心清明者，精神就可發揮大用，使與外物接觸的感官皆盡其所用，如〈本經訓〉云：「精泄於目則其視明，在於耳則其聽聰，留於口則其言當，集於心則其慮通。」所以，方能以此精神分黑白、視美醜、別同異、明是非。相反的，倘若神失其守，就易造成精神的不專一，而有「視而不見、聽而不聞、食不知其味。」〈大學・傳七章〉的情況發生，正如〈原道訓〉所說：

> 凡人之志各有所在而神有所繫者，其行也，足蹪趎埳、頭抵植木而不自知也，招之而不能見也，呼之而不能聞也，耳目非去之也，然而不能應者，何也？神失其守也。

如果一個人的注意力不集中，那麼他走路的時候就會跌跌撞撞；即使頭碰著樹木，自己也不覺得；招他也看不見，叫他也聽不到。精神外泄者，物足以惑之而產生錯覺。如〈氾論訓〉說：

> 夫醉者俛入城車，以爲七尺之閨也；超江淮，以爲尋常之溝也，酒濁其神也。怯者夜見立表，以爲鬼也；見寢石，以爲虎也，懼揜其氣也。

如醉酒之人，因酒濁亂其神，而錯視江淮爲尋常之溝、誤認寢石以爲虎〔註14〕故可知「（神）失其所守之位，而離其外內之舍」者，「舉錯不能當，動靜不能中」（〈原道訓〉）《淮南鴻烈》在看到精神巨大作用的同時，也看到了精神易於枯竭、不可用之過度的方面。如〈精神訓〉云：

> 夫孔竅者精神之户牖也，而氣志者五臟之使候也。耳目淫於聲色之樂，五臟搖動而不寧矣，五臟搖動而不寧，則血氣滔蕩而不休

〔註14〕這段引文基本上是從《荀子・解蔽》中因襲而來。

矣；血氣滔蕩而不休，則精神馳騁於外而不守矣；精神馳騁於外而不守，禍福之至雖如丘山，無由識之矣。……以言夫精神之不可使外淫也。

形勞而不休則蹶，精用而不已則竭。……夫有夏后氏之璜者，匣匱而藏之，寶之至也。夫精神之可寶也，非直夏后氏之璜也。

正因爲精神易竭，不可多用，所以《淮南鴻烈》就特別注意養神，對待寶之至者如夏后氏之璜，都知匣匱而藏之了，更何況對待其寶貴性遠甚夏后氏之璜的「精神」而言，豈可輕怠焉？所以它要求人們「將養其神，和弱其氣，平夷其形」(〈原道訓〉)。〔註15〕能夠做到「精神內守形骸而不外越」，就能「精神盛而氣不散則理，理則均，均則通，通則神，神則以視無不見，以聽無不聞也，以爲無不成也」。

《淮南鴻烈》的重神思想影響了它的美學思想。一則，標舉出「以神馭形」之說以作爲藝術創作過程的最高準的；一則，則第一次正式提出了文藝創作重在傳神的主張而創「君形者」說。《淮南鴻烈》以造父之馭作爲論證「以神馭形」之例，如〈覽冥訓〉云：

昔者，王良、造父之御也，上車攝轡，馬爲整齊而斂諧，投足調均，勞逸若一，心怡氣和，體便輕畢，安勞樂進，馳騖若滅，左右若鞭，周旋若環，世皆以爲巧，然未見其貴者也。

世人只看到王良、造父之御能夠「進退履繩、施曲中規、取道致遠而氣力有餘」(〈主術訓〉) 便因此而贊歎不已，然而眞正値得可貴的是王良、造父以看不見的無形「道術」來駕馭，故能「齊輯之于轡銜之際，而急緩之于脣吻之和，正度于胸臆之中；而執節于掌握之間，內得於心中，外合於馬志」(〈主術訓〉)，而不只是人們所看到的表現在外的技術而已，眞正高明的馭術，並不只是憑藉思慮的明察和手指的巧妙來駕馭，乃是以「道」而馭，如：

若夫鉗且、大丙之御也，除轡銜、去鞭棄策，車莫動而自舉，馬莫使而自走也。日行月動，星燿而玄運，電奔而鬼騰，進退屈伸，不見朕垠，故不招指，不咄叱，過歸鴈於碣石，軼鶤雞於姑餘，騁若飛，騖若絕，縱矢躡風，追猋歸忽，朝發榑桑，日入落棠。此假弗用而能以成其用者也，非思慮之察，手爪之巧也；嗜欲形於胸中，

〔註15〕至於如何「養神」？依照《淮南鴻烈》的意見，最根本的辦法，就是去情欲、順自然、處無爲。在〈精神訓〉、〈原道訓〉、〈脩務訓〉中曾有多處提及。

而精神踰於六馬，此以弗御御之者也。(〈覽冥訓〉)

鉗且、大丙之御，即假弗用以成其用，實以弗御而御之者也，故能以不施轡銜而以善御聞於天下。創作時，倘能從循規蹈矩到摒棄成規，並進而以「神」馭其文，則必能創造出優美的作品與特有的風格。

至於《淮南鴻烈》的「君形」說，主要是認爲藝術創作必須要能充份表現出創作對象的內在精神面貌，即要「傳神」，〈說山訓〉云：

畫西施之面，美而不可悅；規孟賁之目，大而不可畏，君形者亡焉。(〈說山訓〉)

「君」就是「主宰」，即指「神」和「心」。「君、形」的觀念，承襲自《荀子·解蔽》:「心者，形之君也而神明之主也，出令而無所受令。」意指：心這個器官是身體的支配者、精神的主管者，它對身體發出命令而不接受命令。而《淮南鴻烈》的「君形者」即指主宰之神，認爲畫家所繪之西施之面、勇士孟賁之目雖然很「美」或很大，卻不使人感到愛悅或敬畏，這是因爲作者只圖繪出他們的外在形骸，而沒有表現出他們的「神」，即內在的情感、意志等充份顯示個性特點的精神特質，以致人不能由此觀照到生命的內在光輝而產生強烈的愉悅感或力量感，故覺其「不可悅」或「不可畏」。可見，要使作品具有美感魅力，只描摹其外形是不夠的，必須刻劃出決定其感性特徵的內在根據，即支配其形體的「君形者」，否則面部線條畫得再柔美；眼睛畫得再大，也不能使人感到西施的動人美貌和孟賁的勇武威嚴，只有傳達出對象的精神特質，畫面才有生氣，才有美感。故「生氣者，人形之君，規畫人形無有生氣，故曰君形者亡」(〈說山訓〉)。

「君形」的思想不僅指藝術形象中「形」與「神」的統一和「神」的主導作用，同時指創作者的主體心態對藝術作品的決定性影響。創作或藝術表演都必須精神專一，用志不分，才能駕馭演奏過程，它舉例說：

使但吹竽，使氐厭竅，雖中節而不可聽，無其君形者也。(〈說林訓〉)

「但」和「氐」是傳說中的有名樂師，意思是說如果讓但吹竽，卻讓氐去爲他按音孔，縱然節拍正確也難以動聽，其原因就在於異神而操曲，這樣的演奏並不是由演奏者自己主宰的，所以不是他的獨立自主的創造。〈覽冥訓〉云：

昔雍門子以哭見於孟嘗君，已而陳辭通意，撫心發辭。孟嘗君爲之增欷歍唈，流涕狼戾不可止。精神形於內，而外諭哀於人心，此不傳之道，使俗人不得其君形者而效其容，必爲人笑。

雍門子的歌唱〔註 16〕之所以能讓孟嘗君感動得痛哭失聲，那是因爲他的陳辭通意是撫「心」而發聲，是充份表現其內在情感、而以精神哀悲感傷人心的結果。《淮南鴻烈》認爲在創作中藝術家的內在精神是整個創作活動的主宰，如果失去這一主宰，如但、氐合吹和只會仿效別人之「容」的「俗人」那樣，不得其神而強事摹仿，必然會引起人們的譏笑，也必定不會有成功的藝術創造。是故，將「君形說」的思想反映到藝術作品方面，就是作品中必須表現出創作主體的精神面貌，否則，徒有形式而「無其君形者」，就只能成爲「必爲人笑」的皮相之貨，而要做到這點必須是創作主體內在有之而諭於外，即「憤於中而應於外」，有關這點將在下節創作論中申述之。

第三節　創作論

本節主要分兩個要點來論述，第一個重點是「創作本論」，主要在論述創作論的基本性質與功用，相當於創作本質論。第二個重點則著重在論述創作與學習的關係。探求實際創作的語言情境，也申論《淮南鴻烈》的學習說。在《淮南鴻烈》中，屢屢可見其強調學習的重要性，但在《淮南鴻烈》中卻未曾見到對創作者「個人」的才氣與學習有任何強調的地方。那是因爲《淮南鴻烈》將學習觀普遍化的關係，所以，雖然在《淮南鴻烈》中沒有直接論及才氣與學習之處，但我們仍應對《淮南鴻烈》的學習說有進一步的理解，方能透析藉由服習積貫進而達至出神入化的創作技巧論。

壹、創作本論

《淮南鴻烈》認爲藝術創作是人在接觸外物之後，所引起的眞情實感的自然表現，如〈俶眞訓〉云：

> 且人之情，耳目應感動，心志知憂樂……所以與物接也。

亦即，藝術創作的實質是主體情感活動釋發的過程，所以對文藝創作，特別強調思想感情要精誠，如〈本經訓〉云：

> 凡人之性，心和欲得則樂，樂斯動，動斯蹈，蹈斯蕩，蕩斯歌，歌斯舞，歌舞節則禽獸跳矣。人之性，心有憂喪則悲，悲則哀，哀斯憤，憤斯怒，怒斯動，動則手足不靜。人之性，有侵犯則怒，怒則

〔註 16〕高誘注：哭，猶歌也。見，猶感也。雍門子善彈琴又擅哭。

> 血充，血充則氣激，氣激則發怒，發怒則有所釋憾矣，故鐘鼓管簫，干鏚羽旄所以飾喜也。衰絰菅杖，哭踊有節，所以飾哀也。兵革羽旄，金鼓斧鉞，所以釋怒也。必有其質，乃爲之文。

這段話表明：人都有喜怒哀樂之情，並且都有欲將之表現於外的本性，而所謂的歌、舞、樂等藝術正是人的這種心靈歷程的記錄。比如，當一個人內在的歡樂之情萌動，達到不得不表現的時候，他就可能會用「鐘鼓管簫」，奏起歡樂的音樂，或者發之於口唱出動聽的歌聲，或者伴著音樂揮動「干鏚羽旄」作「禽獸跳」，即跳起節奏歡快的舞蹈；當心中有所憂慮、懊喪時，就會感到悲痛而傷心、傷心就會悲憤而發怒，進而手足有所動作而不得安寧，這是人性使之然。又，在這一具體的藝術活動過程中，所謂的「鐘鼓管簫」、「干鏚羽旄」只是用來文飾喜悅之情；「衰絰菅杖，哭踊有節」是用來文飾悲哀之情；「兵革羽旄，金鼓斧鉞」是用來文飾憤怒之情的，所以這些「飾喜」、「飾哀」、「飾怒」之物即是借以傳達主體內在歡樂情緒之物具，而僅有這些物具是不能構成完整的藝術審美過程的。主體內在強烈的情感充盈才是這一藝術審美過程得以發生和形成的根本原因。所以任何藝術創作都可以看作是一種主體情感的展現過程。

〈齊俗訓〉說：「瑟無弦，雖師文不能以成曲，徒弦則不能悲。故弦，悲之具也，而非所以爲悲也。」這裡的「悲」泛指感情情緒。這是說瑟、弦不過是表達人的感情的一種工具而已，並非它本身有什麼感情；樂師用琴弦彈奏出來的曲子之所以具有感情，是彈奏者所賦予的、是樂師把自己的感情「形乎弦」（〈齊俗訓〉）的結果。由此，我們可以知道藝術創作首重在「情」，而且是情先乎文，〈繆稱訓〉云：

> 同言而民信，信在言前也。同令而民化，誠在令外也。聖人在上、民遷而化，情以先之也。動於上、不應於下者，情與令殊也。

同樣的，在創作文章時，倘能眞誠發乎前、撰文應乎後，則必動人深矣。信在言前、誠在令外，必先通乎情者，乃爲文之必備前提也，如：

> 三月嬰兒，未知利害也，而慈母之愛諭焉者，情也。故言之用者，昭昭乎小哉！不言而用者，曠曠乎大於外。（〈繆稱訓〉）

出生三個月的嬰兒，不知利害與否，然而卻能領略慈母之愛者，那是因爲慈母動之以情，是故而知一篇創作要能動人，倘若單靠表面文字的效用而言、其效甚殊，然就蘊藏其內的眞情實感而言，那影響就非常廣泛了。正所謂：

> 文者，所以接物也；情繫於中而欲發外者也。以文滅情則失情，以

情滅文則失文。文情理通，則鳳麟極矣。(〈繆稱訓〉)

「文」是創作主體與外物接觸的媒介，內心情感充盈必通過「文」作媒介、方能外發顯現，是故，文、情二者不可偏廢，只是著重程度有別而已，如在二者的關係上，情必須是第一位的，然對一成功的藝術創作而言，則必是文情雙美的，亦即內在的情感與外在的表現要和諧一致，倘若文章與情感能夠條達通暢，那麼即便是鳳凰、麒麟也都會被吸引而前來歸附。從以上可以看出，《淮南鴻烈》對藝術的文情關係的認識主要是接受儒家而來的，如：

古聖王至精形于內，而好憎忘于外，出言以副情，發號以明旨，陳之以禮樂，風之以歌謠，業貫萬世而不壅。(〈主術訓〉)

故聖人養心莫善于誠。至誠而能動化矣。(〈泰族訓〉)

身君子之言，信也；中君子之意，忠也。忠信形於內，感動應於外。(〈繆稱訓〉)

故通于禮樂之情者能作言，有本主于中，而以知矩矱之所周者也。(〈氾論訓〉)

所謂「至精」，就是說人的思想感情發自內心，是眞誠而不是虛僞的，這樣才能收到「精誠所至，金石爲開」的效果。這些理論，和儒家「情動于中而形于言」的看法是一致的，而情的內容又和忠信、禮樂聯系在一起。但是，從上述《淮南鴻烈》的一系列認識來看，它在某些方面又突破了儒家的美學原則，如強調「憤中應外」、強調「情之至」，即主張必須自然宣洩情感，這就不同於儒家的一味強調以「禮」制情，《淮南鴻烈》在〈精神訓〉中也批評了儒家「節禮」說失當之處：

目雖欲之，禁之以度；心雖樂之，節之以禮，……今夫儒者，不本其所以欲而禁其所欲，不原其所以樂而閉其所樂，是猶決江河之源而障之以手也。

先秦儒家過份強調美感必須接受「禮」的規範，這種強調，實質上是要求以社會道德倫理來取代人類的先天本性，故難免不會對主體帶來禁錮。再者，《淮南鴻烈》認爲藝術不僅可以「飾喜」，而且還可以「飾怒」，即通過對悲、哀、憤、怒等情感的宣洩而達到「釋憾」的作用，這更是對儒家「中正」、「和合」美學原則的突破。另外，它還批評了儒家把藝術視爲施行教化的工具的觀念，認爲他們「弦歌鼓舞，緣飾詩書」，乃是爲了「買名譽於天下」(〈俶眞訓〉)，並非是眞正出於情感審美的需要，違背了「本於情」的原則，故稱之爲「失樂之本」。

《淮南鴻烈》既然指出文藝創作的根本特徵是「發于詞，本于情」（〈泰族訓〉），也從而提出了藝術創作必須是「有充於內而成像於外」：「古之爲金石管絃者，所以宣樂也；兵革斧鉞者，所以飾怒也；觴酌俎豆、酬酢之禮，所以效喜〔註 17〕也；衰絰菅屨，辟踊哭泣，所以諭哀也。此皆有充於內而成像於外。」〈主術訓〉所謂「宣樂」、「飾怒」、「效喜」、「諭哀」者，皆是因內心充實而成爲具體形象表現於外者也。《淮南鴻烈》在此提出了藝術「成像」〔註 18〕的問題。藝術創作活動產生了具體的藝術品——「有形之像」；任何藝術都必須「成像」，否則就沒有具體藝術品的產生。但是，這種「像」必須是由充實於創作主體的內在情感外化而成，或者說是一種傳達符號，它從創作主體的情感孕育所出，傳遞著創作主體的審美情緒，使其得到延伸，而成爲一種具體時空中的穩定存在。所以，就藝術的「成像」過程而言，即是指創作主體的內在情感、審美意識的被激發與外化的過程，這是一條創作的基本原則，其核心實質就是強調藝術創作要「本於情」。

《淮南鴻烈》如此強調藝術創作必須是主體內在情感之自然宣露，於是，也認爲只有那些從內心深處迸發出來的、飽浸著眞誠情感的藝術才眞正具有美的魅力，也就是認爲藝術的審美價値，主要體現於其所凝結的情感之上。〈脩務訓〉云：

> 故秦楚燕魏之歌也，異轉而皆樂，九夷八狄之哭也，殊聲而皆悲，一也。夫歌者樂之徵也，哭者悲之效也，憤于中則應于外，故在所以感。

藝術創作可以是殊途同歸、異曲同工的，同一種思想感情，可以用不同的形式來表現，然皆根源於創作主體的內在感情充盈。又〈繆稱訓〉云：

> 寧戚擊牛角而歌，桓公舉以大政；雍門子以哭見孟嘗君，孟嘗君〔註 19〕涕流沾纓。歌哭，眾人之所能也，一發聲，入人耳，感人心，情之至者也。

〔註 17〕喜，原作「善」，據王念孫校改。效，致也。

〔註 18〕有關「藝術成像」一詞，參引自黨聖元：〈《淮南子》的藝術創作論和審美鑑賞論〉，《文學遺產》1987 年第四期。

〔註 19〕劉文典本《淮南鴻烈集解》只有「雍門子以哭見孟嘗君，涕流沾纓」然依俞樾之意，孟嘗君下當更有孟嘗君三字，而今脫之。

歌唱是很多人都可以做到的，但是，要像寧戚、雍門子般一發聲就能入人耳，感動人心，這就要情感已達到很純眞的地步才能做到了。高誘解「憤」爲「發」之意，「徵」、「效」爲「應」、「驗」之意，大致不差。這樣，上述諸言就是認爲藝術審美價值之大小就在於其所蘊含的情感厚薄，這實際上也是在強調創作必須出之於「情之至」。所以，所謂「憤中應外」的美學實與「有充于內而成像於外」一樣，都是強調主體情感是藝術之「本」。「成像」即指外在之美的藝術完成，那是離不開主體精神要「有充於內」的，《淮南鴻烈》如此凸現情感在藝術「成像」過程中的作用，實際上就是強調審美關係中審美主體的作用，也就是強調藝術創作的情感主體性，所以就有「其載情一也，施人則異也」的說法，其意爲：所想表達的情感雖是一樣的，但不同的創作主體就可能有不同的創作產生。創作必須以主體情感爲內容特質，「情感」正是藝術品美的魅力所在。情感的審美品格在於它代表著創作主體的內在世界，創作「本於情」，其所達到的目的是主體心靈的展現，這其中無不包括主體的個性心理及創造性的特徵的展現，而創造活動的結果——作品則正是這一切，即作者精神世界特點的外化。是故在創作時，也會因其創作主體本性的不同，使其爲文的風格亦隨之有所差異，如〈說林訓〉云：「巧冶不能鑄木，工巧不能斲金者，形性然也」，一性格豪放的創作主體，不易創造出著重雕琢的細膩之作。所以《淮南鴻烈》在充份認識了藝術創作的文情關係之後，又提出了「中有本主」的原則，對藝術創作過程中主體性的保持與獨創性的發揮問題提出了自己的見解。

《淮南鴻烈》認爲藝術創作應該要保持高度的主體性，而主體性與獨創性之間又具有直接的因果關係。〈氾論訓〉云：

> 譬猶不知音者之歌也，濁之則鬱而無轉，清之則燋而不謳。及至韓娥、秦青、薛談之謳，侯同、曼聲之歌，憤於志、積于內，盈而發音，則莫不比於律而和于人心。何則？中有本主以定清濁，不受于外而自爲儀表也。

動人的關鍵在於「情發於中而聲應於外」，須是內心眞實感情的自然流露，這中間容不得半點虛假，唯其眞、故能動人。藝術對情感的傳達，必須通過一定的形式方能表現，所謂「比於律」即指音樂對情感的傳達、需要合乎樂曲規律的藝術形式，這樣才能使內涵於心的種種情感得到完美的表現。而不懂音律的人唱歌，重濁之處便沈鬱而不婉轉、清輕之處則憔悴而不和緩，無法對清濁作妥善的運用，然而唱歌不是單純的技巧問題，善歌者如韓娥、秦青、薛談、候同、曼聲之歌，其發憤之情出自內在充沛的感情積聚，又能充份發揮精神的主體性，亦即對外在事物有不人云亦云的獨特感受和認識，乃是因爲在其心中有根本之道在主宰，並將之用以定清濁之聲，才能使自己所發之音，莫不與音律相比并，且和人的思想感情相融洽，而形成自己的獨特風格，如〈兵略訓〉云：

> 夫將者，必獨見獨知。獨見者，見人所不見也；獨知者，知人所不知也。見人所不見，謂之明；知人所不知，謂之神。神明者，先勝者也。

之於創作亦然。能見人所不見，知人所不知者，神、明也，故能匠心獨運，而有高度的獨創性，此非「中有本主」者不行。何爲「中有本主」？「中有本主」即指創作者主體性的高度樹立與發揮，「有本主於中，而以知矩彠之所周者也」〈氾論訓〉心中有根本之道在作主宰，則能對規矩繩墨做充份的掌握。「無本主於中，〔註 20〕而見聞舛馳於外者也」心中無道作主宰，則表現在外之見聞，就會與根本之道背道而馳。在《淮南鴻烈》看來，藝術創作必須「自爲儀表」，即具有獨創性，否則就不能實現創作的眞正價值。而藝術獨創性的實現又有賴於創作者主體性的高度樹立與發揮，即要「中有本主」。不能「中有本主」，就不能做到「自爲儀表」。這就是說主體情感與藝術獨創性之間有著必然的內在聯系，而且這種聯系是雙重的。《淮南鴻烈》認爲這種內在聯系的表現之一，在於情感能激發起個體強烈的創造意識。〈齊俗訓〉曰：

> 且喜怒哀樂，有感而自然者也。故哭之發於口，涕之出於目，此皆憤於中而形於外者也。譬若水之下流，煙之上尋也，夫有孰推之者？故強哭者，雖病不哀；強親者，雖笑不和，情發於中而聲應於外。

喜怒哀樂，皆是心有所感而自然流露的，哭之發於口、涕之出於目，皆是心中有了憤怒之情而表現在外的。因此，勉強哭泣者，即便是哭出病來也不悲哀；勉強親愛的，即便是開口歡笑也不和諧。情發於中而聲應於外者，方能動人深矣。又〈詮言訓〉云：

> 故不得已而歌者，不事爲悲；不得已而舞者，不矜爲麗。歌舞而不事爲悲麗者，皆無有根心者也。

〔註 20〕劉文典本《淮南鴻烈集解》原作「本無主於中」，陳觀樓云：當作「無本主於中」。

這裡強調藝術創造必須以個性情感世界作爲「根心」，因爲此一「根心」能使主體萌發強烈的表現要求，即所謂「含而未吐，在情而不萌者也，未之聞也」（〈繆稱訓〉）。這一要求其勢猶如「水之下流」或「煙之上尋」，使主體內在形成無可遏制的創造意識的流動沖襲，從而使主體在情感的驅使下眞正進入創造境界。如果沒有此「根心」，而是無樂而歡愉，無哀而悲傷，虛假造作，矯柔強飾，爲創作而創作，即屬「情無符檢，行所不得已之事」（〈詮言訓〉），這樣的創作是不可能產生眞正的藝術品的。所以，沒有情感「本主」的支配，就沒有作爲美的創造前提的個體自由創造心理存在，於是，藝術的獨創性也就無從談起。可見，以情感「本主」爲創作的「根心」是實現藝術獨創性的重要途徑之一。所以，藝術創造的「自爲儀表」最終落實在創作過程中的「中有本主」之上。〔註 21〕如不其然，在創作中專事形狀模樣之巧而以爲獨創之計，其就猶如儒者之禮膜之拜，「升降揖讓，趨翔周游，不得已而爲也，非性所有於身，情無符檢，行所不得已之事，而不解構耳，豈加故爲哉！」〈詮言訓〉這樣的「中無根心，強爲悲麗」（高誘注），離眞正的獨創差之遠甚，故難以「和于人心」。所以，從本質上來看，藝術獨創性主要是指創作主體情感個性在作品中的滲透，即主體性格轉化爲藝術個性特質而言。

貳、學習說

《淮南鴻烈》認爲文學創作雖是有許多不同的文類，然皆是用以表達內心情感者，如〈說林訓〉云：「滿堂之坐，視鉤各異，於環帶一也。」類雖異，所用者同也。創作，求其適當而已矣，對不同文類、不同體裁的文章就會有不同的因應詞語，並非華飾的語句，就一定是値得推崇的，就像〈說林訓〉云：「予拯溺者金玉，不若尋常之纆索。」金玉雖寶，非拯溺之具，反倒不如尋常之纆索。一如在寫作小品抒情文時，掉弄宏偉瑰麗的詞句，倒不如清新可人的語句來的恰當妥貼，又如〈道應訓〉云：

> 今夫舉大木者，前呼邪許，後亦應之，此舉重勸力之歌也。豈無鄭衛激楚之音哉？然而不用者，不若此其宜也。

在什麼樣的情境下，就會創作出符合其情境的歌曲，而不是一味以高雅之音爲唯一上樂，如在搬運大木頭時，前面領隊的帶頭哼起「邪許」的音調，而

〔註 21〕在論述藝術獨創性的特點在「中有本主」上時，筆者參考了黨聖元（同註 19）的說法。

後面齊聲響應，這是用於舉起重物、勉勵用力的歌曲；而現在之所以不唱鄭衛民歌或高亢的激楚之樂，是因為這些歌曲不適合當下情趣的關係。就像在悲哀的時候，會吟唱哀傷的曲調；在快樂的時候，就會不由自主吟唱歡樂的調子一樣，此乃人之常情也。之於文學創作亦然，不同情境而有不同的文章相應而生，如同歌曲非直雅樂為上。有了以上這些觀念之後，讓我們再來談談創作的前提。就像喜歡射獵的人必先準備好細繩和短箭、愛好補魚的人會首先預備好大、小網一樣，《淮南鴻烈》認為：

> 欲致魚者先通水，欲致鳥者先樹木。水積而魚聚，木茂而鳥集。好弋者先具繳與矰，好刀者先具罟與罛，未有無其具而得其利。(〈說山訓〉)

必先溝通水路，方能讓魚游來；必先多植樹木，方能讓鳥棲息。因為水聚積多了魚才會多、樹木茂盛了鳥兒才會聚集。之於藝術創作亦然，《淮南鴻烈》雖未明言從事創作前應先對文字的掌握、表達技巧的拿捏等有相當的準備，然，「未有無其具而得其利」者，文字既是創作的工具，則對文字駕馭能力的掌控，就如打獵前便應備妥弓箭、繩索等必備工具一樣重要，就如同〈說山訓〉指出的：

> 欲學歌謳者，必先徵羽樂風；欲美和者，必先始於陽阿、采菱；此皆學其所不學，而欲至其所欲學者。

想要學唱歌，必定要先學習五音和樂教的意義；要想達到和諧的聲調，必須首先學習陽阿、采菱。〔註 22〕這都是學習他們不需要學習的基礎技能之後，才能達到所欲學的目的，《淮南鴻烈》只點出了創作前有些基礎工夫是必須先行具備的觀念，然就具體的工夫而言，則未見述及。〔註 23〕

實際學習創作時，多半會從模擬他人佳作著手，然而，如同上文所一再強調的，一篇作品的價值，首在其內涵意蘊之所生，如〈說山訓〉云：

> 歌者有詩，然使人善之者，非其詩也。鸚鵡能言，而不可使長。是何則？得其所言，而不得其所以言。

唱歌時歌詞中有詩句，然而使人歡喜的，並不是那些詩句本身，而是其音律與詩句內涵綜合後所給予人的清和的感覺。鸚鵡雖能說話，但卻不能長時間

〔註 22〕陽阿、采菱，樂曲之和聲也。

〔註 23〕在《文心雕龍．神思》則指出了創作前的準備工作有：陶鈞文思，貴在虛靜，疏瀹五藏，澡雪精神。並且在平時即應積學以儲寶、酌理以富才、研閱以窮照，馴致以懌詞，然後方能使玄解之宰，尋聲律而定墨；獨照之匠，窺意象而運斤，此正是馭文之首術、謀篇之大端也。

說話的原因是：它能夠模仿別人說話、卻不能模仿人說話的原因。之於創作亦然，不可只知琢磨於表面文字的模擬，而忽略了爲文首要在其所含蘊的意旨，應著眼於獨創性的開發，而非只重文句的雕琢，誠如〈說林訓〉云：「畫者謹毛而失貌，射者儀小而遺大」創作時倘若太重刻畫細部，則必遺其主旨之闡發。然而，創作雖重內在主旨，但對形於外的「創作」表現，《淮南鴻烈》認爲亦可藉由練習而更臻成熟，以期能適情、適性地表達心中所感，如〈精神訓〉云：

> 射者，非矢不中也，學射者不治矢也。御者，非轡不行，學御者不爲轡也。

射箭的人，不是箭頭不能射中，而是學習射箭的人不去學習射擊。同樣的，爲文寫作不是文字不能動人，而是創作主體不去練習表達。要創作一篇文情並茂的文章，亦應多從事實際的文學創作，方能達到心、手合一的境地。而在剛開始學習創作時，應先以服從規矩繩墨爲目標，學會用各種技巧，猶如〈說林訓〉云：「善用人者，若蚈之足，眾而不相害；若脣之與齒，堅柔相摩而不相敗。」倘若技巧不夠純熟、該加強或修改的地方不夠精準，猶如「汙準而粉其顙；腐鼠在壇，燒薰於宮；入水而憎濡，懷臭而求芳；雖善者弗能爲工。」那麼，要成就一篇好的藝術作品，也是一件很困難的事。然而，要注意的是「法其已成之法」只是過程並非標的，不可執著於「法其已成之法」，而應以「法其所以爲法」爲上，如〈齊俗訓〉云：

> 不法其已成之法，而法其所以爲法。所以爲法者，與化推移者也。夫能與化推移爲人者，至貴在焉爾。故狐梁之歌可隨也，其所以歌者不可爲也；聖人之法可觀也，其所以作法不可原也；辯士言可聽也，其所以言不可形也。淳均之劍不可愛也，而歐冶之巧可貴也。

不能效法已經成文的法規，而應效法其所以制定此規矩的依據所在。而用來制定規矩的依據，就是與化推移的「道」。誠如〈道應訓〉的斲輪之喻〔註 24〕所言：「應於手、厭於心，而可以至妙者，臣不能以教臣之子，而臣之子亦不能得之於臣。」「道」，不可言說，所能言說的規矩繩墨，不過是糟粕而已。是故而知可以隨著狐梁〔註 25〕歌聲哼唱，然其作歌的原因不可學；聖人的法律是可以看到的，但其制定法律的原因，就不能探究清楚了；辯士之言可聽，

〔註 24〕此喻《淮南鴻烈》援引自《莊子・天道》。
〔註 25〕劉文典引《北堂書鈔》之注云：狐梁，善歌之人也。

而他們這樣說的原因，是不可能表達出來的，猶如淳均之劍不値得愛惜，因爲歐冶煉劍之巧方是最可貴的，故有「得十利劍，不若得歐冶之巧；得百走馬，不若得伯樂之數」（〈齊俗訓〉）之說。創作的最高境界是與道合一而棄成法，如「戎翟之馬皆可以馳驅，或近或遠，唯造父能盡其力……必有不傳者」〈繆稱訓〉心教微眇，不可傳也。又如〈齊俗訓〉云：

> 扁鵲以治病、造父以御馬、羿以之射、倕以之斲，所爲者各異，而所道者一也。

已得道之要者，如：扁鵲以之治病、造父以之御馬、羿以之射日、倕可以用它來雕琢，所使用的地方雖各有不同，然其所得到的「道」的規律卻是一致的。《淮南鴻烈》認爲能夠掌握到「道」，就能夠掌握創作主體的內在自由而有高超的藝術創造技能，它肯定並贊揚了那種能夠進入主體內在自由境界的藝術創造技能。如〈齊俗訓〉中說：

> 故剞劂銷鋸陳，非良工不能以制木；爐橐埵坊設，非巧冶不能以治金。屠牛吐一朝解九牛，而刀以剃毛。庖丁用刀十九年，而刀如新剖硎，何則？游乎眾虛之閒。若夫規矩鉤繩者，此巧之具也，而非所以巧也。故瑟無絃，雖師文不能以成曲，徒絃則不能悲。故絃，悲之具也，而非所以爲悲也。若夫工匠之爲連鐖、運開、陰閉、眩錯，入於冥冥之眇，神調之極，游乎心手眾虛之閒，而莫與物爲際者，父不能以教子。瞽師之放意相物，寫神愈舞，而形乎絃者，兄不能以喻弟。今夫爲平者準也，爲直者繩也。若夫不在于繩準之中，而可以平直者，此不共之術也。故叩宮而宮應，彈角而角動，此同音之相應也，其於五音無所比，而二十五弦皆應，此不傳之道也。

這一段議論，從表面上看似乎只是對莊子庖丁解牛、大匠運斤之說，以及孟子的梓匠論和可以與人規矩而不可與人巧之思想的酌事增華，但實際上則滲透著更多的美學意識。《淮南鴻烈》在此首先對那種把藝術技能發揮到極致，從而進入一種可以充份顯示出主體對法度能自由把握、適應的創造境界，表示了由衷的贊歎，但接著就引發到音樂藝術創作之上，評論了音樂創作中法度之制範與技能把握、創造力高揚之間的關係。《淮南鴻烈》明白指出規、矩、鉤、繩只是達到「巧」的工具，但不是造成「巧妙」的原因，如同琴瑟只是用來表達悲哀感情的工具，而不是造成悲哀的原因一樣，「巧」的達到有賴於藝術家進行創造時的本領如何，並且認爲藝術創作不可能沒有一定的規矩準繩，因爲任何創造活動及其結果首先必須做到符合規律，否則難以成立，但是，藝術創作同時又是不受規律束縛而又能充份顯示出主體創造力量的自由活動，這就是說規矩法度不應成爲拘限主體創造力量的樊籬，因爲如果以規矩爲本，一步一趨，就等於扼殺了本應充滿活力的創造生命。可見對規矩服從有主動與被動、積極與消極之分，而眞正符合創造要求的無疑是前者。如工匠製造弓弩上可以連發的機關，其巧妙至極而能使人陰氣閉塞、兩眼昏花錯亂，此工匠的心智運用，已經達到了極點，其創作時，只動念於心、手和眾虛之間，卻不用和器物直接交合，這種奇技，父不能以教子，所以〈齊俗訓〉又云：

工匠之斫削鑿枘也，宰庖之切割分別也，曲得其宜而不折傷。拙工則不然，大則塞而不入，小則窕而不周，動於心枝於手而愈醜。

高明的工匠和廚師在斲削榫眼、榫頭與切割料理時，皆能曲得其宜而不折傷工具和手臂。但對一個拙劣的工匠而言，大、小尺寸不易拿捏穩當，起念於心、施之於手而愈醜，未若高明工匠執「道」之術之能既「得其宜」，而非「動心枝手」所求得、既無規矩而又無不符合規律者也。

《淮南鴻烈》總結工匠們的高超嫻熟技藝爲能「游乎心手眾虛之間」，〔註 26〕如果以庖丁爲例，這就是指庖丁在解牛時能「依乎天理」，「因其自然」，下刀總在牛體骨骼的空隙之處，刀入則迎刃而解。但這種切中肯綮卻又不是苦尋苦找所得來，而是手起刀落，在極其自由的狀態下進行的，即如莊子所說的「以神遇而不以目視，官知止而神欲行」（《莊子・養生主》）。可見，所謂「游乎心手眾虛之間」，就是指創作者進入主體自由的創造境界之後對法度規矩所達到的直覺把握情狀。這種直覺把握首先是要做到能超越具體的繩墨規矩，而不是一味服膺，因爲只有超越才能自由，而自由正是創造的前提。但這種超越又不是毀棄法度，而是超越中的積極把握，即運用之妙，存乎其人，「不在繩準之中而可以平直」，對法度確實達到了不求而又無不合的自由運用程度。這種「放意相物」，是一種藝術創作絕對自由的精神境界，也是一種最理想的創造境界，對一個創造者來說能否達到這一境界是至關重要的。如「師文」、「瞽師」達到了這一境界，就可以在演奏中「放意相物，寫神愈舞」。又如「宋畫吳冶，刻刑鏤法，亂脩曲出，其爲微妙，堯舜之聖不能及。蔡之幼女，衛之稚質，梱纂組，雜奇彩，抑墨質，揚赤文，禹湯之

〔註 26〕有關「游乎心手眾虛之間」的創作論，筆者酌取黨聖元（同註 19）之意見。

智不能逮。」(〈脩務訓〉)對這些工藝美術家、畫家所持有的高度技巧,《淮南鴻烈》給予了極高的贊揚與肯定,並認爲是堯舜禹湯所不能爲的。故〈齊俗訓〉言稱:「得十利劍,不若得歐冶之巧。得百走馬,不若得伯樂之數」。在藝術創作中,心手雖屬一體,欲達到得心應手卻是不易的,而要達到放意相物、游乎心手眾虛之間的境界更爲不易,「方其搦翰,氣倍辭前,暨其成篇,心折半始」《文心雕龍·神思》正是此一方面的甘苦之談。

《淮南鴻烈》稱這種能高度體現主體自由和能充份發揮主體創造力量的造藝之「巧」爲「不共之術」、「不傳之道」,「父不能以教子」、「兄不能以喻弟」,是說這種心領神會,超乎繩墨規矩的體驗,是可以意會而難以言傳的,並認爲在藝術創作中對法度規矩的自主性把握的能力來之於長期的藝術實踐過程。如〈脩務訓〉云:

> 今夫盲者,目不能別晝夜,分白黑,然而搏琴撫弦,參彈複徽,攫援摽拂,手若蔑蒙,不失一弦。使未嘗鼓瑟者,雖有離朱之明,攫掇之捷,猶不能屈伸其指。何則?服習積貫之所致。
>
> 今鼓舞者,繞身若環,曾撓摩地,扶旋猗那,動容轉曲,便媚擬神,身若秋藥被風,髮若結旌,騁馳若騖。木熙者,舉梧檟,據句枉,蝯自縱,好茂葉,龍夭矯,燕枝拘,援豐條,舞扶疏,龍從鳥集,搏援攫肆,蔑蒙踊躍,且夫觀者莫不爲之損心酸足,彼乃始徐行微笑,被衣修擢。夫鼓舞者非柔縱,而木熙者非眇勁,淹浸漬漸靡使然也。

認爲樂師的出色演奏技能和令人歎觀的舞藝並非天生如此,乃系「服習積貫之所致」、「淹漬漸靡使然也」,故能使眼盲的樂師「得之心,符之手;得之手,符之物」,撥琴擾弦,不失一弦。如果未經練習,即使眼有離朱之明,手有攫掇(傳説與離朱同爲黃帝時人,以敏捷著稱)之捷,也是不知如何彈奏的。又如「鼓舞者」的「柔縱」之所以能達到柔美多姿、輕盈起舞、舒展迅捷的程度、「木熙(傳説是漢代的一種雜技)者」的「眇勁」之所以能攀援大樹,在樹枝之間作自由自在的跳躍穿行等令人心驚的表演,並非生來就能如此,而是「淹漬漸靡使然也」,也就是長期不斷訓練學習的結果,才能練就這樣的妙技。從建立在實踐基礎上的體認實不可替代這點而言,這確實是「父不能以教子」、「兄不能以喻弟」的。所以,所謂的「不傳之道」、「不共之術」並不是認爲它們是純先天的和神秘不可知的,而是強調主體的親歷實踐。論述到此我們有必要先行附加說明《淮南鴻烈》所提倡的後天學習說：

基本上，對待客觀事物和自身是積極有爲還是消極無爲，這往往是重視和提倡學習，或是忽略和反對學習的理論依據之一。凡是主張積極有爲的人，就一定會重視和主張學習，如孔子、荀子；凡是主張消極無爲的，就一定會忽略和反對學習，如老莊道家。然而，由於《淮南鴻烈》將「把握現實和客觀規律的行爲與以客觀現實和客觀規律爲原則的行爲」都屬順應自然之勢、都叫做無爲，所以《淮南鴻烈》對「自然」的含意，就包括了「人生而就有」的，或是「按客觀規律而後天習得的」都是屬於「自然」，這就衍生出《淮南鴻烈》批駁了道家絕聖棄智的態度，而主張後天學習的重要。

《淮南鴻烈》也同先秦道家一般反心機、反智巧：

> 機械之心藏於胸，則純白不粹，神德不全。(〈原道訓〉)
>
> 任耳目以視聽者勞形而不明，以知慮爲治者，苦心而無功。(〈覽冥訓〉)
>
> 耳目之察不足以分物理，心意之論不足以定是非，故以智爲治者難以持國。(〈覽冥訓〉)

所反的智，是指一切夾帶濃厚個人色彩的表現或成見，〔註27〕因爲《淮南鴻烈》認爲個人本身才能的侷限性太大，不能周遍裕如地應對事物，即便博通如孔、墨者，亦有不足之處，如〈主術訓〉云：

> 湯、武，聖主也；而不能與越人乘幹舟而浮於江湖；伊尹，賢相也，而不能與胡人騎騵馬而服騊駼；孔墨博通，而不能與山居者入榛薄險阻也。由此觀之，則人知之於物也，淺矣。而欲以遍照海內，存萬方，不因道之術，而專己之能，則其窮不達矣。

又如：

> 天下之物博而智淺，以淺澹博，未有能者也，獨任其智，失必多矣。(〈詮言訓〉)
>
> 乘眾人之智，則天下之不足有也。(〈主術訓〉)

是故而有「君人者不下廟堂之上，而知四海之外者，因物以識物，因人以知人也。故積力之所舉，則無不勝也；眾智之所爲，則無不成也」(〈主術訓〉)雖然〈原道訓〉指出「依道廢智」，但要注意的是《淮南鴻烈》的「道」不與先秦道家同，所指的「道」，是外在事物個別客觀之理，或足以成就事物的一

〔註27〕此說參考陳麗桂：〈淮南子的無爲論〉，《國文學報》第十七期，民國77年6月。

定手法或道理。

《淮南鴻烈》認爲個人本身侷限的突破，實有賴於不斷地琢磨、改進與提昇，不周的彌補更有待吸收他人或他物的經驗與長處，而這一切卻是捨學習莫由的，如〈主術訓〉云：

> 文王智而好問，故聖。武王勇而好問，故勝。夫乘眾人之智，則無不任也；用眾人之力，則無不勝也。千鈞之重，烏獲不能舉也；眾人相一，則百人有餘力矣。是故，任一人之力者，則烏獲不足恃；乘眾人之制者，則天下不足有也。

是故，《淮南鴻烈》強調學習的交流與溝通。所以，《淮南鴻烈》也批駁了道家「絕聖棄智」的態度，認爲人之所以爲萬物之靈，而禽獸「爪牙雖利，筋骨雖強，不免制於人者，知不能相通，才力不能相一也。各有自然之勢，無稟受於外，故力竭功沮。」（〈脩務訓〉）人之所以能駕牛服馬者，爲人獨能知、能學故也。「馬可駕御，教之所爲也。馬聾蟲也，而可以通志義，猶待教而成，又況人乎？」（〈脩務訓〉）此人之所以高於禽獸者也。

人不僅能知，且又能將所得之知傳遞於他人，這便是能「通」，利用言語「通己於人」，利用聞見「通人於己」。〔註28〕如此人能根於有受教化之能力，利用教育接受前人之經驗，擴而充之、並能綜合之，且能再創造，而後再傳續下去。《淮南鴻烈》從反面告訴我們，如果一個人生在僻陋之方，不與他人打交道，沒有學習的機會，那麼，即使這個人資質並不愚笨，其知識才能也必定很差。它說：「今使人生於辟陋之國，長於窮櫚漏室之下，長無兄弟，少無父母，目未嘗見禮節，耳未嘗聞先古，獨守專室而不出門，使其性雖不愚，然至知者必寡矣。」〈脩務訓〉是故，「知亦無涯，而人生有涯」，個人之能力，不能博知，只能遍知一技，然而人能藉學習而集合個別之知以形成整體之知識，而爲人類全體之利用厚生。所以，在〈脩務訓〉裡，《淮南鴻烈》大篇幅地推演勸學的道理。它說：

> 夫地勢水流東，人必事焉，然後水潦得谷行，禾稼春生，人必加工焉，故五穀得遂長。
>
> 夫純鈞魚腸之始下型，擊則不能斷，刺則不能入，及加之砥礪，摩其鋒剽，則水斷龍舟，陸剸犀甲。明鏡之始下型，矇然未見形容，

〔註28〕參考李增：〈淮南子的無爲思想〉，《政大學報》第四八期，民國72年12月。

及其粉以玄錫，摩以白旃，鬢眉微豪可得而察。

當純鉤、魚腸這樣的寶劍剛倒出模型時，還不能用來砍殺、擊刺，等到加以砥礪、磨快其鋒刃之後，就可以在水中斬斷龍舟、在陸上截斷犀甲，正所謂「劍待砥而後能利」，一如明鏡要待玄錫拋光、白色毛毯加以磨制之後，鬢眉微豪方得以細察，而「學習」，亦正是人的磨刀石和玄錫。人天生的材質終歸是粗糙的，要讓它產生功能和價值，一定要加上後天的修養工夫。而這種修整工夫既然是順其先天材性而施加，便不是「用己而背自然」，是故不算有爲。後天的學習，可以改變人的本性。人的筋骨形體是不可改易的，但人的本性、心理卻是可以改變的，只要通過學習、教化就能做到這一點。「木直中繩，揉以爲輪，其曲中規，隱括之力。唐碧堅忍之類，猶可刻鏤揉以成器用，又況心意乎！」(〈脩務訓〉)《淮南鴻烈》並以馴馬爲例，說明馬性都可以改變，人比馬高級，其本性就更可以改變了。

再者，學習也可以提高才能，〈說林訓〉云：「槁竹有火，弗鑽不爇；土中有火，弗掘無泉」內在的潛能，必須透過外在的砥礪與刺激，方能爲之迸發四射。《淮南鴻烈》認爲無論聰明人或是愚蠢人，在才能方面都各有其長短，大家也都要通過學習來提高自己。它說：「知者之所短，不若愚者之所脩，賢者之所不足，不若眾人之有餘。」(〈脩務訓〉)所以，天生全才之人幾乎沒有，即使天生才質特別差或特別好，了無調整餘地的人也是少之又少，絕大多數人都是透過學習去增益或產生功能和價值，〈脩務訓〉說：

身正性善，發憤而成仁，帽憑而爲義，性命可說，不待學問而合於道者，堯、舜、文王也；沉湎耽荒，不可教以道，不可喻以德，嚴父弗能正，賢師不能化者，丹朱、商均也；曼頰皓齒，形夸骨佳，不待脂粉芳澤而性可說者，西施、陽文也。啳睽哆噅，籧蒢戚施，雖粉白黛黑弗能爲美者，嫫母、仳倠也。夫上不及堯舜，下不及商均，美不及西施，惡不若嫫母，此教訓之所諭也，而芳澤之所施。

除了堯、舜、文王這等至貴之人，可不待學問而合於道；或如丹朱、商均這類卑下之人，不可教之以道、喻之以德之外，介乎其間之材者，就需要靠學習來引導。一如像西施、陽文這樣天生麗質的美女，可以不待脂粉芳澤而其體態就能讓人感到歡悅；至若嫫母、仳倠這類醜女，即便多施芳澤也不能成爲美女；然而，對絕美不如西施、醜陋不若嫫母的人而言，就可因脂粉芳澤而令人更賞心悅目了。〔註 29〕學習因此有了重大的需要而被納入《淮南鴻烈》的「無爲」工夫之中。更重要的，學習可以交換智慧與經驗，積累眾智多才，以提昇先天，突破侷限。如〈脩務訓〉曰：

> 昔者，蒼頡作書，容成造曆，胡曹爲衣，后稷耕稼，儀狄作酒，奚仲爲車，此六人者，皆有神明之道，聖智之跡，故人作一事而遺後世。非能一人而獨兼有之。各悉其智，貴其所欲達，遂爲天下備。……周室以後，無六子之賢，而皆脩其業；當世之人，無一人之才，而知其六賢之道者何？教順施續，而智能流通。由此觀之，學不可已，明矣。

由此可見，人能知並能學，因而能創造文化。由於能學，即能通，因而能繼往開來傳遞文化。文明與文化是時代進化的必然發展趨勢。依據《淮南鴻烈》的說法，講求後天的修養工夫，並不表示對先天的材質功能持否定的態度。在〈原道訓〉中它也認可萬物先天自然性徵之不可改易，它說：

> 橘樹之江北則化而爲枳，鴝鵒不過濟，貈渡汶而死，形性不可易，勢居不可移。

全然移易其天性固然不可；但適度地修整或潤飾，在《淮南鴻烈》認爲不但是可以，而且是必要的。「學習」正是爲順導、修整、潤飾其天性，而不是全然移易其天性。此一順導、修整的工夫不但不會抹滅其天性，反而能使其天性得到更大、更充份的發揮。《淮南鴻烈》勸學的目的，就是希望能更充份且自在無礙地領理並發揮這些先天的才質功能。換言之，它希望原有的天性變得更可期、更穩定，這就有待於學習的繼續淬勵。因此，《淮南鴻烈》在講無爲、講去智之餘，也講出了「日就月將」、「服習積貫」的勉學工夫，因爲這些工夫基本上是利用先天、依順自然去執行，既不觸犯「背自然」的大原則，又能交流才智、容包眾長，正是不折不扣地不「用己」，全然符合了《淮南鴻烈》對「無爲」所下的定義，所以，在〈脩務訓〉中也提及了一個從事藝術創造活動的精神須有高度修養的過程：

> 君子有能精搖摩監，砥礪其才，自試神明，覽物之博，通物之壅，

〔註 29〕在此，必須提及的是：在第一節中，我們曾論證了《淮南鴻烈》對「文飾」所給予的肯定，而此處所提及的「西施、陽文可不待脂粉而悅人」的觀點，則是著重在強調其先天所賦有的絕佳美色，而「美飾」對天生麗質的西施、陽文而言，則更會增加其悅人的程度，這兩個觀點並無矛盾之處。

> 觀始卒之端，見無外之境，以逍遙仿佯於塵埃之外，超然獨立，卓然離世，此聖人之所以游心。

君子精神能夠專心進取、鍛鍊他的才能，使其精神清明，方能「覽物之博、通物之壅、觀始卒之端、見無外之境，以逍遙仿佯於塵埃之外」，這正是聖人之精神可以自由遨游的原因所在。「游心」而「內運」，正是進入精神高度自由，技巧發揮高度自由的境界。後來桓譚講「能觀千賦則善賦，……能觀千劍則曉劍」(《道賦》,《全後漢文》卷十五)，劉勰說「凡操千曲而後曉聲，觀千劍而後識器」《文心雕龍・知音》，均是對《淮南鴻烈》此一認識的正確引申發揮。當然,《淮南鴻烈》此說中又無不有重視個人天賦的重要性含義在內，除了靠自身的學習淬鍊外，實也是「不共之術」、「不傳之道」。

最後,《淮南鴻烈》認爲創作倘若能夠「通於太和者，惛若純醉而甘臥，以游其中。而不知其所由至也。」(〈覽冥訓〉) 不爲語言、形式、感官所限，而以直覺觀照自然、就能自然而然地與道合一並融入其中；倘若刻意格之，反不得其道。是故，應該虛其心而納之，若一味執著於表面文字者，終不解其背後所蘊含之大道也。這種思想之於文學創作亦然，如〈說林訓〉曾云：

> 求美則不得美，不求美則美矣。求醜則不得醜，不求醜則有醜美。不求美又不求醜，則無美無醜矣，是謂玄同。

無須斤斤計較於美醜與否。倘若能夠超越美醜的考慮，反而能達到一種極高的美；相反的，倘若創作者戰戰兢兢，一心要求美而避開醜時，恰好就失去了創造「美」所必須具備的高度自由。處處有心求美，卻反倒不能得到眞正的美。亦即，心有所感便將之形於外，不刻意求美而美自現矣。刻意文飾，雖極盡雕琢之能事，然終將因缺乏內涵與生命力而落於醜矣。

第五章　審美理論

審美理論主要著眼於創作過程中，審美主體的「美的本源」，審美客體的「美的特性」，以及主客體間的「審美關係」來討論。是以先從「美的本源」談起、再談及《淮南鴻烈》所標舉出的「美的特性」；接著探研「藝術鑑賞的本質」所在，而後以《淮南鴻烈》的「鑑賞理論」作爲審美理論的總結。

第一節　美的本源

《淮南鴻烈》明確地認識到了人的一切實踐活動必須遵照自然規律而行，有關此哲學思想，我們已在形上理論作過詳細的論述。從表面上看來，這樣的論點似乎和「美」的問題無涉，但實際上則已包含了對人與自然、主體與客體之關係等這些分析美的本質時所無法避開的問題的認識。《淮南鴻烈》對美的本源的認識正是建立在這一哲學思想基礎上的。而《淮南鴻烈》「有生於無」的思想正可用來說明「美」的根源所在。〈俶眞訓〉云：

> 至道無爲，一龍一蛇，盈縮卷舒，與時變化，……引楯萬物，群美萌生。

《淮南鴻烈》的「無爲」之「道」，非是「虛無」、「無物」，而是「物」之「道」，即自然之「道」。

老莊哲學中的「有無相生」的思想，對我國古代美學思想有深刻的影響。《淮南鴻烈》繼承了這種思想，提出了「有生于無」、「無形而生有形」的觀點，但它不是捨有求無，而是通過「有」去求「無」(〈原道訓〉)。既是「有生於無」、「實生於虛」，以此爲論，故可知「無形而有形生焉，無聲而五音鳴焉，無味而五味形焉，無色而五色成焉」（〈原道訓〉）。無形的道產生了有形的萬物、無聲之處有五音鳴奏、無味之處有五味形成、無色之處有五色構成。所以有從無中產生、實物從虛無中產生。

「所謂無形者，一之謂也」，《淮南鴻烈》此處所說的無形的「一」，也就是「道」，透過「一」這個具象的概念來等同於虛無的「道」、作爲無形生有形的第一個起點，而後，「一立而萬物生矣」（〈原道訓〉），在大「道」之中，「一」一經確立，萬物便可以產生了。此亦同於老子所說「道生一，一生二，二生三，三生萬物」。這個「一」是看不見、聽不到、摸不著的。但它又是萬物之源，它通過一切有聲、有色、有味、有形之物得以體現。倘依此推論，故可知「音、味、色」等既生於無，則「宮立而五音形矣、甘立而五味亭矣、白立而五色成矣」（〈原道訓〉）亦可通言也，在聲調中確立了宮音，五音便形成了；在味道中確立了甘味，五味便可以定出來了；在五色中確立白色，五色便固定了。「宮」、「甘」、「白」分別具有音樂、味道、顏色中的「一」的功能，好比「五寸之鍵，制開闔之門」（〈主術訓〉），能否掌握「一」，是藝術成敗的關鍵。又如〈俶眞訓〉云：

> 道有經紀條貫，得一之道，連千枝萬葉。

倘能得到「一」這個道的根本，千枝萬葉便可以連綴起來了。在這點上，《淮南鴻烈》和老莊哲學是完全一致的，其區別在於：老莊輕視甚至否定「有」的價値，老子說「五色令人目盲，五音令人耳聾」（《老子・十九章》）莊子也說「五色亂目，使目不明；......五言亂耳，使耳不聰」（《莊子・天地》）甚至進而提出「擢亂六律，鑠絕竽笙」、「滅文章，散五采」（《莊子・胠篋》）這樣極端的主張。而《淮南鴻烈》則不然，它充份肯定了耳目五官所能感受之美，如〈原道訓〉云：

> 音之數不過五，而五音之變不可勝聽也。味之和不過五，而五味之化不可勝嘗也。色之數不過五，而五色之變不可勝觀也。

音階的數量不過五位，而五音的相生變化，卻不能夠完全聽完；味道的調和不過五種，但五味的調和變化卻不能夠嘗遍；顏色的數目不過五種，但是顏色的千變萬化卻是不能全部看遍。充份肯定了客觀世界的多樣性特色，也說明了作爲自由創造的藝術擁有多樣性、變化性的特色。

按照《淮南鴻烈》「有生于無，實生于虛」的觀點，「虛無」是「至高無上，至深無下」（〈繆稱訓〉）的境界，但這種境界，畢竟是不可捉摸的；而可見可聞的，還是由至高無上的「無」所派生出來的「有」，由「虛」派生出來的「實」。所以，《淮南鴻烈》對於可見、可聞文學藝術，並不是採取一律排斥的態度，而是予以充份的肯定。所謂武象之樂、鄭衛之音、沼濱苑囿之美，都可以欣賞，只要能「全其身」，不刻意追求，不至「淫泆流湎」、「營其精神」、「亂其氣志」(〈原道訓〉)就行了。

《淮南鴻烈》對虛無的解釋和老莊有較大差別之處，乃在於它揚棄了老莊哲學中神秘玄虛的成份，而著眼於從具體物質世界的生生滅滅、千變萬化去看道的外化。認爲：唯有通過生機勃勃的大千世界，才能把握到道的本體，因此《淮南鴻烈》對現實世界給予了應有的重視。

老莊認爲「道」的本身才是美的最高境界，認爲外在的形色名聲不是眞正的美，反而損害道本身的美，從而否定現實世界中的美的存在。老子說：「天下皆知美之爲美，斯惡矣；皆知善之爲善，斯不善矣。」又說：「美之惡，相去何若？」莊子也說：「其美者自美，吾不知其美也；其惡者自惡，吾不知其惡也。」(《莊子．山水》)他們認爲眞正的美、絕對的美，只有道的自身，只有無形、無聲、無言的「道」，才是「大美」。而《淮南鴻烈》則不然，它固然也重複了「天下皆知善之爲善，斯不善也」的說法，追求「不可見」、「不可聞」的「道」(〈道應訓〉)，但是它並不否定可見可聞的物質世界的存在價値，更不否定豐富多彩的現實世界之美。自然之「道」使「群美」「萌生」，如〈泰族訓〉云：

> 天地所包，陰陽所嘔，雨露所濡，化生萬物。瑤碧玉珠，翡翠玳瑁，文彩明朗，潤澤若濡，摩而不玩，久而不渝，奚仲不能旅、魯般不能造，此之謂大巧。

「美」在於天地之間，由陰陽變化、雨露滋潤而來，亦即，大自然美是由道的陰陽雨露所化生，如同瑤碧玉珠，翡翠玳瑁般，具有鮮明的色彩，且其光澤就像是浸漬進去的一樣，歷久而不渝，即便良工如奚仲、魯班者，亦不能仿效此大巧之美。這就是說由「天地施化」而來的「大巧」之物具有審美的價値，是任何能工巧匠的制作所無法比擬的。〈墬形訓〉更歷數了許多這樣的「大巧」之美：

> 東方之美者，有醫毋閭之珣玗琪焉；東南方之美者，有會稽之竹箭焉；南方之美者，有梁山之犀象焉；西南方之美者，有華山之金石焉；西方之美者，有霍山之珠玉焉；西北方之美者，有昆侖之球琳

> 琅玕焉；北方之美者，有幽都之筋角焉；東北方之美者，有斥山之文皮焉；中央之美者，有岱岳以生五穀桑麻，魚鹽出焉。

此中記載了東西南北山川之名，歌頌了多彩多姿的現實世界之美：有金石珠玉之美、有犀象虎豹之美，有五谷桑麻之美，而所有這些又都表現出山川風物之美。這樣，既使人們對形而上的「道」進行思考和探索，又不忘現實世界的存在；既不認爲道是超萬物而獨立存存，但又承認在有形的萬物之美的背後，卻還有一種無形的美。這裡，《淮南鴻烈》充份肯定了現實物質世界本身之美，這種美並非超塵出世、玄虛縹緲而不可捉摸，而是具體可觀、並且無比豐富而不可窮盡的。《淮南鴻烈》充份肯定了美具有客觀的實存性。敏澤曾指出：〔註1〕《淮南鴻烈》在中國美學史上，首次強調了自然美在於客觀自然本身的思想。認爲「荀子雖然也講過『蘭槐之美』、『山林川谷美』、『金錫美』(《荀子・富國》) 等等，包含著美在於客觀的思想，但荀子這些話，並非正面論述美的本質，主要只不過是表狀山川之美、物產之富，而《淮南子》卻是在論美的意義上正面提出了這些問題」。

再者，《淮南鴻烈》除了認爲美具有客觀實存性之外，也肯定了人在遵循自然規律、依靠聰明才智所創造出的人文之美，如〈說林訓〉云：「清醠之美，始於耒耜；黼黻之美，在於杼軸。」純美的「清醠」、文章斑斕的「黼黻」，亦是一種存在性的美。又如〈齊俗訓〉云：

> 衰世之俗，以其智巧詐僞，貴遠方之貨，珍難得之財，不積於養生之具。澆天下之淳，析天下之樸，牿服馬牛以爲牢。滑亂萬民，以清爲濁，性命飛揚，皆亂以營。貞信漫瀾，人失其情性。於是，乃有翡翠犀象，黼黻文章以亂其目，芻豢黍梁、荊吳芬馨以嚂其口，鐘鼓管簫、絲竹金石以淫其耳，趨舍行義，禮節謗議以營其心。(〈齊俗訓〉)

認爲在人們失其天性的情況下，則黼黻文章易亂其目、絲竹金石易淫其耳，相反地，倘若人們能守其天性，則《淮南鴻烈》亦肯定了黼黻文章、絲竹金石等人文之美。從這裡可以看出《淮南鴻烈》不再只是重複老莊「大音希聲」思想而已，更肯定了美的客觀性、人文性，從而最終擺脫了老莊美學思想消極成份的影響，而對美的本質問題作了重新認識。

然而，《淮南鴻烈》對於美的本質性的認識不可能是十分全面的，它只能在

〔註1〕參考敏澤《中國美學思想史》(山東：齊魯書社出版，1989年8月)卷一，頁353。

時代與認識條件所允許的範圍內作一些探索，並且對前人的認識提出一些修正，而不可能作出一些較爲完整且有系統的認識。比如它同時也認識到了社會生活領域和人自身亦存在著大量的美，如言：「仁智勇力，人之美才也。」（〈詮言訓〉）、「仁勇信廉，人之美才也」（〈泰族訓〉）、「君子修美，雖未有利，福將在後至」（〈脩務訓〉）、「美言可以市尊，美行可以加人」（〈人間訓〉）等等。只可惜它並沒有對這些社會性和人格性的美做更進一步的探討，然而，《淮南鴻烈》堅決地肯定美的客觀性的言論，在漢初以前倒是第一次見到的。〔註2〕《淮南鴻烈》重視自然美，並且把自然美與主體精神擴展聯繫起來的審美價值觀，〔註3〕對魏晉南北朝美學思想，尤其是六朝山水美學思想產生了啓迪和影響，六朝山水美學徹底擺脫了先秦的「比德」觀念，而強調鑑賞主體在大自然面前所能享有的生命自由的愉悅情感，即自然對主體精神及人格形態的淨化、復原等作用，這些其實在《淮南鴻烈》中已初見端倪。

第二節　美的特性

《淮南鴻烈》對待「美」的態度，承襲莊子之說而認爲美與醜是「道通爲一」的，應要以「萬物之一方（類）」的觀念來對待美醜，如「視珍寶珠玉如石礫也，……視毛嬙西施猶顛醜也」（〈精神訓〉），《淮南鴻烈》追求的是一種「無美無醜」的「玄同」境界，若「聖人無去之心而心無醜，無取之美而美不失」〈詮言訓〉在聖人心中並沒有什麼醜的東西要拋棄，因而心中不存在醜；亦沒有想要得到什麼美好的東西，因而自身的美也不會失去。在《淮南鴻烈》一書中，多處提及了美的若干特性，如上一節所提及的美的客觀性，與此節即將論及的美的相對性、條件性等特性。《淮南鴻烈》雖有這些美的特性，然而它並不因爲充份承認了美的條件性與相對性、便因此而否定了美的客觀性，它反倒達成了條件性、相對性與客觀性二者的統一，李澤厚在《中國美學史》〔註4〕中，曾評爲：能將此二者統一「無論在中國古代或西方美學

〔註2〕李澤厚・劉綱紀主編：《中國美學史》卷一（北京：中國社會科學出版社出版，1990年1月）頁465，以及敏澤《中國美學思想史》（同註一）頁355，均持此看法。

〔註3〕例如《淮南鴻烈》認爲鑑賞主體能在觀照大自然客觀存在的美中，將大自然自在之物，轉化爲審美的對象，而把自然美與鑑賞者的主體精神聯繫在一起，進而完成鑑賞活動。

〔註4〕同註2，頁466。

史上，都是難能可貴的。因爲歷史上有不少美學家經常把美的條件性、相對性同美的客觀性絕對對立起來，始終達不到對兩者的統一的理解」。以下，則從「美的相對性」、「美的多樣性」以及「與化推移的美學觀」三方面來理解《淮南鴻烈》的美學態度：

壹、美的相對性

關於美、醜的關係，《淮南鴻烈》首先肯定了它們之間的相對性。認爲：

> 玉之與石，美之與惡。(〈氾論訓〉)

> 琬琰之玉，在污泥之中，雖廉者弗釋。獘箄甑瓾，在袇茵之上，雖貪者不搏。美之所在，雖污辱，世不能賤；惡之所在，雖高隆，世不能貴。(〈説山訓〉)

> 曼頰、皓齒、形夸、骨佳、不待脂粉芳澤而性可說者，西施、陽文也。啳睽、哆噅、籧篨、戚施，雖粉白黛黑，弗能爲美者，嫫母仳倠也。(〈脩務訓〉)

在這些論述中，無疑表現著一個明確的思想：即認爲美與醜是相對性的存在，任何個人主觀上對它們的寵辱都不能改變二者之間的差別界限。美的東西，任你怎樣貶低它、它也還是美的；醜的東西，任你怎樣抬高它的價値，它也還是醜的。又，〈俶眞訓〉云：

> 百圍之木，斬而爲犧尊，鏤之以剞劂，雜之以青黃，華藻鎛鮮，龍蛇虎豹，曲成文章，然其斷在溝中，壹比犧尊，溝中之斷，則醜美有間矣。

以斬百圍之木作爲祭器而言，木材經過人的刻鏤雕飾，「雜之以青黃」、「華藻」，雕之以「龍蛇虎豹」，與那些折斷在溝渠之中的木頭相比，美與醜之間就有了很大的區別。此亦可作爲對美的相對性的說明。《淮南鴻烈》認爲美與醜之間的關係，並非是靜止不變的，然而它們雖然可以在一定條件下相互運動轉換（下文將詳述此一特性），但是美醜之間的相對性卻不能因此而被抹煞掉，這種對立界線畢竟是一種客觀存在，所以，美醜並不是不能加以判斷的。

貳、美的多樣性

對於美的認識，先秦儒家認爲是與社會秩序和倫理道德規範中的「禮」密不可分的；而在道家，則又認爲是與宇宙本體的「道」的觀照合而爲一的。

「美」在他們的觀念中亦如「禮」或「道」一樣，應該是純一而不旁衍的，這實際上等於抹滅了美的多樣性和發展性。而《淮南鴻烈》則肯定了無形之道在落實於有形之物後，所形成的多樣性特色，如〈齊俗訓〉云：

> 夫玉璞不厭厚，角觿不厭薄；漆不厭黑，粉不厭白。此四者相反也，所急則均，其用一也。

「玉璞不厭厚，角觿不厭薄；漆不厭黑，粉不厭白」，這四種東西的用處並不相同，然所急需時卻是同等重要的，其作用是一樣的。又如：

> 胡人彈骨，越人契臂，中國歃血也，所由各異，其於信，一也。(〈齊俗訓〉)

「胡人彈骨，越人契臂，中國歃血」皆是用以表示守信，其所使用的方法雖不相同，但是對於守信用一事卻是一致的。之於美的鑑賞，亦是抱持著肯定美有多樣性特色的觀點。

《淮南鴻烈》認爲美不是單一模式化的，而是多樣化的，如曰：

> 美人者，非必西施之種；通士者，不必孔墨之類。(〈脩務訓〉)
>
> 西施、毛嬙狀貌不可同，世稱其好美鈞也。(〈說林訓〉)
>
> 佳人不同體，美人不同面，而皆說於目；梨橘棗栗不同味，而皆調於口。(〈說林訓〉)

「美」的表現是多種多樣的，因此人們對於「美」的鑑賞也就不能要求它們千篇一律。如果在這些具體生活中的審美經驗基礎上，再作更深入一步的進展，則是要求用開闊的目光發現和肯定廣大無極的世界中存在的多樣豐富之美，所謂：

> 天不一時，地不一利，人不一事，是以緒業不得不多端，趨行不得不殊方。五行異氣而皆適調，六藝異科而皆同道。(〈泰族訓〉)

又如〈齊俗訓〉云：

> 百家之言，指奏相反，其合道一體也。譬若絲竹金石之會樂同也，其曲家異而不失於體。伯樂、韓風、秦牙、管青，所相各異，其知馬一也。(〈齊俗訓〉)

百家學說，其旨趣雖然相反，然其欲符合道體的目標卻是一致的。譬如絲竹金石的合樂是相同的，雖然曲譜各家不同，但是都沒有不合體制的。正如伯樂、韓風、秦牙、管青，其相馬技術雖是各有不同，然其熟悉馬的特性卻是一致的。所以，對自然的「美」的認識，最終是要超出窄小的生活審美圈子而走向更通觀、更深遠的自然之中：

> 夫隨一隅之跡不知因天地以游，惑莫大焉。雖時有所合，然而不足貴也。（〈說林訓〉）

前文曾經引述過的「音之數不過五，而五音之變不可勝聽也。味之和不過五，而五味之化不可勝嚐也。色之數不過五，而五色之變不可勝觀也」〈原道訓〉亦可用來說明《淮南鴻烈》認爲藝術美必須是多樣的統一，不同的音和色在構成審美意象時，必須富於變化，是「和諧」、而不是「同一」。要求單一化的美，等於抹煞了美的發展性，要想在審美鑑賞中按圖索驥，無異於「客之乘舟，中流遺其劍，遽契其舟桅，暮薄而分之」，均爲「不知物類」〈說林訓〉也。要知道，不同的藝術創作，應善於發揮各自的藝術特點和優勢，而不可施以「一律」的標準。

參、「與化推移」的審美觀

《淮南鴻烈》借鑑「極則反，盈則損」這一古代關於事物發展規律的認識觀念，提出要「變古」、「周事」、「與化推移」，如認爲：「天地之道，極則反，五色雖朗有時而渝，茂木豐草有時而落，物有隆殺，不得自若。故聖人事窮而更爲，法弊而改制，非樂變古易常也，將以救敗扶衰，黜淫濟非，以調天地之氣，順萬物之宜也。」（〈泰族訓〉）其文藝發展觀的核心觀點就是認爲文學藝術宜「應時耦變」。倘若將其「與化推移」的觀念置於審美觀下討論時，恰可看出「美的條件性」的特性，亦因此而得知《淮南鴻烈》有「適宜之美」的審美觀點。之於美、醜，《淮南鴻烈》認爲二者之間的區別並不是絕對固定不變的，在一定條件下它們可以相互轉化。〈脩務訓〉云：

> 今夫毛嬙、西施，天下之美人。若使之銜腐鼠，蒙蝟皮，衣豹裘，帶死蛇，則布衣韋帶之人過者，莫不左右睥睨而掩鼻。嘗試使之施芳澤、正娥眉、設笄珥、衣阿錫，……則雖王公大人有嚴志亢頏頡之行者，無不憚悇癢心而悅齊色矣。

又〈齊俗訓〉云：

> 廣廈闊屋，連闥通房，人之所安也，鳥入之而憂；高山險阻，深林叢薄，虎豹之所樂也，人入之而畏。……《咸池》、《承云》、《九韶》、《六英》，人之所樂也，鳥獸聞之而驚。深谿峭岸，峻木尋枝，猿狖之所樂也，人上之而慄。形殊性詭，所以爲樂者乃所以爲哀，所以

為安者乃所以為危也。

形體不同、天性迥別。鳥獸所用來得到快樂的、人類得到的卻是悲哀；人類所用來安身的地方，卻是鳥獸所認爲危險的地方。這裡儘管沒有明說，但分明認爲美醜之間的對立區分並非是永恆不變的，隨著關係和條件的變化，二者可分別轉化爲自己的對立面，這說明美醜關係存在有條件性的一面。《淮南鴻烈》認爲美醜事物可以互相轉化，其根源乃在於事物之間「形殊性詭」，各不相同，有時候其特性亦爲侷限性，如「馬不可以服重、牛不可以追速」等等。這說明，「物無貴賤，因其所貴而貴之，物無不貴也；因其所賤而賤之，物無不賤也。」（〈齊俗訓〉）萬物沒有貴賤之分，倘若按照它的長處而予以重視，則萬物中沒有不是可貴的；倘若根據它的作用低下而認爲它卑賤，則萬物沒有不是低賤的。所以，在進行事物價值分析、包括在對美醜下判斷時，就必須從正反兩方面的整體考察中，察致其值得肯定的成分，而達乎「各用之於所適，施之於所宜」，「使各便其性」，「處其宜，爲其能」（均見〈齊俗訓〉）的「適宜之美」。受此一觀念的影響，《淮南鴻烈》亦認爲美不必是絕對完善的，甚至認爲世上並不存在多少絕對之美，如言「嫫母有所美，西施有所醜」（〈說山訓〉）。嫫母儘管外貌醜，但「能行貞正」，有「美才」，故亦有其美的一面。並認爲世上鮮有完美無瑕之作，如〈說林訓〉云:

豹裘而雜，不若狐裘之粹；白璧有考，不得爲寶；言至純之難也。

要求完美無瑕是很困難的。所以，在美、醜的判斷中就不能「以小過揜其大美」。誠如〈氾論訓〉云：

今以人之小過揜其大美，則天下無聖王賢相。

又：

自古及今，五帝三王，未有能全其行者也。（〈氾論訓〉）

故曰：「人有厚德，無問其小節；而有大譽，無疵其小故」（〈氾論訓〉）。那是因爲在人的性情中，沒有人不存在有所欠缺的地方。所以如果在大的方面值得肯定的話，那麼即使有小的過錯，也不應該成爲他的拖累，一如〈氾論訓〉所指出：

夫人之情，莫不有所短。誠其大略是也，雖有小過，不足以爲累。

又：

夫夏后氏之璜不能無考，明月之珠不能無纇，然而天下寶之者，何也？其小惡不足妨大美也。今志人之所短，而忘人之所修，而求得

其賢乎天下，則難矣！（〈氾論訓〉）

即便連夏后氏之璜、明月之珠都不能避免有瑕疵，然而天下之人卻仍將之視爲至寶者，乃因其小惡不足妨大美之故也。正如一個只知記住他人短處、而忘記他人長處的人，要想在天下尋找到賢人，那實在是很難的。

美、醜相互轉化的事實說明美醜實際上總是處於一定的關係結構之中，所以同一事物在不同的關係之中便會有美或醜的不同呈現，如「靨輔在頰則好，在顙則醜。繡以爲裳則宜，以爲冠則譏」（〈說林訓〉）女子酒窩長在臉頰就很美，長在額頭上則醜陋；刺繡的織品裁製衣裳就很適宜，但如果將之作爲帽子，就會讓人譏笑。「帶不厭新，鉤不厭故，處地宜也。」〈泰族訓〉這實際上亦是認爲美是有條件的。《淮南鴻烈》認爲任何美都具有條件性，倘若破壞了美的存在條件，美就會立刻轉化爲醜，如「貫甲胄而入宗廟，被羅紈而從軍旅」（〈主術訓〉）之類，就是由於違反了美的存在條件，所以表現爲醜而不是美。

第三節　藝術鑑賞的本質

《淮南鴻烈》認爲藝術「鑑賞」的進行，首先必須以鑑賞主體有一個自由的身心條件爲前提，因爲鑑賞過程中，鑑賞主體對客體的反映，是通過客體對主體的作用來進行的，所以認爲審美愉悅和耳目聞見範圍的擴大有著直接的聯系。〈泰族訓〉指出：

> 凡人之所以生者，衣與食也。今囚之冥室之中，雖養之以芻豢，衣之以綺繡，不能樂也，以目之無見、耳之無聞。穿隙穴、見雨零，則快然而嘆之，況開戶發牖，從冥冥見炤炤乎？從冥冥見炤炤，猶尚肆然而喜，又況出室坐堂，見日月光乎？見日月光，曠然而樂，又況登泰山，履石封，以望八荒，視天都若蓋，江、河若帶，又況萬物在其間者乎？其爲樂豈不大哉！

爲了維持生命，人必須穿衣吃飯，但如果只給人以衣食而把他「囚之冥室之中」，目無所見、聽無所聞，吃穿再好也不能使之快樂，這是由於「人生理欲求的滿足，並不等於美感（審美享受），美感（審美享受）是人對生理欲求的超越」〔註5〕所使然。所以，如果讓他多少見點陽光，多少接觸點自然環境，這個人就會感到快樂，如果再讓他「登泰山、履石封，以望八荒，視

〔註5〕葉朗《中國美學史大綱》（台北：滄浪出版社，民國75年9月）頁171。

天都若蓋，江河若帶，又況萬物在其間者乎？其爲樂豈不大哉！」（〈泰族訓〉）這段話不僅指出視、聽感官在審美中的重要性，更重要的是強調審美與身心自由的聯系。視野愈遼闊，聞見愈廣博，精神就愈自由，美的愉悅也必然隨之增加。「登東山而小齊魯，登泰山而小天下」，從《淮南鴻烈》的許多篇章中，〔註 6〕都使我們感到《淮南鴻烈》有一種對外部世界美執著追求的強烈願望。

主體僅有物質的滿足是不行的，還必須有精神上的自由，而這一精神自由的獲得可以是投身於雄渾廣大的自然之中，「縱志舒節，以馳大區」（〈原道訓〉），「橫八極，致高崇」（〈要略〉），在對自然的觀照中激揚起無限的生命情感與主體意志。這其實是對「自然」的一種「精神上的佔有」，〔註 7〕自然「渾渾蒼蒼，純樸未散，磅礴爲一，而萬物大優」（〈俶眞訓〉），是生命自由的象徵，它在激揚主體精神力量的同時，也接受了主體情感與意志的反射。所以，在主體由此而形成的「徙倚于汗漫之宇，提契天地而委萬物」的心態境界中，作爲觀照對象的自然已轉化爲美的本體，它能呼應主體的情感需求，故能使主體產生「快然而歎之」、「肆然而喜」、「曠然而樂」，乃至於「爲樂豈不大哉」的美感效應。而且，這種對對象的觀照並不止於如書中一些地方承襲老莊而來的那種「視乎無形」、「聽乎無聲」（〈說林訓〉）、「慷慨遺物，而與道同出」（〈原道訓〉）、以與「虛」、「無」之「道」相契合的體「道」性的觀照，更有對日月光輝、山石江河，萬物眾靈的感性之美的享受，故由此而產生的「至樂」亦不同於體「道」時內心靜穆直覺而獲致的那種超人生、無目的性的「至樂」。

《淮南鴻烈》認爲從觀照自然的客觀存在之美所得到的快樂，乃在於由大自然自在之物轉化爲審美對象的過程中、鑑賞主體所得到的自我滿足度是否足夠：

> 所謂樂者，豈必處京台、章華，游雲夢、沙丘，耳聽九韶、六瑩，口味煎熬芬芳，馳騁夷道，釣射鷫鷞之謂樂乎？吾所謂樂者，人得其得者也。夫得其得者，不以奢爲樂，不以廉爲悲，與陰俱閉、與陽俱開。（〈原道訓〉）

〔註 6〕如〈泰族訓〉云：「達乎無上，至乎無下，運乎無極，翔乎無形，廣於四海，崇於太山，富於江河，曠然而通，昭然而明，天地之間無所繫戾，其所以監觀，豈不大哉！」對大自然的博大、雄奇作了讚美與謳歌。

〔註 7〕此一詞語，引用自盛源：〈《淮南子》的美論〉，《文學評論叢刊》（北京：文化藝術出版社，1989 年 8 月）第三十一輯。

所謂的快樂，不一定要處身在京台、章華，游覽雲夢、沙丘，耳聽九韶、六瑩這樣的妙音，口吃美味的烹調、坐著高車駿馬馳騁於大道之上、獵取鷫鷞之類的珍禽才能算是快樂。《淮南鴻烈》所認爲的快樂，不過是人們可以得到他們應得的滿足罷了。能夠自得其所的人，不會把奢侈當成快樂，也不會把廉節當作可悲。再者，人們的自得與否，也並不一定非得等待觀賞到至美之物時才能達成，如〈齊俗訓〉云：

> 待騕褭飛兔而駕之，則世莫乘車；待西施、毛嫱而爲配，則終身不家矣。然非待古之英俊，而人自足者，因所有而並用之。

不需待至美之物而人們能夠滿足者，係因各人因其所有而即用之之故也，倘必待古英俊方用之，則無人矣。又：

> 無以自得也，雖以天下爲家，萬民爲臣妾，不足以養生也。能至於無樂者，則無不樂；無不樂，則至極樂矣。（〈原道訓〉）

不能達到自得其所者，即使把全天下都當作是自己的家私、把萬民作爲臣妾，也不能保養性命。只有能夠達到沒有快樂境地的人，那麼就沒有什麼不是快樂的。沒有什麼不是快樂的，也就達到最高的快樂了。《淮南鴻烈》在〈原道訓〉中提出了「以內樂外」和「以外樂內」的區別：

> 夫建鍾鼓、列管弦，施旃茵，傅旄象，耳聽朝歌北鄙靡靡之樂，齊靡曼之色，陳酒行觴、夜以繼日，強弩弋高鳥、走犬逐狡兔，此其爲樂也，炎炎赫赫，怵然若有所誘慕。解車休馬，罷酒徹樂，而心忽然若有所喪，悵然若有所亡也。是何則？不以內樂外，而以外樂內，樂作而喜，曲終而悲，悲喜轉而相生，精神亂營、不得須臾平。察其所以、不得其形，而日以傷生，失其得者也。是故內不得於中，稟受於外而以自飾也，不浸于肌膚，不浹于骨髓，不留于心志，不滯于五臟。故從外入者，無主於中，不止。從中出者，無應於外，不行。故聽善言便計，雖愚者知說之；稱至德高行，雖不肖者知慕之。說之者眾而用之者鮮，慕之者多而行之者寡。所以然者，何也？不能反諸性也。夫內不開於中而強學問者，不入於耳而不著於心。此何以異於聾者之歌也？效人爲之而無以自樂也，聲出於口則越而散矣。（〈原道訓〉）

那些「建鍾鼓、列管弦，施旃茵，傅旄象，耳聽朝歌北鄙靡靡之樂，齊靡曼之色，陳酒行觴、夜以繼日」，亦或「強弩弋高鳥、走犬逐狡兔」這些快樂的樣子都是十分顯赫，好像很能引起別人的羨慕，然而等到「解車休馬，罷酒徹樂」，而心卻忽然感到若有所喪，悵然若有所亡，何也？那是因爲他們並不是把內心的快樂自然地表現出來、而只是靠外在的東西來娛樂內心，所以就會「樂作而喜，曲終而悲」，在這樣一喜一悲的交織影響下，精神就會產生惑亂，而不能夠有一時的平衡。考察這樣的原因，主要是因爲沒能掌握到快樂的眞正形態的關係，因而導致了一天天地喪失了生活的樂趣、失去了應得的滿足。就因爲內心沒有得到應得的滿足，於是只能靠外部的施予來自我粉飾。而外部的粉飾不會浸到肌膚之中、不會通達到骨髓、也不會留在心中、更不會進入到五臟六腑，因爲從外面進入的東西，只要沒有經過內心的掌握與接受，就絕對不會留在心中；而從內心表現出來的東西，如果外面沒有能和它相呼應的、也不會離開。正如同聽到好的計策與言論，即使是愚蠢的人也知道喜歡它；稱頌高尚的品德、美好的行爲，即使是不好的人也知道羨慕。如果心靈沒有開啓，而勉強去學習，即使能夠進入耳中，也不能記在心上。這同教聾子唱歌有什麼兩樣呢？只不過是模仿別人唱歌，也沒有什麼能使自己眞正快樂的地方、不過只是聲音從嘴裡發出後，在傳出去之後便四散而逸了。藝術鑑賞的實踐，要靠內外相應，即取決於鑑賞者與藝術品二者的情感交流。能自得其得，以內樂外，就能得到最大的快樂和最高的美感享受。

再者，《淮南鴻烈》認爲藝術鑑賞的進行，必須透過審美主體直接地接觸所感知的客觀對象，如〈詮言訓〉云：

> 金石有聲，弗叩弗鳴；管簫有音，弗吹無聲。

倘若將創作當作金石、管簫，則鑑賞者倘若不與之接觸，亦必不能產生與與作品相共鳴的效果。「作品」就只是一種客觀存在之物而已，除非讀者讀它，它方能隨之鮮活起來：

> 若風之過〔註8〕簫，忽然感之，各以清濁應矣。（〈齊俗訓〉）

就像風聲遇到簫聲、忽然受到感觸，而有風聲與簫聲相應和的情形，此正可說明鑑賞主體的情感能與文章所表露出的情感彼此交流、呼應。一如〈主術訓〉云：

> 夫榮啓期一彈，而孔子三日樂，感於和。鄒忌一徽，而威王終夕悲，感於憂。

欣賞藝術時，受到藝術品出自創作者的眞誠所感動、得與鑑賞者的情感相互

〔註8〕劉本原作「遇」，從陳觀樓之意校改。如文子自然篇云：若風之過簫。

呼應、交融，所以，孔子被榮啓期琴音中的平和之氣所感動而高興了三天；齊威王聞鄒忌鼓琴，被其憂慮之情所感染而整天悲哀。由以上可知，一徒文而無情的作品，就激發不出鑑賞主體內心的強烈情感，也不能對鑑賞主體產生美感效應。因爲「情感」，是產生美感效應的基礎，也是藝術美賴以形成的重要因素，藝術之所以具有動人的魅力，就在於它傳達了心靈深處各種美好的感情，從而達到陶冶鑑賞者性情的作用，是故而知，一出自內心眞誠的作品，能開放給讀者更深層的情感交融空間，使鑑賞者的情緒能獲得更充份的滿足感，也使得鑑賞主體的審美感受得與客體的情感特質相互呼應，而在鑑賞活動中，完成美的再創造。故可知將眞誠之心「動諸琴瑟、形諸音聲」(〈主術訓〉)即能使鑑賞主體爲之產生哀、樂的思想感情。一如「甯戚商歌車下，桓公喟然而寤，至精入人深矣！」〈主術訓〉甯戚飯牛車下，唱起清淒哀怨的商調歌曲，齊桓公聽了不住歎息而省悟、用以爲相。此即爲發自內心至高的眞誠情感已與鑑賞主體之內心情感相互交融的最佳例證。

第四節　鑑賞理論

壹、鑑賞前提

1、心態的調適

鑑賞工作開始之前，首先應先在心態上有正確的調適，被評論者宜虛其心接受他人之批評，不宜當鑑賞者舉其瑕疵就因此而埋怨他人，〈詮言訓〉云：

> 人舉其疵則怨人，鑑見其醜則善鑑。人能接物而不與己焉，則免於累矣。

我們同外物交接時，宜像鏡子一般鑑人形之美醜而不有好憎之心。之於鑑賞者，則應先摒除成見，方能客觀的鑑賞，如〈原道訓〉云：

> 夫鏡水之與形接也，不設智故，而方圓曲直弗能逃也。

鏡水不施巧飾之形，人之形好醜以實應之，故曰方圓曲直不能逃也。又如〈詮言訓〉云：

> 鼓不滅聲，故能有聲；鏡不沒於形，故能有形。〔註 9〕

鼓不會藏起聲音，所以才能擊之有聲；鏡子不預設人形，所以才能照見形體。

〔註 9〕王念孫云：滅當爲臧（按，臧，古藏字），沒當爲設，皆字之誤也。應爲「鼓不藏於聲」、「鏡不設於形」。

之於鑑賞藝術亦然，宜先摒棄成見以鑑，方能觀其全貌。

其次，鑑賞者在發出評論時，宜先行考慮到此論評的被接受度如何，如以〈人間訓〉所云：

> 夫以人之所不能聽說人，譬以大牢享野獸、以九韶樂飛鳥也。予之罪也，非彼人之過也。(〈人間訓〉)

用別人聽不進去的話來評論，就如同以高雅的九韶之樂去讓飛鳥欣賞一樣愚昧，這是我的罪過，而不是那個人的過錯。故鑑賞時宜用對方法、切中核心，力求以理服人。再者，品鑑一藝術時，無論是讚譽或貶抑，對此一作品而言都是無損其利害的，但是由此所產生的怨恨和恩德的差距卻是很深遠的。如〈說山訓〉：

> 今人放燒，或操火往益之，或接水往救之，兩者皆未有功，而怨德相去亦遠矣。

當一善於鑑賞的鑑賞家品鑑出一作品的優缺時，則若「乘舟而悲歌，一人唱而千人和」(〈說林訓〉)，其影響力甚大，故在鑑賞時切不可大意輕忽。

2、鑑賞的主體性原因

鑑賞者宜明其客觀環境的差異性，方能更易掌握鑑賞之要：

（1）鑑賞者易受外物影響，如〈俶眞訓〉云：

> 今萬物之來擢拔吾性、攓取吾情，有若泉源，雖欲勿稟，其可得耶！

世界萬物紛紛來拔取我的性情，就像泉水湧流一樣，即使想不接受，又怎麼能做到呢？此乃形容鑑賞者極易受到外界之干擾，所以在鑑賞時，更應平意清神，如〈齊俗訓〉云：

> 凡將舉事，必先平意清神。神清意平，物乃可正。若璽之抑埴，正與之正，傾與之傾。

在鑑賞前，必先平定自己的意念、清靜自己的精神。精神清靜、意念平定，鑑賞時方可平正。就像用玉璽按封印一樣，按正得到的是正，按斜得到的是斜。

（2）鑑賞者對作品的主觀好惡易造成鑑賞結果有所差異，如〈繆稱訓〉云：

> 凡人各賢其所說，而說其所快。世莫不舉賢，或以治、或以亂。非自遁，求同乎己者也。

大凡人們都把他們所喜歡的人認爲是賢人，而喜歡他們所快樂的事。世人沒有不去推薦與己相同的人認爲是賢人的。有的能夠使國家得到治理，有的使國家混亂。這樣不是自我欺騙造成的，而是各自尋求與自己志趣相同的人所造成的。易有「同情相成、同利相死」(〈人間訓〉)或「獸同足者相與游，鳥從翼者相從翔」(〈說林訓〉)的情況出現，亦即感情相同的人，就能實現共同目標；利益相同的人，就能互相去犧牲。之於藝術鑑賞，則容易產生「同聲相和」的藝術共鳴。

(3)鑑賞者鑑賞時所處的心裡狀態，也會影響鑑賞結果，如〈齊俗訓〉云：

> 夫載哀者，聞歌聲而泣。載樂者，見哭者而笑。哀可樂者，笑可哀者，載使然也。是故貴虛。

充滿悲哀之情的人聽到歌聲也會哭泣，充滿歡樂的人聽見哭聲也會發笑。內在情感所處的心境不同，是造成「悲哀可以使人歡樂、歡樂可以使人悲哀」這等美感差異的原因所在。何爲「載」？「載」就是在某種情感充溢下之「心境」，亦即鑑賞者的情感心態，《淮南鴻烈》認爲鑑賞時所屬的情感心態制約著鑑賞主體的美感心理，也就是說不同的「心境」產生不同的審美情緒。於是就出現了所謂「哀可樂者，笑可哀者」這種主體審美情緒與客體情感特質逆反的現象，這就是美感差異之所在，而究其原委，實爲「載使之然」。〔註10〕而《淮南鴻烈》則以標榜「心無所載於哀樂」爲貴。〔註11〕

我們知道，審美感受的一個突出的特點是其帶有濃厚的主觀情感色彩，在審美過程中，主體並不表現爲對客體的物質屬性進行知性判斷，而往往是從自身情感需求出發對客體進行諸如「淚眼問花」、「數峰苦清」式的移情式的感受與體驗。〔註12〕所以，美感就往往表現爲客體對主體在情感上的適應、交融，由於主體的情感狀態以及鑑賞要求不同，故不同的鑑賞者或者同一鑑賞者在不同的鑑賞心理條件下對同一鑑賞對象便可以獲得不同的審美感受，《淮南鴻烈》所講的「載哀者聞歌聲而泣」或「載樂者見哭者而笑」的情況正是其中現象的一部份。

〔註10〕荀子也曾點出不同的鑑賞心境會產生不同的美感效應，如：「心憂恐則口銜芻豢而不知其味，耳聽鐘鼓而不知其聲，目視黼黻而不知其狀，輕暖平簟而體不知其安，……故享萬物之美而盛憂」〈正名〉又：「心平愉則色不及傭而可以養目，聲不及傭而可以養耳。……故無天下之美而可以養樂。」〈正名〉

〔註11〕陶方琦云：群書治要引許注：「虛者，無所載於哀樂。」

〔註12〕參考黨聖元：〈《淮南子》的藝術創作論和審美鑑賞論〉，《文學遺產》，1987年第四期。

（4）鑑賞者的情感差異

《淮南鴻烈》認爲創作應該多樣化，不應該要求千篇一律，而人們對藝術的鑑賞也是千差萬別的、不能一概而論，如〈說林訓〉云：「異音者不可聽以一律」對於藝術作品，要求要有一律的鑑賞結果是不合理的。不同的鑑賞者有不同的內在情感，故在面對同一作品時，則會有不同的審美反應，〔註 13〕如〈繆稱訓〉云：

> 申喜聞乞之歌而悲，出而視之，其母也。艾陵之戰也，夫差曰：「夷聲陽，句吳其庶乎！」同是聲，而取信焉異，有諸情也。

申喜、夫差二人俱聽到歌聲，而取得的音訊卻是不同的，這是因爲各人有他自己的情感的關係。又如〈齊俗訓〉云：

> 賓有見人於宓子者，賓出，宓子曰：「子之賓獨有三過：望我而笑，是攓也。談語而不稱師，是返也。交淺而言深，是亂也。」賓曰：「望君而笑，是公也。談語而不稱師，是通也。交淺而言深，是忠也。」故賓之容一體也，或以爲君子、或以爲小人，所自視之異也。

鑑賞者因其個人所處之角度不同，則其鑑賞結果亦有別焉。賓客的容止、形體沒有變化，而客以爲君子、宓以爲小人者，因其所處之看問題的角度不同之故也。又如：

> 親母爲其子治扢禿，而血流至耳，見者以爲其愛之至也；使在於繼母，則過者以爲嫉也。事之情一也，所從觀者異也。（〈齊俗訓〉）

事情的狀況是一樣的，由於各人所觀察的立場不同而有所差異，如〈齊俗訓〉云：「窺面於盤水，則員，於杯則隋，面形不變其故，有所員，有所隋者，所自窺之異也。」讀者觀看的角度不同，則其所知所感或所下的評論，亦會有所差別。又如〈說林訓〉云：

> 柳下惠見飴，曰可以養老；盜跖見飴，曰可以黏牡；見物同，而用

〔註 13〕韓非也曾在〈難二〉等篇中指出人們對於言詞的鑑賞判斷，是各不相同的，他認爲鑑賞者有小人、君子之別：「李子設詞曰：『夫言語辨聽之說，不度於義者，謂之窕言。』辯在言者，說在聽者，言非聽者也。所謂不度於義，非謂聽者，必謂所聽也。聽者非小人則君子也，小人無義必不能度之義也，君子度之義必不肯說也。夫曰『言語辨，聽之說，不度於義』，必不誠之言也。」小人、君子對於美麗、動聽的「言語」的鑑賞判斷也是不同的。「小人無義必不能度之義」，因此聽了那些華而不實或虛而無用的妖美之言，就感到愉悅；而君子能度之義，因而聽了那些不度於義的妖美之言，「必不肯說（悅）也」，一定不會感到愉悅的。

之異。

不同人看不同物，則會有不同的效用。鑑賞角度不同，評價自不一。如〈齊俗訓〉云：

> 今世俗之人，以功成爲賢，以勝患爲智，以遭難爲愚，以死節爲憨，吾以爲各致其所極而已。王子比干非不知箕子被髮佯狂以免其身也，然而樂直行盡忠以死節，故不爲也。伯夷、伯齊非不能受祿任官以致其功也，然而樂離世伉行以絕眾，故不務也。許由善卷非不能撫天下、寧海內以德民也，然而羞以物滑和，故弗受也。豫讓、要離非不知樂家室、安妻子以偷生也，然而樂推誠行，必以死主，故不留也。今從箕子視比干，則愚矣；從比干視箕子，則卑矣；從管、晏視伯夷，則憨矣；從伯夷視管、晏，則貪矣。趨舍相非，嗜欲相反，而各樂其務，將誰使正之？

從箕子的角度看比干的爲大節而死，實是愚蠢的行爲；然從比干的角度看箕子的被髮佯狂以避禍，則又認爲是卑下的行爲。從管、晏的觀點看伯夷，那眞是愚蠢至極了；然從伯夷的立場看管、晏，那就會被認爲是貪戀富貴了。取捨的觀點不同，嗜欲則有別，而現世之人把功成名就的當作是賢人、把戰勝患難的當作是有智慧的表現、把遭遇困難的作爲愚笨、當爲節義而死的當作蠢事來笑話，不過都是各自採取極端罷了。只要能各自樂於其所從事之事，那麼還有誰能端正其行爲呢？當一個價值觀念形成的時候，則必同時會去若干的價值觀。

同一鑑賞者思想有所不同時：

> 昔者，謝子見於秦惠王，惠王說之。以問唐姑梁，唐姑梁曰：「謝子，山東辯士，固權說以取少主。」惠王因藏怒而待之，後日復見，逆而弗聽也。非其說異也，所以聽者易。（〈脩務訓〉）

聽的對象思想起了大的變化，所以對同一鑑賞客體而會有不同的鑑賞結果。

貳、實際鑑賞

《淮南鴻烈》之於「鑑賞」所秉持的態度是：「可乎可，而不可乎不可；不可乎不可，而可乎可」（〈泰族訓〉）認爲一就是一、二就是二，是就是是、非就是非，該肯定的就該肯定、該否定的就該否定。要肯定正確的、而不肯定不正確的；不肯定不正確的、而肯定正確的。也不可因後人稱其爲聖，就一逕冠以至善、至美、毫無瑕疵之名。然而什麼才是正確的？什麼又是不正確的？〈齊俗訓〉云：

> 事有合於己者，而未始有是也；有忤於心者，而未始有非也。故求是者，非求道理也，求合於己者也；去非者，非批邪施也，去忤於心者也。忤於我、未必不合於人也；合於我，未必不非於俗也。

其實，即便是事情皆合乎自己心意者，亦不一定都是正確的；有違背自己心意的，也不一定都是錯誤的。因此，尋求「是」者，其實並不是在探尋眞正的道理、而是在尋找符合自己心意的東西而已。拋棄「非」的，其實並不是眞正在排除不正之術，而是拋棄背離自己心所願者。背離自己的心意者、並不是不合乎別人的要求；符合我心意者，也不一定不會被世俗所非議。是故而有：

> 天下是非無所定，世各是其所是而非其所非，所謂是與非各異，皆自是而非人。(〈齊俗訓〉)

天下的是非是不能確定的，〔註 14〕因爲世上之人多各自認爲他們的「是」是正確的、而認爲別人的「非」是不正確的。所說的「是」與「非」雖各不相同，然而一逕以己說爲是、而以他人之說爲非。其實，是與非的判定，皆各自有其一定的環境條件，倘若合於其環境與條件則無所謂「非」、倘若失其環境條件就沒有所謂「是」，是故〈氾論訓〉云：「是非有處，得其處則無非，失其處則無是」端視其立論角度如何而定。至於實際鑑賞時所容易遇到的問題，茲分點陳述如下：

1、循繩懸衡而鑑

評鑑之難，有如〈人間訓〉云：

> 事之所以難知者，以其竄端匿跡，立私於公，倚邪於正，而以勝惑人之心者也。

作品內涵之所以難以被得悉的原因，是因爲他們的內文主旨，容易被形之於外的文字所掩蓋，以致正邪難辨、易擾亂鑑賞者的心思，所以倘若依照繩墨而砍削，那就比較不容易出差池，如〈脩務訓〉云：

> 夫無規矩，雖奚仲不能以定方圓；無準繩，雖魯班不能以定曲直。

又如〈說林訓〉云：「循繩而斲則不過，懸衡而量則不差，植表而望則不惑」。

〔註 14〕《淮南鴻烈》的是非觀與《莊子・齊物論》所指出的「是非不能正、美惡不能辯」有許多雷同的觀點，皆認爲「是非」是不能以任何人的主觀認識爲標準的，然二者不同之處在於莊子所堅持的是絕對性的相對主義，而《淮南鴻烈》則是相對性的相對主義，是非的論定，應視其立論角度而定，如下文所述。

2、忌相馬而失馬

雖是循繩懸衡而鑑，但仍會有相馬而失馬的情形發生，如〈說山訓〉云：

有相馬而失馬者，然良馬猶在相中。

有相馬而不識良馬的，然而良馬卻仍處身在相馬人的範圍之中。正如雖有一絕佳之作在鑑賞者的鑑賞範圍之內，然而鑑賞者卻未必能識出。

3、察其言實相符

〈主術訓〉云：

言不得過其實，行不得踰其法。

言語不能超過實際，行事不能超過法規。更應詳查其實，而不可爲其名聲所眩，如〈主術訓〉云：

天下多眩於名聲而寡察其實，是故處人以譽尊，而游者以辯顯。察其所尊顯，無他故焉，人主不明分數利害之地，而賢眾口之辯也。

誠如坊間許多出版品，其鑑賞素養不夠的，則多會慕其「名」、寡察其實而信其內容以爲高。再者，當一藝術作品被評鑑爲名過其實時，亦應分辨是否係因撰作者因頗負聲名所招致的不肖詆毀，如〈繆稱訓〉云：

鐸以聲自毀，膏以燭以明自爍，虎豹之文來射，猨狖之捷來措。〔註15〕（頁337）

樹大易招風，虎豹易因其美麗文采而遭引射擊。又如〈說林訓〉云：

質的張而弓矢集，林木茂而斧斤入，非或召之，形勢所致者也。

4、宜明名實之辨

〈說林訓〉云：

或謂冢、或謂隴；或謂笠，或謂簦，名異實同也。〔註16〕頭蝨與空木之瑟，名同實異也。(〈說林訓〉)

鑑賞者宜有辨別名異實同，或名同實異的能力，方能對藝術作品做出最正確的評價。

5、細審優劣之處

〈人間訓〉云：

物類相似若然，而不可從外論者，眾而難識矣，是故不可不察也。

〔註15〕措，刺也。文典按：意林引，之並作以，措作刺。

〔註16〕據王念孫校補。

一般大眾很難從外部去識別像萬物之間這樣的類似情況，因此不能夠不審慎地加以考察。宜辨明其相似處。再者，如〈說山訓〉云：

治疽不擇善惡醜肉而并割之，農夫不察苗莠而并耘之，豈不虛哉！

要細察其好壞，不可一竿子打翻一艘船，那就太不合情理了。

6、明辨輕重之序

鑑賞時宜明其主旨論述的輕重之序是否恰當。如〈主術訓〉云：

枝不得大於榦，末不得強於本，則輕重大小有以相制也。若五指之屬於臂，搏援攫捷，莫不如志，言以小屬於大也。是故得勢之利者，所持甚小，其存甚大；所守甚約，所制甚廣。

如同樹枝不能大於樹幹，樹梢不能強過樹根，那麼輕重大小就能夠用來互相制約了。

7、謹防顧此失彼

鑑賞時易顧此而失彼，如〈俶眞訓〉云：

夫目察秋豪之末，耳不聞雷霆之音；耳調玉石之聲，目不見太山之高。何則？小有所志而大有所忘也。

當視力集中在細微事物上的時候，耳朵就不能分心地聽到雷霆的吼聲；當耳朵在傾聽編鐘、石磬的美妙音樂時，眼睛有時會連巍峨的太山也見不到。爲什麼呢？當精神集中在細小的方面時，就容易把重大的事情忘記了。又如〈說林訓〉云：

觀射者遺其執，觀書者忘其愛，意有所在，則忘其所守。

精神有所凝思的地方，就容易遺忘他的守持。一如在品鑑其措詞是否得當時，就容易忽略了作品所欲表現的主旨所在。

8、宜取利大害小

〈說山訓〉云：

鐘之與磬也，近之則鐘音充，遠之則磬音章，物固有近不若遠，遠不若近者。

金鐘與石磬相比並的話，近聽則鐘音以洪亮勝場，距離較遠再來聽此二音時，則就以磬音較爲顯著了。文章而有寬、深之別者，譬若此，各有所長，實不宜以偏廢全也。又如〈主術訓〉云：

有大略者不可責以捷巧，有小智者不可任以大功。人有其才，物有其形，有任一而太重、或任百而尚輕。是故審豪釐之計者，必遺天下之大數；不失小物之選者，惑於大數之舉。譬猶狸之不可使搏牛，虎之不可使搏鼠也。

寫作文章時，深度、廣度二者往往容易顧此而失彼、難以兼得，故品評時，亦應著眼於其所偏勝處，而不應對一篇著重深度探研的文章苛責以文字捷巧度不夠；而對一篇創新題裁的小品文責成以未能有載道之大功。誠如〈說林訓〉云：

短綆不可以汲深，器小不可以盛大，非其任也。

作品有其各自擅場處，切莫要求任何一篇文章均須刊載安國立民之大志。是故而知「審豪釐之計者，必遺天下之大數」，「譬猶狸之不可使搏牛，虎之不可使搏鼠」也，各有所長，應在分別其所長、所短之後就其長處而論，不宜只著力於其所短而奮力攻訐。故曰：鑑賞時宜取利大害小者，如〈說山訓〉云：

亡羊而得牛，則莫不利失也；斷指而免頭，則莫不利爲也。故人之情，於利之中則爭取大焉，於害之中則爭取小焉。

不同的藝術創作，都有自己獨特的表現力，亦一定各有其表現的侷限或死角，鑑賞時宜取其長、避其所短，而不應因此而責備求全。

9、宜重質不重量

〈人間訓〉云：

繁稱文詞、無益於說，審其所由而已矣。（〈人間訓〉）

倘無眞情實感作爲作品的骨幹，即便有繁瑣的稱說與華麗的詞藻，都是無補於事的。又如：

今萬人調鐘，不能比於律；誠得知者，一人而足矣。說者之論，亦猶此也。誠得其數，則無所用多矣。夫車之所以能轉千里者，以其要在三寸之轄。夫勸人而弗能使也，禁人而弗能止也，其所由者非理也。（〈人間訓〉）

萬人調大鐘，不能和六律相協調，而如果明白其中道理者，一個人就足夠了。文章說的多，實不如說的巧，如「百人抗浮，不若一人挈而趨。物固有眾而不若少者」（〈說山訓〉）。

參、藝術素養

1、鑑賞必備藝術素養

〈人間訓〉云：

夫歌采菱、發陽阿，鄙人聽之，不若此延路、陽局。非歌者拙也，聽者異也。(〈人間訓〉)

當唱起采菱、陽阿等歌曲時，卑俗之人聽了，反倒覺得不如那些低下的延路、陽局更合乎他們的口味，這並不是因為唱歌的人笨拙，而是因為聽的人鑑賞能力有所不足的關係。如同〈說林訓〉云：

徵羽之操，不入鄙人之耳；抮和切適，舉坐而善。

徵羽正音，小人不知，故不入其耳，當轉其平和之音、更作急切之調、激楚之音而非正樂時，反倒舉坐皆加以贊揚之。所以鑑賞者必須具有高度的藝術素養，方能從相似之中辨別眞贋，如〈俶眞訓〉云：

今夫冶工之鑄器，金踊躍於鑪中，必有波溢而播棄者，其中地而凝滯，亦有以象於物者矣。其形雖有所小用哉，然未可以保於周室之九鼎也，又況比於規形者乎？其與道相去亦遠矣！

冶煉鑄鐵時，熔液在爐火中翻騰，定有因翻滾而撒到外面的，那些落地而凝結在一起的溶液，也有同外物相像的。但是卻不能夠同周王室之九鼎比貴重，又何況同有標準的形體相比呢？它和「道」的相距就更遠了。是故而知欲品鑑一作品時，必先要求其藝術素養，倘若如〈氾論訓〉云：

耳不知清濁之分者，不可令調音；心不知治亂之源者，不可令制法。必有獨聞之耳、獨見之明，然後能擅道而行矣。

耳不能分辨清濁之聲者、則不可令其調整音律，猶如心裡不知道治亂之根本者，不能使其制定法律一樣。一定要具有獨特的聽覺、特殊的視覺，才能夠隨意取道而鑑之。魚目混珠的鑑賞者，是無法辨別作品的良善與否的，如〈主術訓〉云：

問瞽師曰：「白素何如？」曰：「縞然。」曰：「黑何若？」曰：「縞然。」援白黑以示之，則不處焉。人之視白黑以目、言白黑以口，瞽師有以言白黑、無以知白黑，故言白黑與人同，其別白黑與人異。

如同瞽師之能「言白黑」，卻不知白黑究竟為何也。

2、鑑賞者各有所長、亦各有侷限

每個鑑賞者，皆各有其所長、亦有其所不足之處，如〈原道訓〉云：

離朱之明，察箴末於百步之外，不能見淵中之魚。師曠之聰、合八風之調，而不能聽十里之外。

即便眼睛敏銳如離朱者，雖可在一百步外看到針尖，但卻不能看到深淵中的游魚；師曠的耳朵夠靈敏的了，可以分辨出不同聲音的樂調，但卻聽不到十里之外的聲音。又如〈俶眞訓〉云：

> 奚仲不能爲逄蒙、造父不能爲伯樂者，是曰諭於一曲、而不能通于萬方之際也。

即使是造車專家奚仲，也不能成爲射箭高手逄蒙；善御如造父者，也不能同伯樂般相馬，此乃因其只瞭解某一方面的內容，而不能通達各個方面的變化規律所致。誠所謂「術業有專攻」之故也，能通全才者鮮矣。《淮南鴻烈》對「各有所長」的觀念闡述甚多，有某一方面專長者，並不是一定能適用於各種情況的，如〈俶眞訓〉云：

> 夫疾風教木，而不能拔毛髮；雲台之高，墮者折脊碎腦，而蟁虻適足以翱翔。

又如〈主術訓〉云：

> 夫華騮、綠耳，一日而至千里，然其使之搏兔，不如豺狼，伎能殊也。鴟夜撮蚤蚊，察分秋毫，晝日顚越，不能見丘山，形性詭也。

華騮、綠耳這等良馬，可一日而至千里，然而若叫它們去捕捉兔子、則不如豺狼伶俐。貓頭鷹可在晚上抓跳蚤而秋毫分明，然而叫它在白天翻過山嶽、則目不能見丘山。

再者，如〈道應訓〉云：

> 莊子曰：「小年不及大年，小知不及大知，朝菌不知晦朔，蟪蛄不知春秋。」此言明之有所不見也。(〈道應訓〉)

即便明察之人也會有所不見。再者,〈說林訓〉亦指出人能有所爲而不能自爲：

> 椎固有柄，不能自椓；目見百步之外，不能自見其背。

鑑賞者能見到藝術作品的優缺點，然卻看不到自己的評論是否得當。這也同時說明了「評論」之必須存在的特性，唯透過評論、方能有更進一步的發展與進步。

雖然《淮南鴻烈》標榜創作時應該是「先有其質、乃爲之文」，但是，並不是每件作品都是至精入人深之作，就如同〈說山訓〉云：

> 喜武非俠也，喜文非儒也，好方非醫也，好馬非騶也，知音非瞽也，知味非庖也，此有一概而未得主名也。

鑑賞家亦然。並非每個鑑賞者都有如瞽師般的知音水準，也有井蛙之見而夜郎自大者，如〈精神訓〉云：

今夫窮鄙之社也，叩盆拊瓦瓴，相和而歌，自以爲樂矣。嘗試爲之擊建鼓、撞大鐘，乃性仍仍然，知其盆瓴之足羞也。藏詩書、修文學，而不知至論之旨，拊則盆扣瓴之徒也。

倘若只知珍藏詩書、修治文字，但卻不知道最深刻眞實的道理，那也不過如同是敲盆缶罐之類的粗鄙之人。所謂「井魚不可與語大者，拘於隘也；夏蟲不可與語寒者，篤於時也；曲士不可與至道者，拘於俗，束於教者也」〈原道訓〉那是因爲鑑賞者的藝術素養不夠，只能掌握到一端，而未能掌握到全部的主旨所在，如〈繆稱訓〉云：

通於一伎，察於一辭，可與曲說，未可與廣應也。

又如〈泰族訓〉云：

夫徹於一事、察於一辭、審於一技，可以曲說，而未可廣應也。誠所謂「察一曲者不可與言化；審一時者，不可與言大」(〈繆稱訓〉)

囿一曲之見者，不可以與之談論萬物的變化。就如同僅僅審察了一個時節的人，不能與之談論天地之大一樣。

肆、以「道」爲鑑賞標竿

鑑賞，宜以「道」爲品評準的，而不可囿於一隅之曲，如〈氾論訓〉云：

今世之爲武者則非文也，爲文者則非武也，文武更相非，而不知時世之用也。此見隅曲之一指，而不知八極之廣大也。故東面而望、不見西牆；南面而視、不睹北方；唯無所嚮者，則無所不通。(〈氾論訓〉)

現今之世，從事武力活動的，便非議文化；從事文化活動的人，便非議武力。文武更相非議，而不知道它們對時世的用處。這些人都只是見到角落中的一指之地，而不知道八極的廣大無邊。是故而知鑑賞時，宜重全照，如〈說山訓〉云：

視方寸於牛，不知其大於羊；總視其體，乃知其大相去之遠。

只看見牛一寸見方的地方，並不知道它比羊大。視其全形，才知道它們相距其實是很遠的。故曰：評論一篇文章時，宜以「道」作爲鑑賞標竿：

夫釋大道而任小數，無以異於使蟹捕鼠，蟾蠩捕蚤，不足以禁姦塞邪，亂乃逾滋。(〈原道訓〉)

檢驗其文情是否相符？是否爲憤中應外之作，而不應只以規矩繩墨之成法檢驗之,「法者,治之具也,而非所以爲治也」(〈泰族訓〉),捨棄大道而用小技術,就如同用螃蟹捕老鼠、讓蛤蟆抓跳蚤一樣愚昧,所謂「言有宗、事有本。失其宗本,技能雖多,不若其寡也」(〈道應訓〉)評論要抓住主旨、掌握根本。倘若不能以「道」爲標竿,評鑑技巧即使很多,還不如少一點的好。所以如〈原道訓〉云:

> 體道者逸而不窮、任數者勞而無功。

能掌握道要者、安逸而不會窮困;玩弄權術者,辛勞而不會成功。鑑賞者內心倘若已與自然的奧秘相通,就不會因貴賤、貧富、勞逸而失去自己的守持:

> 內有以通於天機,而不以貴賤貧富勞逸失其志德者也。故夫烏之啞啞、鵲之唶唶,豈嘗爲寒暑燥溼變其聲哉?(〈原道訓〉)

就像烏、鵲之通於自然之道者,便不會因寒暑燥溼而改變它們的聲音。然而,誠如〈齊俗訓〉云:

> 堯之舉舜也,決之於目;桓公之取甯戚也,斷之於耳而已矣。爲是釋術數而任耳目,其亂必甚矣。夫耳目之可以斷也,反情性也;聽失於誹譽,而目淫於采色,而欲得事正,則難矣。

我們不可因爲堯與桓公決斷人才以耳目,就認爲可以放棄道術而聽任耳目以取才,若果如此,必造成極大的混亂。因爲只憑耳朵、眼睛以決斷者,是違反情性的。在誹謗、贊譽方面,憑聽覺可以造成過失;在色彩、顏色方面,只憑眼睛易造成偏邪,而想要在引起不良後果之後再來加以糾正,那麼就很困難了。如〈覽冥訓〉云:

> 耳目之察,不足以分物理;心意之論、不足以定是非。故以智爲治者,難以持國,唯通於太和而持自然之應者,爲能有之。

光憑耳目的考察,不能夠分辨事情的常理;光憑著心理的想法,不能確定是非標準。只有通達陰陽變化,而掌握自然萬物相互感應規律的人,才能掌握道之要,「不通於物者,難與言化」(〈齊俗訓〉),要知道:

> 所以貴扁鵲者,非貴其隨病而調藥,貴其擫息脈血,知病之所從生也。所以貴聖人者,非貴隨罪而鑒刑也,貴其知亂之所由起也。(〈泰族訓〉)

所以尊重扁鵲的原因,不是看重他會按照病情而配藥,而是尊重他能夠按脈問病、知道疾病產生的根源;所以尊重聖人的原因,不是尊重他根據罪行而定刑,而是尊重他知道禍亂產生的原因。鑑賞的技巧,只是做爲鑑賞的工具而已，更重要的是技巧的背後，乃應以「道」作為鑑賞的準的。

伍、善鑑之能

能掌握道要者，方能成為善鑑者，亦唯善鑑者，方能見其「虛而能滿，淡而有味，被褐而懷玉者」(〈繆稱訓〉)。又如〈氾論訓〉云：

> 使人之相去也，若玉之與石，美之與惡，則論人易矣。夫亂人者，芎藭之與藁本也，蛇床之與麋蕪也，此皆相似者，故劍工惑劍之似莫邪者，唯歐冶能名其種；玉工眩玉之似碧盧者，唯猗頓不失其情；闇主亂于姦臣小人之疑君子者，唯聖人能見微以知明。

言品鑑作品不易也。唯得「道」之要者，能夠看到微小變化並且知道得很清楚，就像歐冶能辨別表面上似莫邪之偽劍、猗頓能辨明外表像碧盧那樣的寶玉一般。故有謂「通於物者不可驚以怪，喻於道者不可動以奇，察於辭者不可燿以名，審於形者不可遯以狀」(〈脩務訓〉)。

《淮南鴻烈》認為善鑑者得以有先未中必中之徵，如〈說山訓〉云：

> 楚王有白蝯，王自射之，則搏矢而熙；使養由基射之，始調弓矯矢，未發而蝯擁柱號矣，有先中中者也！(〈說山訓〉)

一個有高度素養的鑑賞家在鑑賞時，則如養由基有先未中必中之徵，即：雖未開始品評，但是已具有必能評鑑中的的徵兆。《淮南鴻烈》在讚歎善鑑者出神入化的功力時，舉伯樂讚九方堙為例：

> 一至此乎！是乃其所以千萬臣而無數者也。若堙(善相馬者)之所覩者，天機也。得其精而忘其粗，在內而忘其外，見其所見而不見其所不見，視其所視而遺其所不視。(〈道應訓〉)

善鑑如是。伯樂讚歎九方堙之善相馬強過他千萬倍，已然達到出神入化的地步。九方堙所看到的，乃是天機所在，得其精隨之後就忘了粗疏的東西，看到了內在的特質而丟掉了表象。他看到了他應該見到的東西，而不去注意他所不需要的東西；考察了他應該考察的東西，而放棄了他所不必考察的東西。善鑑者唯其能掌握道要，是以能具備「以先見論未發」、「明其獨創」、「以見知隱」、「以近喻遠」等的能力：

1、以先見論未發

倘鑑賞者能有先見之明的藝術素養，則雖是沒有親身的感受經驗，然而依然能夠論其未發、或從小地方而知其大略，如〈氾論訓〉云：

未嘗灼而不敢握火者，見其有所燒也；未嘗傷而不敢握刃者，見其有所害也。由此觀之，見者可以論未發也，而觀小節可以知大體矣。

2、明其獨創

〈氾論訓〉云：

山出梟陽，水生罔象，木生畢方，井生墳羊，人怪之，聞見鮮而識物淺也。天下之怪物，聖人之所獨見；利害之反覆，知音之所獨明達也。同異嫌疑者，覭俗之所眩惑也。

善鑑者能明察其作品獨創之處；對於同與異、疑惑難明等世俗之人所易於迷惑的地方，善鑑者可明其利害之反覆變化。

3、以見知隱

善鑑者能夠從外以知內、以見知其所隱。如〈說山訓〉云：

千年之松，下有茯苓，上有兔絲，下有伏龜；聖人從外知內、以見知隱也。

4、以近喻遠

嘗一臠肉，知一鑊之味；懸羽與炭，而知燥溼之氣；以小明大。見一葉落，而知歲之將暮；睹瓶中之冰，而知天下之寒；以近論遠。（〈說山訓〉）

善鑑者能夠以近推論遠處的變化。

陸、「與化推移」的鑑賞觀

〈齊俗訓〉云：

夫以一世之變，欲以耦化應時，譬猶冬被葛而夏被裘。……世異則事變，時移則俗易。故聖人論世而立法，隨時而舉事……所以爲法者，與化推移者也。夫能與化推移者，至貴在焉爾。（〈齊俗訓〉）

用一個時代的不同體制，要來適應不同的時代變化，就像冬天身穿葛衣而夏天穿皮裘一樣不適當。世道不同，那麼事情就會跟著發生變化而有所不同，時代變移了，那麼習俗就會加以改變，所以聖人研究世道之不同而設立法規、隨著時代不同而行事。法度不同，不是務求爲相反而相反，而是因爲時間、時代不同了。因此不能效法他們已經成文的法規，而應效法先賢所以制定法律的依據。所用來制定法律的依據，就是要與萬物的變化相互轉移，能夠與萬物推移變化，最可貴的東西就存在其中了。正如：

> 三皇五帝，法籍殊方，其得民心，均也。湯入夏而用其法，武王入殷而行其禮，桀紂之所以亡、而湯武之所以治。(〈齊俗訓〉)

三皇五帝的法律條文雖是不同，但是他們之得民心卻是一致的，所以商湯滅夏而用夏之法、武王滅殷而行殷之禮，然夏桀、商紂卻因此而亡、商湯、周武反倒因此而得其治世之道。正如〈氾論訓〉云：

> 堯大章、舜九韶、禹大夏、湯大濩、周武象，此樂之不同者也。故五帝異道而德覆天下，三王殊事而名施後世，此皆因時變而制禮樂者。譬猶師曠之施瑟柱也，所推移上下者無寸尺之度而靡不中音。故通於禮樂之情者能作言。

堯時用大章之樂、舜時用九韶之樂、禹時用大夏之樂、湯時用大濩之樂、周時用武象之樂，這是音樂制度的不同。因此五帝採用不同的制度，但德澤覆蓋天下；三皇從事的功業不同，然其聲名皆延續到後代，這都是按照時代的不同，而隨之制定出適宜的禮樂制度。就如同樂師師曠的手施加在瑟的柱子上，上下移動的位置，沒有用寸、尺去度量，但是沒有不合音律的。因此通達禮樂之情的人，才能有適宜的言行。之於藝術鑑賞亦然，不同時代，其鑑賞標準亦應與化而推移，宜知所通變，不可「膠柱而調瑟」(〈齊俗訓〉)，因此，《淮南鴻烈》反對貴古而賤今，如〈脩務訓〉云：

> 世俗之人，多貴古而賤今，故爲道者，必托神農黃帝而後能入說，亂世闇主，高遠其所從來，因而貴之。

又如〈齊俗訓〉所云：

> 世多稱古之人而高其行，並世有與同者而弗知貴也，非才下也，時弗宜也。(〈齊俗訓〉)

未逢知音、未逢時機者。蓋乃因當世之人有貴古賤今之偏見故也，因此而有未得伯樂之憾焉。如〈脩務訓〉云：

> 今劍或絕側羸文，齧缺卷鋌，而稱以頃襄之劍，則貴人爭帶之。琴或撥刺枉橈，闊解漏越，而稱以楚莊之琴，側室爭鼓之。

又如：

> 今取新聖人書，名之孔墨，則弟子句指而受者必眾矣。(〈脩務訓〉)

今日取來一些名之爲所謂「新聖人」的著作，稱他們是孔、墨的作品，那麼必定有很多的弟子會恭敬地接受它。又如：

> 邯鄲師有出新曲者，託之李奇，諸人皆爭學之。後知其非也，而皆

棄其曲。此未始知音者也。(〈脩務訓〉)

邯鄲的樂師譜制新曲之後，假託是古代著名的音樂家李奇的作品，則有許多人爭著傳唱，後來知道不是之後，便又將曲譜拋棄，這說明那些人並不是眞正懂得音律之人。當世之人多貴古而賤今，然則通人則不然。誠如〈脩務訓〉云：

通人則不然。服劍者期於恬利，而不期於墨陽、莫邪；乘馬者期於千里，而不期於驊騮、綠耳；鼓琴者期於鳴廉脩營，而不期於濫脅、號鐘；誦詩、書者，期於通道略物，而不期於洪範、商頌。聖人見是非，若白黑之於目辨，清濁之於耳聽。

通達事理的人，乃是針對實際需求而發，並不會像一般世人一樣貴遠慕名。如：佩帶寶劍只是希望能夠鋒利，而不一定非得具有墨陽、莫邪那樣的美名；乘馬只希望能達到千里，而不一定要求非得驊騮、綠耳那樣的千里馬；鼓琴只是希望能夠清和純正則矣，而不期待濫脅、號鐘這樣的名琴方能彈奏；誦讀詩、書是希望通曉事理、掌握事物的變化，而不是非得創作出像《洪範》、《商頌》這樣的佳作不可，奏樂、誦詩不過務求表現思想內容上的恰當與通達耳，而不會執著於形式上的奇特、甚或背離內容而競逐於形式上的美好。然而，一般大眾則不是如此看待的，誠如〈脩務訓〉云：「眾人則不然，中無主以受之」(「中有本主」的論點除可適用於創作論外、亦可用於藝術鑑賞)，普通人心中沒有本主以接應外物，則易流於人云亦云而有貴古賤今的情況出現，是故而知：

有符於中，則貴是而同今古；無以聽其說，則所從來者遠而貴之耳。此和氏之所以泣血於荊山之下。(〈脩務訓〉)

因此，倘若鑑賞主體的內心得與道通則有主見、也就能尊重實際，把今天同古代同等看待，而不會有貴古賤今之論；自己沒有主見而聽取他人之說者，就容易將凡是傳說其來歷久遠者，便加以盲目的尊崇，以致當代可貴之佳作，反倒認爲無可貴之處，這也就是卞和在荊山之下哭泣成血、無人識貨的原因所在。事實上，無論是古、是今，我們都應該給予任何藝術品正確的理解與接受，而不應一逕地尊古賤今。《淮南鴻烈》正是以「貴是貴實」的觀點，來駁斥當世「貴古賤今」之流蔽。由此，我們也可以看出《淮南鴻烈》標榜以「文學宜隨自然之道的推移而耦變」的態度，取代了傳統以「古代文學經典爲高」地位的觀念，此亦不同於劉勰將「原道」、「徵聖」、「宗經」三者並列爲重的文道觀。

柒、知音：時與不時

藝術創作必須通過實踐、尋覓知音，才能獲得進一步的發展。藝術品一旦誕生，就已具有客觀的藝術價値，而這一價値又有待於「知音」來揭示，若〈脩務訓〉云：

曉然意有所通於物，故作書以喻意，以爲知者也。誠得清明之士，執玄鑑於心，照物明白，不爲古今易意，攄書明指以示之，雖闔棺亦不恨矣。

一創作主體心中對於萬物變化規律有所通曉，因此著書來表明自己的心意，用來傳給知音的人。果眞能得到神志清明的人，就能掌握萬物變化像明鏡一樣，照應萬物明白無誤，不會因古今陳說而改變自己的見解、並將之抒發在著作之中，而讓人們從中明瞭旨意，就是死了也沒有什麼遺憾的了。又如〈脩務訓〉云：

昔晉平公令官爲鐘，鐘成而示師曠，師曠曰：「鐘音不調。」平公曰：「寡人以示工，工皆以爲調。而以爲不調，何也？」師曠曰：使後世無知音者則已，若有知音者，必知鐘之不調。」故師曠之欲善調鐘也，以爲後之有知音者也。

所謂「知音」，也就是眞正懂得藝術規律的內行。如果有鍾子期那樣的知音，通過批評來揭示藝術美的客觀價値，那就會對作者與讀者、創作與欣賞產生積極的促進作用。〔註 17〕正確的批評，精審的欣賞，對作家而言，是最高的藝術獎賞，對作品的流傳和理論批評的發展，都有所助益。然而，誠如〈詮言訓〉云：

雖賢王，必待遇。遇者，能遭於時而得之也，非智能所求而成也。

即使是賢君，也必定得等待時遇，掌握機遇者是因碰到合適的時機方能得到成功，而不是靠智術就能尋求成功的。

一天賦異稟之創作主體，雖能創作出相當優美的藝術作品，然不見得定可在當世得遇知音，所謂：

性者，所受於天也；命者，所遭於時也。有其材、不遇其世，天也。（〈繆稱訓〉）

人的本性是來自天授的，人的命運與時間機運有關，有才能者而不遇於相應

〔註 17〕參考顧易生．蔣凡著《先秦兩漢文學批評史》（上海：上海古籍出版社，1990 年 4 月）頁 446。

的時代，乃是決之於天時。又〈繆稱訓〉云：

君子時則進，得之以義，何幸之有！不時則退，讓之以義，何不幸之有！（〈繆稱訓〉）

君子按照時節以求進、靠大義來取得成功，又有何幸運可言？沒有恰當的時機就隱退、用大義來進行辭讓，又有什麼不幸的呢？之於藝術鑑賞亦然，若〈說山訓〉云：

和氏之璧、夏后之璜，揖讓而進之，以合歡；夜以投入，則爲怨；時與不時。

拱手進獻和氏之璧、夏后之璜，是俱各歡喜的；然而倘若在夜間將之拿來投向他人，那麼就會遭來怨恨，這是因爲有合時、不合時的區別所致也。藝術品在鑑賞時，也要看鑑賞時機是否恰當。

又，〈泰族訓〉云：

三代之法不亡，而世不治者，無三代之智也。六律具存，而莫能聽者，無師曠之耳也。故法雖在，必待聖而後治；律雖具，必待耳而後聽。

夏商周三代的法律沒有喪失，而社會卻沒有得到治理的原因是：沒有三代君主的智慧；六律全部存在而沒有人能夠懂得欣賞，是因爲沒有像師曠般懂得鑑賞的知音。因此，法令即使存在，也必須等待聖人才能得到治理；六律即使全備，也必須要有像師曠這等耳朵才會懂得欣賞。藝術作品不會因爲不被當世所欣賞，就表示不夠好，誠如〈說山訓〉云：

蘭生幽谷，不爲莫服而不芳。舟在江海，不爲莫乘而不浮。

蘭草生長在幽深的山谷中，不會因爲沒有人佩帶就沒有了芬芳；大船航行在江海之上，不會因爲沒有人乘坐就不浮起。又如〈詮言訓〉云：

夫函牛之鼎沸而蠅蚋弗敢入，昆山之玉瑱而塵垢弗能污也。

一個能容納一條牛的大鼎沸騰時，蒼蠅、蚊子之類是不敢進入的；崑崙山的美玉文理細密，塵土污垢是不能玷污它的。眞正好的作品，是不會被埋沒的。只有遇不遇知音而已，誠如〈脩務訓〉云：

夫以徵爲羽，非絃之罪；以甘爲苦，非味之過。楚人有烹猴而召其鄰人，以爲狗羹也而甘之。後聞其猴也，據地而吐之，盡寫其食。此未始知味者也。

把徵音當作羽聲，這不是絃的過錯，而是鑑賞者不懂音律；把甜味當作苦味來品嘗，不是味道的過錯，而是品味者不懂得品嘗。就像把猴肉當狗肉食用者，實可用以說明其不懂得眞正的味道也。再者，如：

> 鄙人有得玉璞者，喜其狀，以爲寶而藏之。以示人，人以爲石也，因而棄之。此未始知玉者也。(〈脩務訓〉)

一鄉下人得到一塊未經雕琢的美玉、喜其貌而藏之，卻又因旁人說此玉乃石而非玉，便因此而丟棄，這說明這個人其實並不懂得眞正的美玉。所謂「有山無林、有谷無風、有石無金」(〈說林訓〉) 有山者未必有林；有谷者未必有風；有石者未必有金，喻知音雖出自眾人之中，然眾人未必皆爲知音者也，這也說明鑑賞者必須具備良好的鑑賞能力，才能判別作品的優劣，是故而知知音之難遇也，所以而有：

> 鍾子期死，而伯牙絕弦破琴，知世莫賞也；惠施死，而莊子寢說言，見世莫可爲語者也。(〈脩務訓〉)

鍾子期死後，伯牙毀琴斷弦，因爲他知道世上已無聆音識曲的人了；惠施死，而莊子便停止不再說話，因爲他知道這世上再也沒有人可以與之對談矣。創作者將鑑賞者當作聆音識曲、心靈溝通的對象，這對於創作過程，必然有相當大的影響；另一方面，這也說明鑑賞者必須具備深入探索作品的能力，如此，作品既是對鑑賞者說話，鑑賞者也透過作品，與作者的心靈交談。

第六章　結　論

由於《淮南鴻烈》成書之時，正是黃老思想極盛之際，劉安將文、景二帝以迄竇太后長達四十年的黃老統治思想予以系統化、理論化而成此「劉氏之書」，是故而知此書正可視爲代表漢初黃老思想的最佳典範之作。故筆者在「決定理論」此一章節中，從對「黃老帛書」以及「黃帝傳說」的研究成果中，帶出初黃老思想眞正面貌，以期能確切而明白地得出「《淮南鴻烈》正可作爲適時反映當時流行思潮」的決定理論特質。

在實用理論部份，《淮南鴻烈》承繼儒家的「樂教」觀，不僅認爲「樂聽其音則知其俗」，更可「見其俗則知其化」（〈主術訓〉），亦即，音樂具有反應當代現實的機能，也可從百姓的地方風俗中得知音樂教化的情形如何，故曰：「樂」可「觀」時代之興衰。其次，《淮南鴻烈》的作者有意識地賦予此書以極高的實用價値，也是相當値得注意的。在〈要略〉中，作者自期此書能爲經國治世之典範，亦明言其著書目的乃在於作爲「紀綱道德，經緯人事」之用，更希望讀者透過貫通《淮南鴻烈》二十篇的論說之後，則能逍遙於一世之間，宰匠萬物之形而悠游自得，此等強烈的實用目的，正可作爲其實用理論的最佳表徵。

在「形上理論」部份，《淮南鴻烈》對「道」所下的意涵已不同於老莊的「道」，其主要特色有如下數點：

一、以具體萬物來描述「道體」，而不類老莊以不可言說的態度陳說「道」的表徵。

二、道已失去了原本具有的超越實體的意義，而下降爲構成宇宙的物質實體，亦即，「道」不再是「一」的創生者，而成爲與「一」具有同等性格者。

三、《淮南鴻烈》「道」的主要特性在於重「因循」，也因爲此一特性，而使得《淮南鴻烈》對「無爲」的定義與老子的「無爲」，有了很大的差異性。《淮南鴻烈》將順應自然之勢亦劃歸爲「無爲」的範疇，運用時勢所趨、不得不然來說明人世間禮樂制度的合理存在，也因其重因循的特色，進一步衍生出要依循著天道之變化、並與之有所移易，而有重「時變」之論。

四、從《淮南鴻烈》的宇宙生成論中，我們可以看出其天人相應的思想體系。「氣」介乎道與萬物之間，且具有直接化生萬物的特性。《淮南鴻烈》透過「氣」既爲萬物成形的共同基礎，是以，萬物能夠同氣相應、同類相生，而人類既爲自然界的產物，則亦可透過「氣」而與大宇宙彼此相應，而形成其天人相應的理論。由於《淮南鴻烈》的「道」是一切宇宙萬物創生的最高根源所在，也因爲《淮南鴻烈》把人類的發展變化透過天人相應的理路與「道」合而爲一，所以，整體《淮南鴻烈》的文學觀，即是以「與道合一」爲最高的指導原則。

在表現理論方面，《淮南鴻烈》主要在探討有關文質論、形神論，及創作論等命題，在文質論與形神論部份，主要是環繞在討論文學的內在蘊含與外現形式二者之間的關係。而創作論則探討了創作的本質，以及實際創作時以「與道合一」的態度爲創作論的最高準的。

《淮南鴻烈》對「文質」的看法，已不同於儒家的文質彬彬，也不同於先秦道家對「文」的全盤否定，而是提出「有出於無」、「文原於道」的一貫形上思路，提出「文源於質」以及「必有其質，乃爲之文」（〈本經訓〉）的命題來強調內容決定形式的重要。

就「質」的內涵而言，《淮南鴻烈》認爲應以眞誠的情感作爲本質，如〈繆稱訓〉云：「情繫於中，行形於外」、「誠出於己，則所動者遠矣」，眞誠出自內心而形於外者，動人深矣，一如曾子攀柩車，其泣系出自內心的眞情實感，是故引楯者受感而爲之止步一樣。是故而知，一篇創作要能動人，倘若單靠表面文字的效用而言、其效甚殊，然就蘊藏其內的眞情實感而言，那麼影響力就很大了。

但是，在《淮南鴻烈》重質輕文的論點中，其所輕之「文」，是指沒有「質」之美作爲基礎的虛僞文辭。因爲「文爲末、質爲本」，《淮南鴻烈》認爲質可勝文、而文不可勝質，不過値得一提的是，在這樣的思考想路之下，《淮南鴻烈》對於「美的文飾」，仍是持肯定態度的，如認為即便是毛嬙、西施這樣的絕代佳人，如果不講究服飾粉黛的話，也不易引人注目，但是，在施予「美飾」之後，則可令其更加美麗動人。可見《淮南鴻烈》認為外在的文采也是不可忽略的。同樣的觀點，我們也可以在《文心雕龍》中找到，如〈隱秀〉指出：「雕削取巧，雖美非秀矣。故自然會妙，譬卉木之耀英華；潤色取美，譬繒帛之染朱綠。朱綠染繒，深而繁鮮；英華曜樹，淺而煒燁」，其提倡「自然會妙」而反對「雕削取巧」的態度與《淮南鴻烈》的重質輕文有異曲同工之妙，而《文心雕龍》所反對的，也是刻意追求雕琢之「文」，並非全然反對文飾的作用，如：《文心雕龍・情采》在論述到情與采的關係時，舉的也是類似的例子：「夫鉛黛所以飾容，而則倩生於淑姿；文采所以飾言，而辯麗本於情性」，具有內在之眞情的「淑姿」，再加上飾之以鉛黛的容貌，便可以產生「盼倩」的魅力了。「飾言」之於為文是必要的，但是必須基於「情性」，離開了這一前提的各種修飾，都是應該反對的，只有「理正而後摛藻」，使文不滅質，才是最正確的做法。

《淮南鴻烈》認為文、質二者不可偏廢，只是著重程度有別而已，一成功的藝術創作，必須是文、質雙美的，如〈繆稱訓〉云：「以文滅情則失情，以情滅文則失文。文情理通，則鳳麟極矣」而此一觀點，則為後來《文心雕龍・情采》所繼承，劉勰反對「為文造情」，主張「為情造文」，與《淮南鴻烈》的「文情理通」，可以說是遙相呼應且相映生輝。所以，在文質統一的前提下，《文心雕龍》也強調了「質」的主導作用，主張內容決定形式。如〈體性〉云：「情動而言形、理發而文見，蓋沿隱以致顯，因內而符外者也」，〈情采〉也說：「故情者，文之經；辭者，理之緯。經正而後緯成，理定而後辭暢，此立文之本源也」。堅持內容決定形式的原則，肯定了為情造文的正確方向。

《淮南鴻烈》的形神論，旨在從哲學與文學二方面總結發展先秦時期的形神觀，所提出的「君形」說，更是第一次把形、神關係「直接」運用在講述藝術與藝術創作的問題上、並進而將注重傳神的美學思想具體地輸入藝術理論體系之中。再者，其在〈俶眞訓〉所提出的「身處江海之上，而神游魏闕之下」，以及「目視鴻鵠之飛、耳聽琴瑟之聲，而心在雁門之間。一身之中，神之分離剖判，六合之內，一舉千萬里」等論述，雖是前承莊子、荀子等舊說，然其所自鑄之「神游」一詞、亦轉化了原是探討人生哲學的主旨，而一轉為說明藝術想像無遠弗界的思維活動之用（其後，劉勰則將此觀點發揮得更加圓熟而提出「神與物遊」的「神思」之說）。由此而可見其重「神」的美學思想。在其重「神」態度下所創之「君形」說，更是首次在美學史上正式提出了「文學創作重在傳神」的主張，亦即，認爲藝術創作必須要能充份表現出創作對象的內在精神面貌。

《淮南鴻烈》也標舉出「以神馭形」之說，以作爲藝術創作過程的最高準的。創作時，倘能從循規蹈矩到摒棄成規，並進而以「神」馭其文（亦即：以「道」馭文）者，則必能創造出優美的作品與特有的風格。

《淮南鴻烈》創作論的根本特徵是「憤於中而形於外」、「發於詞、本於情」，提出藝術創作必須是「有充於內而成像於外」（〈主術訓〉），強調了藝術創作必須是主體內在情感的自然宣露。也提出了「中有本主」一詞。所謂「中有本主」者，是指創作者主體性的高度樹立與發揮，心中有「道」作主宰，則能對規矩繩墨做充份的掌握。心中有「道」做主宰者，則其作品自能「自爲儀表」，而具有藝術獨創性，進而方能實現創作的眞正價值。

《淮南鴻烈》認爲創作倘若能夠「通於太和者」，即能以直覺觀照自然，不爲語言、形式、感官所限，而能自然而然地與道合一並融入其中。能夠掌握到「道」者，就能夠掌到到創作主體的內在自由，而擁有高超的藝術創造技能，即能「游乎心手眾虛之間」而「放意相物」，意指創作者進入主體自由的創造境界之後，對法度規矩所能達到的直覺把握情狀，是一種藝術創作絕對自由的創作境界。並認爲這種能高度體現主體自由和能充份發揮主體創造力量的造藝之巧爲「不共之術」、「不傳之道」，是說這種心領神會、超乎繩墨規矩的體驗，是可以意會而難以言傳的。並認爲在藝術創作中，對法度規矩的自主性把握的能力，來之於長期的藝術實踐過程，是「服習積貫」之所致。這種建立在實踐基礎上的親身體認是「父不可以傳子」、「兄不能以喻弟」的，強調了創作主體透過親歷實踐的過程，學習「以道馭文」之術，而達到心手合一、並進階至「游乎心手眾虛之間」的「放意相物」境界。這種透過不斷服習積貫而達以道馭文的觀點，後來在《文心雕龍》中，有更圓熟的發展，如〈神思〉云：「積學以儲寶，酌理以富才，研閱以窮照，馴致以繹詞」、「凡操千曲而後曉聲，觀千劍而後識器」（〈知音〉）等，均是對此一認識的引申與發揮。

《淮南鴻烈》的形上理論，依從老子宇宙觀而將「道」推至宇宙本體的高度，並作爲宇宙變動的依據所在，但它的特色在於將萬物的根源推至「道」之所生之後，便大力著眼於形而下的層次做討論，而將一切不可「言」說的規律變化等推諸道體，事實上，《淮南鴻烈》眞正最得意的成就，是對形而下世界的大肆肯定與探討，當然，這與漢朝人重實際的觀點有極大的關係。而所不同於老子者在於《淮南鴻烈》雖持〈老子〉的「道」作爲宇宙根源，但又透過「一」、透過「因循」改變了老子之「道」的本質，轉而向形而下發展。因爲「有生於無，實生於虛」的「虛無」觀點，畢竟是不可捉摸的，所以《淮南鴻烈》轉而對「無」所派生出的「有」——即具體的、可見聞的世界——倍加關注，並認爲唯有通過生機勃勃的大千世界，才能把握到「道」的本體，因此《淮南鴻烈》對現實世界給予了應有的重視。一如在審美理論部份，《淮南鴻烈》首先透過「有生於無」的形上觀，將美的根本推源於「道」，認爲「無聲而五音鳴焉」、「無色而五色成焉」，明白指出大自然之美是由道的陰陽雨露所化生，亦指出這種由天地施化而來的大巧之美，是任何能工巧匠的制作所無法比擬的，並首次提出了自然美在於客觀自然本身，強化了「美」具有客觀實存性的特色。

再者，《淮南鴻烈》主張無爲而排斥有爲，但由於《淮南鴻烈》把「因循」自然之勢視爲「無爲」，所以，同樣地，也肯定了人在遵循自然規律、依靠聰明才智所創造出的人文之美。

而在美的特性方面，《淮南鴻烈》提出「美」有相對性、多樣性的特色。關於美、醜的關係，《淮南鴻烈》首先肯定了它們之間的相對性，認爲美與醜是相對性的存在，任何個人主觀上對美、醜的褒貶都不能改變二者之間的差別界限。再者，《淮南鴻烈》也肯定了無形之道在落實在有形之物後所形成的多樣性的特色，認爲美並不是單一模式化的，而是多樣化的，如〈脩務訓〉云：「美人者，非必西施之種；通士者，不必孔墨之類」。而《淮南鴻烈》的文藝發展觀，則是借鑑〈泰族訓〉所云：「事窮而更爲，法弊而改制」的應時耦變態度，由此態度恰可看出「美的條件性」的特性，亦因此而得出《淮南鴻烈》「適宜之美」的審美觀。亦即，之於美、醜，《淮南鴻烈》認爲二者之間的區別並不是絕對固定不變的，隨著關係和條件的變化，二者可分別轉化爲自己的對立面，由此觀點，而可知「物無貴賤，因其所貴而貴之，物無不貴也；因其所賤而賤之，物無不賤也」（〈齊俗訓〉）所以，在對美、醜下判斷時，就必須從正、反兩方面作整體的考量，方能達乎「各用之於所適、施之於所宜」的「適宜之美」。而受到此一觀念的影響，《淮南鴻烈》也提出「小惡不足妨大美」的論點，因爲「嫫母有所美，西施有所醜」（〈說山訓〉），欲要求完美無瑕是很困難的，所以在對美、醜的判斷中就不宜「以小過揜其大美」。

在鑑賞理論部份，《淮南鴻烈》提出批評不易公允恰當的原因有如下數點：「鑑賞者的主觀好惡」，以及「鑑賞者所處的心理狀態」均會影響鑑賞結果；不同的審美主體，也會有不同的審美反應，再加上由於文非形器，無識者不能知，或由於識鮮圓該，偏好者有所囿等，皆會形成鑑賞障礙，是故，《淮南鴻烈》要求鑑賞者必須具備藝術素養，宜以「道」爲鑑賞標竿，否則不能辨別作品的眞贋、好壞。而《淮南鴻烈》則以能掌握道之要者爲「善鑑者」。唯有善鑑者方能具備如下能力：「以先見論未發」、「明其作品獨創之所在」，「能以所見知其所隱」，亦能知其「以近喻遠」之旨。

《淮南鴻烈》也提出了在實際鑑賞時所應秉持的批評態度是：「循繩懸衡而鑑」、「忌相馬而失馬」、「察其言實相符」、「宜明名實之辨」、「細審優劣之處」、「明辨輕重之序」、「謹防顧此失彼」、「宜取利大害小」，以及「宜重質不重量」等。

《淮南鴻烈》重時變的態度在鑑賞理論中表現爲：不同時代，其鑑賞標準亦即之與化而推移，故宜知所通變，不可「膠柱而調瑟」，因此，《淮南鴻烈》而有反對貴古賤今的鑑賞觀，認爲倘若鑑賞主體的內心得與道相合者，則能因「中有本主」以接外物，而公允地提出自己的見解，不致盲目地以古爲上，以今爲卑。

在《淮南鴻烈》中，也討論到了「知音之得遇與否」的問題。雖然一藝術創作在誕生之後，即具有其客觀的藝術價值，但此一價值，仍有待「知音」來揭示，眞正的「知音」不僅可以透過批評來揭示藝術美的客觀價值，對作家而言，更是最高的鑑賞獎賞，對作品的流傳或理論批評的進一步發展，都有所助益。然而，知音的得遇與否，卻不是那麼容易的，誠如《文心雕龍・知音》云：「音實難知，知實難逢，逢其知音，千載其一乎！」一優美的藝術作品，不見得定可在當世覓得知音，除了要看鑑賞者是否具備有高度的鑑賞素養外，也要看相應時代的時機是否恰當。猶如西方思想：古典主義、浪漫主義、寫實主義、存在主義等思潮，是一波接著一波地流行，一位具有先見之明的思想家所創發出的新概念，在應世的潮流中或許不易被接受，但其價值並不會因此而被湮埋，倘若得遇知音，即便年代久遠，其藝術價值也會被揭櫫於世，至於知音之得遇與否，唯時與不時而已。

目前討論中國文學理論者，莫不推崇《文心雕龍》（成書約當南朝齊末，約在西元 502 年左右）爲體大思精之作。它既是一部文學理論著作、文章學著作，又是一部文學史、各類文章的發展史，而且也是一部重要的古典美學著作。而早於《文心雕龍》約六百多年的《淮南鴻烈》，雖不是專爲文學思想而作，但卻已可整理出其中所蘊藏的這許多文學因子，實在不得不讓我們感到驚訝。或許劉勰《文心雕龍》的思想淵源並不如一般學者所認定的直承老、莊、儒等諸子之說而來，其中業經數百年的文學思潮，不可能不對《文心雕龍》產生影響，然而，筆者也不願接受馬白先生在〈《淮南子》與《文心雕龍》〉一文中所作的認定，他認爲《文心雕龍》的思想，「直接」受到《淮南鴻烈》的影響。筆者以爲，《淮南鴻烈》與《文心雕龍》之間的確有著許多雷同的見解，但要說有「直接」的沿承關係，則未免過於武斷，一來，並沒有明確的證據顯示二書有沿承的關係；二來，其間長達六百餘年的文學發展歷程，是不能不詳加考慮的。《文心雕龍》的確是後出轉精之作，但要瞭解其文學思潮的淵源流變，除了對先秦諸子文學觀的理解之外，兩漢時期的文學性作品、或非文學性作品中所呈現的文學觀，也都是應該列入仔細探尋的資料，方能更完整地得出漢朝的文學思想。而《淮南鴻烈》所呈顯的文學思想，則正可代表秦漢之際迄至文景之治，諸子之說雜揉、黃老思想盛行時期的文學思想。

《淮南鴻烈》的文學思想，一直以來多被研究漢朝文學思想的學者所忽略，筆者希望能夠藉由此論文的粗淺整理，彰顯出《淮南鴻烈》文學思想的特色，在文學史上重新給予《淮南鴻烈》文學思想應有的地位。

參考書目

一、專書部份

1. 《十三經注疏》，藝文印書館。
2. 《漢書》，東漢・班固撰，鼎文書局二十五史。
3. 《史記》，漢・司馬遷撰，鼎文書局二十五史。
4. 《晉書》，鼎文書局二十五史。
5. 《老子探義》，王淮注釋，臺灣：商務印書館，1988年1月。
6. 《荀子》，清・王先謙集解，臺灣：商務印書館，1977年。
7. 《愼子》，愼到，上海：古籍出版社，1990年。
8. 《管子》，管仲，上海：古籍出版社，1991年。
9. 《莊子集釋（四部刊要本）》，清・郭慶藩輯，臺北：漢京文化事業，1983年9月。
10. 《韓非子》，陳奇猷校注，臺北：華正書局，1977年。
11. 《呂氏春秋》，呂不韋編，臺北：世界書局四部刊要本。
12. 《淮南子（二十一卷）》，漢・高誘注世界書局出版，1984年9月。
13. 《文心雕龍注釋》，周振甫著，臺北：里仁書局，1984年5月。
14. 《淮南鴻烈集解》，劉文典著，北京：中華書局出版，1989年5月。
15. 《淮南子》，李增著，臺北：東大出版社，1992年。
16. 《淮南子證聞》・鹽鐵論要釋，楊樹達著上海：古籍出版社，1985年8月。
17. 《〈荀子〉・〈淮南子〉評註》，傅山著，上海：古籍出版社，1990年10月。
18. 《呂氏春秋・淮南子》，楊堅點校，湖南：岳麓書社，1991年4月。
19. 《淮南舊注參正・墨子閒詁參正》，馬宗霍著，齊魯書社，1984年3月。

20. 《淮南子譯注》，陳廣忠注譯，吉林文史出版，1993 年 1 月。
21. 《中國歷代思想家》．劉安，王壽南編，臺北：臺灣商務，1987 年 8 月。
22. 《淮南子》，呂凱編撰，臺北：時報文化，1987 年 1 月。
23. 《淮南子無爲思想之研究》，劉智妙著，高師大碩士論文，1989 年。
24. 《淮南鴻烈之思想研究》，陳麗桂著，師大博士論文，1983 年。
25. 《先秦兩漢陰陽五行說的政治思想》，孫廣德，政大碩士論文，1968 年。
26. 《戰國末秦漢之際黃老學說之探討》，高祥著，師大碩士論文，1988 年。
27. 《淮南子論文集》，陳新雄．于大成主編，西南書局，1979 年 9 月。
28. 《中國文學理論》，劉若愚著．杜國清譯，臺北：聯經出版社，1985 年 8 月。
29. 《中國古代思想中的氣論及身體觀》，楊儒賓主編，臺北：巨流圖書公司，1993 年 3 月。
30. 《中國古代思想史論》，李澤厚，臺北：谷風，1986 年。
31. 《氣論與傳統思維方式》，李志林，上海：學林出版社，1990 年 9 月。
32. 《淮南子紬義》，張嚴，臺南：成功大學中文系，1977 年 7 月。
33. 《中國古代思想史長編》，胡適之，臺北：胡適紀念館，1971 年 2 月。
34. 《氣》，張立文，北京：中國人民大學出版社，1990 年 12 月。
35. 《儒家天人合一思想之研究》，施湘興，臺北：正中書局，1989 年 4 月。
36. 《先秦兩漢文學批評史》，顧易生等著，上海：古籍出版社，1990 年 4 月。
37. 《先秦美學思想史略》，楊安崙等著，湖南：岳麓書社出版，1992 年 12 月。
38. 《漢魏六朝心理思想研究》，燕國材著，臺北：谷風出版社，1988 年 6 月。
39. 《漢代美學思想述評》，施昌東著，北京：中華書局出版，1990 年 12 月。
40. 《《呂氏春秋》與《淮南子》思想研究》，牟鍾鑒著，山東：齊魯書社，1987 年 9 月。
41. 《中國文學理論史》，蔡鍾祥等著，北京：北京出版社，1991 年 9 月。
42. 《中國美學史》，李澤厚等編，北京：中國社會科學出版社，1990 年 1 月。
43. 《和——中國古典審美理想》，袁濟喜著，北京：中國人民大學出版社，1989 年 10 月。
44. 《戰國時期的黃老思想》，陳麗桂著，臺北：聯經出版社，1991 年。
45. 《先秦兩漢之陰陽五行說》，李漢三著，臺北：維新，1968 年。
46. 《鄒衍遺說考》，王夢鷗著，臺北：臺灣商務，1966 年。
47. 《馬王堆漢墓》，臺北：弘文館出版社，1985 年 11 月。

48. 《馬王堆漢墓帛書》，北京：文物出版社，1980年3月。
49. 《帛書老子研究》，吳光著，臺北：河洛出版社，1975。
50. 《周秦道論發微》，張舜徽著，臺北：木鐸出版社，1983年。
51. 《古書考辨集》，吳光著，臺北：允晨出版社，1989年12月。
52. 《中國思想群論》，馮二難著，臺北：天華出版社，1981年3月。
53. 《中國美學思想史》，敏澤著，山東：齊魯書社，1989年8月。
54. 《文與質・藝與道》，陳良遠著，北京：中國人民大學版社，1992年。
55. 《儒道佛美學思想探索》，張文勛著，北京：中國社會科學出版社，1991年。
56. 《中國美學史大綱》，葉朗著，臺北：滄浪出版社，1986年9月。
57. 《心哉美矣——漢魏六朝文心流變史》，李建中著，臺北：文史哲出版社，1993年9月。
58. 《《文心雕龍》國際學術研討會論文集》，臺北：文史哲出版社，1992年6月。
59. 《文心雕龍之文學理論與批評》，沈謙著，臺北：華正書局，1981年5月。
60. 《藝術心理學》，高楠著，遼寧：遼寧人民出版社，1988年1月。
61. 《神話的故鄉——山海經》，李豐楙，臺北：時報，1981年。
62. 《神話論文集・《山海經》寫作的時地及篇目考》，袁珂，臺北：漢京，1987年。
63. 《中國哲學原論・原道篇》，唐君毅，香港：新亞研究所出版，台灣學生書局印行，1984年1月。
64. 《兩漢思想史》，徐復觀，卷二，臺北：學生書局，1976年6月。
65. 《中國人性論史》，徐復觀，臺北：臺灣商務，1969年。

二、單篇論文

1. 熊鐵基：〈從《呂氏春秋》到《淮南子》——論秦漢之際的新道家〉，《文史哲》1981年2月。
2. 陳麗桂：〈戰國秦漢時期黃帝傳説與黃帝學説的流傳、性質與支系〉，國文學報第18期，1989年6月。
3. 藍海峰：〈帛書老子對老子研究的貢獻〉，《東吳中文系刊》第十五期，1989年5月。
4. 趙吉惠：〈關於「黃老之學」、《黃帝四經》產生時代考證〉，《哲學與文化》第17卷第12期，1990年12月。
5. 林金泉：〈陰陽五行家思想究源〉，《孔孟月刊》24卷一期。
6. 田一成：〈兩漢陰陽五行説的興盛與反動〉，《孔孟月刊》29卷二期，1980

年 10 月。

8. 裘錫圭：《馬王堆甲乙本卷前后佚書與道法家——兼論心術上、白心與四駢學派作品〉，《中國哲學》二輯，北京：三聯出版，1980 年 3 月。
9. 陳麗桂：黃老帛書裡的道法思想——帛書〈經法〉等四篇和〈九主〉思想研究〉，《中國學術年刊》11 期，1990 年 3 月。
10. 唐蘭：〈馬王堆出土《老子》乙本卷前古佚書之研究——兼論其與漢初儒法鬥爭的關係〉，《考古學報》第一期，1975 年。
11. 莊萬壽：〈道家起源新探〉，《國文學報》，第 17 期，1988 年 6 月。
12. 汪惠敏：〈老子與黃老——轉變中的道家思想〉，《輔仁學誌》第 18 期，1989 年 6 月。
13. 劉長林：〈論儒道生命哲學〉，《孔孟月刊》30 卷 10 期，1992 年 6 月。
14. 趙吉惠：〈《黃帝四經》與先秦思想史研究〉，《哲學與文化》17 卷，8 期，1991 年 8 月。
15. 李增：〈淮南子的道論〉，《大陸雜誌》69 卷 6 期，1984 年 12 月。
16. 池田知久：〈中國思想史中的「自然」概念——作爲判斷既存的人倫價值，的「自然」〉，《中國人的價值觀國際研討會論文集》下，臺北：天恩出版社出版，漢學研究中心編，1992 年 6 月。
17. 于首奎：〈試論《淮南子》的宇宙觀〉，《文史哲》，1979 年 5 月。
18. 陸玉林：〈論《淮南鴻烈》的道儒整合〉，《中國人民大學學報》1993 年第二期。
19. 陳麗桂：〈淮南子的無爲論〉，《國文學報》第十七期，1988 年 6 月。
20. 黨聖元：〈《淮南子》的藝術創作論和審美鑑賞論〉，《文學遺產》1987 年第四期。
21. 盛源：〈《淮南子》的美論〉，《文學評論叢刊》，北京：文化藝術出版社，1989 年 8 月，第三十一輯。
22. 于大成：〈淮南子的文學價值〉，《中華文化復興月刊》，1982 年 10 月。
23. 陳麗桂：〈淮南鴻烈的內容體系與價值〉，《中華文化復興月刊》，1985 年 4 月。
24. 張亨：〈「天人合一」觀的原始及其轉化〉，《中國人的價值觀國際研討會論文集》（下），臺北：漢學中心編，天恩出版社，1992 年 6 月。
25. 李增：〈淮南子的無爲思想〉，《政大學報》第 48 期，1983 年 12 月。